A dançarina e o rubi

Barry Unsworth

A dançarina e o rubi

Tradução de
PAULO CEZAR CASTANHEIRA

EDITORA RECORD
RIO DE JANEIRO • SÃO PAULO
2010

CIP-BRASIL. CATALOGAÇÃO-NA-FONTE
SINDICATO NACIONAL DOS EDITORES DE LIVROS, RJ

U51d
Unsworth, Barry, 1930-
A dançarina e o rubi / Barry Unsworth; tradução Paulo Cezar Castanheira. – Rio de Janeiro: Record, 2010.

Tradução de: The ruby in her navel
ISBN 978-85-01-07989-3

1. Nobreza – Ficção. 2. Palermo (Itália) – Ficção. 3. Romance inglês. I. Castanheira, Paulo Cezar. II. Título.

09-5660

CDD: 823
CDU: 821.111-3

Título original em inglês:
THE RUBY IN HER NAVEL

Copyright © 2006 by Barry Unsworth

Texto revisado segundo o novo Acordo Ortográfico da Língua Portuguesa

Todos os direitos reservados. Proibida a reprodução, no todo ou em parte, através de quaisquer meios.

Direitos exclusivos de publicação em língua portuguesa somente para o Brasil adquiridos pela
EDITORA RECORD LTDA.
Rua Argentina 171 – Rio de Janeiro, RJ – 20921-380 – Tel.: 2585-2000
que se reserva a propriedade literária desta tradução

Impresso no Brasil

ISBN 978-85-01-07989-3

PEDIDOS PELO REEMBOLSO POSTAL
Caixa Postal 23.052 – Rio de Janeiro, RJ – 20922-97

EDITORA AFILIADA

Para Aira

"O preço da sabedoria é maior que o dos rubis."

O LIVRO DE JÓ

I

Quando Nesrin, a dançarina, ganhou fama nas cortes da Europa, contavam-se muitas histórias sobre o rubi que brilhava em seu umbigo quando dançava. Alguns diziam que ele fora roubado por um amante — que por isso teria sido levado ao patíbulo — da coroa do rei Roger da Sicília; outros, que tinha sido um suborno de Conrad Hohestaufen pela participação dela num complô para matar o mesmo rei. O complô fracassara, diziam, mas ela guardara o rubi e pagara por ele de uma maneira que deixara Conrad muito mais satisfeito, por mais vingativo que ele fosse, do que a morte do inimigo. Com o passar do tempo, as histórias se espalharam e se tornaram mais loucas: a pedra teria sido um presente do califa de Bagdá, teria lhe sido enviada pelo Grande Kahn dos mongóis com promessas de mais riquezas se ela fosse dançar para ele e compartilhasse sua cama. E também havia quem dissesse que ela era uma mulher pecadora e que o rubi era a recompensa recebida de um pacto com o Diabo. O trovador que a acompanhava fez canções sobre o rubi, algumas alegres, outras tristes, que confundiram ainda mais a questão. Nenhum dos dois jamais contou a verdade, não importando quem perguntasse, príncipe ou camponês. Só eu sei toda a história. Eu, Thurstan.

Toda vida humana está no futuro, assim como está no passado, não importando a duração desse futuro; os dois estão presos por dobradiças, como uma porta de correr, e esse movimento é o presente. Para começar uma história, é preciso escolher um momento em que a porta se abre, e essa ocasião chegou para mim no final de abril de 1149, quando Yusuf Ibn Mansur me pediu que esperasse, ao fim de um dos chamados *majlis*, as reuniões de funcionários que ocorriam duas vezes por mês no palácio real de Palermo.

Ele me pediu diretamente, com expressão indiferente, como se fosse um pensamento casual, algo sem importância. Mas Yusuf raramente deixava passar qualquer coisa. Não há melhor meio de desarmar suspeitas do que falar na frente de todos. Não havia nada de anormal em eu continuar na sala, ou em termos alguma coisa para discutir em particular: ele era o ministro do Diwan de Controle e eu era seu subordinado na mesma chancelaria. Mas o segredo estava arraigado nele, e ele sabia, assim como eu sabia — na verdade essa foi uma das coisas que se aplicou em me ensinar durante os anos em que trabalhei para ele — que os segredos ficam mais bem guardados sob uma aparência de naturalidade.

O próprio *majlis* ficou na minha memória porque tinha sido agitado por conta de uma discussão. Eu acabara de voltar de Nápoles, onde tinha tentado subornar o bobo da corte do conde, um anão chamado Leo, para voltar comigo a Palermo como um presente para o meu rei. Ele recusou, ainda que estivesse tentado, com medo da ira do conde, medo de ser seguido e estrangulado. Essa missão me foi proposta em razão do meu cargo de Provedor de Prazeres e Espetáculos, o título oficial do meu cargo no Diwan, um nome pomposo, mas a verdade é que eu tinha apenas um funcionário e contador, Strefanos, e o porteiro. Durante o *majlis* não falei sobre meu fracasso; de qualquer forma eu geralmente falava pouco reuniões. Não inspirava muita confiança por ser um homem sem raízes. Eu trabalhava para um maometano, não era um normando da França, tendo nascido na Inglaterra de mãe saxã e de um cavaleiro normando sem terras. Meu pai nos trouxera para a Itália no ano de Nosso Senhor de 1125, quando eu era ainda criança. Esperava progredir sob um governo normando, e foi o que aconteceu. Minha mãe morreu alguns anos depois, lutando para me dar um irmão. Meu pai... Falaremos sobre meu pai depois.

Foi o eunuco Martin, um sarraceno do palácio, que provocou a briga. Ele se queixou da invasão da área das mulheres por parte de alguns cavaleiros normandos bêbados. O representante dos normandos naquela manhã era William de Vannes, que negou veementemente a acusação, fechando os punhos e olhando com raiva para o esquelético Martin no seu turbante verde e túnica cor de açafrão, como se quisesse reduzi-lo a pó com as mãos, o que poderia ter feito sem dificuldade. Faz parte do caráter dos normandos acentuar aquilo que sabem provocar julgamentos adversos. William conhecia o desprezo dos gregos e árabes pela barbárie e falta de cortesia dos normandos, e por isso mesmo falou mais alto e ofensivamente, na única língua que conhecia, um dialeto do norte da França muito difícil de entender. E Martin escondeu o medo que talvez sentisse e lhe devolveu o olhar feroz, repetindo as acusações na sua voz aguda e queixosa. Somente a presença de Yusuf, que então presidia a reunião e era superior aos dois, evitou que eles chegassem aos insultos mais pessoais e diretos.

Sempre havia hostilidade e tensão entre nós, correndo logo abaixo da superfície, como uma chama lenta na grama molhada. Mas conflitos abertos eram raros, razão por que este ficou na minha memória. Sem importância em si mesmo, ele era a marca das divisões mais profundas entre nós, da rivalidade pelo favor real entre os sarracenos do palácio e a nobreza normanda, uma rivalidade que se agravaria com o passar do tempo.

Além disso, o que continua mais vivo na minha memória daquele dia, daquelas horas, o começo da minha história, é uma espécie de espanto diante da trivialidade e insignificância das nossas palavras naquela época. Raramente as coisas apresentavam-se piores para o Reino da Sicília do que pareciam naquela primavera de 1149. Uma frota combinada veneziana e bizantina bloqueava Corfu e ameaçava o controle siciliano da costa do Épiro e do sul do Adriático. Conrad Hohestaufen e Manuel Comnenus, governantes respectivamente do Império Ocidental e Oriental, os dois homens mais poderosos do mundo, inimigos jurados do nosso rei, estavam agora, depois de anos de desconfianças mútuas, perigosamente perto de uma amizade, de uma aliança, unidos no propósito de invadir a Sicília e destruir o nosso reino ainda na infância: menos de vinte anos haviam se passado desde que, na catedral de Palermo, o nosso bom Roger de Hauteville fora coroado rei da Sicília, Calábria e Apúlia, o primeiro normando — o primeiro de qualquer povo — a usar aquela coroa. Isto representava quase a minha idade, mas era muito pouco para um reino.

Agora não consigo me lembrar do que foi dito depois dessa altercação, como se aqueles momentos de calor tivessem derretido o que se seguiu. Acredito que minha atenção tenha divagado. Sempre gostei daquela sala, que era a antecâmara para duas outras que se seguiam, onde se realizava a maior parte do trabalho do nosso Diwan. O teto era de madeira, obra de artesãos sarracenos, delicadamente trabalhado, com estrelas pintadas entre os florões. Havia uma faixa estreita com volutas gregas em mármore emoldurando o teto sobre todas as paredes, uma frisa de gavinhas e frondes. Como já havia acontecido antes, deixei meu olhar vagar pelas volutas e logo me perdi no labirinto delas; cada curva se voltava sobre si mesma, dobrada para formar a primeira linha de uma nova curva, não havia interrupção, não havia começo nem fim, onde quer que se fixassem os olhos a mente parava enfeitiçada.

É comum, quando me demoro na observação de um detalhe ou forma, quando olho com atenção para as coisas que são criadas para a beleza e sustentação do poder, que minha mente se perca e de certa forma se dissolva, e então sinto o toque do céu no material grosseiro da madeira ou pedra. Isso me acompanha desde a tenra infância, essa sensação de um ponto de contato entre o homem e Deus que pode estar presente no trabalho manual. E, naquela manhã de abril, o toque do céu era o toque do meu rei, cujo poder era celebrado naquela madeira e naquela pedra. Fiquei em transe, admirado diante do poder de Deus e do rei; as vozes ainda soavam à minha volta, ora altas, ora abafadas, mas a voz que eu ouvia era a voz firme da majestade.

Eu não teria confessado a Yusuf esse desvio de atenção, por temer que isso me prejudicasse aos seus olhos — buscava sempre a sua aprovação, sem saber se a queria pelo prazer do reconhecimento do meu próprio valor, ou se para lhe poupar um desapontamento. Será realmente possível saber essas coisas? De qualquer maneira, apesar de ele ser desconfiado, não acredito que tenha imaginado a existência desses lapsos; eles estavam distantes demais da sua prática de incansável alerta. Tudo podia ser útil, tudo podia ser vital, até mesmo a coisa mais insignificante, quem poderia saber? O sinal da traição pode estar num piscar de olhos, ele já havia me dito. Sem essa capacidade de perceber os sinais, o que poderia evitar a ruína ou a roda? E assim ele tentava me moldar, e assim eu tentava me ajustar ao molde. Na verdade, eu queria agradar a ele. Mas não era um bom aluno, e já o sabia naquela época.

Quando ficamos a sós, esperei em silêncio, diante dele, por suas palavras. Mas ele me pegou pelo braço, sem falar nada, e me levou para a sala menor, onde os notários e escribas trabalhavam, e dela para sua própria sala; fechou a pesada porta depois de passarmos e me levou para o espaço estreito próximo ao vão da janela. Não passava do seu hábito de cautela, criado por seus muitos anos de serviço no palácio. Não imaginei que significasse que o assunto fosse sério, nem as suas primeiras palavras me deram qualquer indicação disso.

— Bem, Thurstan Beauchamp, um novo *sorcot*?

— Sim — eu disse —, é isso.

Ele às vezes brincava comigo, por causa da extravagância no modo de me vestir, usando, com um toque de ironia, os termos franceses que vinham entrando na moda em Palermo. Gosto de me apresentar limpo e elegante, e tomo muito cuidado com a minha aparência, barbeando-me duas vezes por semana e gastando boa parte do meu estipêndio em roupas, perfumes e óleo para meu cabelo, que é muito claro e chega aos meus ombros. Naquela manhã, eu vestia um casaco de seda azul escuro, com enchimento nos ombros e pences nas mangas.

— E a *chainse*, também? E os *chauces*?

Ele sorria ao falar, e também sorri, sabendo que as perguntas eram uma forma de mostrar afeição por mim. Não, disse-lhe, a camisa não era nova, mas o bordado aparecia mais porque o casaco era baixo no pescoço. Fiquei muito aliviado por ele não ter feito graça com o meu canto. Tinha descoberto — mas ele descobria tudo — que eu tinha boa voz e um bom repertório de canções, tanto sacras quanto profanas. Às vezes ameaçava, brincando, me fazer cantar pelos corredores do Diwan para animar os que trabalhavam.

— É verdade, baixo no pescoço. Notável. — Ele próprio se vestia com extrema simplicidade, com uma túnica e turbante brancos e uma faixa de seda verde na cintura, tendo como único ornamento uma esmeralda na gola. Eu achava secretamente que ele tinha uma aparência melhor que a minha, pois era também mais esbelto e tinha movimentos mais graciosos, ao passo que eu era mais pesado e tinha os ombros mais largos.

Seu sorriso desapareceu e ele me olhou com atenção.

— Tenho uma missão para você.

Aqui uma pausa se faz necessária para dizer um pouco mais sobre esse *Diwan al-tahqiq al-ma'mur*, a que alguns também davam o nome de Diwan de Controle, e outros o de Diwan dos Segredos. É o departamento financeiro central da administração palaciana, responsável pelo registro de impostos e pela confirmação dos títulos de terras e servos fora da Área Real. É uma chancelaria de grande poder, pois os títulos e renovações de privilégios só podem ser emitidos por seus funcionários, e não pelos funcionários e escribas comuns do Diwan

Real. Também é responsável pelas operações secretas que envolvem dinheiro, a administração de chantagens e subornos, classificados os dois sob a chancela de incentivos, e a coleta de alguns tipos de informações, que Yusuf geralmente reportava em audiências particulares ao rei. Tal como todos os funcionários das chancelarias do palácio, tomávamos cuidado para ocultar do conhecimento público — particularmente do conhecimento de outras chancelarias — algumas atividades. Grande parte do meu trabalho pertencia a esse lado mais obscuro. Era política do rei, sempre que possível, usar de subornos; eu era um dos portadores desse dinheiro, e isso se ajustava bem aos meus deveres oficiais de provedor, pois as minhas viagens sempre poderiam ser explicadas como a busca de novos prazeres e espetáculos.

— Como você sabe, mantemos boas relações como o Reino da Hungria. — Ele geralmente começava pelo que já era de conhecimento geral. Coloman, o rei dos húngaros, era casado com a sobrinha do nosso rei, Busilla, e todos sabiam que existia amizade entre os dois tronos. — Continuamos a receber garantias de que os húngaros estão prontos a apoiar um levante na Sérvia, se isso vier a acontecer.

Yusuf tinha o rosto magro, que parecia ainda mais magro por causa do turbante alto. Tinha os olhos escuros e penetrantes, profundamente fixados no rosto, que me olhavam com atenção, no mesmo nível dos meus — era alto para um árabe, alto como eu, apesar de mais franzino, como já disse, e de ossos mais finos.

— Apoiar *ativamente* — disse, depois de uma pausa, ainda me olhando com atenção.

Meu coração se entristeceu à menção da Sérvia: já suspeitava da natureza dessa missão.

— Senhor, quantas vezes já ouvimos falar da disposição deles?

— É verdade, mas desta vez essa crença tem mais fundamento. Recebemos informações de fontes próximas ao trono que foram confirmadas do lado sérvio. Unidades de cavalaria húngaras estão se reunindo na fronteira. Tudo está pronto. Agora esperamos apenas por qualquer faísca.

Concordei, mas não respondi imediatamente. Essa faísca, tão esperada, era um levante sérvio contra a dominação bizantina. Isto, com a ajuda dos húngaros, que sonhavam estender suas fronteiras orientais, seria suficiente para distrair Manuel Comnenus e obrigá-lo a enviar soldados à Sérvia para abafar a rebelião, esquecendo os planos de invasão da Sicília.

Intimamente, eu já não acreditava nem num levante na Sérvia, nem na intervenção húngara; ambas já haviam sido prometidas tantas e tantas vezes no passado. Agora, eu teria de viajar a um lugar qualquer para me encontrar com Lazar Pilic, o único líder rebelde sérvio que falava grego. Eu não confiava em Lazar, e sabia que, não importava onde fosse acontecer esse encontro, tinha pela frente uma viagem desconfortável e provavelmente perigosa. Era evidente que para Lazar o perigo seria maior. A dominação dos Bálcãs por Bizâncio não estava segura, os bizantinos sentiam perder o chão, temiam por seus pés e por isso se tornavam mais cautelosos e cruéis. Cegueira — o castigo usual para traidores e espiões — era o mínimo pelo que Lazar poderia esperar caso se tornasse suspeito.

A dificuldade real estava no fato de o nosso Diwan não ter margem de ação nos Bálcãs, estando restrito ao pagamento de subornos. Alguns homens da Vice-Chancelaria haviam formado o Diwan de Comando, um título que se confundia pela semelhança com o do nosso. Haviam conquistado a atenção do rei e agora tinham uma missão de persuasão diplomática na Hungria. Tínhamos de nos valer dos nossos próprios relatórios, que chegavam truncados, com a omissão de trechos importantes. Às vezes eles nem chegavam a nós. Por isso, agora havia dois setores da administração envolvidos separadamente no fomento da rebelião sérvia, um suspeitando do outro, e nenhum deles disposto a compartilhar informações.

— Já desembolsamos muito dinheiro do rei com esses sérvios, — falei. — Até agora sem nenhum resultado. Não sabemos como eles gastam o ouro, nem temos meios de descobrir.

— Desta vez não vamos entregar ouro. Eles o receberam com ganância e fizeram promessas que não foram cumpridas. Agora é a nossa vez de fazer promessas, mas não vamos abrir as mãos.

Deu um sorriso ao dizer isso; ele tinha o amor dos árabes pelos jogos de palavras e figuras de retórica. De minha parte, senti um princípio de alívio. Ele havia falado de uma missão, mas qual era a missão nesse caso?

— Se vamos recusar-lhes o dinheiro, não há necessidade do encontro.

— Pelo contrário, toda necessidade. Se você estiver lá, em pessoa, para recusar, eles serão mais afetados. Você vai estar lá, diante deles. Bem ao alcance das mãos deles, e, veja, não lhes dará nada. A situação está ficando grave para nós; quem sabe por esse meio ela se agrave também para eles.

O tom de sua voz se aprofundou ao dizer as últimas palavras, sinal de um sentimento de que ele talvez não tivesse consciência. Houve também um gesto que o traiu. Ele usava um talismã, um pergaminho com os 99 nomes de Deus, numa bolsa de couro bordado presa a uma linha de seda que passava pelo ombro esquerdo e lhe cruzava o corpo. Nos momentos de ansiedade, ele tocava a bolsa, esfregando levemente os dedos sobre ela. Ao contrário de muitos sarracenos do Diwan Real que se converteram ao cristianismo, Yusuf havia mantido a fé de seus pais.

Não havia dúvida de que o assunto era sério. Estávamos sob a ameaça da maior aliança militar que se poderia imaginar. Além do perigo para o nosso reino, ambos tínhamos muito a perder pessoalmente. Yusuf tinha grande poder, mas a ascensão do vice-chanceler estava levando à discussão de algumas das suas prerrogativas. E agora o rei propunha a criação de um novo cargo, o de tesoureiro real, com poderes de supervisão e controle que se estendiam sobre os dos outros dois em todos os assuntos ligados a finanças, renovação de privilégios e de títulos de terras. Quem conquistasse esse cargo estaria, em influência e poder, imediatamente abaixo do primeiro-ministro, o emir dos emires, que na época era Jorge de Antióquia. Yusuf desejava aquele posto, e se dizia que ele provavelmente seria o escolhido. Se o fosse, havia uma boa possibilidade de ele me indicar para sucedê-lo no cargo atual de ministro do Diwan de Controle. Eu então ficaria rico como ele, teria concubinas, cavalos brancos com arreios dourados, sarracenos uniformizados para abrir caminho para mim nas ruas e uma mansão com meus próprios jardins. Seria o herdeiro da frisa de mármore e do teto trabalhado e da brisa que entrava pela janela. Enviaria outros em missões para tratar com pessoas como Lazar. Yusuf nunca me prometera nada, mas eu era muito próximo dele, ainda que fôssemos diferentes em muitos aspectos. Ele não era homem de demonstrar grande calor humano, mas eu sabia que gostava de mim.

Em poucas palavras ele passou a me dizer o que esperava de mim. O final de abril se aproximava e a grande peregrinação a Bari, na Apúlia, já estava se iniciando. De toda a Europa, da Escandinávia e do Báltico, da Rússia e das terras dos eslavos, multidões de peregrinos se encaminhavam lentamente para a cidade de Bari no dia da festa de São Nicolau, a fim de visitar a igreja onde estavam guardados os seus restos sagrados e de molhar os lábios no óleo milagroso que exsudava de seu corpo incorrupto e que tinha o poder de curar os doentes e aleijados. Eu devia me juntar à multidão; viajaria a Bari como um peregrino e lá eu encontraria Lazar e lhe negaria o ouro.

Primeiramente, para dar naturalidade à minha partida, eu iria sem disfarces, como eu mesmo, até a Calábria, onde compraria pequenas garças brancas que são capturadas nessa época do ano nos pântanos entre a cidade de Cosenza e o mar. Eu deveria enviá-las para Palermo para recompor a falcoaria real — o rei gostava de oferecer esses pássaros velozes aos seus açores. Feito isto, eu cruzaria a península a cavalo. A uma distância de Bari que me parecesse adequada, deixaria o cavalo e prosseguiria a pé com capuz, cajado e sacola, misturado à multidão de peregrinos.

— Você não deve pagar mais de oito *folles* por pássaro. E isso já inclui o preço da gaiola.

Não consegui deixar de sorrir diante do conselho. Nenhum detalhe escapava à sua atenção; ele certamente havia consultado um falcoeiro para obter esse valor.

— Comprar pássaros para os esportes reais não é uma das minhas atribuições de provedor. Por que não encarregar a pessoa que geralmente o faz?

— Já me informei. Essa pessoa era Filippo Maiella, mas ele desertou com o dinheiro no ano passado e nunca mais foi visto. Era um homem muito respeitado do Diwan do Protonotário, que ia todo ano à Calábria para comprar essas aves. Há pelo menos doze anos. Então, no ano passado, só Alá Misericordioso, que tudo sabe, poderia dizer por que razão ele desapareceu com o dinheiro da compra.

Havia espanto na voz de Yusuf ante uma loucura tão estranha a ele, tão contrária à sua vida bem ordenada.

— Ele fugiu. Abandonou tudo — disse ele e, enquanto o espanto ainda ecoava na sua voz, fui assaltado sem aviso por um demônio, sentindo súbita inveja desse ladrão Filippo. Sabia que quem me feria dessa forma tinha de ser um demônio: tal sentimento não poderia existir dentro de mim, tão cuidadoso, encarregado de contar todos os *follaris* do dinheiro do rei.

— Ele perdeu a razão — falei, pensando nele, com o dinheiro na bolsa, voltando o rosto para as montanhas e o mar.

— De início se pensou que os guardas o tivessem assassinado e escondido o dinheiro. Eles foram vigiados, mas essas pessoas não esperam muito para gastar o dinheiro que têm, e logo ficou claro que eles não tinham dinheiro algum.

— Onde será meu encontro com Lazar?

— Na basílica, ao lado dos degraus que levam à cripta.

— Esta será a ideia dele. A área em torno da cripta vai estar lotada, as pessoas acotovelando-se para descer até a cripta, ao túmulo do santo.

— Sem dúvida é por esse motivo. Estar no meio da multidão será a melhor maneira de você não ser notado.

Olhei para ele em silêncio durante alguns instantes. O rosto mostrava aquele ar de inteligência paciente. Ele estava me enviando. Não me desejava nenhum mal; talvez não tivesse muita fé nos resultados, pode mesmo ter sentido, como eu, que estar parado no meio de uma multidão em movimento não é a melhor maneira de não ser notado. Mas essas missões faziam parte das prerrogativas e poderes do seu Diwan; tinham de ser executadas ou seriam perdidas ou tomadas, e isso o tornaria mais fraco.

— Senhor, estou pronto a fazer o que me pedir, não importa o que seja, mas é uma viagem muito longa apenas para mostrar as mãos vazias.

— Trabalhamos por sinais e gestos. Você ainda não aprendeu? O dinheiro tem a mesma importância estando ausente ou presente. Há um verso do Corão que fala disso: "Se a humanidade se tornasse um só povo, daríamos aos que negam o Deus misericordioso telhados de prata para suas casas e escadarias para chegar a elas."

Concordei, como se tivesse entendido, o que estava muito longe da verdade. De fato eu geralmente não entendia as citações do Livro Sagrado dos Maometanos. Achei que essa indicasse que Deus não dava importância a ouro e prata, mas não consegui ver a relevância, pois estávamos falando de Lazar, que dava grande importância aos dois.

— Nossas dificuldades são parte da mensagem. Ele vai ter de se explicar cuidadosamente ao seu povo, que vai estar com raiva dele e não de nós; e que pode considerá-lo como uma força esgotada e buscar alguém para substituí-lo. Entendeu, Thurstan Beauchamp?

Ele sempre usava o meu nome completo quando, sabendo que eu não concordava, queria criar um entendimento entre nós, como se eu fosse uma criança incapaz de ver a razão. E isso me irritava e me tocava na mesma medida, o que eu acho que ele sabia. Terminando de falar isso, ficou em silêncio durante alguns minutos. Alto e frágil, com os ombros levemente encurvados dos eruditos, ele parecia mais um dos artistas e homens de letras árabes de quem o nosso rei gostava de se cercar do que aquilo que realmente era, o homem das missões, controlador das rendas reais, com um poder que o fazia invejado e temido, inflexível e dedicado ao serviço desse reino — um reino governado por seus ancestrais durante dois séculos, e agora governado por um rei normando, cujo pai e tio haviam desembarcado na Sicília como aventureiros sem dinheiro e conquistado a ilha.

Ele teve um sobressalto, como se tivesse esquecido alguma coisa ou se permitido uma pausa longa demais, um silêncio exagerado. Então inclinou a cabeça, disse uma palavra de despedida e foi embora. Assim que fui liberado, saí imediatamente, dessa vez sem passar pela antecâmara, mas indo direto para a passagem, que seguia a linha do muro que dava para a cidade. Na outra extremidade, havia uma escada em espiral que levava até o pátio desse lado. Havia um patamar estreito na primeira curva, e no nicho da parede havia uma abertura através da qual, àquela hora do dia, a luz do sol passava diagonalmente, inundando a escada de luz. Ao me aproximar, ouvi os cantos oscilantes dos muezins nos minaretes espalhados pela cidade convocando os fiéis para a oração. Então entendi a razão da despedida tão abrupta de Yusuf: era a chamada do meio-dia, e ele tinha ouvido as primeiras notas.

Parei diante da abertura, como já fizera outras vezes; não tinha mais de dois palmos na parte mais larga, mas dali eu via um pedaço do céu. Yusuf teria demorado um pouco para chamar o servo para lhe trazer água para ablução do rosto e mãos... Eu tinha sido incentivado por ele a lançar a imaginação como uma luz dirigida, um raio, sobre os movimentos, pensamentos, hábitos dos outros, a manter continuamente na lembrança a sua existência, vê-los nas suas horas de ócio ou solidão, quando estavam despreocupados. Onde iria aquela pessoa, o que ela faria em seguida? Até mesmo nos detalhes íntimos da sua vida corporal eu o seguia. Como disse, foi Yusuf quem inculcou isso em mim; agora eu voltava o raio para ele. Ele se livrava dos chinelos, chamava com palmas o servo, um garoto berbere escravo que ele chamava de Mateus e que dormia no quarto ao lado. Mateus sabia o que fazer sem precisar de ordens. Trazia a jarra de água e a toalha; derramava lentamente a água numa bacia que estava sempre ali; Yusuf recolhia nas mãos a água que caía e lavava o rosto, os ouvidos, as narinas, os olhos, para que os órgãos dos sentidos estivessem limpos antes de ele se voltar na direção de Meca na intenção de orar.

Tudo isso parece muito longo ao ser escrito, mas é rápido de ver na mente. O cântico de chamada continuava, subindo em todas as direções, longe e perto, afirmando a grandeza de Deus, convocando os fiéis a irem em busca da salvação, um canto ruidoso e melodioso que caía sobre a cidade cinco vezes por dia, distorcido pela distância e superposição de sons, pois eles não começavam todos simultaneamente: uma voz caía a outra subia, como véus de som lançados uns sobre as barras dos outros, véus que eram novamente rasgados pelos movimentos dos muezins, pois cada um tinha de avisar a todos os quadrantes da cidade, e assim cantar quatro vezes os cânticos de chamada, cada uma numa direção diferente. Era uma música dissonante e profundamente familiar para todos que levavam suas vidas na cidade, que finalmente chegava até mim, apesar de cristão — como os balidos dos carneiros perdidos nas colinas, uns respondendo aos outros, longe e perto, relembrando os vales da minha infância na Inglaterra, um coro que sempre parecia encerrar tristeza e alegria ao mesmo tempo.

Agora, parado ali na fina barra de luz do sol, como em resposta às vozes humanas, mas não contra elas, elevaram-se as vozes dos sinos dos mosteiros e igrejas de toda a cidade anunciando o meio-dia e a missa da hora sexta. E mais uma vez houve a confusão de sons — os sons claros dos sinos dentro dos claustros, outros mais profundos sobre os portões dos conventos, o baixo profundo dos instalados nas torres das igrejas. Por mais alguns momentos, as gargantas de homens e sinos criaram aquela combinação de perda e celebração, e quando olhei para o alto pela janela, para os pássaros que vivem no céu visível acima da cidade e que nunca pousam no chão, eu os vi reunindo-se no céu claro, acima do som, sem demonstrar medo, mas alegria.

E assim fui tomado pelo amor por esta cidade de Palermo, onde havia passado a maior parte da vida, pela diversidade expressa por esses sons, as diferentes crenças que viviam juntas aqui, os diferentes povos que enchiam os mercados e trabalhavam nos edifícios que se erguiam por toda parte, orando separadamente e tendo seus casos julgados na sua própria língua, mas unidos todos pelo nosso rei. Pensei nele, nas vezes em que o tinha visto em cerimônias de estado, sempre a distância, tendo sobre a cabeça um dossel de seda de cor clara, e a luz que se filtrava por ele parecia obscurecer o seu rosto, uma radiância que obscurecia. Na minha mente eu não tinha uma imagem do rosto do rei.

De onde eu estava não se via a torre Pisana, onde ficavam os apartamentos reais, mas eu sabia que ali ele passava as manhãs, no salão de audiências do segundo andar. Ele agora estaria lá, ouvindo embaixadores ou estudando documentos que influenciavam a vida de todos, ou avaliando as rendas de suas propriedades — e nesse caso seus olhos repousariam, ainda que por um instante, sobre um lançamento que eu próprio havia feito, um item de despesa. Ele veria as marcas que eu havia traçado! Esse pensamento fez descer sobre mim uma sensação de assombro pela sua proximidade e distância. Tentei imaginá-lo, como tinha acabado de imaginar Yusuf, mas não fui capaz, ele estava além da minha imaginação, divinamente escolhido, investido pela graça de Deus no cetro e orbe. Eu tinha oito anos quando ele fora coroado na catedral de Palermo. Foi quando o vi pela primeira vez, na companhia do meu pai, entre as fileiras da nobreza. Meu pai me ergueu e o vi passar sob a luz do sol, vestindo um manto de ouro, e segurando as rédeas de ouro do seu cavalo, cujos cascos não faziam barulho por causa dos tapetes estendidos para sua passagem.

Desde então eu tinha vivido sob a sombra protetora do seu poder. Senti vergonha pela maneira relutante e contrafeita com que havia recebido a notícia da minha nova missão a Bari, pois eu estava sendo enviado a seu serviço. Até então a minha vida tivera algumas frustrações. De fato, meu destino parecia ser nunca chegar a um fim prometido. Quisera com todas as minhas forças lutar pela causa do rei, o que não me fora propiciado por razões que apresentarei mais adiante. Tentara um comando na sua Guarda Palaciana, e nisso também fracassara porque Yusuf não o permitiu. Ele havia me notado e me saudou em árabe, e eu respondi na mesma língua, que eu já conhecia, ainda que imperfeitamente, por tê-la aprendido com uma das minhas amas. Fiquei sabendo depois que ele queria mais cristãos no seu Diwan para ampliar a base do seu poder. Alguém como eu, de religião latina e ascendência normanda, era particularmente adequado aos seus objetivos. Tinha também outras razões, das quais só fiquei sabendo bem mais tarde.

Ele me enviou a Bolonha para estudar direito romano, de maneira que eu pudesse arguir casos relativos ao poder temporal do rei contra as reivindicações eclesiásticas envolvendo propriedade e renda. Estudei, mas não tinha vocação para o direito e não estive entre os mais brilhantes na universidade. Tive mais sucesso nas tavernas, onde ampliei o meu estoque de canções, tanto as que os estudantes cantavam em latim quanto as mais recentes, em francês, que chegavam de Poitou e da Aquitânia. Ainda assim, ao voltar a Palermo e ao serviço no palácio, apanhei o posto de Provedor de Prazeres e tesoureiro. O trabalho ao sol, a céu aberto, sem ter de lidar com dinheiro, era o que eu queria. Mas ainda poderia servi-lo nas sombras. E não seria eu quem iria a Cosenza para comprar os pássaros brancos do pântano que ele gostava de servir aos seus falcões?

Refeito por esses pensamentos, afastei-me da janela para continuar a descida. Ao fazê-lo, não sei se por acaso ou por algum instinto, olhei para trás, para o caminho que tinha percorrido. No alto da escadaria estava um homem, imóvel, de pé, me observando. Depois de um instante, reconheci Maurice Béroul, sacerdote ordenado, que ocupava no departamento legal da Vice-Chancelaria um posto de consultor em assuntos relativos ao direito canônico. Ele também estava presente ao *majlis*, mas não falou. Agora também nada disse, embora parecesse hesitar por um momento, como se pensasse em vir até mim. Então virou-se, deu alguns passos e desapareceu da minha vista.

II

A escadaria terminava no lado do palácio que dava para os campos, abrindo-se para um pátio murado com um pórtico estreito e uma fonte. Ali encontrei Mark Glycas, que tomava ar à sombra dos arcos, andando lentamente com seu passo de homem velho, incerto e arrastado. Estava de costas para mim e não ouviu meus passos. Não me viu até chegar ao fim do percurso e se virar, o que fez aos poucos — todos os seus movimentos eram lentos, com exceção dos da cabeça, que muito frequentemente se movia para cima, como se seguisse algum som estranho no ar acima dele. Tinha a cabeça descoberta, o que me indicou que ele se deu apenas um breve descanso do trabalho à mesa em que cotidianamente escrevia.

Cumprimentou-me, e teria continuado a andar, mas antes disso eu lhe fiz a pergunta de sempre, a mesma a que ele vinha respondendo durante os vinte últimos anos: "E os estudos, como estão progredindo?"

— Estamos formulando uma argumentação sólida — disse, a sua resposta de sempre. — Sim, lenta, mas seguramente estamos construindo uma forte argumentação.

Ninguém sabia a idade de Glycas. Ele se encanecera e seus olhos se tornaram opacos no serviço do rei, encarregado sempre de uma única tarefa: encontrar provas convincentes, provas que pudessem ser publicadas, de que a Sicília já havia, não importa há quanto tempo, sido governada por reis. Quando isso fosse feito, então estaria claro que o nosso rei Roger, ao tomar a coroa, não havia inventado a monarquia nem imposto esse regime ao povo, mas apenas retomado uma linhagem real. Glycas era versado na história da Antiguidade, conhecedor de lendas e mitos, capaz de seguir pistas e encontrar ligações. Lia com a mesma facilidade o grego de Hesíodo e o de Bizâncio, o latim de Ovídio e dos pais do Cristianismo. Toda essa erudição fora trazida para a sua tarefa. Nenhuma prova definitiva tinha sido descoberta; poucos acreditavam que alguma pudesse ser encontrada; outros pensavam, e eu estava entre eles, que Glycas estava simplesmente passando o tempo — ali ele tinha conforto, o estipêndio era suficiente para as suas necessidades.

— É verdade — disse ele, erguendo a cabeça em busca daquele som fugidio. — Estou seguindo uma nova linha de pesquisa.

— Qual?

Não esperava realmente uma resposta; ele já tinha dito mais do que se poderia esperar. Mas eu o havia encontrado num momento propício, ele estava disposto a abrir a boca.

— É verdade. Há muito eu acreditava que a resposta estivesse com os siculi, e ultimamente tenho ficado ainda mais convencido. Você certamente conhece os costumes dessa tribo.

— Claro.

— Tenho certeza de que não conhece — retrucou depois de uma ligeira pausa. — Uma tribo muito antiga que há muito tempo ocupou partes desta ilha. Sua presença na Sicília e na península italiana é bem documentada. Tucídides fala deles, assim como Políbio. Temos mesmo palavras da sua língua, que tem afinidades com o latim.

— Como a existência deles se relaciona com a questão do reinado?

— Vou chegar lá. Você, como todos os jovens, está com muita pressa. A pressa é algo muito ruim. O povo siculi tinha deuses, como todos os outros. Nunca houve um povo sem deuses. Os mais importantes eram os Polici, protetores dos agricultores e marinheiros. Esses Polici tinham um deus-pai chamado Adranus, que recentemente vem atraindo a minha atenção.

Ele poderia ter dito recentemente ou ao longo dos cinco últimos anos, no caso dele não faria diferença.

— Bem, espero que seus esforços deem frutos.

Começava a me afastar, mas ele me agarrou a manga.

— Sempre a pressa. Estou chegando à ideia de que Adranus não era um deus, mas um rei. O que significa que ele era mortal, mas por ser rei era venerado como um deus.

Ele sorriu e ergueu o queixo, com se o ruído tivesse se tornado mais audível. Havia mais falhas que dentes em sua boca.

— Tudo se ajusta perfeitamente. Adranus era rei, os Polici eram seus ministros e o povo era composto por agricultores e marinheiros. Estou relendo toda a obra de Políbio em busca de uma referência que decida a questão. Mas para isso é preciso tempo, os textos de Políbio cobrem muitos volumes.

Ele soltou a minha manga e eu o parabenizei pelas descobertas, e finalmente me vi livre para continuar meu caminho. Não me parecia que Glycas fosse ter tempo para ler todos os textos de Políbio, um autor muito prolixo. Mas, sem dúvida, alguém seria indicado para continuar. Enquanto atravessava o pátio, sentia-me admirado ante o poder do rei, como ele infundia todas as nossas vidas. Seu título não estava em discussão no reino, era aceito por todos. É verdade que ele tinha inimigos poderosos: o rei dos germanos e o Imperador de Bizâncio consideravam-no um usurpador, e o papa Eugênio ainda não havia reconhecido formalmente o seu governo. Mas era difícil acreditar que qualquer um deles pudesse mudar de ideia ao saber que uma antiga tribo siculi tivera reis. Ainda assim continuava o trabalho de Glycas, que seria continuado por outros quando ele deixasse de existir. Talvez o rei Roger nem estivesse mais ciente da existência do professor. Algum dia, no passado, ele tomara uma vida mortal pelas mãos e a colocara numa sala confortável cheia de livros, ignorada, como um inseto num canto ensolarado. Quantos mais não existiam em cantos esquecidos, mantidos vivos pelo calor do seu poder! Inclusive eu, pensei, enquanto selava o meu cavalo no estábulo perto do portão. Passei pelo guarda uniformizado e conduzi o cavalo pelas rédeas até a rua. Quando uma garça voava e se retirava o capuz de um dos falcões, quanto espaço Thurstan, o Provedor poderia ocupar na mente do rei?

O sol de abril estava quente, concentrando calor entre os muros. Era a hora que as pessoas fechavam as janelas para a sesta. Quem estava na rua ia para casa ou para algum lugar à sombra. Os vendedores de água anunciavam, em gritos agudos, os baldes e canecos balançando de seus panos espalhando gotas que brilhavam ao cair e secavam antes de deixar marcas. Passei por um grupo da guarda sarracena do rei que voltava ao quartel depois de algum desfile — usavam um uniforme que consistia em um cafetã verde e turbante branco, tendo as espadas curtas e curvas presas ao cinto. Dois sargentos normandos passaram a cavalo e vi os olhares hostis que lançaram aos sarracenos, que eram os soldados favoritos do rei.

Cheguei à minha casa e encontrei as janelas já fechadas por causa do sol. O porteiro, Pietro, estava na sua guarita, cochilando no seu catre, e demorou a abrir o portão. Caterina, a mulher dele, de Amalfi, tomava conta dos meus dois quartos, mantinha cheia a minha jarra de água e cozinhava para mim e para os outros moradores, deslizando escada acima com a comida que preparava na cozinha embaixo — digo cozinha, mas não passava de um canto com uma lareira. Hoje ela trazia bolos de trigo com recheio de alho e queijo de cabra derretido. Com essa refeição tomei um pouco do excelente vinho siciliano dos vinhedos reais em Conca d'Oro, a que tinham direito por contrato os primeiros três níveis de funcionários do palácio.

Depois dormi um pouco e acordei com um sentimento de desconforto, algo como uma premonição, lembrando, ainda deitado na minha cama, as marcas da divisão tão evidentes no *majlis* daquela manhã, os antagonismos que se agitavam entre nós. Imaginei por que Maurice Béroul tinha me observado, o que se passava na sua mente quando ele pareceu hesitar. E me perguntei a quem o rei ouvia, aos normandos ou lombardos, árabes ou gregos, ou judeus. Então me lembrei de que deveria ir até Bari, numa missão em que não acreditava, simplesmente para Yusuf manter as prerrogativas do seu Diwan.

Especialmente para afastar esses pensamentos sombrios, mas também porque ficaria longe de Palermo por um bom tempo, decidi ir naquela noite à Capela Real para ver o progresso dos mosaicos. Sentia necessidade de movimentar-me e decidi ir a pé, pois não chovia e as ruas não estariam enlameadas. Também queria ir a uma oficina de ourives perto do portão Buscemi, porque desejava, depois de ver os mosaicos, visitar as mulheres de Tiraz, a tecelagem de seda no palácio, e em particular uma mulher chamada Sara, que era a minha favorita entre elas.

Eram mulheres judias de Tebas, especialistas na criação do bicho da seda e na fabricação de mantos e vestimentas para eventos na corte, que haviam sido sequestradas de seus lares e trazidas como um presente para a cidade de Palermo pelo almirante da frota, emir dos emires, Jorge de Antióquia, num ataque que fizera à Grécia dois anos antes. Eu geralmente dava dinheiro a Sara — era o que ela preferia. Mas lidava tanto com dinheiro no meu trabalho que gostava às vezes de lhe dar um presente, uma joia. Ao lado das minhas roupas, o aluguel da minha moradia, e o cuidado do meu cavalo, as visitas a Tiraz compunham a maior parte do meu gasto mensal.

Escurecia quando saí, e as lâmpadas nas esquinas estavam sendo acesas. Senti o cheiro da água nas calhas da bomba perto da minha casa, um odor estranhamente forte provocado pela terra e pedras quentes que me evocava saudades, apesar de eu não saber de quê, ou apenas um sentimento de solidão.

Era a hora do dia em que os varredores de rua apareciam; eles se chamavam varredores, mas na verdade eram catadores. Agora eles trabalhavam intensamente, os sacos amarrados no corpo. Nos últimos meses, eles vinham atraindo a atenção do nosso Diwan. Eram desordeiros; bem-sucedidos demais. Era um grupo fechado, em que era impossível entrar sem permissão de um dos chefes de clã que controlavam os diversos distritos da cidade e tinham homens armados a seu serviço, e roubavam uma parte dos ganhos dos varredores, assim como dos mendigos e prostitutas. Isso se tornava mais complicado porque os clãs dominantes pertenciam a diferentes grupos dominantes. Árabes na Kalsa, gregos no sul, sicilianos na área do porto. De tempos em tempos surgiam lutas e mortes pelo domínio de algum território, o que era aceitável desde que se mantivesse um equilíbrio razoável. Mas ultimamente o equilíbrio vinha se perdendo. Houve batalhas violentas entre grupos de varredores, o número de mortes tinha aumentado sensivelmente. Depois de ter sido uma questão simples de suborno e intimidação, a atividade passara a receber o título de crime fiscal, e por isso havia atraído a atenção do Diwan de Controle. Não se tinha ainda encontrado uma solução. Era óbvio que, como varredura, catação ou qualquer outro nome que se lhe desse, ela assumia principalmente a forma de roubo; as pessoas eram pobres, não havia lixo suficiente nas ruas de Palermo para manter mais do que um punhado de catadores.

Considerei a questão enquanto caminhava. O problema era triplo: como evitar os roubos, encher os cofres do rei e manter as ruas limpas. Era possível fazer os varredores usarem uniforme, de uma cor que os distinguisse, talvez amarelo. Então as pessoas poderiam vigiá-los mais de perto, especialmente quando se reuniam em grupos. Ousada e com maior probabilidade de ganhar a atenção do rei e sua aprovação seria a mudança completa do seu estatuto, transformá-los em um único grupo com um novo nome, a Nobre Sociedade de Varredores de Rua, usando o brasão real e pagando regularmente um valor fixo, ou uma fração dos seus ganhos, ao Tesouro

Real. Nesse caso, não se teria mais um suborno, mas um imposto e, portanto, deixaria de ser ilegal. Mas a dificuldade, além da hostilidade dos chefes, é que eles não tinham realmente ganhos, mas apenas o resultado dos roubos. As pessoas estariam dispostas a pagar para ter as ruas limpas? Parecia pouco provável. Talvez também se pudesse cobrar esse custo como um imposto. Enquanto isso era estudado, os varredores poderiam ser obrigados a usar uma pá e uma vassoura; com as mãos assim ocupadas, eles teriam mais dificuldade em roubar, mas, em compensação, uma pá nas mãos erradas podia ser uma arma ideal...

Esses pensamentos inúteis encheram minha mente até eu chegar à pequena praça próxima ao portão Buscemi, onde o ourives tinha a sua oficina. Observei-o trabalhando durante algum tempo, transformando o ouro em finas folhas com martelo e bigorna. Quando me viu, passou o trabalho para o filho, musculoso como ele e sempre ali para assisti-lo, e veio me atender com o suor brilhando nos braços e no rosto. Ele tinha um balcão de vidro contendo os objetos à venda de modo que pudessem ser vistos, mas não tocados enquanto ele não os retirasse. Depois de alguma hesitação, escolhi uma granada sobre uma folha de metal pintado que a fazia brilhar. Imaginei que Sara poderia usá-la com uma corrente no pescoço ou, se preferisse, engastada num anel. Ele me cobrou três ducados de prata pela peça.

Fazer compras me alivia o espírito, e daquela vez não foi diferente. Enquanto caminhava em direção à capela pelas ruas que escureciam, minha ansiedade aumentava. Vinha seguindo o progresso dos mosaicos há alguns anos, e já tinha a amizade do homem responsável por completá-los, o mestre mosaicista Demetrius Karamides, que supervisionava o trabalho a convite pessoal do rei Roger.

Entrei pela porta oeste, e a beleza do lugar me maravilhou mais uma vez, um espanto familiar, mas que nunca perdia a força. Avancei pela nave em sombras, mas havia uma luz ao fundo, na área do santuário, onde estavam trabalhando. Uma luz vinda de baixo evidenciava os santos e apóstolos nos arcos do transepto, fileiras santas daqueles que intercedem por nós. A luz caía sobre a mão erguida de Cristo Pantocrator e sobre o livro aberto com a sua mensagem de salvação: *Eu sou a luz do mundo*. Não via as palavras, mas conhecia-as. O rosto de Cristo estava na sombra e apenas uma radiância trêmula caía sobre o manto da Virgem, sobre o ouro do seu halo e sobre a mão estendida do Anjo da Anunciação. As sombras se moveram quando me aproximei e vi os dedos de Deus e as asas brilhantes do Pombo.

Quando avancei pela sombra, senti que a luz à minha frente me atraía como a rede serve de chamariz para um peixe no fundo. Não há acidentes nas nossas vidas, tudo já está previsto. Eu havia entrado a uma certa hora, sob uma certa luz, Lá estava o livro aberto, o disco brilhante, as asas; lá estavam as mãos pairando acima de tudo, mãos que abençoavam, mãos que enviavam. Senti a vertigem de uma luz diferente, mas então ela desapareceu e se perdeu para mim. Vi Demetrius entrar na luz. Veio na minha direção e apertamos as mãos no estilo bizantino. É como fazem os gregos, apertando o braço acima do pulso. Ele já vivia há mais de oito anos na ilha, primeiramente em Cefalu e depois em Palermo, mas não fazia o menor esforço para adotar os hábitos e roupas de seus anfitriões, mantendo os modos cerimoniosos de Constantinopla e a túnica de gola alta e solta na cintura. Não sabia se isso se devia ao orgulho ou a um senso de patriotismo, o que seria perigoso, agora que seu imperador se preparava para a guerra com a Sicília. Talvez fosse apenas uma rigidez da sua natureza. Ou seria a pouca rigidez da minha? Isso já vinha me preocupando: grego entre os gregos, franco entre os francos, quem era Thurstan?

No momento em que o cumprimentei, percebi que algo estava errado, não pelo seu rosto, que sempre era sombrio, mas pelo tom de sua voz, pela maneira como me puxou para um canto, onde não poderíamos ser ouvidos pelos dois homens que trabalhavam no santuário. Um deles estava sobre uma plataforma alta presa por cordas, junto à parede oposta, com lamparinas presas às cordas dos dois lados. Trabalhava na decoração do arco imediatamente acima da Fuga para o Egito. Era muito louro, e na luz os seus cabelos pareciam de ouro.

— O que foi? — perguntei, reagindo à sua silenciosa orientação. Como uma planta sabe a direção da luz, também eu conhecia todos os tipos de segredo.

Mas ele nada disse durante um momento. Apenas olhou para mim. Tinha os olhos negros como piche, muito abertos e brilhantes, um olhar dominador. Quando contrariado, ele baixava as pálpebras sobre eles, o que lhe dava uma expressão de sofrimento suportado sem paciência.

— O trabalho não está progredindo?

— Não teremos permissão de terminar o trabalho. Logo iremos embora daqui.

— Embora? Mas ainda há muito a fazer. A parede oeste, e as arcadas, e a sequência apostólica na...

— É verdade. Como você diz, há muito a fazer, mas não será feito pelos meus homens. Vem gente nova. Vamos terminar os mosaicos do santuário e transepto porque eles não querem uma mistura tão evidente de estilos, mas iremos embora antes do fim do ano.

— Gente nova? — eu estava perplexo. — Quem não está querendo misturar estilos?

Com um movimento de cabeça, Demetrius indicou o homem que trabalhava na plataforma.

— É um dos novos. São latinos do norte, francos. Mandamos este fazer as *fleurs délices* que decoram o arco porque é o único trabalho que podemos lhe confiar.

Olhei para cima. Havia uma auréola de luz em volta da sua cabeça; parecia um anjo despreocupado suspenso lá no alto de costas para nós. À sua direita, na mesma altura da sua cabeça luminosa, estavam as palmeiras egípcias de esmeralda e o pequeno Jesus sentado ereto no ombro de José. Quando olhei novamente para Demetrius, minha vista escureceu por um instante, como se tivesse acabado de olhar para o sol.

— Não pode ser. Não é possível que eles tenham vindo para substituir vocês. Para trabalhar com vocês, aprender com vocês, sim. Você é um mestre conhecido, fez os mosaicos de Cefalù para o nosso rei Roger, e todo mundo sabe o quanto ele gostou.

A gratidão do rei fora opulenta: 500 dinares de ouro presenteados quando os mosaicos foram terminados, além do pagamento e da manutenção previstos no contrato. Disso eu sabia, porque era o nosso Diwan que controlava as contas.

— Deve haver algum engano.

Demetrius fez o gesto estranho e angular dos gregos bizantinos, irado e resignado ao mesmo tempo, encolhendo o ombro direito e erguendo levemente o braço direito, a palma para cima, com se atirasse um objeto para o alto.

— Não há engano. A menos que seja o erro de empregar artesãos menores no nosso lugar. Nós temos a liturgia errada, os cristãos latinos vão tomar o nosso lugar.

— Por ordem de quem?

— Por ordem do rei.

Fiquei sem fala; de fato, durante alguns momentos, não pude acreditar que essas palavras tinham sido pronunciadas. Muita persuasão e muitas promessas foram necessárias para trazer Demetrius Karamides à Sicília. Primeiro em Cefalù, e agora aqui na Capela Real, na abside, altar e transepto, ele e os homens que ele trouxe de Constantinopla fizeram os mosaicos que maravilhavam o mundo. De quem seria a língua traiçoeira que teria convencido o rei a ordenar a demissão deles? Só poderiam ser, como dizia Demetrius, os homens da igreja romana, preferindo mosaístas da sua própria liturgia nesse lugar onde se celebraria a missa latina. Mas o que me enchia a mente, uma vez passado o choque da surpresa, era o fato de a decisão ter sido tomada e as ordens executadas sem nenhuma informação ter chegado ao Diwan de Controle — nem mesmo um boato. Foi o que me provocou o começo do medo, quando olhei, atrás de Demetrius, para as sombras da nave. Esse segredo era a marca do poder. Por que caminhos tinham chegado a ele?

— Não pode ser — eu disse, mas agora falava dessa discórdia, dessa inimizade de religiões, aqui, onde os sarracenos tinham talhado a madeira do teto, os latinos o mármore, e os gregos tinham colocado as pedras do mosaico, todos trabalhando juntos para construir a igreja onde o nosso rei normando ouviria a missa.

Talvez percebendo na minha voz a agitação do meu espírito, Demetrius se aproximou e voltou a segurar meu braço.

— Chegue aqui. Não se vê bem à luz da lâmpada. Não o suficiente para um bom julgamento. Mas estes medalhões dos sofitos da arcada foram feitos pela nossa gente, trabalhando lado a lado com os lombardos do continente. Trabalhando juntos, entende? O trabalho está bom, como está bom na abside e no altar e nas capelas laterais. Trabalharam bem, mas sempre sob a nossa orientação. Aprenderam, mas ainda não é o bastante. Agora esses recém-chegados, que sabem ainda menos, serão responsáveis por todo o trabalho na nave. Você vai ver como os mosaicos vão ficar mais grosseiros, vão ser menos luminosos.

Seus olhos se abriram quando ele falou.

— Luz. A arte do mosaico é a arte da luz. Está na colocação das peças, não nas suas cores. Vemos onde termina uma cor e começa outra, mas a luz é o esplendor, e o esplendor não tem limites. Quem não sabe captar a luz nunca será capaz de fazer um mosaico realmente belo. O trabalho deles nunca será tão bom como o nosso. Você verá onde termina o nosso trabalho e começa o deles.

Tinha falado com um sentimento profundo e seus olhos arregalados brilhavam à luz da lâmpada como se também eles tivessem captado a luz que ele exaltava. Mas a mim parecia que ele cometia exageros, sentido por ter sido superado — um sentimento muito natural. Eu não acreditava que o rei, tendo consciência disso, tivesse se permitido ser convencido a confiar os mosaicos da sua própria capela a pessoas menos talentosas. Demetrius falava como se não houvesse no mundo outros mestres do mosaico.

— Sim — continuou ele —, em tempos que virão, enquanto esta igreja estiver de pé, eles verão onde termina o nosso trabalho e começa o trabalho mais grosseiro dos outros. Para mim é um consolo que isso seja visto e observado ao longo das eras.

— Demetrius, por favor entenda o quanto essa notícia me deixou infeliz. Vou tentar descobrir mais sobre ela. Deve haver razões, razões urgentes, as quais não conhecemos.

Falei essas palavras com os olhos baixos, como é hábito entre nós quando compartilhamos o sofrimento dos outros ou nos comiseramos deles na sua perda ou infelicidade. Quando tornei a olhar o rosto de Demetrius, vi que sua expressão havia mudado, tinha um sorriso que não era agradável.

— A razão urgente que não conhecemos é que seu rei deseja agradar o bispo de Roma dando todos os cargos a cristãos latinos. Ele espera que isso, se continuado por bastante tempo, lhe garanta o reconhecimento de Roma, que até hoje ele não obteve.

Havia desprezo nas suas palavras, algo incomum nele. Fiquei ofendido pelo desprezo pelo nosso rei Roger, especialmente por terem aquelas palavras um pouco de verdade, não no que se referia aos seus motivos — que nenhum de nós dois tinha condições de conhecer, nós que estávamos tão abaixo dele — mas pelo fato de o papa Eugênio continuar a tratá-lo por *signore*, roubando-lhe injustamente o título real.

— Acredito que o rei foi enganado — falei. — Que ele recebeu falsos conselhos.

— E qual a importância do conselho que lhe foi dado? Ele apôs o seu selo sobre ele. Vocês terão a decoração da arcada da nave, dos dois lados. Vocês guardarão o livro do Gênesis — isso foi acordado por todos quando começamos a trabalhar aqui. Mas vocês o transformarão em histórias.

Enquanto ele falava, seu rosto estava muito próximo do meu, e vi sua boca se retorcer de desprezo.

— Isso é tudo que vocês ocidentais sabem fazer. Vocês vão da esquerda para a direita, de uma cena para outra, numa linha. Vocês não entendem. A graça de Deus não é diferente do seu poder, os dois caem do alto para baixo, um rosto de esplendor, como a luz. E essa graça e poder, o que vocês fazem com eles? Inventam histórias. Deus criando a luz, uma figura pequena num canto fazendo um gesto, e então passamos à cena seguinte. Deus vive na luz, Ele cria, mas vocês não percebem, vocês escrevem histórias.

Havia desprezo na sua voz, também por mim. Eu nunca o tinha ouvido falar assim, e pensei que na verdade não o conhecia, apesar dos anos em que o tinha como amigo. Seu orgulho fora ferido, sim, ele tinha sofrido um rude golpe. Mas o desprezo já existia, algum golpe mais fraco o teria evidenciado. Quando há uma jaça, qualquer golpe quebra a pedra. Acho que foi São Paulo quem disse isso, na sua epístola aos tessalonicenses, exortando a unidade da fé e da prática entre os irmãos em Cristo. Mas somente mais tarde as palavras de São Paulo — se é que foi realmente ele — vieram à minha mente. O que devia ter me entristecido, fosse eu mais sábio, agora só me fazia sentir raiva. E eu disse:

— É normal, naqueles que não têm uma coisa, sentir inveja dos que a têm. A revelação de Deus veio a nós por descoberta, como quem passa as páginas de um livro. Temos o dom da narrativa, e vocês não. Por isso vocês o consideram uma falha nossa.

Depois disso pouca coisa foi dita entre nós. Ele me acompanhou em parte do comprimento da nave, mas nos separamos friamente. Parei sozinho junto à porta durante algum tempo, olhando para o altar e a abside além da nave. Onde a luz caía eu via os entalhes de mármore colorido nas balaustradas e na parte inferior das paredes, incrustados como joias sobre a tampa de um caixão, trabalho de artesãos italianos. Um pouco além, ficava a radiância dos mosaicos. Na obscuridade à minha volta, pouco visível, mas bem conhecido por mim, de outras visitas, ficava o teto com estalactites árabes de madeira talhada, com cenas pintadas e inscrições no alfabeto kufic. Latinos, bizantinos e sarracenos haviam trabalhado juntos aqui para criar uma harmonia única, para fazer desta, apesar de ainda inacabada, a mais bela igreja jamais vista em Palermo. Houve tempos em que o interior se encheu com as suas línguas diferentes e com o som de seus martelos, lixas e talhadeiras.

Mas não se tratava apenas do edifício. Essa combinação do que havia de melhor nas diferentes tradições era, a meu ver, uma representação da unidade na diversidade do nosso reino, uma harmonia que nosso rei soubera proteger e preservar. Era meu obscuro dever servi-lo para ajudar na sua grande obra. Era por isso que eu tentava reduzir os abusos dos varredores de rua. Era por isso que eu ia me encontrar com Lazar Pilic.

III

Não posso dizer que esses pensamentos tenham me dado grande conforto depois das notícias que ouvira e da maneira como tinha me despedido de Demetrius. Sentia o coração pesado e carecia de consolo, e ao fazer novamente o sinal da cruz nas sombras, antes de sair, pensei nas mulheres de Tiraz, e mais particularmente em Sara e no presente que trazia para ela no meu bolso, que tornaria mais calorosa a sua recepção — pelo menos era o que eu esperava, sentindo a necessidade do seu corpo abraçando o meu.

Ao chegar ao pé da escadaria e começar a atravessar a praça, um homem veio na minha direção, saindo das sombras junto à parede. Tinha o passo leve, e chegou ao meu lado esquerdo, ficando em silêncio. A praça estava deserta e por um momento eu pensei que ele fosse me atacar. Virei para encará-lo e minha mão agarrou a adaga presa ao cinto, mais rápida de sacar e usar no curto espaço que havia entre nós.

— Não — disse ele —, sou amigo, sou Béroul. Estava cruzando a praça e o vi contra a luz na porta quando você começou a descer a escadaria.

— Luz na porta? — Olhei para a escadaria. — Você tem bons olhos.

Ele sorriu, como se lesse os meus pensamentos.

— Há algum tempo quero falar com você. A oportunidade é agora.

Ainda estávamos à sombra da parede. Ele vestia uma capa com capuz e eu mal conseguia distinguir sua fisionomia, mas o seu sorriso dava ao rosto de queixo quadrado uma expressão de fome.

— Estou a caminho de um compromisso importante. Isso não pode esperar até amanhã?

— É algo que muito lhe interessa. É melhor me ouvir.

Havia um tom de ameaça nessas palavras, ou pelo menos assim me pareceu. Não temia Béroul, mas se usava esse tom, ele devia tomar o assunto por sério.

— Muito bem — falei num tom carregado de enfado. — Estou ouvindo.

— Não. Aqui não. O que você está pensando? A pouca luz não vai nos esconder e os que nos querem mal podem se aproximar mais facilmente sem serem notados.

— Como você se aproximou de mim.

— Sou seu amigo e você logo vai entender. Se conversarmos aqui, vamos parecer conspiradores. Se conversarmos numa taverna que conheço, aqui perto, seremos Thurstan Beauchamp e Maurice Béroul, dois funcionários da Douana Regia tomando um copo de vinho sem nos importarmos com quem nos vê.

Usou o título latino do Diwan Real com certa ênfase deliberada, e isso, quando mais tarde relembrei a nossa conversa, pareceu ser o primeiro indicativo da sua intenção. Começou a atravessar a praça sem dizer mais nada e eu o segui, também em silêncio.

A taverna era um lugar muito pequeno, pouco mais que um porão, mal iluminado e quase deserto — um homem dormia ou cochilava sentado a uma mesa, a cabeça caída sobre o peito, e três outros jogavam dados num canto, discutindo a cada lance. O homem que nos serviu vestia um avental de couro malcheiroso e o vinho era azedo. Fiquei surpreso por ele ter escolhido um lugar como aquele. Em Palermo havia tavernas frequentadas pelo pessoal do palácio, mas esta não era uma delas. Éramos conspícuos ali, eu com meu chapéu emplumado e peliça de mangas largas, ele com seu manto escuro e a tonsura na cabeça — ele havia jogado o capuz nas costas.

Ele tomou um gole do seu vinho, colocou-o cuidadosamente na mesa. Depois de um momento, sorriu o seu sorriso de queixo magro e disse:

— Sempre tivemos grande interesse em você, Thurstan.

— É mesmo? É o plural da majestade que estamos usando?

— Nós, da vice-chancelaria, a *Magistri Camerii Palatii*. Estamos observando você, apesar de você não perceber.

Nisso eu acreditava.

— Nós também observamos. Nós do *Diwan al-tahqiq al-ma'mur*.

Usei deliberadamente o título árabe e me pareceu que seu rosto endureceu, mas o tom não mudou quando ele voltou a falar.

— Notamos sua diligência e devoção ao serviço do rei. Na nossa opinião, seus talentos estão sendo desperdiçados.

Pareceu esperar uma resposta, mas eu não disse nada. Depois de um momento, ele prosseguiu:

— Apesar da sua capacidade, você não vai longe numa Douana conduzida por sarracenos, tendo um chefe sarraceno.

— Além de mim, há outros cristãos no meu Diwan.

Pela segunda vez naquela noite, vi o seu rosto se deformar com desprezo.

— Cristãos? Você se coloca no mesmo nível deles, esses sarracenos imundos do palácio, que alegam ter se convertido à nossa fé, mas secretamente continuam a praticar a própria?

— Nunca observei nenhuma prova disso — argumentei, mas ele não me ouviu nem fingiu ter ouvido.

— Uma vez sarraceno, sempre sarraceno, está no sangue. — Seus olhos me fixavam, aquele sorriso faminto havia desaparecido e com ele toda aparência de interesse benevolente em mim. Ele se inclinou sobre a mesa, aproximando o rosto do meu. — Está no sangue corrompido deles e, se o permitirmos, vão corromper com ele o nosso sangue. O aviso terrível está nas palavras de Ezequiel: "E quando passei por ti e te vi poluído no teu próprio sangue, eu te disse: Vive no teu sangue!" A vida cristã como é vivida na Sicília pode ser resumida numa luta contra a contaminação, uma luta para manter limpo o nosso sangue. É uma luta longa, uma luta sem fim. A ameaça paira sempre presente, toda conquista é provisória. Diga-me Thurstan, o que significa para você a cristandade?

— É o termo que usamos para as regiões onde predomina a nossa fé romana.

— Só isso? A grande disseminação da nossa fé não passa de uma mera questão de geografia? Vou lhe dizer o que é a cristandade. Cristandade é a igreja cristã universal, a sociedade cristã universal. Cristandade é uma hoste poderosa destinada a reunir o mundo todo sob a sua força.

Poucas vezes eu tinha visto tamanha exaltação num rosto humano. A tensão que mantinha baixa a sua voz intensificava a veemência do seu discurso. A sala agora estava em silêncio. O jogo de dados tinha acabado e um dos três já tinha saído; a cabeça do homem que dormia solitário agora repousava na mesa.

— Essa nossa cristandade é jovem — disse ele, agora mais calmo. — Vamos viajar de volta no tempo. Há cem anos, praticamente no dia de hoje, você teria visto um grupo de homens que viajava de Worms até Roma. Se tivesse a sorte de estar naquele grupo, você teria reconhecido em um deles Bruno de Egisheim, recém-eleito papa Leão IX, e, em outros Hugo, abade de Cluny, e, no terceiro, Hildebrando, que mais tarde seria eleito papa Gregório VII. Pense, Thurstan. Quando, antes ou depois, três homens iguais viajaram no mesmo grupo? Três futuros santos, três homens de gênio, cada um dedicado a estender o poder e influência da Santa Igreja. Viam mais claramente do que em qualquer época anterior o perigo das práticas diferentes; de modos diferentes, eles trabalharam para transcender o localismo, para fazer da nossa Igreja um corpo único. Foram eles os fundadores da cristandade. Foi deles o espírito que inspirou a primeira cruzada e tomou a Terra Santa para Cristo.

Ele nada disse sobre a segunda cruzada, que havia terminado em clamoroso fracasso no ano anterior, e eu entendi a razão, e, ainda que por apenas um instante, ela me aproximou de Béroul mais do que eu jamais me aproximaria: por um momento breve nos unimos na dor de todos os cristãos pela perda de Edessa, pela humilhação diante dos muros de Damasco, pela retirada ignominiosa e desordenada do maior exército que os francos jamais tinham mandado a campo.

— Hoje vemos mais longe do que eles — continuou, após uma pausa. — Não porque temos olhos mais perfeitos, mas por causa da fundação que ergueram para nós. Eram gigantes, somos anões. Vemos mais longe porque estamos sobre seus ombros. Eis uma metáfora que eu mesmo inventei e que às vezes uso para explicar essas coisas.

— Tem certa semelhança com palavras de Bernard de Chartres, escritas pouco antes de eu nascer.

— Muito bem, Thurstan! Você passou no meu teste. Não exageravam quando louvavam as suas realizações. Mas o que eu queria dizer era que o perigo ainda espreita nas práticas locais, hoje vemos aqui na Sicília que a maior ameaça à nossa Igreja é a existência entre nós de uma fé militante hostil à nossa. Esses muçulmanos vivem e geram filhos entre nós. Seu sangue é corrupto, e eles vão corromper o sangue da Santa Igreja, o *nosso* sangue. — O tom mais calmo com que falou sobre os grandes homens do passado havia desaparecido, e aquele olhar fixo voltara ao seu rosto. — Estaremos condenados a viver no nosso próprio sangue poluído e as palavras de Ezequiel se confirmarão.

— Foi para me dizer isso que você me trouxe aqui?

Seus olhos se desviaram. Estendeu a mão e empurrou o copo um pouco para o lado, muito pouco, como se procurasse o lugar ideal para ele.

— Você pode nos ajudar nessa luta sagrada. A sua Douana é uma fonte de corrupção. Não me diga que você não notou como, a cada ano, a língua dos sarracenos suplantou a nossa. Antes era grego. Depois o latim, a língua da nossa religião, começou a ser usada. Mas foi suprimida por astúcia deles. Agora tudo está na língua sarracena. Você vai dizer que não notou?

— Não é verdade que tudo esteja escrito em árabe. O grego também é usado — meu escriturário é grego. O árabe é mais usado hoje, e não é difícil de ver a razão. Usamos escribas sarracenos porque são mais instruídos e escrevem melhor. Nós nos ocupamos com títulos de terras e os rendimentos ligados a eles. A clareza é essencial. Os que escrevem em latim não escreviam com clareza nem na sua e em nenhuma outra língua.

— Você não vê que a ascensão da língua deles é parte de uma conspiração que vai muito além das praias desta ilha? Os sarracenos já governaram aqui, e não faz tanto tempo. Estão trabalhando agora para acabar com o reino e recuperar o poder que já tiveram. E recebem ajuda de fora. Você já notou a ascensão dos almôades no Norte da África? Uma após outra, as nossas colônias estão caindo diante deles, eles estão tomando os nossos portos e nosso comércio, estão recuperando a terra para o Islã. Enviam espiões pelo mar para fomentar a rebelião e atos de violência entre seus irmãos muçulmanos aqui.

Ele falava como se ninguém mais soubesse desses almôades, os berberes do Marrocos que avançavam sobre tudo como gafanhotos, apesar de a maioria da população de Palermo já conhecê-los, principalmente os que prestavam serviço no palácio. Eu mesmo sabia mais sobre esse povo do que ele, pois tinha levado por mar o dinheiro do rei para endurecer a resistência do emir de Bugia, que ali protegia os nossos interesses comerciais, mas sem resultados; a cada dia os nossos amigos árabes perdiam terreno, esses almôades já estavam a oeste do reino de Zurid.

— Eles usam o *alamat* para passar sinais secretos entre eles — disse Béroul.

— Isso não é verdade — respondi.

O *alamat* era uma forma de assinatura em escrita cúfica usada pelos escribas árabes em documentos que circulavam entre as chancelarias.

— São extremamente difíceis de ler — falei. — Quase impossíveis.

— Esse é o truque. Eles fazem uma escrita intricada não por causa do ornamento, mas para enganar. Já usamos escribas treinados para decifrá-los. São citações do Corão. Deixe-me dar um exemplo: "No dia do Julgamento, a quem vai pertencer o reino? A Deus, o Único, o Vitorioso." — Fez uma pausa, olhando fixamente para mim como alguém que afirmou alguma coisa irrespondível. — Não pode ser mais claro. É um incitamento à rebelião. Você já os viu orar? Centenas de homens movendo-se juntos, como uma única besta.

Eu o observei em silêncio, quando ele parou mais uma vez para fazer um ajuste mínimo na posição do copo. Seus dedos eram muito brancos e as unhas bem cuidadas.

— A besta espera para nos devorar. Quem dá emprego aos escribas sarracenos e supervisiona o seu trabalho? Não seria o senhor da sua Douana?

— Você sabe que é.

— Yusuf Ibn Mansur. Ele é próximo ao trono e tenta ficar ainda mais próximo. Mas não vai deixar o seu lugar para você, Thurstan. Vai deixar para uma criatura de sua própria linhagem. Sabemos quem ele escolheu como sucessor.

Se ele esperava que eu questionasse essa afirmação, ficou desapontado. De qualquer maneira, não acreditei. Espionando se pode descobrir o ninho da cotovia, a toca da raposa, o lugar onde um homem esconde seu tesouro. Mas ainda não nasceu o espião capaz de ver os objetivos de um homem como Yusuf. Ainda assim, apesar de confiante, as palavras de Béroul me feriram como se procurassem proteção em mim.

— Não espero ficar com o lugar dele — respondi, e senti que não mentia, no sentido de não estar trabalhando ativamente para obtê-lo.

— Sabemos algumas coisas a respeito dele. Sabemos que ele e alguns de seus subordinados sarracenos estão engajados na perversão da nossa fé oferecendo subornos a qualquer um que se disponha a converter-se ao Islã.

Isso era uma insensatez tão grande que por alguns instantes não consegui encontrar palavras para lhe responder. Uma nova lei proposta pelo Conselho dos Judiciários — um conselho indicado pelo rei — definia como crime equivalente à traição toda tentativa de conversão, por suborno ou por coerção.

— Você está louco.

— Não. Acredite em mim, nós o vigiamos já há algum tempo. Ele não tentou com você?

— Não. Claro que não.

Ele permaneceu em silêncio durante um instante, olhando para o outro lado da sala. Então, ainda sem me olhar, disse:

— Pense bem, meu jovem. É um crime capital. Você não gostaria de se associar a ele na culpa. Pode ser que você se lembre de alguma coisa, alguma palavra.

— O que você está querendo dizer?

— Alguma coisa que na hora não foi notada, mas que, junto a outras lembranças, adquira um significado particular.

Virou lentamente o rosto para mim e vi o sorriso e a tentativa de uma expressão de benevolência, que seria sempre derrotada pelo aspecto de carência do seu queixo.

— Partindo de você, teria grande força. Quem apresentar provas desse tipo poderá merecer a gratidão de alguns dos maiores do reino, os que são capazes de atender a qualquer desejo, capazes de, com uma palavra ou um golpe de pena, mudar a vida de um homem.

A compreensão do que ele acabava de dizer foi retardada pela descrença. Só agora ela me chegava, sem deixar margem para surpresa, apenas para a raiva. Era esse o assunto urgente que ele queria discutir, o foco que orientava a conversa sobre a cristandade. Levantei-me e olhei-o do alto, sentindo o sangue esquentar meu rosto.

— Você tem a coragem de me pedir para prestar falso testemunho contra meu benfeitor? É esse o valor que você dá à minha honra?

— Não, não. Só lhe peço para buscar na memória.

Ele não se moveu, o que foi bom para nós dois: se ele tivesse se levantado para me enfrentar, acho que eu o teria golpeado, apesar da ordem sagrada a que ele pertencia.

— Quem o escolheu fez bem em escolher um padre. A sua batina foi a sua salvação esta noite.

Com isso o deixei lá. Joguei uma moeda para o proprietário, pois não suportaria nem mais um minuto sob seu olhar. A raiva lutava com a vergonha, apesar de eu não saber bem sua natureza. Vergonha por ter escutado tanto? Por ter sido considerado uma pessoa acessível? Mais perguntas para me perseguir. Abaixo da raiva e da vergonha agitava-se um pouco do medo na capela diante das notícias da derrota de Demetrius. Béroul tinha um caráter doentio que era só seu. Mas ele não passava de um mensageiro, um lacaio. Quem estava por trás dele devia estar menos preocupado com o triunfo da cristandade do que com a acumulação de poder nas próprias mãos nessa nossa ilha da Sicília.

Tal era a desordem em meu espírito que desapareceu todo o desejo pelas mulheres do Tiraz. Tomei o caminho mais curto para minha casa, com o coração pesado depois da raiva, tendo ainda a pedra de Sara no meu bolso.

IV

Nada disse a Yusuf sobre a conversa, e foi esse o primeiro e o mais grave erro que cometi com ele. Um pouco da vergonha que eu então sentira continuava comigo. Tinha medo do que ele poderia pensar, pois não podia deixar de pensar, mesmo na minha raiva, que tinha sido escolhido como possível traidor por ser assim considerado. E, se assim era considerado, talvez realmente o fosse. E a verdade me obriga a admitir que me ocorreu um pensamento, imediatamente suprimido, mas ainda assim penetrante: quando Béroul falou dos que têm poder para mudar a vida de um homem, houve um momento em que pensei nas minhas esperanças perdidas e no fato de ainda não ser cavaleiro.

Não calculei que Yusuf pudesse detectar essas vibrações da minha mente, mas temia que ele passasse a confiar menos em mim, que eu perdesse a sua consideração — e os seus favores, dos quais dependia meu progresso. A franqueza teria me poupado muito sofrimento mais tarde. Mas a suspeita e o segredo estavam no ar que respirávamos, nós dois. Afinal, eu era seu "pupilo". E achava muito pouco provável que a conversa com Béroul chegasse ao seu conhecimento.

Passei os dias que antecederam minha partida como de costume. As manhãs eram passadas à mesa na pequena sala que dividia com meu escriturário Stefanos, e fazíamos o trabalho costumeiro. Havia contas a examinar e ainda não lançadas nos livros do Patrimônio Real, apesar de que podia ser necessário a qualquer momento enviá-las para exame do rei; dinheiro pago em troca de informações, como incentivos e gratificações de vários tipos, dinheiro usado para fomentar a revolta nos Bálcãs e, mais recentemente, na Alemanha, onde esperávamos desestabilizar Conrad Hohenstaufen, um dos piores inimigos do rei, financiando uma liga de príncipes alemães liderada pelo conde Welf da Baviera, que alegava ter mais direito ao trono imperial do que Conrad. Se necessário, nosso rei Roger usaria a força das armas, mas ele era o primeiro dessa linhagem guerreira a preferir derrubar seus inimigos por meios diplomáticos e, para mim, essa era uma das marcas de sua grandeza.

Visitei Sara e lhe dei a granada de presente, me beneficiando da sua gratidão. Tomei informações sobre os pássaros que deveria comprar na Calábria, mas sem aprender muito mais do que Yusuf já me tinha dito. Todos os anos eles migravam para os pântanos que ficam entre o mar e a cidade de Cosenza. Vinham na primavera, desenvolviam longas cristas para o período da corte e, nesse tempo descuidado de acasalamento, eram caçados pelo povo da aldeia. Além disso, tudo que eu sabia era o quanto pagar — ou pelo menos o quanto não deveria exceder.

No dia seguinte à visita à Capela Real, um homem pediu para ser recebido e foi admitido, acompanhado por um dos atendentes do palácio. Minha sala era apenas uma das mais espaçosas de um adjunto de Yusuf, mas ficava do lado oposto da passagem e tinha entrada independente. Eu exigia que qualquer um que quisesse me ver entregasse as armas antes de entrar e estivesse acompanhado ao ser admitido. Era uma questão da dignidade do cargo, não se tratava de medo; eu sabia que talvez tivesse muitos inimigos cujos nomes e rostos não conhecia, mas era forte e rápido e tinha sido treinado no uso de armas antes de entrar para o serviço do palácio.

O homem era um pequeno comerciante, um grego da colônia de Messina que vendia sal e o nosso trigo duro siciliano para Salerno e Nápoles, além de outras cidades mais ao norte, viajando em qualquer tempo, ora de barco, ora com uma tropa de burros, um homem grisalho e encorpado, já não tão jovem, acostumado à dureza e aos perigos na busca de pequenos lucros. Disse que tinha visto perto de Benevento uma trupe de dançarinos e músicos de um tipo nunca visto, as mulheres seminuas, ou melhor, mais nuas que seminuas — o que ele disse apertando os olhos e abrindo a boca.

Se isso era tudo de extraordinário no grupo, eu lhe disse, ele estava gastando o meu tempo. Por acaso ele achava que o rei já não tinha visto mulheres em todos os estágios de vestimenta ou nudez, mesmo apenas com um anel no dedo ou uma fita no cabelo? Qual a necessidade de uma viagem a Benevento quando já existiam aqui mesmo, em Palermo, uma dúzia de lugares onde as mulheres dançavam e tiravam a roupa ao dançar, e ainda faziam muitas outras coisas, sarracenas, judias, gregas, italianas, sozinhas ou em grupos, de acordo com o gosto e as preferências do povo ou religião?

Sem desanimar, ele continuou os elogios. Lindas mulheres. Capazes de tocar a terra apenas com os calcanhares e com a cabeça, o corpo curvado como um arco, como se pedissem o amor de um deus. Agitavam a barriga sem qualquer esforço...

— As dançarinas de Tunis também fazem a mesma coisa — falei.

— Não, as barrigas num instante estão lisas, e então se ondeiam enquanto o resto do corpo continua parado, o rosto composto, notável. — As mulheres dançavam, os homens tocavam a música. Vinham do leste, de Anatólia, e falavam uma língua que ninguém entendia.

Ele próprio falava a língua da cupidez. Estava ansioso por me fazer interessar por essas dançarinas, sabendo que eu era o provedor do rei, sabendo que se fossem trazidas à corte ele seria bem recompensado. Chegou mesmo a descrever os instrumentos tocados pelos homens, de um tipo muito incomum, os tambores na forma de ampulheta com uma pele esticada entre as duas extremidades, uma espécie de alaúde cujo braço era mais longo que o pescoço de um cisne e tocado com um arco que era comprido como o braço de um homem...

Foi eloquente. A lembrança do dinheiro cobriu de prata a sua língua e exaltou a sua fantasia — não acreditei na história do tamanho do arco, o comprimento do braço de um homem é uma medida muito variável. Mas fiquei interessado no que ele disse a respeito do corpo imóvel enquanto a barriga se movia em ondas. As dançarinas de Magreb moviam os quadris, simulando o ato de amor, mas eu nunca tinha visto nenhuma capaz dessa concentração nos músculos do ventre. Ainda assim, se aquele homem era capaz de exagerar uma coisa, também poderia exagerar outra. No passado eu já tinha sido enganado por histórias de dançarinas, malabaristas, acrobatas, e pagara um bom dinheiro por artistas medíocres, indignos da atenção do rei. E eu sempre descobria que quem falava tão bem deles era bem recompensado ou, em alguns casos, pertencia ao grupo. Eu certamente não tinha tais suspeitas com relação ao homem à minha frente, mas entre os sicilianos existe um ditado que diz: "confiar é muito bom, mas desconfiar é ainda melhor."

— Bem — falei —, eles podem ser tudo isso que você está dizendo, e a verdade é que nunca tivemos dançarinas de Anatólia em Palermo, mas estão perto de Benevento, e não posso ir lá.

— Mas eles são errantes — disse ele, sentindo o meu interesse. — Vão de um lugar para outro o tempo todo. E exatamente agora eles vão seguir os peregrinos.

— Não vou me esquecer. — Não lhe disse que logo estaria partindo para a Calábria; mesmo quando não se tem nada a esconder, quanto menos se diz, melhor — mais um dos preceitos de Yusuf. Talvez ele tivesse ficado sabendo de algum modo, ou talvez sua vinda até mim não passasse de coincidência. — Tome, pelo seu trabalho — falei, dando-lhe dois *tari* do estoque de moedas que guardo numa caixa na minha mesa. — Se trouxermos o grupo a Palermo, você vai receber mais.

Ele me pareceu satisfeito. Pagar por informações, algo em que sou versado, é sempre uma questão difícil de avaliar, não importando a natureza da informação. Quem paga com muita facilidade é visto como ingênuo, capaz de acreditar em tudo; quem reluta muito perde informações, procurá-lo não vale a pena ou não vale o risco. Tal como tanta coisa na vida, é uma questão de equilíbrio.

Foi pensando no equilíbrio que mais tarde naquele mesmo dia fui até a Kalsa, o bairro árabe ao sul do porto, chegando a Martorana e deixando meu cavalo na praça atrás da igreja, num estábulo que já tinha usado antes: ao visitar Mohammed ar-Rahman era melhor chegar a pé e certificar-me de não estar sendo seguido.

Ali as ruas são estreitas e os muros altos, e as casas têm poucas janelas, sempre fechadas por treliças estreitas. Caminhei de olhos baixos, olhando para os pés que se arrastavam na poeira; olhar para cima era penoso para a vista nesse sol quente da tarde que se refletia nas paredes brancas. Nessa parte de Palermo, nada informa onde se está, as ruas não têm nomes. Mas eu sabia como chegar à casa de Mohammed, já o tinha visitado mais de uma vez. Havia uma pequena mesquita numa praça aberta, uma simples *mejid* com portais de pedra sem decoração e um pórtico estreito. Atrás dela havia um beco sem saída com uma única porta e a corda de um sino. Era a entrada usada por quem queria ocultar a visita; havia outra entrada, em outra rua, com portões largos e guardas armados. Ouvi passos do outro lado, houve uma pausa breve enquanto alguém me observava pelo buraco na porta, que então foi aberta pelo gigante Hafiz, que havia perdido um olho em circunstâncias que nunca me ocorreu perguntar, e que também fazia as vezes de cozinheiro, camareiro, provador de alimentos e guarda-costas. Ele me conduziu a outro pátio, onde encontrei Mohammed à sombra da colunata, reclinado num divã baixo guarnecido de almofadas. Ouvi as notas de um alaúde e uma voz de mulher cantando baixinho, mas o canto cessou quando eu entrei.

Senti imediatamente o frescor agradável do lugar, em contraste com o calor sufocante das ruas. Agora que o canto havia cessado, só se ouvia o ruído da água chapinhando na fonte ao cair do alto do nicho até a bacia de pedra em baixo, e dali para o canal inferior.

Mohammed começou a fazer um movimento para se levantar, lento por causa de sua corpulência. Seu solidéu e o manto eram impecável e luminosamente brancos. Talvez meus olhos estivessem afetados pela confusão de reflexos na rua, porque sua brancura parecia mais forte do que qualquer outra cor e parecia atrair para si toda a luz do pátio e até mesmo a luz do rosto daquele homem, de forma que, ao se levantar, ele parecia, apesar do corpo pesado, uma dessas figuras de um teatro de efígies, em que apenas as roupas e acessórios indicam a natureza do personagem. Mas isso durou apenas um instante. Quando me aproximei, suas feições se recompuseram, a barba curta, os olhos escuros caídos como os de um cão melancólico, o nariz pronunciadamente adunco.

— Bem-vindo! — Saudou. — Thurstan, o Viking, seja bem-vindo à minha casa.

Falou em árabe, apesar de também falar grego, e respondi na mesma língua, com a invocação costumeira das bênçãos de Deus sobre a sua casa. Achava graça em me chamar de viking por causa do meu primeiro nome, que acredito derivar do nome do deus Thor, e porque sou muito alto e tenho olhos azuis e cabelos louros e longos. Era também uma espécie de cumprimento, ou pelo menos eu assim pensava, porque ele considerava os vikings, com sua história de navegação, pilhagens e colonização, um povo semelhante aos árabes. Era um gracejo, penso, mas poderia ter alguma verdade; nasci na cidade de Norton, próximo ao rio Tees, e essa foi a terra que os dinamarqueses colonizaram em tempos passados, tanto que toda a parte oriental da Inglaterra ainda é conhecida como Danelaw.

Mohammed indicou um nicho estreito sob a colunata, onde havia alguns bancos baixos encostados à parede no canto. Sentamo-nos um diante do outro, ele apoiado numa parede e eu na outra.

— Você veio a pé a última parte do caminho, não é? As ruas estão quentes e este ano o calor chegou mais cedo. — Ele se inclinou e bateu palmas de leve. — Você toma um *sarba*?

Hafiz apareceu como que por mágica. Notei que ele estivera esperando próximo dali, oculto atrás do arco que ligava o pátio ao interior da casa; dali ele poderia nos vigiar a ambos.

Tomei cuidado para não demonstrar muito entusiasmo em aceitar: o entusiasmo é visto como cortesia pelos gregos e francos, mas parece falta de dignidade para um árabe. Na verdade eu tinha sede depois da caminhada e me lembrei de que essa bebida gelada de frutas de Hafiz era particularmente deliciosa, com a mistura correta de romã e limão. Pouco falamos enquanto esperávamos; Mohammed era polido demais para perguntar o objetivo da minha visita, e eu desejava evitar a aparência de pressa.

Hafiz serviu a bebida à nossa frente, derramando de um jarro de pedra em copos de metal, deixando claro que nós dois bebíamos do mesmo jarro, uma atitude que denotava uma hospitalidade tranquilizadora. Depois de ele sair, e após alguns cumprimentos pela qualidade da bebida, comecei.

— Há alguns dias, Yahuda Mari veio até nós com uma queixa.

— É?

— Veio em pessoa.

— Entendo, sim, uma questão séria. — Nada mudou no rosto de Mohammed.

— Há uma queixa de que alguns cemitérios judeus foram invadidos durante a noite e os túmulos, depredados.

Mohammed fez um murmúrio, talvez como se para demonstrar interesse, ou apenas para que eu continuasse a minha narrativa. Recostava-se confortavelmente sobre as almofadas.

— Logo depois dessa, chegaram queixas de que membros da comunidade judaica sofreram extorsão sob a ameaça de ter os túmulos da família revirados caso se recusassem a pagar. De acordo com Yahuda, isso vem acontecendo já há algum tempo, mas as pessoas tinham muito medo de represálias para apresentarem qualquer queixa.

Mohammed anuiu com a cabeça, como para demonstrar que estava entendendo.

— Essa é geralmente a razão do silêncio.

Depois de um instante, tomando cuidado para dar um tom desapaixonado, eu disse:

— Parece que essas ameaças vêm de árabes.

— É o que eles dizem, não é? É claro que o próprio Yahuda não foi ameaçado.

— Claro que não. — Ele estava blefando, e sabia que eu sabia. A família Mari era antiga e poderosa, e tinha sua força principal em Marselha, mas com ligações comerciais em toda a Itália. Yahuda era o chefe dos judeus de Palermo, um homem muito rico. — Quem vai ameaçar Yahuda? — perguntei. — Ninguém ameaça os fortes, só os fracos.

— Meu viking, o senhor fala com a simplicidade da juventude. Quando tiver avançado em anos, vai saber que os mais fortes são mais sujeitos a ameaças, porque são os que têm mais a perder.

— Ele veio me falar em nome do seu povo. E isso chamou a atenção do nosso Diwan porque não se pagam impostos nem taxas sobre valores resultantes de extorsão e, portanto, existe a possibilidade de perda de receita da coroa. Há também a questão da preservação da harmonia entre os povos e religiões. Yusuf Ibn Mansur, que envia suas mais cordiais saudações e as bênçãos de Deus sobre o senhor, pediu que eu me aconselhasse com o senhor por causa da amizade que existe entre nós.

Não sabia bem o grau dessa amizade, nem se ela podia realmente ser chamada de amizade. O fato é que pouco tempos antes eu tivera a oportunidade de prestar um favor a Mohammed. Os estivadores que carregavam trigo para o Norte da África no porto de Palermo eram todos sarracenos. A ocupação passava de pai para filho e era lucrativa — uma parte do trigo nunca chegava aos porões dos navios, nunca saía de Palermo, sendo vendida diretamente a particulares. Havia também um considerável comércio de haxixe vindo de alguns portos, como Túnis e Susa. Por tudo isso, esses estivadores eram invejados por outros trabalhadores do porto e, de tempos em tempos, havia tentativas de romper seu monopólio, especialmente por parte dos sicilianos que viviam nas proximidades, mas também dos gregos. Isso resultou em derramamento de sangue, lutas e muitos outros males. Poucos meses antes, depois de um esforço prolongado e com o apoio de Yusuf, consegui obter da Curia Regis uma carta oficial da Coroa oferecendo aos sarracenos a exclusividade no exercício da atividade de carregamento de trigo para o Norte da África, dando assim força de lei para o que antes era sacramentado apenas pelo costume. Mohammed, cujo povo controlava os estivadores e deles cobravam uma contribuição mensal, ficou agradecido.

— O senhor fez bem em vir a mim. Mas não foi meu povo que fez isso.

Isso poderia ser verdade, como também poderia não ser; eu não tinha como saber. Se fosse verdade, significava que havia um bando de árabes em Palermo que agia sem a autorização dele, uma coisa que não poderia nunca ser do seu agrado.

— Tenho plena confiança no senhor, que é um homem de honra. Sei que o senhor não se prestaria, por um mísero punhado de dinares, a ferir de forma tão profunda os sentimentos religiosos de outro povo.

— Obrigado. Sua confiança me honra. Trata-se de uma questão muito grave.

— É verdade.

— Não é apenas um bando. Pense no número de judeus que vivem nesta cidade e no número de mortos nos cemitérios.

— Verdade. Trata-se de muita gente.

Fiz uma pausa, sem saber bem como continuar. Mais uma vez, tinha dificuldade em encontrar um terreno comum com Mohammed. Ele era velho o bastante para ser meu pai, e seu poder, riqueza, força de vontade e disposição para fazer o mal criavam uma certa aura em torno dele. Não era de todo confiável, mas ao mesmo tempo era um homem estranhamente simples. Ao contrário de mim, ele não tinha nenhum senso de serviço ou dedicação a uma causa mais nobre. Eu não poderia apelar para o melhor da sua natureza; o que ele tinha não era suficiente para acolher minhas palavras. Mas não era essa a razão: no meu trabalho, encontrei muitos que também careciam de uma natureza melhor, mas ainda assim eu conseguia apelar a ela, porque eles fingiam tê-la, ao passo que Mohammed nem se preocupava com isso. Era um homem de família, bom para suas esposas e para seus muitos filhos; defenderia seus próprios interesses e os do seu clã até o último limite sanguinário; era fiel e agradecido quando se sentia em dívida. Eram esses os seus princípios orientadores e era importante entendê-los, porque Mohammed tinha a maior importância para a organização da vida em Palermo. Acrescente-se às minhas dificuldades o fato de eu, mesmo a contragosto, gostar dele, e de sentir que ele gostava de mim.

Vinha de uma linhagem antiga, que remontava ao grupo tribal de Yaman. Proclamava ser descendente de Hamza al-Basri, o famoso filólogo e poeta, que chegou à Sicilia em uma época anterior à conquista normanda. Mas ele próprio, apesar do gosto pela poesia e música, não tinha seguido os passos do seu ilustre antepassado. Era o chefe do mais forte e numeroso clã criminoso entre os árabes da cidade, formado principalmente por membros de sua família, mas reforçado — pelo menos naquele momento — por uma aliança informal com a família Ahmad Francu.

— Sabíamos que não poderia ser a sua gente. Esse pensamento nunca chegou a passar pela nossa cabeça. Não vim para acusá-lo. É do interesse de todos nós manter o equilíbrio. Os judeus quebraram o silêncio. Se não forem atendidos, os seus jovens vão começar a matar muçulmanos. Haverá derramamento de sangue. Já vimos isso antes.

— Nós também já vimos, nós também.

— Derramamento de sangue dentro de uma comunidade, isso é normal, mas entre duas comunidades é perigoso, espalha-se rapidamente, acaba com a paz do reino.

— Prejudica os negócios.

— É realmente muito ruim — concordei, vendo o primeiro sinal de que ele se disporia a ajudar. Não havia dúvidas de que, se quisesse, ele seria capaz, e com relativa facilidade. Se já não soubesse quem eram os culpados, logo os descobriria sem dificuldade. Ele mantinha relações de amizade com Al-Mawla al-Nasir, o herdeiro Said dos muçulmanos sicilianos, e portanto próximo do coração de uma rede de informações que se estendia dos fatímidas do Egito a todas comunidades sarracenas da Sicília e do sul da Itália. Ele gostava da retórica, e senti que era chegado o tempo de usá-la.

— Nosso grande rei herdou uma terra que antes era habitada por judeus e árabes, italianos e gregos, raças e crenças que coexistem lado a lado. Na sua sabedoria, ele entendeu que essa harmonia tinha de ser preservada, que disso dependia o bem-estar de todos. Dedicou vinte anos a essa grande tarefa, com o apoio leal de pessoas como o senhor e eu, seus servidores. Temos ideias diferentes do paraíso, o que é muito natural. Para nós, significa que nos juntaremos aos abençoados. O senhor talvez dê mais ênfase ao conforto físico e à gratificação dos...

"Teremos a felicidade suprema de ver Deus em pessoa. — Não me pareceu provável que ele entendesse essa alegria, mas, naturalmente, não demonstrei a minha dúvida. — Mas existe um aspecto do paraíso que todos reconhecemos e apreciamos, o paraíso terrestre que vem do bom governo. Nosso rei luta para criar esse paraíso e nós somos os seus agentes.

Era sincero ao dizer isso, apesar de não acreditar que as minhas palavras se aplicassem realmente às atividades de Mohammed. Em Bolonha, onde havia estudado direito, fui obrigado a ler os debates dos homens da igreja, e deles entendi, e absorvi a lição, que mesmo para os santos sempre existe, numa discussão, a necessidade de persuasão, e que essa necessidade leva à supressão — ou pelo menos à diluição — da verdade. Meu sentimento era de que Mohammed e todos os que lutavam por poder e riqueza e se rapinavam uns aos outros sob a superfície eram necessários para a ordem e harmonia do reino, ainda que não se interessassem por um Estado socialmente estável, mas apenas em vencer batalhas, que no final ninguém vencia. Tinha desenhado na minha mente uma figura que aliás devia expressar bem esse sentimento. O rei navegava num navio de prata, com bandeiras desta cor e remos igualmente de prata. O brilho se refletia na água, ofuscando os olhos e tornando difícil de ver a sua figura. Mas a prata brilhava muito contra a água escura; abaixo da superfície viviam criaturas que emboscavam, festejavam, lutavam e viviam, alguns pela força e outros pela astúcia, e, ao fazê-lo, elas mantinham o mundo que brilhava acima da água onde flutuava o navio do rei.

Enquanto esperava a resposta de Mohammed, Hafiz mudou de posição, ou talvez o sol tenha se deslocado sem que eu percebesse, pois agora eu via no chão a sombra da sua cabeça e turbante. Inferi a sua presença apenas pela sombra e isso me pareceu estranho. E relembrei a sensação que tive quando entrei no pátio e não consegui ver o rosto de Mohammed, mas apenas a brancura da sua forma, tal como uma sombra branca, e assim fui tomado por uma sensação de incerteza e de alguma ameaça pairando no ar.

Fui arrancado do meu devaneio pela voz de Mohammed.

— Uma grande responsabilidade, de fato. Agentes do rei! Mas até mesmo os agentes do rei têm de aceitar seus limites. — Olhava para o outro lado ao falar, mas se voltou para mim. Seu ar de indolência havia desaparecido e ele me olhava atentamente. — Têm de aceitar os seus limites, sejam eles cristãos, judeus ou árabes. Nós os aceitamos, mas eles não.

Isso exigia uma resposta rápida, antes de ele se estender sobre as queixas dos árabes.

— O senhor tem razão, e demonstra a sabedoria que o tornou conhecido em todos os lugares: o segredo está nos limites. A extorsão de dinheiro dos judeus, a ameaça de insulto aos seus mortos, tudo isso ultrapassa todos os limites, acredito que nisso estamos de acordo. Que os árabes lutem contra os árabes, e os judeus contra os judeus. Isso é natural e está na ordem das coisas. O senhor está aqui em Kalsa, os gregos no seu distrito de Martorana, os lombardos na Albergaria, e assim por diante. Não oramos juntos, mas podemos viver juntos.

— Thurstan, o Viking, diga-me, seria pior um árabe matar outro árabe do que matar um judeu?

— É pior nos seus resultados, é pior no grau de dano que causa ao nosso reino. Não julgo a maldade do ato.

— Resposta sábia. Não podemos fazer tal julgamento, o senhor não concorda? Nenhum assassinato é igual a outro em todos os pormenores, nem na têmpera da lâmina nem nos nós da seda. E como comparar graus de provocação? Como já se disse com toda razão, embora as nuvens do céu estejam sempre mudando, duas poderiam ser iguais por um momento ínfimo. Mas esse momento só será visto por Deus, que tudo vê.

— Verdade — respondi —, verdade. — Não sabia se aquilo era um verso do Corão, palavras de um provérbio árabe, ou apenas uma invenção de Mohammed. Mas sabia que ele tentava me atrair para uma das discussões que tanto apreciava, intermináveis, ricas em metáforas, sempre inconclusivas. — Nosso grande rei nos deu um exemplo a ser seguido. Nos seus decretos em Ariano ele fez um código de leis, no qual estabeleceu que todos os povos súditos do seu reino deveriam viver de acordo com as leis e costumes de seus pais.

Ouvi Mohammed suspirar, o que foi a sua intenção.

— Em qual tribunal e de acordo com que costume ou tradição o caso seria julgado se os querelantes fossem um cristão romano ou um normando e um muçulmano? Thurstan, guardo no meu coração um lugar para o senhor, mas devemos falar das coisas como são, e não como gostaríamos que fossem. Eis uma lição que o senhor ainda tem de aprender. O equilíbrio está mudando, esse equilíbrio de que o senhor fala com tanta eloquência. Todos os dias nos chega um grande número de francos, lombardos, pessoas diferentes em grau, mas todos seguidores do rito latino. O rei dá títulos de terra árabe a agricultores lombardos que transformam o nosso povo em servos, funda mosteiros para o clero latino, outorga feudos aos cavaleiros normandos, como fez com seu pai.

— Como o senhor sabe? — Nunca tinha falado a ele sobre meu pai, e já se passavam 14 anos desde que nossas terras tinham sido transferidas para a Igreja.

— Como já se disse com muita razão, um homem com muitos amigos é como um pescador de sorte. Lança sua rede e a pesca é sempre boa.

— Entendo. — Não queria falar sobre esse assunto com Mohammed; a perda das terras foi o fim das minhas esperanças de chegar a cavaleiro, e ainda era para mim um assunto amargo. — É verdade que muitos vêm do norte para montar seus lares entre nós. Quando o equilíbrio é ameaçado, maior é a necessidade de cuidado.

Ele suspirou outra vez.

— Não gostamos dos judeus. Eles não respeitam esse equilíbrio, emprestam dinheiro a taxas exorbitantes ao nosso povo e enviam homens violentos para assustar os devedores que atrasam o pagamento.

— Mas os senhores também têm os que emprestam dinheiro, não é verdade? E as taxas devem ser ainda mais altas, se o seu povo procura os judeus.

— Palermo se enriquece — disse ele, olhando-me fixamente. — E o sinal disso é que todos querem pegar dinheiro emprestado. Também não gostamos dos gregos. Aleijados gregos colocam turbantes e mendigam nas nossas ruas, na nossa língua, porque sabem que a nossa religião prescreve a caridade. Onde está o equilíbrio? É enganoso, e demonstra um baixo nível de moralidade. Alguns nem aleijados são. Não gostamos dos sicilianos de Palermo. Querem tudo para si, não admitem compartilhar. Matam o nosso povo e tentam nos tomar o comércio com os irmãos muçulmanos. Diga-me, Thurstan, o Viking, em tudo isso, onde está o equilíbrio?

Ele falava agora do comércio de drogas, o haxixe do Norte da África e o ópio de Anatólia. Este último era caro: as caravanas que vinham dos campos de papoula de Mersin passavam por terras bizantinas e tinham de pagar altas taxas, que aumentavam em muito o preço nas ruas de Palermo e Messina.

— Você não tem como responder. Não existe resposta. E há também os normandos.

Fez uma longa pausa, e então disse:

— Gostamos dos normandos, nosso rei é normando, vivemos sob o seu governo. Nós o chamamos o Poderoso Enviado por Deus. Você mesmo tem sangue normando. Mas aqui é a Sicília, os normandos da Sicília viveram ao sol, Thurstan. Digo isso porque somos amigos, falamos a verdade um para o outro. Viveram ao sol, seus cérebros não são prejudicados pelo gelo. O congelamento do cérebro nos climas frios foi observado primeiro por Said al-Andalusi. Nos seus escritos sobre a Europa ele diz que o clima frio amortece os cérebros dos francos, e suas palavras foram comprovadas diante dos muros de Damasco.

Eu sabia o que viria em seguida, por causa da máscara de gravidade extrema que surgiu no rosto de Mohammed. Naqueles dias era impossível falar a um muçulmano sobre os acontecimentos no mundo sem perceber sua alegria secreta diante da derrota da segunda cruzada, que havia terminado alguns meses antes na derrota ignominiosa dos exércitos cristãos. Ela poderia vir disfarçada sob um manto de grave reflexão moral, ou escondida sob uma aparência de tristeza, mas estava sempre presente.

— Eles se reuniram em conselho e decidiram atacar Damasco — continuou ele, balançando a cabeça e contraindo os lábios. — Oh, que catástrofe! Oh, que erro terrível! Os buridas de Damasco eram seus aliados naturais contra Nur-ed-Din. E onde armaram suas tendas? Nos pomares perto do muro? Não, na planície, diante da cidade, onde não havia água nem sombra. Nessa situação, só podiam atacar imediatamente, mas não, eles ficaram ali durante quatro dias, brigando entre si, morrendo como moscas. No quinto dia abandonaram o cerco. Voltaram à Palestina sem tentar nem mesmo uma investida! O maior exército que os francos levaram ao campo de batalha. Oh, que calamidade! Oh, que humilhação! E não se esqueça: antes eles se consideravam invencíveis.

Como em outras ocasiões semelhantes achei que a melhor resposta era o silêncio. E, de fato, Mohammed, que entendia a necessidade de dignidade, não esperava resposta. Após um instante, num tom diferente, ele falou:

— Não foi o meu povo quem dessacrou os túmulos dos judeus e usou ameaças para extorquir dinheiro deles. Mas o senhor veio a mim, e somos amigos. Vamos descobrir quem são essas pessoas e vamos censurá-las severamente.

— Suas palavras me dão grande prazer. Yusuf Ibn-Mansur também vai ficar feliz.

— Que as bênçãos de Deus caiam sobre sua cabeça. Eles não poderão andar sem bengalas durante uma ou duas semanas. E assim mantemos o nosso paraíso, não é?

Ele me olhou com os olhos apertados, de uma maneira bem-humorada. Senti que a nossa conversa chegava ao fim e me movimentei para me levantar. Ouvi um ruído de pés se arrastando, e logo vi Hafiz aproximar-se. Mohammed também se levantou; como a pessoa mais importante, seriam dele as últimas palavras de despedida.

— Não, fique tranquilo, Thurstan, o Viking. Não poderemos repor o dinheiro que já deverá ter sido gasto com prostitutas e outras coisas más. Mas vamos falar com eles. Ofender o respeito natural pelos mortos! Que animais! O problema é como foram criados, não aprenderam o respeito. Jovens de boa instrução, se tal intenção se formasse nas suas mentes, o que iriam fazer? Não viriam a nós para discutir a questão, pedir nossa permissão?

v

Na véspera da partida, fui ao mosteiro do Santo Espírito, onde meu pai era monge. Sempre, antes de partir numa missão que poderia ser perigosa, sentia a necessidade de vê-lo, apesar de ele demonstrar pouco interesse por mim, ou pela minha vida. Não tinha perdido completamente o afeto por mim, mas eu pertencia a um mundo além dos seus portões, um mundo ao qual ele tinha dado as costas.

O mosteiro ficava nas colinas a oeste de Carini, do lado do mar, a viagem de uma manhã iniciada bem cedo. O dia estava lindo, ainda fresco quando parti, o sol se levantando sobre a baía. A planície da Conca d'Oro se abria à minha frente com seus parques e jardins, seus pomares de laranjeiras, e os primeiros raios de sol tocavam as rochas do monte Pellino, tornando-as vermelhas como fogo. Não sei se é porque agora já conheço o fato e vejo em retrospecto sinais que então não existiam, mas hoje me parece que tive um pressentimento naquela manhã, quando parti tão cedo, uma premonição de que minha vida logo iria mudar.

Segui pela planície em direção ao oeste, e ela se abriu na forma de uma concha, expondo pomares de amêndoas e figos, onde a terra daquele lado se aproxima do mar e o ar fica carregado de sal. Foi aqui que os árabes kelbitas, em dias anteriores à chegada dos normandos, fundaram as indústrias que enriqueceram a ilha: açúcar, algodão e seda. Abriram também minas de mercúrio, enxofre e prata, mas há muito elas estavam abandonadas — meu caminho passava por algumas instalações abandonadas.

O sol já estava alto quando passei por Carini, uma cidade cheia de casas de pedra, cujo povo ficou rico com a exportação de alfarrobas e figos secos nos seus próprios navios para todos os portos da Itália. Mais uma hora e entrei no estreito caminho, de piso solto em alguns pontos e portanto difícil para o cavalo, que serpenteia montanha acima do lado do mar. Este tem vista para o golfo de mesmo nome que a cidade, e termina nos portões do mosteiro.

Nos olivais próximos aos muros, alguns homens trabalhavam, irmãos leigos nos seus hábitos brancos, e alguns operários comuns. Ao chegar, pedi ao monge de serviço no portão, que me reconheceu de outras visitas, que avisasse ao meu pai de minha presença. Esperei na sala fria em que sempre conversávamos quando eu vinha visitá-lo, uma sala quadrada revestida de pedra com teto de madeira e um banco baixo encostado à parede. Estava com calor pela viagem sob o sol, forçando o cavalo o difícil caminho, e sentia no rosto o frio das pedras do piso e das paredes, uma sensação que me era familiar, a de esperar por meu pai naquela sala. Vê-lo já era um privilégio: a ordem cistercense, a que ele pertencia, fundava-se na obediência estrita às regras de São Benedito e que impunham aos frades a solidão e o silêncio. Mas o privilégio era dele, não meu; por pertencer à nobreza e por ter trazido consigo as rendas das suas terras, que transferiu ao mosteiro *in perpetuum*, ele gozava de certa deferência. Ainda assim, pelo que eu sabia, eu era a única pessoa vinda do mundo fora dos muros do mosteiro que ele recebia.

Finalmente ele chegou, como sempre andando lentamente e muito ereto. Era alto — eu havia herdado a sua altura; teve de inclinar um pouco a cabeça tonsurada para passar sob o arco de pedra da porta. Dispensou o capuz e o escapulário, e usava apenas o hábito branco da ordem. Pediu desculpas pela demora, mas não a justificou. Teria vindo provavelmente do oratório, da missa do meio-dia em companhia dos monges do coro — os irmãos leigos não participavam da missa. Não teria muito tempo para mim: logo se iniciaria a liturgia da tarde que vinha entre a *hora sexta* e a *nona*.* Eu conhecia todos os ofícios e os horários, todas as observâncias da vida do meu pai. Para me aproximar dele na minha imaginação, tinha estudado cuidadosamente a regra beneditina e li o *Parvum Exordium* de Steven Harding, em que ele conta a história dessa nova fundação.

Ele não se aproximou muito nem me estendeu a mão, mas sorriu ao se aproximar do banco, o que tomei como um sinal de algum prazer pela minha visita — preferia entender assim, para me animar. Ele tinha o mesmo passo firme e deliberado do qual eu me lembrava. Mas o jejum, que eu supunha estar além das prescrições da ordem — São Benedito nunca pediu aos seus seguidores que passassem fome — fazia-o definhar; a cada vez que eu o via seu hábito parecia mais largo e os ossos do seu rosto mais proeminentes. Era um belo rosto, ainda que muito fixo e sem expressão, os olhos azuis como os meus, o queixo grande e a forma obstinada da boca.

Sentamo-nos juntos no banco e eu perguntei por sua saúde. Disse que estava bem, com a cortesia grave que lhe era própria, mas seus olhos não encontraram os meus. Comecei a dizer alguma coisa relativa à viagem que ia fazer, não a até Bari, não queria preocupá-lo com aquilo, mas a que faria à Calábria na minha condição de provedor. E notei, enquanto falava, e não pela primeira vez, o paradoxo: o fato de meu pai se afastar das atrações e prazeres deste mundo me levara à carreira de provedor dos dois.

Ele me ouvia, e percebi uma centelha de interesse nos seus olhos quando mencionei os pássaros que deveria comprar. Na sua vida

---

*Correspondem a meio-dia e 15 horas. Horas consideradas ideais para orações por judeus e cristãos. São assim chamadas por corresponderem aproximadamente à sexta e nona hora depois do nascer do sol.

pregressa, tinha sido um apaixonado pela falcoaria; quando menino, eu o acompanhava no meu pônei, observava-o tirar o capuz do falcão e soltá-lo no campo de caça, vendo o seu prazer quando um peregrino mergulhava sobre uma garça, uma ave considerada muito grande para ele no estado selvagem, agarrava e trazia-a para o chão, ou a matava com um golpe das garras. Isso e vê-lo vestido para as justas, montado no seu corcel negro, emplumado e brilhante e esplêndido na sua armadura, com as nossas cores no escudo e o pendão na lança, eram as minhas lembranças mais antigas dele, nas quais agora eu mal podia acreditar, como cenas de uma história que me fora contada e da qual eu começava a duvidar, agora que o contador havia desaparecido e não havia a quem perguntar.

— Que tipo de ave você está procurando? Os pântanos da Calábria junto do mar, lembro dos grous que se encontravam lá, pássaros enormes, desde muito longe já ouvíamos suas asas batendo. — Sua voz se apressou e ele ergueu a cabeça como se tentasse seguir aqueles pássaros enormes em voo.

— Seria preciso uma águia para caçar pássaros desse tamanho — comentei. — Uma das águias douradas do rei.

— O rei tem águias por orgulho, e ele está certo, pois é um pássaro real. Mas uma águia não é suficientemente dócil para a boa caça, ela não aprende mais nada depois de certo ponto. Não, é preciso um falcão de asas curtas para caçar grous, capaz de subir rapidamente. Um açor seria bom.

— Estou procurando aves menores, as garças brancas. O falcoeiro real encomendou algumas, como faz todo ano. Elas são mais rápidas e mudam repentinamente de direção, e por isso são melhores para o esporte.

Ele concordou com um movimento de cabeça, mas aquela faísca de interesse já tinha deixado seu rosto, vencida pelo longo hábito da disciplina. Ele baixou sobriamente a cabeça e ouviu o que eu dizia, e eu olhava para seu rosto procurando em vão algum motivo para a decisão que o trouxera para cá, o único grande gesto da sua vida. Catorze anos antes ele percorreu o caminho pedregoso, bateu no portão e pediu para ser admitido, negando tudo em que fora criado para acreditar ser seu dever e seu destino como cavaleiro normando.

Não havia pistas no seu rosto, como poderia haver? A luta tinha terminado. Recebera um feudo como vassalo do duque de Apúlia, a quem jurou serviço. Para cumprir esse juramento ele tomara parte nas guerras do duque contra Roberto de Cápua, cujas forças, auxiliadas por um contingente de cavaleiros germânicos liderados por Henrique, o Soberbo, da Baviera, impunham cerco a Salerno. Numa escaramuça junto dos muros do castelo, ele fora pego pelos capuanos e mantido prisioneiro durante seis anos, enquanto se discutia o valor do resgate. Nesse meio-tempo minha mãe, que estava grávida quando ele partira para a guerra, morreu durante o parto, e aquele que teria sido o meu irmão morreu com ela.

O resgate nos deixou um pouco mais pobres, mas não foi isso o que mudou o curso da minha vida; também não foi a perda de minha mãe, apesar de todo o sofrimento que me causou. A terra era explorada, e com um pouco de parcimônia a perda poderia ser recuperada. Foi meu pai quem nos arruinou ao doar, junto consigo próprio, nosso patrimônio para o mosteiro, além das rendas de exploração. Por um acaso que só pude considerar maligno, a antiga devoção dos cistercienses à pobreza, a sua recusa em aceitar doações senhoriais, foi provisoriamente deixada de lado. E assim, de uma penada, fui deserdado.

Parte da dor foi não saber a razão. Tinha 16 anos, amava meu pai, teria feito tudo para tentar entendê-lo. Mas ele nunca me falou sobre sua decisão, nunca tentou explicar. Jamais me falou do consolo que encontrou aqui, nem da graça que descobriu; nunca, até onde posso me lembrar, disse o nome de Deus. E nos anos que se seguiram, o ressentimento que veio cobrir o ferimento me impediu de perguntar. Teria ele testemunhado uma cena de crueldade que encheu sua alma de horror pela guerra? Ele conhecia bem o derramamento de sangue. Talvez o cativeiro prolongado tenha mudado seu coração, e ele descobriu o amor pela solidão, ou a necessidade dela, aumentada pela morte da minha mãe, ou pelo remorso, como se a sua presença ao lado da esposa pudesse tê-la evitado — a união dos dois fora um caso de amor, lembro-me de ouvir minha mãe me dizer.

Qualquer que fosse a causa, ela muito me custou. Mais uma vez, ao olhar para o rosto que evitava o meu, e ao falar com ele — contava os acontecimentos recentes em Palermo —, percebi a estranha congruência das nossas vidas. Os passos descalços que o levaram de cavaleiro a monge também me levaram pouco a pouco de aspirante a cavaleiro até o Departamento de Controle e às suas atividades normais e secretas. Os dois, cada um à sua maneira, passamos a viver uma vida secreta. Naquele dia de dezembro em que meu pai implorou no portão do mosteiro para ser aceito, eu estava a 18 meses de ser feito cavaleiro; tinha sido treinado nas armas desde os 10 anos e finalmente estava capacitado; todo o meu coração se dedicava à dignidade dos cavaleiros, era tudo o que eu queria no mundo.

Esse desapontamento, e a condenação que eu sentia no coração, sempre esteve entre nós; estava agora entre nós naquela sala. Nos momentos em que teria sido possível me libertar desse sentimento, meu pai se manteve fechado atrás daquelas paredes. Agora era tarde demais para falar sobre isso. Nessa visita, como sempre ocorria, eu falei de coisas que pudessem interessá-lo, inclusive o que Demetrius tinha me dito, que os mosaicistas bizantinos estavam indo embora sem terminar seu trabalho, substituídos por outros da liturgia romana, italianos do continente e alguns francos de além dos Alpes.

Com esse assunto consegui atrair seu interesse, mas seus sentimentos com relação a isso eram contrários aos meus: ele era inteiramente a favor.

— Eles deviam ser expulsos. Ou presos abaixo da terra em masmorras. Não é certo eles estarem andando pelas ruas das nossas cidades.

— Eu não os considero perigosos, mas, é claro, falando estritamente, eles são inimigos do nosso reino, agora que seu imperador se prepara para nos invadir.

— Não são perigosos? Como não são perigosos se pintam o rosto e cobrem o corpo de enchimentos e se apresentam vestidos como mulheres?

— Na verdade, há outros que têm o mesmo comportamento. A população de Palermo é muito grande e muitas são as necessidades que buscam satisfação.

— *Necessidades* — disse ele, e me olhou como se eu fosse um estranho.

— Existem francos, sarracenos e lombardos que também fazem a mesma coisa.

— Não. Esse é um vício dos gregos bizantinos. Todos sabem. Escurecem as sobrancelhas e penduram brincos nas orelhas.

Onde todos sabiam? No interior daqueles muros? Senti manifestar-se a minha antipatia por essas comunidades de monges, um sentimento que sabia ser infantil e injusto, pois muitos homens dignos e entre eles alguns de grande erudição viveram na clausura. Mas o sentimento era resultado da deserção do meu pai, a perda dos meus sonhos de glória. Ele acreditava que os bizantinos eram decadentes, afeminados e péssimos soldados, e isso nada tinha a ver com a sua vida no mosteiro — quando ele os via? Essa crença vinha da sua vida anterior; era o preconceito comum da classe a que ele pertencia, a que uma parte dele ainda pertencia. O grego era afeminado, o lombardo traiçoeiro; o sarraceno era um inimigo valoroso... Os anos de trabalho no campo, de orações e vigílias, de mortificação da carne não alteraram em nada esses preconceitos.

Como eu dizia, a raiva dele me tornava infantil. Quis dizer que preferia a companhia dos gregos à dos normandos, o que era verdade; quis perguntar a ele se pintar as sobrancelhas não era melhor, pois melhorava a aparência, do que raspar o alto da cabeça e deixar apenas uma faixa em torno, o que não a melhorava.

Mas, é claro, não disse nada. Meus sentimentos por ele estavam divididos, mas eu não seria capaz de ofendê-lo. Tinha amor por ele, e alguma coisa que não era amor, mas que de alguma forma estava ligada a esse sentimento, algo mais forte do que meramente atribuir culpa: sentia que ele tinha me traído, que ele me traía novamente a cada despedida. Todas as vezes, ao se aproximar a hora da partida, eu tentava aumentar a intimidade e puni-lo usando os poderes de especulação que Yusuf havia me ensinado, imaginando a vida a que ele ia voltar. E sempre a minha imaginação pulava as horas do dia e se concentravam na noite, e isso, acredito, porque detesto o escuro. Eu o via deitado na cela comum, ainda vestindo o hábito; estava dormindo desde o anoitecer. Então, no escuro, muito antes da primeira luz da alvorada, o sino tocava anunciando as matinas e ele se levantava, ainda muito sonolento, e procurava os chinelos. Livrava-se das cobertas e vestia o capuz para ir à latrina — era proibido ir com a cabeça descoberta, o que eu sabia por ter lido, mas não sabia a razão, e essa pergunta eu nunca tive coragem de fazer a ele, mas supunha que essas funções do corpo, executadas sempre na companhia de outros, eram íntimas demais para se permitir mostrar o rosto; cada um se protegia por não saber quem estava agachado ao lado. E tudo isso ao som do sino, e então eles desciam as escadas até o porão da igreja, também escuro, a não ser pela luz dispersa das velas, e se reuniam no coro para cantar os ofícios da noite.

Para mim, esse pensamento sempre vinha carregado de um pouco de horror por ter o meu pai, antes tão esplêndido de se ver em pessoa e forma, de se submeter a esse mascaramento e agrupamento noturno, por ter se tornado para mim uma criatura da escuridão, depois de ter sido como o sol. Havia sido um cavaleiro modesto e de pequena vassalagem, mas ainda assim o meu modelo de tudo o que um cavaleiro devia ser. Agora eu era o meu próprio modelo, e longe de perfeito. Talvez um pouco da tristeza diante desse pensamento tenha surgido no meu rosto quando nos despedimos, porque dessa vez ele agarrou meu braço por um instante e seus olhos se fixaram nos meus e nos encaramos, e houve um momento em que ele pareceu querer me dizer alguma coisa — mas o momento passou e ele se afastou.

No início da jornada de volta, apesar de o sol estar alto e os campos inundados de luz, a ideia da vida noturna de meu pai continuou a obscurecer a minha mente, como uma névoa que demora muito para se dispersar. Eu o via na escuridão da igreja, tateando até chegar ao seu lugar no coro, a luz insuficiente para orientá-lo. Quando já velho e sonolento, ele iria adormecer durante o cântico. Haveria alguém indicado para acordá-lo? Se meu pai dormisse, alguém iria tocá-lo, sacudi-lo para que ele acordasse?

Então comecei novamente a pensar em tudo que eu havia perdido por causa da sua mudança, e nem a beleza do dia nem o exercício da cavalgada conseguiram tirar aquilo da minha mente. Talvez seja verdade que a frustração da esperança torna o desejo mais forte na memória, como afirma Santo Agostinho nas suas *Confissões* — acredito que esteja lá. Depois de passados esses anos, ainda não sei se o que me atraiu foi a ideia de ser cavaleiro para lutar pelo bem sob o comando de Deus e do rei, ou se foi simplesmente o desejo de me juntar a uma ordem que pertencia à minha posição na vida, de para isso fazer o que fosse necessário, como fez meu pai, e, antes, o pai dele. Só sei que era o que eu desejava com todo o meu ser.

Eu tinha 7 anos quando meu pai me mandou da nossa casa em Apúlia para a corte de Ricardo de Bernalda, onde passei sete anos como pajem. A solidão e a saudade de casa eram compensadas — mesmo então — pelo orgulho da vocação. Havia mais dez meninos da minha idade e oito meninas, todos nós filhos de nobres. Os meninos tinham em comum o orgulho e a tristeza que se esforçavam para esconder, e as meninas sentiam mais ou menos a mesma coisa — havia uma menina que eu amava e conversávamos sempre que tínhamos oportunidade de nos encontrar.

"É para isso que você nasceu", dizia meu pai nessa nossa primeira despedida — meu pai, que alguns anos depois iria dar a outros a minha herança. "Você é filho único, o destino de cavaleiro começou no seu nascimento. E para isso você deve partir, aprender boas maneiras, atender às senhoras, servir refeições, ajudar a cuidar da armadura e dos cavalos." Ele não esperava ver lágrimas em mim, e por isso não as derramei, mas minha mãe chorava.

Já existia em mim um senso de destino, até mesmo na infelicidade; e aumentou à medida que diminuía a infelicidade, e eu aprendia a cavalgar e lutar. Por volta dos 14 anos, já tinha abandonado as armas em miniatura e já praticava o manejo da lança e da espada a cavalo; na verdade, ainda não era um cavalo de ataque, mas, mesmo assim, um garanhão voluntarioso. Agora, ao voltar para casa, passando pelos campos sorridentes, tendo as flores brilhantes da primavera a meus pés e as cotovias cantando no alto, às vésperas de uma missão que não me atraía, lembrei-me do ardor daqueles dias; com uma espécie de orgulho, eu me lembrei de que era o mais forte do meu grupo, sempre o primeiro nos treinamentos.

Tinha a cabeça descoberta e o sol estava quente; parei para vestir a boina de veludo que chegava até a minha sobrancelha, como ditava a moda. Deixei a égua seguir no seu próprio ritmo plácido, lembrando-me do pátio poeirento em que treinávamos, dos cavalos bufando, do galope, a lança em riste, o boneco de palha balançando e se retorcendo quando era levado às cordas, o triunfo quando eu o perfurava e o lançava ao chão, a festa quando sua barriga de palha se desmanchava.

Um ano depois, eu era o escudeiro de Hubert de Venosa, acompanhando-o em caçadas e nas batalhas, e aprendi a cuidar dos seus cavalos de guerra e a lutar a pé com espada e adaga para protegê-lo caso fosse apeado de sua montaria. Então, numa escaramuça além dos muros de Salerno, meu pai avançou demais, foi cercado e arrancado do cavalo, e levado como prisioneiro. E com a sua imprudência terminou o meu sonho, o esplendor da armadura, o brilho de prata no escudo, a seda brilhante sobre a sela, o inimigo encarado face a face.

Eu ainda tinha mais de um ano de espera antes da vigília e bênção das armas e de sentir a lâmina da espada tocando o meu pescoço. Hubert poderia ter me mantido, sempre foi generoso. Mas a armadura que devia usar ao me ajoelhar para ser sagrado cavaleiro, quem pagaria? Quem iria comprar para mim o cavalo de guerra, um animal criado para ser pesado e muito caro? Como eu iria comprar as armas e adereços do cavalo, ainda mais caros?

O que seria de mim, eu não sei. Poderia ter voltado para a Inglaterra, para o povo da minha mãe, e ali procurado a minha fortuna. Então chegaram os delegados do Senechal para uma visita. Para eles foram encenadas várias demonstrações. Nós, os aspirantes, atacamos bonecos, demonstramos o nosso galope e os nossos exercícios de espada. Eu me destaquei e fui notado. Minha situação foi explicada ao visitantes. Uma ou duas perguntas, uma resposta rápida e voltei com eles para Palermo, para o palácio, onde comecei outro tipo de preparação. Deveria compor a Guarda Palaciana do Rei, um corpo cujo dever era protegê-lo quando aparecesse em público, e um corpo pequeno — nunca houve mais de cinquenta, incluindo os oficiais, todos de boa família. Por determinação do próprio rei, não havia restrições ao recrutamento por critérios de origem ou credo, pois ele acreditava mais na diversidade do que na identidade. Eram obrigação comum de todos a lealdade, a perícia com armas e a obrigação de falar grego, a língua comum da ilha.

Fui estudar grego, língua que não dominava com perfeição à época, pois tinha sido criado em cortes em que a língua falada era o francês. Aquelas aulas foram para mim uma bênção, pois me apresentaram o prazer do estudo, que ainda hoje guardo comigo. Meu professor, vendo em mim um bom aluno, o que talvez não fosse comum, apresentou-me ao latim — porém só mais tarde, durante os meus anos no Diwan, aprimorei meus conhecimentos nessa língua. Também aprendi luta corpo a corpo, a como lutar em espaços limitados, quando o adversário está muito próximo e, principalmente, a como usar da adaga e uma espada mais curta e mais leve do que aquela a qual estava acostumado. Aprendemos defesas e golpes destinados a imobilizar um homem ou até a matá-lo, e passávamos boa parte de cada dia levantando pesos e fazendo outros exercícios de fortalecimento do corpo.

Em todas essas atividades, acho que posso dizer que fiz o máximo para me destacar. A frustração por não ter sido sagrado cavaleiro ainda doía, mas eu esperava o dia em que poderia vestir o uniforme da Guarda Palaciana, um uniforme esplêndido, com um chapéu emplumado e um túnica bordada de fio dourado sobre um campo escarlate e um cinto de couro polido, além de perneiras dotadas de uma linha de prata dos dois lados. Ainda teria a obrigação de servir, deveria proteger a sagrada pessoa do rei e, ao ajudar a defender o seu Estado, estaria sempre perto dele, viveria à luz da sua presença.

Mas nada disso aconteceu. Outra pergunta e outra resposta, dessa vez em árabe, mudaram mais uma vez a minha vida. Agora, no caminho de volta, passando pela Conca d'Oro, quando ela se estreita na direção da cidade e, mais adiante, da baía onde deveria tomar um navio no dia seguinte, senti que a minha vida também se estreitava e a consciência da perda apertou meu coração.

VI

Ainda estava escuro quando embarquei na manhã seguinte. Os dois homens que deveriam me acompanhar até Cosenza já me esperavam na doca. Reconheci um deles, Sigismundo; o outro, que se apresentou como Mário, era novo. Ambos eram musculosos e impassíveis, como era comum no caso de pessoas que se engajavam nessas tarefas. Teria preferido viajar sem escolta, mas as regras do Diwan eram claras e me obrigavam a ter seguranças: eu levava dinheiro para pagar os pássaros e para as minhas despesas durante a segunda parte da viagem; alguns saberiam disso, outros o adivinhariam. De acordo com meu hábito, levava algum dinheiro na bolsa presa ao cinto — uma bolsa vazia não convence ninguém. Mas a maior parte do dinheiro eu levava presa ao abdômen, sob a camisa.

O capitão também me esperava na doca. O navio era pequeno, igual a mil outros navios mercantes, com uma tripulação de três homens, todos gregos de Cefalù, que comerciavam ao longo da costa ocidental da Calábria até Maratea. Dessa vez, já o sabiam, chegariam apenas até Paola, sem receber ali outra carga que não os pássaros. Era um serviço do rei, e eles estavam cientes e já contavam o dinheiro, que só tocariam quando voltassem a Palermo, o que também era parte do nosso acordo. O que eles não sabiam era que eu não voltaria com o navio; nem o capitão nem a tripulação ficariam sabendo antes do último instante.

O vento era favorável, o mar tranquilo; a viagem foi rápida, e chegamos ao porto de Paola ao anoitecer. Ali havia apenas uma hospedaria, muito malcuidada. Fiquei com o melhor quarto, ou pelo menos foi o que me disse o dono da hospedaria, mas era um quarto sujo e úmido, a cama fervilhando de criaturas sedentas pelo meu sangue — eu via sua agitação enquanto discutia o preço. Ele me pediu o triplo do que valia o quarto — o que era natural, já que eu era estrangeiro e ele estava a par do que eu vinha fazer. Barganhamos, e consegui reduzir o preço; era o dinheiro do rei, e eu não seria perdulário com ele, não gastaria nenhum *follaris* além do necessário — para mim era uma questão de honra, um sinal da minha devoção. O resultado dessa barganha foi o mau humor do dono da hospedaria. Mas a sopa de lentilhas que nos foi servida na sala em baixo foi muito bem recebida, bem como as sardinhas, recém-pescadas e fritas com azeitonas pretas.

Após o jantar, como ainda era cedo, passeei por algum tempo pelas ruas íngremes da cidade, seguido de perto pelos dois guardas. Estava agradável na parte alta, uma leve brisa vinha do mar e a lua estava quase cheia, iluminando o suficiente para ser possível ver as coisas à volta. Teria de passar ali apenas algumas horas. O povo dos pântanos sabia da minha chegada, o aviso já tinha sido enviado; no dia seguinte os caçadores de pássaros chegariam à baía, depois de terem viajado a noite inteira com as garças presas em gaiolas. Acertaríamos o preço, eu faria o pagamento e veria os pássaros serem levados para bordo. A minha escolta voltaria com o navio; felizmente, pois aquelas presenças me eram opressivas, e tendo desembolsado o dinheiro, não haveria mais necessidade daquilo. Com a partida do navio, eu estaria livre para continuar a viagem a Bari.

Desci para o porto e andei por ali durante algum tempo. Estava agitado, meus nervos estavam tensos, a noite parecia oferecer algumas promessas. Não queria voltar para o quarto apertado e sem janelas, o ruído dos ratos atrás das paredes, a colônia verminosa sob os lençóis. Esta última me era particularmente desagradável. Em Palermo eu vivia reclamando com a Caterina e lhe pagava um adicional por mês para manter o quarto ventilado e varrido, para tirar os lençóis e pendurá-los ao sol e esfregar água e vinagre na cama. Pensar nisso me fez desejar estar em casa. E de repente me ocorreu dormir naquela noite no navio, onde, pelo menos, havia bastante ar e espaço. Informei aos meus guardas da minha decisão e, se a ideia não lhes agradasse, seria melhor não demonstrá-lo.

Voltei à hospedaria para lhes dizer que não ia ficar ali. Mas eles já tinham se acomodado e eu tinha acertado o preço com o dono da hospedaria; parecia-me agora que teria de pagar o combinado; eu zelava pelo dinheiro do rei, e via como dever igual poupá-lo de trapaças e preservar seu nome pela justiça e cumprimento da palavra dada. Mas quando cheguei só encontrei a esposa, uma mulher de péssima aparência, com o cabelo negro embaraçado e uma expressão de desprazer. Ele havia ido a Passo di Lupo, disse ela, para ver as novas dançarinas.

— O que elas têm de novo?

— Ora, são as dançarinas que viajam daqui para ali pelo país — e olhou para mim como se faltasse algo a uma pessoa que não sabia nem isso.

— Mulher — falei, com toda a paciência —, que elas perambulam pelo país não tem importância. É o que geralmente fazem as dançarinas. Eu perguntei o que há de novo com relação a elas.

— Elas vêm de longe e dançam como nunca se viu.

— E elas não vêm até aqui?

— Não. E é por isso que ele partiu. As pessoas dizem que elas vão a Melfi, mas ninguém sabe ao certo, elas vão daqui para ali, a qualquer lugar aonde o capricho as levar. Dormem na beira da estrada.

Falava com amargura — talvez no fundo do coração ela invejasse essa liberdade.

— As mulheres são putas. Têm demônios na barriga, e no que está mais abaixo. Foi por isso que ele viajou para lá, aquele porco, ele e todos os outros. A cidade está vazia de homens esta noite, só ficou o padre. São putas e pagãs, ninguém entende o que elas falam.

— Demônios na barriga? — perguntei, mas ela não respondeu. De repente me ocorreu que essas poderiam ser as mesmas dançarinas que o grego havia mencionado, e imediatamente resolvi ir vê-las para saber se eram mesmo tudo o que ele dizia. Era um desvio que me atraía muito no meu estado de agitação; e seria um bom uso do tempo de espera.

— Vocês têm cavalos?

— Não, ele levou o nosso. Na cidade o senhor pode alugar mulas.

Mandei Mário tratar dessa negociação, enquanto esperava com o outro homem no pátio da hospedaria. Pouco tempo depois, ele voltou puxando três mulas. O dinheiro que eu lhe dera tinha sido a quantia exata do aluguel. Fingiu admirar-se com o meu discernimento ao lhe dar a quantia exata, mas não acreditei, certo de que ele tinha guardado o troco. Mas seria difícil provar e eu não queria me atrasar. Alguma coisa me desagradava nesse Mário, era ansioso demais para agradar. Era um homem de ombros largos e olhos agitados que não paravam sobre coisa alguma, e tinha uma cicatriz de faca na face esquerda. O outro, Sigismundo, era mais alto, ossudo e taciturno, com lentos olhos azuis.

O menino que trabalhava na hospedaria se ofereceu para ir conosco e ensinar o caminho. A lua ia alta quando partimos. Nosso guia ia na frente com uma lanterna, mas a luz da lua era suficiente para se ver, brilhando nas pedras do caminho. A lembrança daquela viagem noturna ao luar sempre volta a mim, e ainda acho estranho que, não fosse pela coincidência de as dançarinas estarem próximas depois de eu ter ouvido uma menção a elas, e pelo fato de eu pressentir uma promessa naquela noite, eu teria feito o que era mais seguro e esperado na cidade para concluir a tarefa que me fora confiada, e assim a minha vida teria tomado um rumo diferente e eu não seria a mesma pessoa que está escrevendo estas linhas. Certas coisas com relação a mim eu não teria descoberto, e o que não é descoberto nunca pertence realmente a nós; somente o conhecimento de nós mesmos nos permite usar o que verdadeiramente reside na alma. É Boécio quem diz isso em *Consolação da filosofia* — acho que é aí que está escrito.

Passo di Lupo era um conjunto de casas baixas numa encosta, tendo o castelo do senhor no alto e o mar aberto mais abaixo. A luz de uma fogueira brilhava ao pé do muro do castelo. Vimos o movimento das chamas e ouvimos o som da música antes de vermos as dançarinas — uma massa escura de corpos nos bloqueava a visão.

Amarramos as mulas a certa distância e deixamos o menino tomando conta delas. Um pouco acima de nós ouvíamos o ritmo de tambores e víamos o movimento das sombras, igual ao do mangual quando debulha o milho, meio escondido pelas formas das pessoas que assistiam. Forçamos a passagem, os três formando uma cunha, e chegamos à frente.

De início, minha vista ficou confusa. O vermelho das chamas lutava com o branco da lua para criar uma luz que não era de nenhum dos dois. Alguma coisa deixava pingar piche sobre o fogo e forçava as chamas a dançar e provocava uma fumaça negra e acre. Lá estavam três dançarinas, movendo-se num círculo lento, uma mais jovem que as outras duas e um pouco mais alta. Estavam descalças e usavam fitas de cobre em volta dos tornozelos e vestiam roupas iguais, saias longas e baixas, na altura dos quadris, e cintos com enfeites que se agitavam quando elas se moviam, e boleros que deixavam os braços nus e chegavam bem acima da barriga, que ficaria totalmente exposta não fossem as faixas coloridas que se agitavam à sua volta.

Entravam e saíam da luz e as chamas saltavam e caíam, como se o fogo também dançasse com elas. As mãos dos dois homens sentados atrás delas também entravam e saíam da luz enquanto eles tocavam, um batendo num instrumento parecido com uma ampulheta e o outro tocando uma espécie de alaúde de corpo redondo e pescoço longo, exatamente igual à descrição do mercador; ele exagerou o comprimento do arco, mas não muito — era muito mais longo que qualquer outro que eu já tinha visto. A música que tocavam era selvagem e chorosa, com longas notas, meios-tons e gemidos que de repente se animavam outra vez, tal como o fogo, um tipo estranho de música, nem alegre nem triste, mas alguma coisa entre esses dois extremos.

Desde o momento em que cheguei à frente da multidão, tendo os dois companheiros a meu lado, pareceu-me que o ritmo da música ficou mais rápido, e com ele a dança. Era como se um sinal fosse passado entre eles, apesar de eu não saber a sua natureza. De fato, somente um pouco mais tarde eu entendi a razão da mudança, e pode parecer estranho que eu não tenha percebido imediatamente o quanto era evidente para eles que eu era um estrangeiro mais próspero do que os que estavam à minha volta; eu não percebia o quanto minha altura e minhas roupas me marcavam: eu estava vestido para viagem, sem ostentação, e não usava joias nem brocado fino, mas minha peliça era de veludo preto e meu chapéu era do modelo que os francos usavam, de veludo e baixo, usado logo acima do sobrolho. Geralmente sou zeloso com minha aparência, talvez um pouco demais; na verdade, excessivamente, já chega a ser vaidade. Mas naquele momento eu me esqueci de mim mesmo na excitação da música e da dança. Pelo que hoje sei dela, tenho certeza de que foi a mulher mais jovem quem me notou primeiro, quem deu o sinal para a conspiração para assegurar o meu prazer, e com ele alguma contribuição da minha bolsa.

De qualquer maneira, foi ela quem marcou a mudança, quem saiu do círculo e veio na minha direção, elevando os braços morenos e nus que brilhavam como se ungidos de óleo sob a luz agora mais suave do fogo. Tinha alguma coisa aplicada nas pontas dos polegares dos dedos médios das duas mãos — pequenos dedais, eu não os via bem, mas pareciam ser de madeira pelo som que faziam quando ela estalava uns contra os outros. Parou com os pés plantados, elevando os braços, olhando para mim, movendo ligeiramente os ombros de um lado para o outro, de uma maneira desafiadora que me excitava.

Ainda olhando para mim com os braços erguidos, ela começou a dançar, movendo os pés dentro de um círculo pequeno, rápida, mas também cuidadosamente, como se houvesse alguma coisa cortante e perigosa que pudesse feri-la se fizesse qualquer movimento em falso, uma prudência negada pelo movimento lânguido dos quadris e da cintura ocultos atrás dos véus.

As outras duas se retraíram; ela falava-lhes por sobre o ombro e ria, e elas respondiam e riam, e essa foi a primeira vez que eu via algo assim, dançarinas rindo e falando entre si no meio da dança, como se não se importassem com quem estivesse assistindo. Então, pouco depois do riso, seu rosto ficou sério e concentrado, um rosto de belos ossos, muito escuro, um pouco triste na imobilidade; as linhas da boca pareciam quase sofrer, como se tivesse bebido algo amargo. Era linda de corpo, os seios altos e os ombros retos, longas coxas que se viam contra o tecido da sua saia nos movimentos da dança. Os cabelos estavam presos com uma fita vermelha, mas naquele instante, com um gesto repentino, ela arrancou a fita e balançou a cabeça, e o cabelo negro caiu até abaixo dos ombros e dançou quando ela girou e me deu as costas.

As outras duas avançaram e se juntaram à dança, e no mesmo instante o homem do tambor, sem parar de bater, elevou a voz num canto agudo e nasalado, lúgubre nos agudos e graves, como o canto do vento em algum lugar desolado. As três mulheres dançavam ao som desse canto, mas cada uma dançava como queria, cada uma na sua própria dança, possuídas pela mesma música, mas não obedientes a ela. Isso pode parecer ao leitor uma contradição, mas era assim. E foi, acredito eu, essa forma de dançar sozinhas mas dentro da mesma música, diferente de tudo o que eu já havia visto, que me deu a ideia de, se fosse possível, contratar essas pessoas e mandá-las para Palermo com as garças.

Mas ainda havia mais. Cessou a música do tambor e do alaúde. O canto perdeu toda melodia e variedade de tons e se transformou num zumbido, tal qual o lamento de um vasto enxame de abelhas diante da ruína da colmeia. As mulheres reduziram o ritmo da dança, as madeixas pesadas balançando em volta da cabeça. Então o ritmo voltou a aumentar e elas começaram a rodar, os véus coloridos se afastando do corpo e revelando os abdomens nus decorados com fios de contas. Bem no meio da barriga, exatamente no umbigo, cada uma usava uma pedra de vidro claro que captava a luz do fogo e do luar e brilhava, ora mais pálida, ora mais vermelha, com o movimento delas.

O murmúrio cessou, e no silêncio que se seguiu os corpos das dançarinas tremeram uma vez e se imobilizaram novamente. Então, com todo o resto do corpo imóvel, as barrigas das mulheres começaram a se movimentar e a dançar com incrível suavidade. Não havia a sensação de esforço nem tensão; elas se moviam como se estivessem sob as ordens de um poder superior a elas. Fiquei assombrado, e as palavras da mulher na hospedaria me voltaram à memória. *Elas têm demônios na barriga.*

De fato, era o que parecia. Mais que nunca, eu estava determinado a vê-las dançando na corte, onde já se vira muita coisa, mas não, pensava eu, uma dança como aquela. Tinha ouvido os gritos dos homens à minha volta, sentido o pulso de excitação da multidão; os homens amavam as mulheres na imaginação, e pensavam: se fazem isso com a barriga, que coisas maravilhosas não farão com as partes mais baixas. Eu também, ainda que mais educado, apesar de estar ali como provedor do rei, devo admitir, por estar interessado na verdade, que me vieram os mesmos pensamentos que ocorriam às pessoas comuns à minha volta.

Os movimentos das dançarinas chegaram ao fim. O fogo se apagara e já não disputava com a lua. As mulheres passaram com bolsas de lona entre as pessoas. Observei que, ainda que alguns lhes dessem as costas, a maioria dava alguma coisa. A mulher mais jovem veio primeiro até mim. Sorriu, e seus dentes eram brancos, e ela os tinha todos. Estendeu atrevidamente a sacola para mim, como se estivesse oferecendo, e não pedindo. Coloquei um quarto de ducado na sacola, a única prata que receberiam naquela noite da plateia. Quando ela se virou, falei com ela em árabe, um cumprimento pela sua dança, esperando em vão que ela entendesse. Afastou-se sem sorrir.

Acompanhado pelos meus guardas, caminhei até os dois homens que estavam agachados com os instrumentos ao lado. Não sabia como falar a eles, temendo não existir língua comum a nós. Tinham a expressão sombria e selvagem, com um cabelo preto emaranhado que cresce denso sobre a testa. Eram parecidos, especialmente a posição dos olhos, e imaginei que fossem irmãos. Saudei-os em grego e perguntei de onde eles vinham, falando devagar, e fiquei encantado quando responderam na mesma língua, uma versão grosseira e arrastada. Mais tarde eu ficaria sabendo que levaram sua música à Lídia e Cilícia, e que passaram algum tempo nas praias daquela região, onde se fala grego.

Responderam à minha saudação, mas não entenderam a pergunta. O que tocava tambor e cantava, e quem eu imaginei ser o líder, ou pelo menos o porta-voz, fez um gesto rápido com a mão direita, como se jogasse alguma coisa por sobre o ombro.

— Cruzamos águas. Chegamos a Taranto.

As mulheres se aproximaram depois de terem recolhido o dinheiro. Pararam próximo a nós, mas não falaram. Eu sentia o cheiro das longas estradas que eles tinham percorrido, uma mistura de suor, poeira resinosa e fumaça de madeira, além de um perfume usado pelas mulheres, o cheiro de folhas amassadas.

— Os lugares, não sabemos nomes — disse o homem. — Fazemos música sempre da mesma maneira.

— Não. Eu perguntei de onde vocês vêm. Onde é a sua pátria?

Dito isso, ouvi um riso da mulher mais jovem e o tocador de alaúde olhou-a sério, talvez censurando-a, não soube ao certo, mas ela retornou corajosamente o seu olhar — ela não se envergonhava facilmente, o que eu já tinha percebido.

— Ela ri porque nossa terra fica muito longe — disse ele, como se desculpando por ela —, e porque já se passaram muitos verões desde quando vivemos lá.

— Viemos de além dos montes Toros — disse o primeiro homem. Ergueu um braço para mostrar a altura das montanhas. — Somos de uma cidade chamada Sivas. Fica às margens de um grande rio. — Indicou a moça que riu com um movimento de cabeça. — Ela vem de outro lugar, vem de Niksar. Ela diz que nasceu no alto de um monte chamado Ararat. Diz que gigantes vivem naquela montanha.

Houve risos, e percebi que era uma brincadeira usual entre eles.

— Gigantes carregam ela para Niksar — disse o outro homem. Mas a moça não riu, apertou os lábios e olhou para outro lado, o que lhe deu uma expressão de obstinação que, acho, os fez rir ainda mais. De minha parte, estava mais que nunca ansioso por contratá-los: não somente os homens cantavam com um sotaque extraordinário e tocavam instrumentos nunca vistos, não somente as mulheres faziam coisas com o abdômen que pareciam desafiar nossa natureza corporal, mas eles vinham de terras que ninguém conhecia, e uma delas tinha nascido no pico onde a arca encalhou no décimo sétimo dia do décimo sétimo mês, quando Deus salvou o mundo do dilúvio! Eu já via em minha mente como enfatizaria tudo isso quando fizesse o anúncio do espetáculo. Se isso não ganhasse para mim o favor do rei, era difícil saber o que ganharia.

Falei aos homens, acreditando — e logo veria que estava enganado — que eram eles quem tomavam as decisões; na verdade, as decisões eram tomadas pelos cinco, geralmente falando todos ao mesmo tempo. Acho que eles logo entenderam, mas fingiram não terem entendido, por cautela ou astúcia. Qualquer que fosse a verdade, muita coisa teve de ser repetida antes que eles admitissem ter entendido a oferta que eu fazia, que era a de ir a Palermo e se apresentar na Corte Real, diante do próprio rei e seus convidados; que eles seriam bem acomodados durante toda a sua permanência na cidade, receberiam lindas roupas e seriam pagos em ouro. A generosidade do rei era proverbial, disse-lhes. Se agradassem a ele, ganhariam presentes de grande valor. De qualquer maneira, agradando ou não, garanti a eles o pagamento de oito dinares de ouro, muito mais do que ganhariam em um ano vagando pela região. E eles também veriam a grande cidade de Palermo.

Eles começaram então a discutir a questão, mas de uma maneira muito diferente da forma como os homens tinham falado comigo, em altas vozes e gestos ferozes, sem esperar que um terminasse antes que outro começasse a falar. Não fazia ideia de o que os dividia, já que eu não conhecia uma única palavra da língua que falavam, cheia de estranhas inflexões nasaladas e sons gerados no fundo da boca, com os lábios puxados para trás. Como já disse, não tinha a menor ideia da razão por que estavam discutindo, se por não confiarem em mim, se por algum outro motivo. Mas já sabia, ao vê-los ali reunidos, gritando uns com os outros com os rostos muito próximos, que meus problemas com aquela gente estavam apenas começando. Entre os mais ruidosos estava a moça que dizia ter nascido no monte Ararat, que tinha avançado e dançado para mim, e que falou rindo algumas palavras para as outras duas. Agora, de repente, perguntei-me se ela tinha rido por minha causa.

Eles se calaram e o homem a quem tinha falado primeiro se voltou para mim.

— São as mulas. Temos três. São bons animais, muito valiosos.

Eu estava lhes oferecendo uma recepção real, com a chance do favor real, prometia mais ouro do que eles jamais tinham visto em toda a vida. E eles relutavam por causa de três mulas miseráveis que não valiam mais que dois ducados cada uma, e bem menos se em piores condições!

— Por isso estamos pedindo. Podemos ficar com as mulas?

— Levá-las com vocês? Quer dizer, no navio?

Parei, desanimado diante da perspectiva de explicar, em termos que ele fosse capaz de entender, a carga de pássaros engaiolados que deveríamos levar no dia seguinte, e como seria difícil, caótico mesmo, se além dos cinco, meus dois guardas e a tripulação, houvesse mulas correndo pelo convés.

— Vamos voltar à hospedaria e vender as mulas para o dono. Ele pode ficar com elas até achar um comprador.

Essa proposta levou a mais discussões acaloradas entre eles, mas finalmente concordaram, e partimos de volta, as mulheres montadas, os homens a pé e nós três formando a retaguarda. A noite já ia alta quando chegamos, e o dono e sua mulher estavam dormindo, mas eu queria concluir o negócio, por isso acordei o menino, que dormia no pátio, e lhe pedi para acordá-los. O homem desceu, demonstrando um mau humor que não se preocupou em ocultar. Quando lhe pedi para fazer uma oferta pelas mulas, ele respondeu resmungando que não precisava de nenhuma mula. Então, evidentemente por perceber que estava em vantagem — era claro que eu estava com pressa de concluir a venda — ele fez uma proposta irrisória, oito *folles* pelas três, e apesar de todos os meus esforços, ele não aumentou a proposta.

— Estou aqui a serviço do rei. Esse seu comportamento desprezível vai ser incluído no meu relatório e as consequências serão graves. — Assim eu tentava lhe impor medo, mas era uma ameaça vazia, e na sua baixeza e insignificância ele o sabia. Palermo ficava longe e ele sabia não passar de um besouro que não merecia a honra de ser pisado. Além do mais, que crime ele tinha cometido? Ele não poderia ser punido por ser um negociante esperto; essa era uma virtude do nosso bom rei Roger, amplamente admirada por enriquecer o reino e todos que nele viviam.

Por isso eu tinha um problema. Já passava muito da meia-noite e a cidade estava adormecida. Se quisesse manter a confiança desses artistas e demonstrar as minhas boas intenções, eles teriam de receber um preço justo pelas suas mulas. A única maneira de consegui-lo seria comprá-las eu mesmo. Mas ainda havia a compra das aves no dia seguinte; já sabia o preço a ser pago, mas não sabia quantas aves haveria. Ademais, não podia esquecer as despesas da minha viagem a Bari e da volta a Palermo. E poderia haver outros gastos que não podiam ser previstos. E eu tinha de colocar essas pessoas a bordo o mais rápido possível, para que não tivessem chance de mudar de ideia.

— Eu compro as mulas. Dou quatro ducados de prata por elas.

Essa oferta gerou um clamor entre eles, cuja natureza eu só entendi quando o homem do tambor se voltou para mim e disse, no tom calmo que usava nas negociações fora do grupo.

— Queremos nove ducados pelas mulas. — E mostrou as costas das duas mãos com o polegar da esquerda recolhido para deixar claro o que pedia.

Nove ducados! Era muito mais do que elas valiam. O dono da hospedaria e aquelas pessoas me deram naquela noite um exemplo memorável da rapacidade humana. É verdade que eu tinha oferecido menos que o preço justo, mas era porque eu estava preocupado com as minhas despesas. Se pagasse o que eles pediam, eles me considerariam tolo e todas as nossas negociações futuras seriam marcadas por essa consideração.

Parei um momento ou dois, imaginando a melhor linha a adotar. O pátio estava cheio com as mulas e as pessoas, estas gritando exclamações, as mulas por enquanto dóceis, amarradas juntas sob a luz da lua, as orelhas lançadas para trás, como se soubessem ser o objeto da discussão. Eram seis ao todo, incluindo as três que tínhamos alugado. Às vezes, inesperadamente, um homem se espanta ao se ver em algum lugar, fazendo o que está fazendo. Olhando agora para os animais, eu tive esse sentimento: tinha vindo a esse lugar em busca de garças, e me encontrava negociando mulas.

Retirei seis ducados da bolsa presa ao meu cinto, onde guardava o dinheiro necessário para as despesas do dia, e mostrei sobre a mão aberta. A lua estava alta, sua luz atingia todos os cantos do pátio e a prata brilhava na minha mão.

— Seis ducados. Nem uma *kharruba* a mais.

Eles não entendiam árabe, mas entenderam o que eu queria dizer, e dessa vez a conversa entre eles foi muito rápida. Como eu astutamente imaginava, a vista do dinheiro foi mais do que eles podiam aguentar. Eram pobres e esfarrapados, viviam sem saber o que traria o dia seguinte. O preço que tinham estipulado para as mulas era quase um sonho; a noite lhes trouxera sonhos de riqueza — por que não mais um?

Ali e então a venda foi concluída e os ducados passados às suas mãos. Estava feliz com a minha sagacidade, e com o gesto decisivo com que os tinha conquistado. Mas então me ocorreu que tinha pago pelas mulas um pouco mais do que elas realmente valiam, e ademais eu não tinha o que fazer com elas, a não ser deixá-las sob os cuidados do maldito hospedeiro.

— Faço você responsável por esses animais, comprados em nome do rei — disse severamente a ele. — Você responde por eles.

Ele me deu um sorriso ruinoso, mas nada disse. Eu não tinha dúvidas de que ele venderia as mulas e as daria por mortas ou fugidas. Fiquei enjoado dele e delas, e foi um alívio sair daquele pátio malcheiroso.

Quando chegamos ao porto, acordamos o capitão e lhe dissemos para tratar bem os passageiros, e eles embarcaram com seus instrumentos e sacolas. A lua já estava no fim do seu curso e sentia-se a aproximação da madrugada. Estava cansado, mas minha mente estava ativa, não estava com sono nem desejo de companhia nessa hora silenciosa antes da alvorada. Disse a Mário e Sigismundo que eles podiam dividir o quarto que eu tinha pago ou dormir no pátio, como preferissem. Se aquele porco daquele hospedeiro já estivesse dormindo, eles deviam gritar até acordá-lo. Eu queria ficar sozinho e esperar o dia que viria.

VII

Hoje, examinada em retrospecto, essa decisão de caminhar sozinho e num local desconhecido, quando levava dinheiro pertencente à coroa, já era um sinal de insatisfação, de desejo de mudança. É verdade que poucas pessoas estavam acordadas àquela hora, e também verdade que não confiava inteiramente nos meus guardas quando estávamos juntos em locais desertos. Mas as chancelarias do palácio, não importando em qual se servia, ensinavam a cautela contra os perigos, por mais remota que fosse a probabilidade, e isso se tornou um hábito arraigado — a que desobedeci naquela noite com base em nada mais que um capricho. Sabia que se houvesse algum contratempo com relação à compra dos pássaros eu seria chamado a me explicar. Talvez Yusuf me protegesse e eu mantivesse o meu cargo, mas no futuro — e na sua consideração — isso contaria pontos contra mim. Eu era um sucesso no Diwan de Controle, não recuando diante de nada que me fosse pedido, nem mesmo o que pudesse ser considerado baixo ou indigno se não fosse feito a serviço do rei. Mas uma única tarefa não concluída a contento poderia superar tudo isso e mover a balança contra a minha sucessão para o cargo de Yusuf, quando este se tornasse Tesoureiro

Real. E era o que eu queria, como já disse, queria a riqueza e o prestígio do cargo, a desobrigação de percorrer estadas ruins e de pernoitar em hospedarias ruins, e de carregar a bolsa real.

Não ocorreu nada de incomum. Não vi ninguém. Quando o dia raiou, voltei para a hospedaria, e a mulher do dono me serviu queijo, pão e cerveja rala. Em seguida dormi na cadeira durante uma hora. Ao acordar, encontrei Mário e o mandei devolver as mulas alugadas. Depois disso, com meus dois homens aos meus calcanhares, subi as ruas íngremes até chegar ao alto da cidade, olhando para o interior, de onde viriam os homens dos pântanos. Deveriam chegar no meio da manhã, tendo saído ao anoitecer do dia anterior ao saber das notícias da minha chegada e viajado durante toda a noite. Eu os esperava por volta do meio-dia; viriam a pé, carregados de gaiolas de pássaros. Achei um lugar onde havia uma casa em ruínas, com o que restava de um pátio de pedra, e me sentei ali, com as costas apoiadas contra um pedaço de parede. Dali eu via a planície e a estrada por onde eles chegariam.

Estava ali feliz, esperando tranquilamente. Era uma manhã sem nuvens, as gaivotas rodavam no céu no lado do mar, e de algum lugar próximo vinha o som de sinetas de cabras. Enquanto esperava, a dança da noite anterior me voltou à lembrança, a luz do fogo e da lua, a tensão da música desconhecida, triste e desenfreada ao mesmo tempo, o balanço langoroso dos corpos, o movimento rápido dos pés, o estranho movimento tremido antes de o corpo se imobilizar novamente, e de começar o movimento de ondas na barriga. Lembrei-me dos braços brilhantes da moça que eu observara — agora me parecia que eu só tinha olhado para ela. A postura do corpo selvagem no seu orgulho, a expressão sofredora na boca, dissolvendo-se em alegria quando sorria. Os ombros retos e a curva profunda da cintura até os quadris. E depois, na hospedaria, a gritaria e os olhos frenéticos daquela gente acostumada ao desprezo, que não se importava com ele. Renegados. Ararat, onde repousou a arca para que a humanidade se salvasse, e onde em tempos idos viviam gigantes. Seria ela bela de rosto ou não? Só me lembrava da boca e daquele sorriso...

Ainda pensava na moça, ainda meio sonolento, quando o sol se ergueu sobre a montanha e vi um brilho branco a distância, onde descia a estrada, como um sinal rápido feito com uma superfície brilhante exposta ao sol. Veio outro, e mais outro, e depois muitos, e então surgiram os primeiros homens no ponto em que terminava a descida e a estrada fazia uma curva na planície aberta.

Chegavam antes da hora esperada. Caminhavam em fila, os pássaros engaiolados presos a varas apoiadas nos ombros — tive a impressão de que eram duas de cada lado — balançando com o movimento da caminhada, de forma que o sol que acabava de nascer gerava raios brilhantes nas suas asas e peitos. Contei doze homens e, quando saíram ao sol, os pássaros roubaram todo o esplendor.

Mas o esplendor era menor, tanto nos homens quanto nos pássaros, quando pude examiná-los de perto no porto, onde fui esperá-los. As gaiolas eram feitas de junco fino e eram altas, para acomodar as pernas longas e finas, os pés pretos e dedos amarelos. Mas eram muito estreitas, as garças não podiam se mexer, forçadas à imobilidade numa única posição, a cabeça baixa e triste. Os homens pareciam espectros, pálidos e de olhos vazios, e calculei que fosse o resultado da doença dos pântanos de que muita gente fala, que acomete quem mora em terras alagadas, entre os vapores que ali existem.

No porto a cena era de grande confusão. Havia mulas amarradas, para que eu não sei — minha visita à cidade fora amaldiçoada por mulas do começo ao fim. Perturbados pelo movimento de gaiolas e pessoas que se agitavam à sua volta, os animais começaram a zurrar e patear, e um ou dois deram coices, o espírito de indisciplina e revolta que baixa sobre as mulas em certos momentos difíceis. Os sons torturados que faziam e o barulho dos cascos no pavimento perturbaram as garças e elas tentaram bater as asas, mas era impossível, e primeiro uma depois as outras começaram um gemido desolador, *wulla-wulla-wulla*, como os gritos das mulheres árabes quando erguem a cabeça e soltam os sons do fundo da garganta. Como se fosse pouco, os caçadores se agitavam à minha volta com expressões febris, clamando a minha atenção, bradando como eram excelentes aquelas aves e como tinha sido difícil prendê-las. Suas vozes eram cantantes, apesar do fervor do seu pregão, cada frase atingindo uma nota alta e depois descendo sonoramente, em que a última palavra era incrivelmente baixa, como se tivessem decidido terminar numa canção. Enquanto eu tentava entender, o que não era fácil, eles cantavam ininterruptamente — vi os anatolianos parados na popa do navio, assistindo ao espetáculo e rindo entre si.

Felizmente a questão a resolver era extremamente simples, eles pediam mais pelas garças, eu oferecia menos. Eles sabiam muito bem que o preço por pássaro e gaiola já fora previamente estabelecido, mas ainda tinham a esperança, que me pareceu perene, saciada num ano apenas para se renovar no ano seguinte, de que poderiam receber mais se encontrassem os argumentos certos. Falavam do tempo adverso, das mudanças dos padrões de voo, do número reduzido naquele ano. Um deles, mais criativo que os outros, tentou me convencer de que as garças agora eram mais espertas.

Estas agora estavam quietas, mas não pareciam nada espertas, os olhos amarelos muito abertos e cheios de medo, como se previssem o próprio destino, sabendo das garras cruéis que as esperavam, apesar de eu ter pensado que, quando chegasse o momento, quando fossem atacadas pelo falcão como se por um raio do céu, seus olhos teriam uma expressão diferente, as asas abertas, até o momento da morte elas gozariam a liberdade. Menos afortunadas me pareciam as mais doentes, as que tinham passado muito tempo na gaiola. Mas eu não tinha como detectar tal condição e recusar pagamento, economizando para o meu senhor uma despesa perdulária: ao se aproximar da cidade, os homens haviam limpado as gaiolas, lavado o excremento pútrido das pernas negras e elegantes...

Eram 48 pássaros. O pagamento, quando finalmente acordado e selado com um aperto de mãos, chegou a 16 ducados de prata, dinheiro necessário para sustentar esses homens e suas famílias com aveia, sal e óleo ao longo do inverno seguinte.

A barganha, ainda que apenas aparente, foi um processo longo, e fiquei muito aliviado quando, depois de tudo acertado, os pássaros foram instalados a bordo e os homens já estavam voltando para casa. Logo o navio iria zarpar e eu estaria livre para continuar a minha missão. Preparava-me para ir a bordo mais uma vez para dar as últimas instruções ao capitão, que não estava no convés — imaginei que ele tivesse se metido em algum lugar para fugir de todo aquele tumulto. Ele já fizera essa viagem, mais de uma vez, com meu antecessor, Filippo Maiella, uma pessoa que se tornara mais real para mim no curso dessa transação com as garças, tanto que achei difícil não ver as coisas através dos seus olhos. Onze anos ouvindo os gemidos dos pássaros nas gaiolas — o 12º foi demais para ele. Havia o dinheiro na bolsa, a perspectiva de uma longa viagem...

Precisava encontrar o capitão e falar com ele, que já tinha levado garças a Palermo, mas nunca levara dançarinas e músicos, ou pelo menos era o que eu pensava. Era a melhor pessoa a quem confiar a tarefa, pois ainda não tinha recebido nenhum dinheiro — ao contrário de Filippo. Teria de acompanhá-los ao Diwan de Controle e deixá-los a cargo de Stefanos, que providenciaria acomodações para eles. Só então ele receberia o seu pagamento e daria à sua tripulação a parte dela.

Envolto em tais pensamentos, e percebendo que o capitão não estava em terra, eu começava a subir a bordo quando de repente ouvi um grito, uma voz feminina num tom semelhante ao grito das corujas que vivem nas colinas em torno do lago Paloma. O som assustou as garças, que lançaram seus gemidos desolados, *wulla-wulla-wulla*, e tentaram bater as asas dentro da gaiola. Quando cheguei ao topo da escada, vi, atrás das fileiras de garças chorosas, a expressão furiosa da dançarina mais jovem, parada de pé na popa a certa distância dos outros. Eu digo de pé, mas na verdade ela estava meio curvada, juntando os ombros, como se pronta a saltar. Diante dela, a uns dois ou três passos de distância, sorrindo estupidamente com uma expressão lasciva apesar da fúria da moça, estava um dos meus guardas, o musculoso Sigismundo. Percebi imediatamente que ele a havia insultado, talvez colocado as mãos nela, ou até mesmo tentado agarrá-la; era um sujeito bruto e deve ter-se excitado pela dança da noite anterior — na minha raiva diante do seu comportamento, esqueci-me de que a dança também tinha me excitado.

Ela se afastou um pouco mais dos outros, talvez para ver melhor o que se passava embaixo. Mas então eu vi dois homens avançarem, vi como eles se afastavam um do outro ao se aproximarem de Sigismundo, vi que um deles tinha a mão dentro da camisa. Andei em direção a eles, derrubando gaiolas na minha pressa. Estranhamente, as garças suportaram a queda em silêncio, estavam agora todas, tal como a moça, silenciosas diante da minha aproximação. O cabelo estava solto em volta do rosto e ela segurava um grampo longo na mão, de cobre, pareceu-me, pois refletia uma luz sem brilho.

Ao me aproximar de Sigismundo, vi imediatamente, antes mesmo de sentir o cheiro de vinho no seu hálito, que ele tinha bebido, pela forma como se equilibrava em seus pés e pela ousadia idiota do seu sorriso.

— O que está acontecendo? — perguntei.

Ele continuou a sorrir, como se querendo indicar que era apenas uma brincadeira. Talvez, nos seus modos primitivos, ele tenha perdido a noção dos limites entre o público e o privado, pensado que uma mulher que dançava diante de homens pudesse ser de qualquer um deles.

Não tinha a intenção de fazer muito do caso. Ninguém estava ferido, o sujeito tinha sido rejeitado e não iria tentar de novo. Mas quando ordenei com um gesto que recuasse, seu sorriso morreu e ele não baixou os olhos, mas me encarou com o que parecia insolência deliberada. Também não se afastou, como eu ordenei.

Senti a raiva subir-me ao peito. Para chegar a tal estado ele deve ter começado com seu próprio vinho, antes mesmo de receber a sua paga, provavelmente quando os homens do pântano se agitavam à minha volta — em outras palavras, quando devia estar cumprindo os seus deveres de guarda.

— Desgraçado infeliz, como ousa me enfrentar desta maneira? Para trás!

Pareceu-me que a sua mão fez um leve movimento em direção ao cinto e à faca. Ou talvez fosse apenas o pretexto que eu procurava. Sabia que precisava agir rápido. Ele era corpulento e forte, e sem dúvida acostumado a brigar. Se teria coragem de devolver um golpe vindo de alguém superior a ele na hierarquia eu não sabia; isso lhe renderia uma pena de açoitamento se voltasse a Palermo, além do emprego, mas poderia considerar que, de qualquer maneira, este ele já tinha perdido. Nada poderia ser deixado ao acaso — teria de ser um golpe forte. Eu só sabia fazer o que tinha aprendido nos meus dias de treinamento para a Guarda do Rei. Dei um passo à frente e tentei golpeá-lo nos olhos com os dedos da mão esquerda. Ele recuou a cabeça, o movimento de defesa quando se atacam os olhos. E assim, levantou o queixo e deixou exposto o pescoço. Dei-lhe um golpe com a mão direita que o atingiu ali, quando ainda estava com as mãos abaixadas, o gancho mais forte que consegui, e afundei o punho no lado esquerdo do seu pescoço. Foi estranho, mas a raiva me abandonou no momento em que o atingi. Nunca golpeara um homem assim; apenas um saco de areia no pátio de exercícios. Ele não caiu, mas se inclinou para frente, lutando para respirar. Agora eu poderia tê-lo atingido com força, com a cabeça baixa, mas não o fiz, e dois homens se aproximaram e o levaram pelos braços. Mesmo naquela condição, ele tentou se firmar sobre os pés, o que me fez respeitá-lo, depois do golpe violento que eu lhe dera.

A moça ficou em silêncio durante todo esse tempo. Quando me virei para olhá-la, seu rosto estava recomposto, a fúria completamente desaparecida. Ela me olhava com atenção, não com a expressão autoabsorta da dança, mas abertamente, de uma maneira que não era nem amistosa nem hostil, mas como se me examinasse o rosto, me avaliasse. Tive a impressão de que o seu cabelo estava mais arrumado do que eu lembrava da noite anterior. Entendi, então, o que me causou surpresa, tão enraivecido pelo desafio de Sigismundo, que ela acreditava que eu golpeara o homem por causa da insolência para com ela, quando, na verdade, fora a sua insolência para comigo que me levara àquele ato. Mas, ao ver seu rosto agora com mais atenção do que quando tínhamos nos conhecido, e sob essa nova luz, o cabelo denso e negro ainda em desordem, os olhos negros, não grandes, mas cheios de vida, ligeiramente amendoados para as têmporas, os ossos do rosto visíveis abaixo da pele fina, a boca carregada de amargura, mas com alguma coisa terna, ao notar tudo isso não descobri em mim a menor inclinação a esclarecer seu erro. Sorri para ela, inclinei um pouco a cabeça e levei a mão ao peito.

— Thurstan — eu disse —, meu nome é Thurstan.

— Nesrin — disse ela, sem sorrir para mim, e tocou a base da garganta. Ela então se virou para os companheiros que se tinham juntado atrás dela, e apontou cada um deles e disse o seu nome. O que tocava tambor e cantava se chamava Ozgur, o tocador de alaúde, Temel, as duas mulheres eram Yildiz e Havva. Então Ozgur apontou o tambor e disse, *Davul*, e Temel deu o nome do alaúde, *Kemanche*. Todos sorriam agora, como fazem as pessoas que têm nome. Mas ainda havia certa incerteza na pausa que se seguiu, como geralmente acontece quando se dão nomes, especialmente quando existe algum obstáculo de língua a superar, e acho que a moça sentiu isso — era rápida em sentir as coisas, como eu viria a saber — porque ela riu de repente e fez um gesto para incluir os pássaros cativos, presos em gaiolas que ocupavam grande parte do convés, elevando uma das mãos e soltando o pulso, deixando os dedos caídos frouxos para baixo. Depois de um momento entendi que era uma imitação da crista emplumada das garças, que na tristeza do cativeiro caíam ao longo do pescoço.

Depois da raiva, vem um sentimento de tristeza, pelo menos para mim. Olhei para os pássaros, para suas cristas caídas que tinham crescido para a época de acasalamento, inúteis agora que a corte fora interrompida. Deus lhes dera esse presente no dia da criação, tinha lhes dado essa plumagem que os faria atraentes. E agora estavam presos e mal podiam sacudir as asas e gemer, e nunca poderiam cobrir nem serem cobertos.

Não via nisso razão de riso, e não permiti que um riso aparecesse no meu rosto. Nesrin, como já disse, era rápida em sentir as coisas. Era igualmente rápida no desafio, mais uma coisa que eu viria a aprender. Era o que ela mostrava agora, prolongando deliberadamente o gesto e o riso, olhando diretamente para mim, como se dissesse, você não manda no meu riso, e eu olhei diretamente para ela, e minha expressão dizia, você não passa de uma selvagem, por que eu iria rir com você? Assim, alguma coisa foi trocada sem palavras entre nós e, quando desviamos os olhares, era como uma trégua, mas não do tipo em que se trocam promessas e se abandonam as armas. Por razões pessoais imediatas, estava feliz por não ter cedido, e ainda porque, como se sabe, pequeno atos levam a outros, grandes, e quando voltasse a Palermo eu seria o responsável pela aparição do grupo diante do rei. Eles teriam de obedecer às minhas palavras, desde o início eles teriam de entender que eu não era um deles, que eu não ria das suas graças, mas era alguém em posição de autoridade, que se movia num plano mais alto, o provedor de compensações e a fonte de benefícios: resumindo, o provedor do rei.

Apesar desse excelente raciocínio, já começava a me preocupar. Não sei por que, mas não consigo me manter feliz por muito tempo. Vejo nos outros o estado de tranquila felicidade, vejo como usufruem o sol dessa felicidade, mas para mim sempre surge uma nuvem. A moça sentia-se grata porque eu a defendera. O fato de ela ter julgado de maneira errada em sua gratidão não era a questão. Pelo riso, ela tentara demonstrar boa vontade, mas eu não correspondi. Agora queria dizer algo para salvar as coisas, mas ela se afastou de mim, levando as mãos à cabeça, e juntou e prendeu os cabelos num coque junto à nuca, e as mangas soltas escorregaram pelos seus braços, que eram lindos — na verdade esse é um movimento lindo em todas as mulheres, sejam elas novas ou velhas.

Nesse momento, vi que o capitão havia voltado ao convés e me lembrei de que queria falar com ele antes de a altercação com Sigismundo ter me distraído dessa intenção. Só então, enquanto lhe dava as últimas instruções e lhe informava que não voltaria no navio, ocorreu-me não saber por que Mário não tinha aparecido, por que deixou aos marinheiros a tarefa de conter o amigo e levá-lo para longe. Sigismundo estava parado na proa, bem longe das dançarinas, mas não havia sinal de Mário. Também não estava embaixo, disse-me o capitão. Não estava no navio nem no cais. Percebi então que não o via desde a chegada dos homens com as garças. Mas não teria havido como eu vê-lo, ocupado que estava com aquelas vozes cantantes e o simulacro de negociação.

Para mim foi desagradável voltar a falar com Sigismundo, pouco depois do que acontecera entre nós, mas não tinha escolha. Ele respondeu rabugento como sempre. O cabelo estava molhado, como se tivesse jogado água sobre ele, e tinha atado um trapo de pano em torno do pescoço para esconder o ferimento. Mário tinha dito que ia urinar e não voltara, isso enquanto eu comprava as garças. Ele, Sigismundo, não dissera nada a respeito da ausência do outro por esperar que ele voltasse antes da partida do navio.

— Você devia lealdade primeiro a mim, não a ele. Dois ótimos guardas me foram indicados, um se ausenta para beber quando devia estar ao meu lado, o outro desaparece na hora em que mais se precisa dele.

Sigismundo então me surpreendeu: não esperava mais que um murmúrio vão, mas ele me olhou com uma expressão obstinada e disse:

— Lorde, perdoe este homem ignorante que sou, em nada melhor que um animal. Pensei que a moça olhava para mim. Depois me senti um idiota. Tenho mulher e filhos em Palermo. Tenha pena de mim e me permita manter o emprego.

Talvez tenha sido o discurso mais longo em toda a sua vida. Alguma bênção desceu sobre ele e eu não podia senão ser parte dela. Além disso, não sei se por acidente ou por deliberação, ele tinha reconhecido o meu título de nascimento.

— Você mantém seu emprego. Não farei nenhuma menção ao acontecido em meu relatório, mas no futuro você deve ter mais cautela.

Ele então baixou a cabeça, dobrou o corpo e mais uma vez notei o pedaço de pano em volta do pescoço e senti pena. Sorri para ele e disse:

— A moça agora pertence ao rei, não importa para onde ela esteja olhando. É fácil se enganar com relação ao olhar de uma mulher. Depois, a culpa vai ser sempre sua não é?

Ele também sorriu, o sorriso mais aberto que eu já vi no rosto de alguém, e o primeiro que via no dele. Afastou-se sem mais palavras, mas senti que tinha curado a ferida no seu orgulho, ainda que não a do pescoço, e que talvez tivesse conquistado a sua simpatia, algo inédito.

Mário continuava desaparecido, mas não poderíamos atrasar mais a partida. Esperei no cais enquanto o navio desatracava. Depois de se afastar do porto e antes de desaparecer atrás dos montes que contornavam a baía, o sol bateu nas garças presas nas gaiolas e por um momento todo o convés do navio brilhou.

VIII

Eu tinha agora de fazer os preparativos para continuar a jornada. Teria de conseguir um cavalo em boas condições. Mas antes refiz os meus passos até a hospedaria. Eu mudara de ideia quanto às mulas, tinha sido muito manso com aquele estalajadeiro nojento. Por que deveria deixar para ele três mulas como presente do rei? Estava agora mais à vontade, sem a pressão de reivindicações conflitantes, como na noite anterior.

O estalajadeiro não demonstrou o menor prazer em me ver.

— Decidi vender essas mulas para você — disse a ele à maneira de quem concede favores.

De início, ele parecia querer me desprezar, tendo me classificado como um sujeito fraco. Mas quando ameacei levar embora as mulas e vendê-las ao primeiro que me fizesse uma oferta decente, ele percebeu que a vantagem lhe escapara. Ao final, recuperei quatro ducados e sessenta *kharruba* dos seis que eu tinha pago.

— Nem sempre a vida é gentil com a gente — disse-lhe ao partir —, caso contrário, um homem de berço nobre seria poupado de pechinchar mulas com um patife. Mas espero pelo menos não ver mais a sua cara nojenta.

Tinha ensaiado previamente esse insulto, mas no momento mesmo em que o dizia, veio-me a ideia de estar destinado a ser o sucessor de Filippo, e que essa compra anual de garças seria, dali em diante, mais um dos meus deveres.

Pouco depois eu já tinha encontrado um cavalo, uma égua alazã. Seus dentes eram bons, o lombo reto, e os cascos bem ferrados; não tinha nenhum problema evidente e o preço era justo — vinte ducados por ela e os arreios. Minhas melhores roupas e o manto de peregrino iam no alforje, assim como um pão e um cantil de água. Agora estava vestido para o segundo estágio da jornada, no estilo rude do campo, com roupas que trouxera, capa, perneiras e sapatos de sola de madeira que são comuns entre o gentio. Não tinha cortado o cabelo, do qual me orgulho, prendi-o e ele ficou oculto sob o chapéu que se ajustava bem à minha cabeça. Minha bolsa estava dentro da camisa, presa à pele. Usava a faca à vista no meu cinto e tinha outra arma numa bainha dentro do alforje, uma adaga de lâmina fina e cabo pesado para ser atirada. Tinha também um porrete pesado amarrado à sela. Assaltantes não são comuns naquela região, geralmente trabalham em pares. Só o cavalo já seria um convite a um assalto, mas esperava passar por camponês e assim ter a vantagem da surpresa caso surgisse a necessidade de luta. Essa era a minha esperança, mas não estava plenamente confiante nela.

Depois de dois dias, cheguei a Cosenza, viajando da aurora ao anoitecer, mas nunca à noite, atravessando o vale do rio Crati. Na primeira noite, não encontrei acomodação, tendo dormido na beira do rio, e logo depois do amanhecer tive a sorte de encontrar um homem a caminho do mercado levando cestas do peixe branco que vive no rio e é pescado pelo povo local. Ele se dispôs a me vender alguns, que assei numa fogueira baixa improvisada, e eles ficaram muito bons.

Depois de Cosenza, continuei para o norte, sempre seguindo a linha do vale, alojando-me em qualquer hospedaria que encontrasse, todas sempre sujas e ruins. Deixei crescer a barba e, quando podia, usava a água do rio para me lavar. Tive sorte com a égua; era mansa e bem-disposta. Cheguei ao mar em Sibari e tomei a estrada que segue a costa até Taranto. Ali me juntei a um grupo montado que viajava a Bari para o dia do santo, e na companhia deles perdi o medo dos assaltantes. Eram italianos de Crotone; para evitar perguntas fingi falar apenas o francês normando, e para isso me ajudaram a minha altura e o cabelo louro.

Assim se passou grande parte da minha viagem. Atravessamos a região montanhosa e densamente arborizada ao sul de Apúlia, e chegamos outra vez ao mar a dois dias de viagem de Bari. E assim cheguei em boa hora à cidade; o dia seguinte era o segundo domingo de maio, o dia do milagre, quando o corpo incorrupto do santo exsuda o óleo sagrado. A cidade estava muito cheia, com peregrinos de todos os cantos da Europa, muitos com capuz, cajado e a sacola de quem percorre longas léguas a pé; alguns tinham vindo de lugares tão longínquos como a Escandinávia ou as terras dos eslavos, e passaram meses na estrada. Gente de todo tipo se acotovelava nas ruas estreitas e no caminho mais largo que corria rente à praia.

Primeiro cuidei da égua, que tinha me servido fielmente e bem. Para enfrentar o inchaço anual da cidade, e acomodar todos os viajantes do leste que haviam chegado durante o ano ao porto de Bari, havia hospedarias de madeira de três andares, construídas em torno de uma praça com estábulos. Tive de pagar pelo menos três vezes o custo de um dia normal. Era o dinheiro do rei, mas não havia o que fazer, não era minha culpa, e sim de quem tinha combinado esse local lotado como ponto de encontro com Lazar. Naturalmente, não poderia usar ali nem a autoridade nem selo do rei, para impressionar ou intimidar; ali eu era apenas um peregrino entre peregrinos, não poderia fazer nada que atraísse a atenção. Para dormir, deitei em um espaço cercado de tábuas de madeira dos dois lados, o que me custou mais que um lugar no dormitório onde não havia camas, apenas a palha espalhada de uma parede à outra, mas considerei que poderia prestar melhor serviço ao rei se estivesse descansado e limpo.

Estava sujo e empestado depois de todos aqueles dias na estrada; havia dormido com as mesmas roupas do dia inteiro, o que sempre me desagradou. Manter o corpo limpo tinha se tornado mais importante para mim com o passar dos anos, assim como dormir em lençóis limpos e vestir roupas tão boas quanto possível. Eram apenas panos, mas já sentia isso como uma verdade para mim. Não conhecia Bari, mas sabia que era uma antiga cidade árabe e que muitos árabes viviam ali, apesar de, naturalmente, não se ver sinal deles nas ruas naquela época de peregrinação cristã. Onde havia árabes, haveria água limpa, quente e fria; procurei insistentemente uma casa de banhos árabe.

Encontrei finalmente uma, numa rua perpendicular à orla da praia, e vi a distância o teto abobadado cheio de furos, como um coador invertido, de forma a captar a luz do sol, tão importante para os muçulmanos, como bem sabe quem já entrou numa mesquita. Diferente de tudo o que havia na cidade, o preço não tinha sido aumentado. Deixei minhas roupas e bolsa num dos cofres metálicos fixados na parede e recebi a chave, além de toalhas e chinelos, do atendente. Começava agora alguns momentos de plena felicidade. Para dizer a verdade, em meio ao vapor, perdi a noção do tempo, passando da sala quente para a fria, onde ficam as bacias e os atendentes jogam água fria ou quente de acordo com o desejo do freguês, e depois voltando para a sala quente para sentir o suor escorrer pelo rosto e peito.

Achei um banco em um dos nichos da sala, onde o calor estava um pouco mais ameno, e ali deitei num transe, olhando os anéis de vapor que subiam lentamente rumo às perfurações da abóboda, bem altas, acima de mim, desfaziam-se e formavam uma nuvem levemente brilhante, ao ser iluminada, depois oscilava e se curvava delicadamente ao tocar o ar externo. Algumas palavras de uma canção chegaram à minha memória, uma canção de trovadores, popular por aquela época em Palermo. *Teu cabelo será atado com seda para a dança, darás graça à tua dança com a beleza do teu cabelo...* Eram palavras dirigidas a mulheres educadas, mulheres da corte. Mas ela, impetuosamente, soltou o cabelo. O vidro no seu umbigo, talvez não tão polido quanto eu imaginava, mas cortado em facetas para brilhar ainda mais. A arte do mosaico é a arte da captação da luz. A luz é esplendor, a luz não tem fronteiras...

Eram esses, ou alguma coisa parecida, os meus pensamentos deitado ali entre o sono e a vigília, vendo as curvas do vapor. No estado lânguido em que estava, senti um surto de excitação à lembrança do ornamento aninhado no centro do corpo de Nesrin, lançando sua mensagem de luz. Só podia estar preso naquele lugar, pensei, descansando naquela cavidade, talvez pelos fios de contas estendidos entre seus quadris. *Mirabile dictu*, nenhum movimento ou oscilação da barriga perturbava aquele olho brilhante de vidro.

Essa observação, que deveria gerar admiração, e não luxúria, tornou minha excitação mais definida. Fiquei feliz por ter uma toalha que me cobria os quadris. Se houvesse mulheres ali que fizessem massagens, como em algumas casas de banho de Palermo, eu teria chamado uma delas e pago para fazer as coisas que sabem fazer, usando evidentemente meu próprio dinheiro. Mas eu estava num lugar de estrita observância muçulmana, os sexos eram separados. Não queria a mão de um homem na minha pele, a não ser a de um barbeiro.

Saí outra vez para a sala externa, alguém jogou água fria sobre meu corpo, enxuguei a pele com as toalhas vindas do Egito, muito grossas — em lugar algum da Itália elas são feitas assim. Então me vesti e tomei um suco de damasco, delicioso, e fui para a sala dos barbeiros, onde um deles me lavou o cabelo, com gema de ovos, depois enxaguou e perfumou com essência de rosas. Ele então raspou minha barba, aplicando primeiro uma pasta amarela, que devia ser invenção dele mesmo, com uma colher de madeira, e raspando-a, junto com os pelos, usando o fio de uma concha de mexilhão. E sem me ferir a pele! Não sei por que nós, cristãos, não adotamos a concha de molusco para barbear; é muito afiada e muito leve, fácil de manusear. Mas não, continuamos com facas e pedras-pomes. É um mistério, pois já aprendemos muitas outras coisas com eles.

Ao sair, sentia-me um homem diferente. Vestia as roupas limpas que tinha levado sob um manto e capuz de penitente. As roupas com que viajara tinham ficado enroladas lá, no pátio. Ao lado da casa de banhos havia casas de pasto e confeitarias, e pedi um pedaço de geleia de arroz polvilhada de noz moída, que comi de pé ali mesmo, com uma espátula que me foi oferecida. Já era quase noite e a luz parecia se apagar quando voltei à minha hospedaria. Alguns acrobatas se exibiam na praça, e um deles era muito bom — andava sobre as mãos, mantendo as pernas firmes para o alto, enquanto um dos companheiros colocava moedas nas solas dos seus pés e ele as mantinha lá. Quando me virei para continuar o caminho, vi de relance um rosto na multidão que me lembrou o de Mário, até a cicatriz, mas meus olhos já tinham passado quando notei a semelhança e, quando procurei novamente aquele rosto, apesar de imediatamente depois, não consegui mais encontrá-lo entre as pessoas aglomeradas. Pensei estar errado, um erro talvez causado pelo fato de não ter entendido o motivo do seu desaparecimento, o que mantivera o seu rosto na minha memória.

A ilusão foi breve, quase imediatamente esquecida, quando a multidão e os acrobatas recuaram para dar passagem a um grupo de cavaleiros e suas damas, precedidos por homens que lhes abriam caminho. Os cavaleiros estavam armados com espada e maça e vestiam chapéu, cota de malha e uma longa capa, e as damas usavam vestidos de seda, tinham os rostos pintados e os cabelos entrelaçados de fios de ouro. No dia seguinte, aqueles cavaleiros seriam peregrinos anônimos de capa e capuz perdidos na multidão. Pensei que talvez fosse justamente por isso que eles desfilavam sua riqueza e poder. Senti raiva por ter sido incomodado, pressionado contra a parede, para lhes abrir caminho. Mas no fundo, irreprimível, estava a amargura da inveja daquela riqueza e poder, das armas e armaduras, os cavalos ricamente ajaezados, e a expressão da tranquila indiferença dos homens. Senti no fundo do coração que era um deles.

Ali perto havia algumas bancas vendendo imagens de São Nicolau. Bancas como aquelas se espalhavam por toda a cidade, num comércio agitado, mas eu ainda não tinha parado diante de nenhuma delas. Mas agora, talvez para aplacar inveja cheia de culpa que sentia, parei e olhei, e o dono da banca começou logo a me dizer que seus artigos tinham qualidade muito superior a tudo o que eu poderia encontrar pela cidade. Alguns eram feitos de estanho, alguns de palha folheada e outros de cerâmica. Peguei um dos de estanho e examinei com mais cuidado. Tinha forma circular e era guarnecido por trás de um alfinete, era pintado de azul e vermelho e mostrava o santo com bornal e cajado — um artifício inteligente, pois apresentava o santo também como peregrino.

— Quando você pede por este? — perguntei.

O vendedor era um homem baixo e gordo com o cabelo encaracolado e as sobrancelhas arqueadas que eu já observara em gente desonesta.

— Deixo aos fiéis e puros de coração dar o preço dessas coisas sagradas. Na verdade, elas são inestimáveis.

— Dois *kharruba* — respondi.

— O senhor está brincando. Pelo menos espero, pela sua alma.

— Não medimos almas em *kharruba*.

Estendi o dinheiro.

— Aqui está.

— Nove. O preço é nove. Essas de metal são mais difíceis de fazer e custam mais, mas assim maior é a honra do santo.

— Então é assim que o senhor deixa a critério dos fiéis e puros de coração. O senhor acredita que São Nicolau vá dar importância ao fato de o seu retrato ser feito sobre lata ou palha? Ele está no céu, é uma alma bem-aventurada. Eu pago três.

— O senhor seria capaz de discutir com São Pedro as condições de sua entrada — disse ele ao receber o dinheiro, que, acredito, pareceu-lhe satisfatório, pois chegava a um terço do que havia pedido inicialmente.

— Se continuar assim, o senhor não chegará nem até a entrada — respondi, e segui meu caminho, satisfeito por ter tido vantagem nessa negociação e aliviado da amargura sentida ao ver a riqueza dos cavaleiros. Tinha sido um bom guardião do dinheiro do meu senhor; tinha mostrado ao homem da banca que era um homem inteligente, e não um dos ignorantes embaídos pelas suas mentiras; e beijei a imagem antes de prendê-la à minha capa e fiz em pensamento uma oração a São Nicolau, pedindo humildemente a sua bênção e proteção durante os dias que estavam por vir.

IX

No dia seguinte saí bem cedo para a igreja. Não tinha ideia de quando Lazar iria chegar, ou se ele já tinha chegado à cidade. Decidi postar-me diante da entrada da cripta e esperar por ele.

Meu caminho foi dificultado pelo movimento da multidão nas ruas. Foi a primeira vez em que tive a oportunidade de ver russos, os homens retacos e com densas barbas, usando chapéus de peles de animais com os pelos aparados, as mulheres usando xales negros e sapatos diferentes de todos que eu já vira, chegando até acima dos tornozelos. Mais estranhos ainda me pareceram os chapéus das mulheres alemãs, em forma de altas coroas, com uma fita passando pelo queixo. À medida que nos aproximávamos da igreja muitas pessoas se ajoelhavam e caminhavam de joelhos à frente, o que tornava ainda mais difícil a passagem.

Quando finalmente cheguei à basílica, tomei a posição combinada, ao lado dos degraus que levavam à cripta. Ali fiquei, recebendo cotoveladas e pressionado pelos corpos à minha volta, mas fora do grosso da corrente de peregrinos, que ia em direção à escada, e assim não era levado pela onda de gente. A proximidade das pessoas era opressiva, o ar era insuficiente, mas não havia outra solução. Senti renascer a raiva contra quem tinha escolhido esse local; suspeitava que fosse o próprio Lazar.

Uma confusão de vozes chegou a mim vindo da cripta, e percebi que o sacerdote havia começado a extrair o óleo sagrado, o que desencadeou em mim mais angústia. Sabia que devia ficar ali, à espera de Lazar. Encontrar-me com ele, e deixar claro o fato de eu ter chegado de mãos vazias, e dessa maneira inspirá-lo a ser mais positivo em suas ações, essa era a tarefa que me fora atribuída, e por isso eu estava ali. O Reino da Sicília estava em grave perigo. Ainda que eu considerasse pouco provável que uma conversa clandestina em algum canto de Apúlia, entre dois homens sem grande poder e influência, pudesse alterar os acontecimentos, era meu dever seguir as instruções recebidas. Era o que eu sempre havia feito, e disso eu me orgulhava. Mas Lazar não aparecia e eu estava parado perto da escada que levava ao túmulo de São Nicolau, onde estava ocorrendo um milagre, e minha simples presença, mesmo sem receber o óleo, poderia redimir alguns dos meus pecados, se não todos, e me tornar digno do favor de Deus, porque esse óleo era um bálsamo para a alma e para o corpo. As vozes da cripta ressoavam nos meus ouvidos e eu sabia que talvez nunca mais tivesse uma oportunidade dessas. Minha alma estava carregada de pecados, raiva e inveja, as visitas não confessadas a Sara e agora esse surto de apetite por uma dançarina pagã.

Foi uma luta breve. Os gritos chegavam a mim, cada vez mais altos. Aproximei-me da escada e comecei a descer, levado pela confusa fila de fiéis. Ao chegar ao pé da escada, lutei contra a multidão até conseguir ficar com as costas apoiadas numa coluna próxima à parede.

O sacerdote estava de pé, de costas para o altar, olhando para a multidão, que caiu de joelhos, e agora havia silêncio ali, e as pessoas nas escadas tiveram de parar e esperar. Atrás do sacerdote ficava o túmulo do santo, os painéis de mármore abertos de um lado. Ele ergueu a voz num canto, e o som tomou todo o espaço e pareceu vir de todas as direções, das paredes, do teto, das pedras sob os meus pés: *Deus Santo, Pai Todo Poderoso, tende piedade de nós!* E o povo ajoelhado respondeu num coro hesitante: *Senhor, tende piedade!*

Notei outras vozes, essas também parecendo vir de todos os lados. Era a oração dos mendigos que, agora eu via, estavam junto das paredes, alguns cegos, ou parecendo cegos, outros a quem faltavam algum membro. O sacerdote, o povo e os mendigos faziam uma antífona de vozes:

Glória ao Pai, ao Filho e ao Espírito Santo!
Esmolas pelo amor de Deus!
Senhor, tende piedade!

Apertado contra a coluna, assaltado pelas vozes, senti minha alma enrijecida se soltar. Senti a graça descer sobre mim, ouvi minha própria voz cantar com as outras: *Senhor, tende piedade!*

O sacerdote ergueu a mão numa bênção e o canto do povo cessou, apesar de os mendigos continuarem as suas súplicas. Sua mão então se virou, transformando a bênção num sinal para todos se aproximarem, e as pessoas ajoelhadas se moveram para frente e um estranho som substituiu o canto: o ruído dos joelhos se arrastando sobre o piso de pedra. Então eu vi um segundo sacerdote, que estivera oculto por trás do túmulo, mas agora surgiu à frente antes de se prostrar e entrar praticamente com todo o corpo nos painéis abertos para recolher o maná que exsudava do corpo incorrupto. Durante alguns instantes tudo que se via dele eram seus pés e a bainha do hábito. Quando ressurgiu, tinha numa das mãos um frasco de prata e na outra um bastão de vidro e, à medida que se aproximavam, as pessoas levantavam o rosto, em obediência à ordem dada pelo primeiro sacerdote, e ele mergulhava o bastão no frasco deixando cair uma gota do óleo santo nos lábios de cada um. Em seguida, os fiéis se moviam para o lado, levantavam-se e subiam novamente para a basílica por outra escada no canto mais distante, atrás do túmulo.

Ao ver isso, senti um anseio profundo de me juntar a todas essas pessoas na devoção comum e na esperança do céu, de sentir o toque do óleo milagroso nos meus lábios e ter meus pecados perdoados. Esqueci completamente minha missão, caí de joelhos e me juntei aos outros que avançavam. Estava me aproximando, já levantava o rosto em preparação, quando vi, entre os que já haviam recebido o óleo e se retiravam, um rosto conhecido, ornado de uma barba luxuriante e de olhos apertados, a testa lisa e alta. Lazar não tinha mudado desde que eu o vira a última vez. A visão dele, a sensação desagradável de que até nisso eu me associava a ele, arruinou o momento de receber o maná, destruiu a minha bem-aventurança. O bastão estava erguido, a gota caiu e eu a senti nos meus lábios, mas não conseguia pensar em mais nada, apenas em como apagar da mente de Lazar — pois tinha certeza de que ele me vira e reconhecera — a ideia de que me preocupava com minha própria salvação, quando devia ter em mente apenas a minha missão real. Não por mim — pois não dava a menor importância ao que ele pudesse pensar de mim — mas pelo rei, para que seus objetivos não fossem desrespeitados por falhas de seus servidores. Decidi dizer a Lazar que tinha me juntado aos penitentes ajoelhados para não me tornar conspícuo.

Eu o segui até estarmos na rua, já fora da igreja, onde ele baixou o capuz e eu fiz o mesmo. Ele me conduziu a uma praça estreita onde havia uma casa de vinhos pequena e escura, de dois andares. Escolhemos uma mesa e nos sentamos, e pedimos vinho tinto.

— Muito bem — começou ele —, agora que fomos purgados dos nossos pecados podemos falar sinceramente, como irmãos, pequenos irmãos em Cristo.

Desde o início eu já não gostava de Lazar, e as palavras dele me lembraram a razão: era como se o longo hábito do subterfúgio tivesse acabado por lançar dúvida sobre seus sentimentos no momento mesmo em que saíam dos seus lábios. Além disso, no último encontro em Tirana, ele me dissera que escrevia poemas, o que me pareceu não ser um bom sinal em alguém que pretendia liderar uma rebelião.

— É bom começarmos logo a falar — continuou ele. — Os pecados logo podem voltar a infestar a alma.

— A razão para eu me juntar a eles...

— Eu sei, foi a mesma para mim. Achei pouco prudente ficar parado, seria melhor descer e ajoelhar...

— Não vi sinal de você. Pensei que talvez você tivesse descido.

— Bem pensado. De fato, eu estava embaixo.

— Por que você desceu?

— Achei que você estivesse em baixo.

— O vinho está aguado — falei. — Parece urina de cavalo e ainda tem o mesmo gosto!

Não era a linguagem mais adequada à minha missão, mas eu estava com raiva por ele ter nos tornado tão semelhantes em conduta, quando eu era claramente superior a ele, e o culpei, ao falar do vinho, por ele ter escolhido aquele local.

Ele comprimiu os lábios e balançou várias vezes a cabeça, concordando.

— É verdade, não é dos melhores. Por que sempre falamos mal da urina de cavalo? A mesma expressão é usada por sérvios e gregos. Será que ela é pior que a de outros animais? Existirá alguma alma intrépida que já as tenha comparado?

Também disso eu me lembrava com relação a ele, que ele se deixava cair em digressões, falando sobre qualquer assunto que lhe viesse à cabeça, e eu acreditava que isso também era um disfarce da sua ganância de ouro, era o que ele considerava dignidade.

— Estamos mais familiarizados com o cavalo, essa é a razão — respondi, feliz com o pensamento de que, pelo menos dessa vez, não lhe daria ouro. Teria de escolher o momento certo para lhe dizer; não poderia parecer vingativo nem que a situação trouxesse satisfação para nós, mas apenas uma questão da justiça do rei.

— Você, que nasceu em berço de ouro, talvez esteja mais familiarizado com o cavalo. Mas o que dizer do pastor de ovelhas ou de porcos? Para eles, seria mais natural falar da urina de porco ou de cabra.

— Não viemos aqui para falar de urina.

— É verdade. — Estendeu a mão por sobre a mesa. — Estou feliz em ver você de novo, Thurstan.

Seus olhos às vezes assumiam uma expressão emocionada, e a assumiram naquele instante.

— Mais de dois anos, amigo velho. Muita coisa aconteceu durante esse tempo, estamos prontos.

— Não vemos muitos sinais desses acontecimentos na Sicília — respondi, e lhe pedi para me descrever os progressos feitos. Ele começou imediatamente, mas logo me pareceu que tudo que ele descrevia era tão lamentavelmente minguado quanto o relato que me fizera dois anos antes. Tal como na ocasião anterior, ele tentou compensar a falta de substância com a volta ao passado, falando dos acontecimentos de vinte anos antes, quando os valentes rebeldes sérvios, sob a liderança de Bolkan, juntaram forças com Estêvão II da Hungria para resistir à tirania bizantina.

— Nossos soldados estavam acampados à margem do Danúbio, perto do encontro com o Nera. Os bizantinos cruzaram secretamente o rio e caíram sobre nós sem aviso; os covardes não se arriscariam a lutar cara a cara com os nossos homens. Estávamos acuados pelo rio, foi um massacre. Os que sobreviveram foram expulsos de seus lares e forçados a se estabelecer na Ásia Menor, levados em grilhões para uma terra que não era nossa. Nós, os sérvios, não esquecemos essas coisas. Somos um povo orgulhoso e não esquecemos.

Pelo menos isso eu sabia que era verdade: os rancores de séculos, grandes ou pequenos, ficam guardados nas cabeças dos sérvios.

— Muito bem — falei —, felizmente você não foi levado em grilhões. Está livre e pode trabalhar pela liberdade do seu país. Sabemos que os sérvios têm boas razões para odiar os bizantinos, e é política do nosso rei Roger apoiar o seu esforço, ajudar o seu desejo legítimo de independência. Mas estamos interessados no presente, não no passado. A Hungria tem hoje outro rei, os sérvios têm outros líderes, quem governa Constantinopla não é João, é Manuel.

— Estamos prontos — respondeu ele. — A cavalaria húngara está se reunindo na fronteira.

Eu já ouvira aquelas palavras. Não conseguia naquele instante lembrar onde. Talvez não fosse nada além da minha imaginação, mas seus olhos pareciam se desviar cada vez mais para o nível do tampo da mesa, que era também o nível da minha cintura, onde deveria estar a sacola cheia de dinares de ouro, aninhada debaixo do meu hábito.

— Tudo está pronto — completou. — Agora só esperamos uma centelha.

Estava confirmado: foram aquelas exatamente as palavras citadas por Yusuf quando me enviou: o próprio Lazar devia ser o autor do relatório. O fato de ele usar agora as mesmas palavras era uma ofensa à minha inteligência. Será que ele me considerava tão ingênuo?

— Queira perdoar, a cavalaria húngara está se reunindo na fronteira há já um bom tempo. Alguém seria capaz de se lembrar de quando ela não estava se reunindo na fronteira? Ela estava se reunindo na fronteira no nosso último encontro. Também naquela época só estávamos esperando uma centelha. Meu rei se cansou de esperar essa centelha. Somente quando ela aparecer, você vai ver brilho do ouro cintilante.

O trocadilho que me ocorreu naquele momento me agradou, e deixei minha expressão explicitar esse prazer.

— Sem a centelha, não haverá nada cintilante.

— O que você quer dizer? — os olhos de Lazar não se derretiam mais, estavam duros e brilhantes como duas gemas.

— Em outras palavras, não haverá o brilho do ouro. Durante cinco anos desembolsamos dinheiro dos cofres reais, e até agora não vimos nenhum resultado palpável. Chegou a hora de parar. Nossa esperança é fazê-lo ver a gravidade da situação. Até aqui pagamos por promessas. A partir de agora pagaremos apenas por resultados. Mas pagaremos bem, melhor que antes, se vocês conseguirem levantar um exército suficientemente forte para fazer Manuel Comnenus abandonar seus projetos em relação à Sicília.

Ele me encarou com a expressão tão ameaçadora que preferi recuar, sentando-me com as costas apoiadas no encosto da cadeira, para ficar fora do alcance de um golpe de faca. Não acreditava na probabilidade de movimento semelhante, ele viajava em segredo, mas é sempre bom tomar precauções; vi uma vez um homem ter a testa rasgada assim por causa de uma discussão num jogo de cartas e o atacante nem se ergueu da cadeira.

— Então para vocês é apenas isso. Nosso sangue sérvio a correr em cachoeiras para que Manuel Comnenus afaste os olhos da Sicília.

— Você já sabia desde o início, não finja que não sabia. Nossos interesses são diferentes, mas convergentes nesse caso. Sua liberdade é a nossa segurança. — Começava a lamentar a minha franqueza. Ele sabia perfeitamente. Mas nossas razões declaradas foram sempre a amizade pela Sérvia. — Precisamos de alguma coisa palpável pelo dinheiro que já gastamos, antes de gastarmos mais.

— Santa Mãe de Deus — disse ele, batendo o punho na mesa. — É loucura negar o dinheiro agora que estamos prontos. Há apenas duas semanas o meu povo assassinou um Governador Provincial.

— É verdade, fomos informados. Uma faca entre as costelas numa região remota, próxima à fronteira da Bulgária. Ele não foi morto por razões patrióticas. Foi morto porque vinha cobrar impostos. É essa a sua ideia de "uma centelha"?

Lazar se levantou abruptamente.

— Fiz uma longa viagem desde Belgrado apenas para ver meu povo insultado.

— Eu também fiz uma longa viagem.

— Vou relatar essa conversa ao nosso conselho. Vou relatar suas palavras e sua atitude. Essa traição vai atrasar muito a nossa rebelião.

Com essas palavras ele se virou e se retirou, desaparecendo nos degraus. Como tiro de partida, não tinha sido eficaz — a rebelião já estava muito atrasada. Mas não fiquei feliz com esse pensamento ou com qualquer outro que me viesse à mente, sentado ali, sozinho, depois que ele se foi. Tinha mentido sobre as minhas razões para me juntar aos penitentes ajoelhados, tinha mentido com o óleo ainda sobre meus lábios, e Lazar havia se antecipado naquela mentira que nos associava. Contrariamente às minhas instruções e às minhas próprias resoluções, tinha demonstrado prazer em negar dinheiro, e até sorrido do meu trocadilho sem graça; tinha falado sarcasticamente da cavalaria húngara e da matança do coletor de impostos, e abertamente sobre as razões do rei, sempre um erro, mesmo quando elas são conhecidas de todos. Se a tivesse visto, Yusuf não teria aprovado a minha conduta — e ele receberia o relato de Lazar se os relatórios continuassem a chegar de Belgrado.

Mas não era o medo do desagrado de Yusuf o que mais me preocupava o espírito. Aversão a Lazar, sim. Mas ao olhar à minha frente, com o gosto azedo do vinho ainda na minha boca, tive consciência de uma aversão mais profunda pelo homem sentado ali sozinho e pelo trabalho que ele fazia.

X

Nada mais me prendia em Bari. A perspectiva da longa viagem de volta por terra não me seduzia, e agora não era mais necessária. Decidi ir apenas até Taranto e ali tomar um navio. Mas, antes de partir, decidi visitar Madonna Odegitria, de quem Stefanos, com conhecimento e devoção, me falara. Disse que ela ficava em uma capela atrás da igreja de São Sabino, que estava sendo reconstruída depois dos danos sofridos durante as guerras com os sarracenos. Queria muito vê-la, porque era, entre todas as imagens encontradas em qualquer lugar, a mais perfeita, tanto de rosto quanto de corpo, por ter sido esculpida a partir de um desenho feito pelo apóstolo Lucas algum tempo antes da crucificação — devido ao seu pesar, ela não permitiu depois que ninguém fizesse outro retrato seu.

Entretanto, não quis o destino que eu visse a imagem naquele dia; na verdade nunca a vi. Perguntei duas vezes o caminho, mas as ruas que levavam à igreja eram muito estreitas e se entrecruzavam, e para um estrangeiro eram todas iguais. Tomei o caminho errado e me vi num mercado de verduras e frutas, com barracas sem teto que tomavam quase toda a largura da rua, e atrás delas se via o mar.

Abordei um dos feirantes para lhe pedir orientação, e de repente me vi sendo arrastado por uma multidão de peregrinos que surgiram não sei de onde. Talvez viessem da direção do porto; cantavam jubilosamente, como se estivessem felizes por terem chegado em segurança. Ouvia-se entre eles o som de flautas e de sinos, e parecia que todos os cachorros de Bari tinham se juntado a eles, latindo e saltando num estado de grande excitação. A isso se acrescentavam os gritos dos feirantes, cujas bancas ameaçavam cair.

Fui levado pela onda ruidosa de peregrinos e, então, para me livrar deles, entrei numa rua à minha direita, na direção oposta ao mar. Cheguei finalmente a um espaço aberto onde ficavam as ruínas de um forte, ou talvez uma simples casa fortificada, não sabia dizer. Pouco restava das paredes, mas havia dois arcos baixos e redondos e alguns fragmentos de um piso de mosaicos. Buscando a capela da Madonna, eu havia chegado a um ponto mais alto que esperava. Além das paredes e de um terreno de mato e aveia selvagem se via o mar, mas estava bem abaixo.

O barulho do canto, dos sinos e dos latidos foi esmaecendo, substituído pelo silêncio à minha volta. O mar estava liso, não havia vento nem qualquer movimento das folhas no campo aberto. Essa calma, depois de toda aquela turbulência, era estranha, rara numa cidade daquele tamanho. Era como uma bênção, um milagre. Entrei no quadrado onde antes se erguia o prédio, passando sobre o que seriam as paredes, que estavam suficientemente baixas. Ouvi o barulho de lagartos se arrastando sobre as pedras aquecidas pelo sol, e um gato cor de canela caminhou lentamente sobre a parede, no lado mais distante do mar.

Não sei dizer quanto tempo passei ali sozinho. Um outro estado, como um sonho, baixou sobre mim, como se eu tivesse atravessado algum portão estreito e encontrado repouso. Meu espírito, sombrio desde o encontro com Lazar, aliviou-se, e comecei a pensar melhor sobre mim e o papel que tinha desempenhado. Convoquei naquele instante a imagem que agia na minha mente com o toque de um talismã, a prata brilhante do navio do rei que eu ajudava a flutuar na água escura.

Estava parado no piso quebrado, respirando profundamente nessa paz que me cercava, tentando recompor mentalmente os fragmentos de mosaico; um pedaço da cauda de um pavão, a haste de uma planta. Ouvi o tropel de cavalos e ergui os olhos. Vi um pequeno grupo a cavalo que se aproximava em trote. Eram três, duas mulheres e um pajem que seguia na frente, vestindo uma rica libré verde e vermelha, desde a calça apertada até o chapéu emplumado, e uma espada. Seguiam em fila, a mulher mais jovem logo atrás do pajem. Suas roupas eram diferentes das usadas pelas damas normandas na Itália, e diferentes das da sua companheira, apesar de essa ser uma impressão não muito clara de minha parte — tudo o que vi quando ela se aproximou foi o estilo sarraceno do chapéu que usava, um turbante branco enrolado bem atrás na cabeça, mostrando as sobrancelhas louras e o cabelo de um ouro pálido ondeando em volta delas.

Eles se aproximaram, as damas, com as costas eretas, não me dispensaram nem um olhar, mas o pajem me olhou cuidadosamente e reduziu o passo de seu cavalo — suponho que para me examinar melhor. Tinha o rosto largo, um belo homem de meia-idade, e não tinha nem o porte nem a aparência de um pajem. Teriam passado em silêncio, mas no último momento tive a impressão de conhecer a dama mais jovem e saber seu nome, e foi esse nome que saiu dos meus lábios quase sem eu querer.

— Alicia... — disse. — Lady Alicia, é a senhora?

Minha garganta se enrijeceu quando falei, por medo de estar errado.

Ela puxou as rédeas e olhou para mim, e pensei ser ela quem eu pensava. Sua expressão não era fria, mas no seu rosto não havia reconhecimento. Certamente as minhas roupas não a ajudaram; usava o manto grosseiro de peregrino, aberto por causa do calor, deixando ver a túnica com cinto e as bainhas pretas da calça. Mas o capuz estava atirado para trás, meu rosto estava descoberto quando olhei para ela. O pajem veio se colocar entre mim e a dama, e eu falei quando ele avançou.

— A senhora não me reconhece? Já nos conhecemos antes.

Durante alguns instantes ela me olhou atentamente, então seu rosto se abriu num sorriso de surpresa — e também de prazer, me pareceu.

— Thurstan! — disse ela, e meu coração se encheu de alegria por ela, depois de tantos anos, ainda se lembrar do meu nome. — Como você ficou alto — continuou, ainda sorrindo.

Voltou-se para a companheira e lhe disse o meu nome, mas não o do meu pai, do qual, suponho, ela não se lembrava, e me disse que o nome da outra dama era Catherine Bolland, a quem se ligava por uma relação de casamento. Dobrei o corpo no melhor cumprimento que me foi possível e ouvi Alicia explicar que ela e eu tínhamos nos conhecido ainda crianças, que estávamos na corte de Richard de Bernalda para aprender as boas maneiras adequadas a cada um. Não disse que fomos namorados, que ela ocupou minha mente durante dois anos, a primeira que o fez, e que nós dois choramos quando ela partiu aos 14 anos para se casar. Não eram coisas que se pudesse dizer na frente de um pajem e de uma dama de companhia — percebi pelo tom que Alicia usava com ela ser essa a sua função, pela maneira como lhe pediu que seguisse adiante e esperasse.

Ela assim o fez, seguida pelo pajem, deixando Alicia ali, diante de mim, embora eu soubesse que ela não poderia se demorar. Como esperar, ainda, que tivesse tal intenção? Estava acompanhada, ricamente montada; eu estava a pé, pobremente vestido, só. Encontrar assim e não ter tempo para conversar! Senti que perdia o fôlego, perdido num mar de palavras não ditas.

— Você vive em Bari agora?

— Não. Cheguei recentemente à Itália, vindo do Ultramar, de Jerusalém. Estou hospedada com minha prima aqui em Apúlia. Só vim a Bari para o dia do santo. E você?

— Estou de partida para Palermo ainda hoje. — Ouvi o som de vozes e risos vindo de algum ponto na rua. — Vamos nos separar e nunca mais...

Ela olhou por sobre o ombro, e então falou baixo.

— Se você vai partir hoje, talvez fosse melhor ficar em algum lugar próximo e pegar a estrada amanhã bem cedo. Há uma casa dos hospitalários, um abrigo para viajantes. É onde a estrada de Bari chega às primeiras casas de Bitonto. Os monges cuidam da terra de um vizinho da minha prima, William de Sens. Se você for até lá, mencione o nome dele e eles lhe darão boa hospedagem.

Dito isso, ela incitou o cavalo e se afastou para se reunir aos outros, e naquele momento vi as pessoas cujas vozes eu tinha ouvido. Eram gente do campo, descansando da faina no dia do santo, falando e rindo. Quando voltei a olhar para o caminho tomado pelos cavaleiros, não vi mais sinal deles, nem ouvi o som dos cascos, e durante alguns momentos eu mal podia acreditar que aquele encontro havia realmente ocorrido.

Nos meus pensamentos não havia mais espaço para a Madonna Odegitria. Alicia era uma imagem maravilhosa — dela própria, da menina de 14 anos que eu lembrava ter amado. Tinha agora apenas um objetivo: buscar o meu cavalo, pagar pelo estábulo e forragem, e partir para a casa dos hospitalários. Ela não disse que estaria lá, mas tinha abaixado a voz, não quis que os outros a ouvissem, queria que aquilo fosse algo entre nós dois. E essa cautela me era familiar, como um segredo lembrado depois de muitos anos, a lembrança dos olhares secretos e sussurros da nossa corte, quando ela parecia sempre encontrar um canto do castelo não vigiado, um jogo de conspiração, mas um jogo que jogávamos para o nosso próprio prazer, quando a maior parte dos nossos jogos era tentar agradar aos outros, os mais velhos.

O sol se punha quando cheguei ao lugar, e o sino do mosteiro chamava para as vésperas. O monge de plantão na portaria veio ter comigo, e usei o nome que Alicia me tinha dado e pedi hospedagem. Havia camas no dormitório, mas ofereci pagar mais por um quarto separado e ele concordou. A razão desse pedido era o toque de recolher para os hóspedes das casas monásticas, que exigia que os hóspedes do dormitório se recolhessem ao leito após o ofício das completas, ao passo que eu queria a liberdade de movimento para o caso de Alicia chegar e podermos nos falar. Fui levado ao meu aposento, numa fileira de quartos no andar térreo, com apenas um catre estreito, um jarro de água e um vaso noturno. Deixei ali os meus pertences e saí novamente para o pátio; queria estar num lugar de onde pudesse ver o portão, ver o primeiro sinal dela — caso ela realmente viesse.

Havia no pátio uma velha nogueira e uma fonte com uma cabeça de carneiro esculpida em pedra. Quando esperamos, com os sentimentos à flor da pele, num lugar desconhecido, esse desconhecimento às vezes deixa uma marca mais funda na memória do que as visões do dia a dia. Mesmo agora, depois de tudo já ter passado, aqueles galhos longos e as sombras que lançavam, a dócil cabeça de um carneiro vertendo água pela boca voltam sem convite à minha mente e me levam novamente àquela hora de espera.

Havia um movimento de viajantes pelo pátio, mas não muito. Parecia provável que a hospedaria fosse mais frequentada na época do dia do santo, quando muitos chegavam depois do anoitecer para pedir abrigo, em vez de continuar tão tarde a viagem até Bari. Alicia tinha me sugerido uma boa escolha — e para ela própria, era ao menos o que eu esperava.

A noite caía e iluminava portão e os muros do pátio, e as cruzes brancas dos hospitalários que levavam as lamparinas se destacavam nos seus hábitos negros. De repente, minha espera e o fato de não saber se ela viria se transformaram nas muitas vezes em que combinávamos estar juntos, mas não garantiram nada, porque alguma tarefa inesperada imposta no último momento às vezes vinha desapontar nossas esperanças.

De início não a notei entre as outras moças. Tinha 7 anos quando chegou, e eu tinha 8 — já estava lá havia um ano. Eu a via todo dia sem lhe dar atenção; os meninos passavam grande parte do tempo nos apartamentos das mulheres no terceiro andar; enquanto as meninas aprendiam a costurar, a bordar e a cantar, nós servíamos à mesa, arrumávamos as camas, atendíamos à esposa do nosso senhor, nos esforçando para satisfazer todos os seus desejos. Alicia era igual às outras, ansiosa para agradar e saudosa de casa — como todos nós. Mas não tinha medo, o que descobri mais tarde, e isso a tornava diferente; seu comportamento era submisso, como lhe fora ensinado; mas nunca vi medo nela, apenas cautela, o que não é de forma alguma a mesma coisa — por mim ela se dispunha a enfrentar a desgraça, assim como eu por ela.

Somente quando deixei de vê-la percebi a falta que fazia sua imagem diária. E isso me faz pensar que talvez houvesse entre nós algum sinal anterior substituído mais tarde por um sentimento mais profundo. Quando eu tinha 12 anos, minha voz começou a desafinar, e o estranho grasnado que eu às vezes soltava significava que estava perto demais da masculinidade para ficar entre as mulheres. Fui transferido para o segundo andar, sob a tutela do próprio barão, seu senescal, seu condestável e seus camareiros. As lições passaram a ser outras: equitação e tratamento dos cavalos, exercícios com espada e, mais tarde, à medida que aumentava a minha força, o uso da lança a cavalo. Agora víamos as moças com menor frequência; dormíamos embaixo, em camas colocadas no grande salão da torre, e elas continuaram com a senhora, dormindo no salão acima, mantido sob guarda — sempre havia alguém de guarda na porta da escada espiral, junto à parede da torre. Nós nos víamos em eventos da corte, ao jantar, quando havia convidados, nas caçadas, nas liças, quando as moças e mulheres assistiam do seu balcão às justas. Mas oportunidades para conversar, para trocar de palavras em particular, eram poucas. Os olhares precederam as palavras. Quando foi a primeira vez em que trocamos olhares conscientemente?

Tentava encontrar na memória aquele momento fortuito, quando ouvi um punho envolto em malha bater no portão, vi o portão abrir e os vi passar, três homens em armas e Alicia entre eles. Uma ama seguia atrás, mas não se viam nem pajem nem dama de companhia.

Pensei em avançar para saudá-la, mas hesitei quando a vi assim, tão cercada, e recuei para a sombra da árvore. Estava linda ao passar sob a luz. Já não usava turbante, o cabelo claro estava ornado de fios de prata e usava um véu sobre a parte inferior do rosto, à maneira das damas muçulmanas, mas muito diáfano, o vermelho das suas faces luzia através dele. E talvez fosse isso, essa sua beleza, o que me fez recuar, o brilho dos fios de prata nos seus cabelos, o rosado das suas faces através do delicado véu: estivera absorvido nas lembranças do seu rosto de criança, a brancura da sua pele, os cabelos longos separados ao meio e juntados atrás, sem nenhum ornamento.

Permaneci onde estava enquanto os cavalos eram cuidados e o grupo era conduzido para o interior. Contei os momentos enquanto esperava. Os homens da escolta seriam acomodados em camas no dormitório; para lady Alicia seria providenciada algum aposento, o melhor que tinham, com um lugar próximo para a ama, sempre alerta ao primeiro chamado. Acima do pátio havia uma galeria estreita limitada por uma balaustrada, coberta por um telheiro, mas aberta na frente, e depois de algum tempo vi as duas mulheres passarem por ali tendo à frente um monge segurando uma lanterna no alto para dar mais luz. Uma porta se abriu, e elas desapareceram da minha vista.

Ela deveria descer sozinha, já devia saber que eu estava ali, já teria perguntado, ainda que sem necessidade, se um homem que viajava só havia dado o nome de William de Sens, e saberia que eu a esperava aqui no pátio.

Passou o tempo; para mim foi uma eternidade. Então a vi passar pela galeria, sem a ama, e descer a escada. Entrou no pátio e parou ali, como se estivesse em dúvida. Vi que ela já não usava o véu. Saí do meu refúgio nas sombras, e nos olhamos à distância de uns 12 passos, sorrindo, naqueles primeiros momentos sem falar.

— Pensei que você talvez não viesse — disse ela, aproximando-se de mim. — Pensei que você poderia decidir seguir viagem, por ser Thurstan Beauchamp, que não tem medo do escuro, que não tem medo de nada, como você me dizia.

— E eu era tão cheio de bravatas? Desde então aprendi a ter medo. Você pensou realmente que eu não viria, depois de você me ter aconselhado? Quando pensei que você... — parei, consciente da minha falta de tato, com medo de ofendê-la.

— Que eu também queria vir? Bem, é verdade. Mas se eu já tinha essa intenção antes de me encontrar com você, ou somente depois, a modéstia manda não dizer. Você há de compreender, só podemos falar aqui, à frente de todos.

— É claro. — Olhei para o céu que pulsava de estrelas. — É um bom lugar para conversar. Qualquer lugar seria bom.

— Se assim lhe agrada a minha companhia.

— Se esse fosse o único limite, eu ficaria eternamente neste pátio. Vou pedir para que nos tragam cadeiras.

Ela riu, e seu riso era baixo e agradável ao ouvido, mas não soube dizer se essa qualidade do seu riso era algo lembrado ou apenas agora descoberto.

— Estou vendo que você está mais habituado às hospedarias do que à casa de São João. Onde se encontrariam cadeiras? Só há bancos no refeitório, bancos na capela. Eles não se sentam em nenhum outro lugar. O prior deve ter a sua cadeira, talvez um trono, mas não acredito que ele a ceda facilmente.

— Certamente não para mim.

— De qualquer maneira, suas cadeiras seriam iguais às suas camas, feitas para a penitência, não para o conforto.

Era o tom de uma pessoa acostumada às viagens, acostumada ao luxo. Vinha de Ultramar, onde, era sabido, as camas eram macias. Pensando nisso, senti-me presa da imagem dela deitada, nua, num leito macio. O demônio da luxúria é ágil, pode-se fazer fino e passar pela fresta mais estreita. Foi Pedro Lombardo, acredito, quem primeiro falou dessa finura no segundo livro das *Sentenças*, o que tratou dos anjos e demônios e da queda do homem.

— Se você me der a honra, há uma mureta em torno daquela fonte, suficientemente larga para nos sentarmos. E podemos apoiar as costas no muro, se assim quisermos, um de cada lado.

— Bom, vamos nos sentar. Você foi sempre cheio de boas ideias. O carneiro não há de se importar, pois já deve ter visto e ouvido tudo.

— Você era cheia de recursos — lembrei, quando nos sentamos.

— Por que você diz isso?

— Você sempre encontrava boas explicações. — Parei. Queria dizer o quanto eu admirava a sua coragem e inteligência, aquela calma ao enganar os que estavam acima de nós, quando sabia muito bem a desgraça que seria para ela a descoberta dos nossos encontros. Sob esse aspecto, não havia comparação possível entre nós dois; eu teria sido punido de alguma maneira, mas para ela a punição seria a volta imediata para a casa dos pais com a reputação maculada. Não conseguia vê-la bem na escuridão do pátio — as lamparinas tinham sido apagadas, menos a que ficava acima do portão. Via o brilho da prata no seu cabelo quando o fio captava a luz, e o oval do seu rosto e o contorno do sou corpo no longo manto de montaria, quando ela se apoiou na parede. — Nunca vou esquecer o quanto você se arriscou por minha causa.

Ela sorriu.

— O risco tornava mais doces os beijos. Havia a excitação do risco, o tempo que passávamos juntos era curto, mas precioso.

— Tal como hoje.

— Agora não somos mais crianças. Podemos ter mais tempo. Se quisermos.

— Esta noite? Amanhã?

— Não estava pensando no hoje nem no amanhã. Espero que o nosso futuro ofereça mais dias do que apenas esses. — Como se querendo evitar uma resposta minha, ela acrescentou rapidamente:

— Você também se arriscava por mim.

— Você valia qualquer risco. Cem vezes qualquer risco.

— E você não valia? Havia as janelas que se abriam para o pátio de exercícios. Eu gostava de ver você se exercitando. Vi você atirar dardos ao alvo. Vi você esgrimindo com os outros meninos. Vi você cair sobre os homens de palha com sua lança. Você era esplêndido! Onde quer que você estivesse, o sol parecia estar sempre brilhando.

Meu prazer foi tamanho que mudei de assunto para não denunciar a emoção na minha voz.

— Bem, se dividimos os riscos, também dividimos os sucessos, porque a verdade é que nunca fomos descobertos.

Isso provocou mais uma vez seu riso.

— Não, mas chegamos muito perto algumas vezes. Você se lembra daquele menino que foi feito camareiro dos apartamentos das mulheres? Ele ainda era pajem, mais novo que você. Ele me vigiava e me seguia. Um dia ele nos encontrou sentados em alguma escada, você se lembra? Nós o subornamos com os bolos de mel que minha mãe me mandava.

— Eu me lembro bem dele. Chamava-se Hugo. Ficou doente um pouco depois, foi mandado para casa e nunca mais voltou. Foi um desarranjo de estômago, vomitava tudo o que comia. Nunca mais soubemos dele.

— Foi providencial. Ele nos teria traído, o suprimento de bolos de mel não era tão regular a ponto de evitar isso.

— Ele passaria a pedir mais do que bolos a você. Eles sempre querem mais. Hugo vigiava os meninos e as meninas. Tinha só 10 anos, mas, para ele, espionagem e extorsão eram naturais. Ele foi o primeiro desse tipo que conheci. Depois conheci muitos outros.

Falei com tal raiva que me arrependi imediatamente; era uma nota destoante nessa noite de sonhos que nos envolvia. Durante um instante ou dois ela ficou em silêncio, depois disse:

— Não sei como tem sido a sua vida, mas você ainda tem o rosto do menino que eu conheci.

Disse isso com muita ternura, o que teve sobre mim o efeito do rompimento de uma comporta, que jorra toda a água represada no lago — porque aquela moça sentada ao meu lado, mesmo que na penumbra do pátio, tinha o rosto que eu amava quando ainda estava cheio de esperanças, quando tudo parecia possível. Contei a ela os desapontamentos que tivera, a decisão do meu pai de se retirar do mundo — ela disse que não sabia de nada, pois vivera longe durante todo esse tempo, no Reino de Jerusalém. Contei — e minha voz tremeu, apesar do meu esforço — como estava cansado de carregar a bolsa e contar o dinheiro, como sonhava em viver à luz do dia. Disse a ela o que nunca tinha dito a ninguém, falei da imagem que me acompanhava como um talismã a ser tocado pelo meu espírito, da prata brilhante do navio, da glória da majestade que tornava o rei tão maravilhoso para os olhos, flutuando sobre as águas escuras, as criaturas abaixo da superfície que mantinham o equilíbrio de tudo aquilo.

Ela pouco falou, mas eu percebi a atenção com que ouvia. E, quando terminei, não buscou palavras fáceis de consolo, passando a me contar a sua história desde quando, pouco depois de completar 14 anos, ela partiu para se casar com Tibald de Langre, conhecido do seu pai, um homem de 34 anos que ela mal conhecia, que tinha ganho dinheiro nas guerras contra os infiéis e queria agora uma vida tranquila. Tinha um feudo na Terra Santa, como vassalo do rei Balduíno, além de terras na Sicília.

— Não tivemos filhos. Ele me culpava por não lhe dar um herdeiro, e eu assumi a culpa. Mas Tibald teve outros amores, disso não fazia segredo e, que eu saiba, nenhuma delas lhe deu um filho. Assim, não sei se sou estéril, nada tentei com mais ninguém além dele.

— Seu rosto se voltou para mim enquanto ela falava; havia pouca luz para ler a sua expressão, mas senti que ela tinha dito essas palavras para mim, e meu coração bateu mais forte.

Ele morrera no ano anterior, quando participava do cerco a Ascalon; não dos ferimentos de batalha, mas de um ataque.

— Ele comia demais e também bebia demais para o clima de lá. Era igual a tantos outros que não viam razão para mudar os hábitos da França. Bebia vinho para matar a sede, e gostava de carnes gordas. Se eu tivesse de dizer a causa, diria que foi a carne de porco o que matou Tibald. Uma noite, entre amigos, depois de passar o dia a cavalo, ao tentar se levantar da cadeira, ele caiu e não conseguiu mais se mover, e perdeu a capacidade de falar. Levaram-no para a cama, mas ele morreu naquela mesma noite, sem recuperar a voz.

Não havia sinal de tristeza na sua voz, nem mesmo de arrependimento, a não ser talvez pelos hábitos alimentares de Tibald; parecia falar da morte de um homem qualquer. Se chorou por ele, as lágrimas já tinham secado. Fiquei surpreso que ela, ainda que não sentisse, não demonstrava a menor tristeza, pois essa é a prática costumeira das recém-viúvas. Então entendi que ela me homenageava com sua franqueza, e me lembrei de repente de que ela já era assim nos dias do nosso namoro, enganando outros, mas nunca a mim, sem nunca fingir hesitação, sem nunca querer ser convencida ou adulada, sem disfarçar a sua excitação, do mesmo modo como eu não disfarçava a minha.

Como Tibald morrera sem deixar filhos, ela herdara as terras, tanto as de Jerusalém quanto as da Sicília. Queria voltar, pelo menos esse era o seu propósito naquele momento. Estava acostumada com a vida lá e gostava dela, mas queria visitar os pais, que viviam nas suas terras, próximo a Troina, no Val Damone. Viera da Terra Santa acompanhada pelo irmão, Adhemar, um cavaleiro seguidor de Raymond, conde de Trípoli, que lhe dera licença para a viagem. Mas ela viera a Bari sem a família, para receber o óleo sagrado e agradecer a São Nicolau por ter chegado em segurança à Itália. Na manhã seguinte voltaria a Borsora, em Apúlia, onde ficavam as terras do seu primo, Simon de Evreux. Ficaria ali mais dois dias e voltaria para a casa dos pais. Seu pai a queria em casa. Quanto tempo ficaria na Sicília, isso ela não sabia, não havia feito planos.

— Para dizer a verdade, estou gostando da liberdade que veio com a viuvez. Talvez seja errado dizer isso, até mesmo para você, mas não posso evitar o sentimento. Sempre precisei pedir a permissão de alguém. Agora é apenas a aparência. Obedeço ao meu pai e ao meu irmão, mas é apenas para manter as aparências. Isso porque entrei na posse das terras de Tibald, são minhas. Sou Alicia de Bethron. É claro que vou me casar novamente, e não vai demorar, minhas terras em Jerusalém exigem um homem para administrá-las e defendê-las. Ascalon e Jaffa são próximas e ainda estão nas mãos dos maometanos. Mas nunca mais serei dada em casamento. A escolha será minha, jurei que será.

Vi uma mão subir à sua garganta, mas não vi o que havia ali. Durante um breve momento fez-se silêncio entre nós. Quando falou novamente, seu tom era bem mais tranquilo.

— Não resta dúvida, muito mais é permitido a uma viúva do que a uma esposa, muito mais. Caso contrário, como poderíamos ficar aqui no escuro por tanto tempo? — Ela então se levantou. — Já é tarde. Você tem uma viagem cansativa amanhã.

— Pensar em você vai tornar menos cansativa a viagem. — Levantei-me e dei alguns passos em sua direção, seguindo a curva da mureta. — Tantos anos passados, e eu nunca me esqueci de você.

Ela se moveu um pouco para a frente e parou, como se hesitasse. Eu pensei que ela poderia chegar perto de mim, perto o suficiente para torná-la em seus braços, mas ela não o fez. Dois passos a mais e eu poderia tê-la tocado, posto minha mão no seu cabelo e no seu rosto. Algo em mim controlou esse impulso, me mantendo parado ali.

— Nem eu de você, meu esplêndido Thurstan, meu menino valente das liças.

Ela se virou para partir.

— E amanhã? Não verei você amanhã?

— Vamos partir logo após o dia raiar.

— Estarei esperando aqui, junto à fonte, nem que seja apenas para vê-la mais uma vez.

— Muito bem — ela estava sorrindo —, espero que possamos ao menos nos cumprimentar. Faltam poucas horas, conversamos muito. Boa-noite, Thurstan Beauchamp.

— Boa-noite, senhora do meu coração, e um doce repouso.

Vi-a andar até a escada que levava à galeria, subi-la e passar rapidamente sob a lamparina acima da porta do seu quarto. A porta se abriu e fechou, e ela desapareceu da minha vista. Fiquei ali por mais algum tempo, olhando para cima, como se ao ficar ali parado eu pudesse prolongar a sensação da presença dela. As palavras de uma canção me vieram à mente, uma canção da Provença, que eu já havia cantado algumas vezes: *Para me consolar da sua perda, penso no lugar onde ela está...* Ouvi vozes que vinham de dentro e pensei que talvez Alicia não quisesse acordar a sua acompanhante, que já devia estar dormindo. Ela se despiria e se prepararia para dormir sem ajuda, o que estava de acordo com o que eu sentia ser a bondade da sua natureza.

Vou confessar aqui, já que decidi confessar tudo, que durante algum tempo, parado ali, pus em uso aquela faculdade de especulação de que falei antes, incentivada em mim por Yusuf, mas que acredito já existia em mim em grande medida, e comecei a imaginá-la se despindo, mas não continuei. Ela era uma maravilha, não carne e osso. Ela era a senhora reencontrada do meu coração. E eu era o seu esplêndido Thurstan, nunca um espião, nunca um lascivo.

Estava a postos ao raiar do dia, depois de dormir muito pouco, por medo de dormir demais. Mas o tempo que passamos juntos foi breve. Ela mandou seus acompanhantes para fora do portão, com exceção de um dos soldados, que segurava para ela as rédeas do cavalo enquanto andávamos pelo pátio. A luz melancólica, a presença de outros, a iminência da separação, tudo nos constrangia.

— Tome cuidado na estrada. Você está voltando para tempos difíceis.

— Como posso vê-la outra vez? Mas talvez você não queira.
— Quero, sim. Irei em breve a Palermo, muito breve.

Ao falar, ela ergueu os olhos para me olhar, e eu senti meu coração se alegrar com a promessa naquele olhar e nas suas palavras.

— Os anjos guiaram meus passos em Bari — disse eu.
— E também os meus. Agora preciso ir. E você também.

Não nos tocamos naquele instante. Ela olhou mais uma vez para mim, depois se voltou para o homem que segurava o seu cavalo. Ele poderia ter desmontado para ajudá-la, mas eu tomei a rédea das suas mãos e trouxe o cavalo até ela. Ajoelhei-me na poeira do pátio e fiz um apoio com as duas mãos, ajudei-a a se acomodar na sela e pedi a Deus que a acompanhasse. Senti o toque da sua mão na minha cabeça e o murmúrio da sua voz acima de mim.

— Thurstan, meu cavaleiro — pelo menos soava assim, sua voz era muito suave. Então eles partiram num tropel, e um dos hospitalários já fechava o portão.

XI

O rosto dela naquela noite e na manhã seguinte, sua voz e seu sorriso, o toque da sua mão na minha cabeça continuaram comigo durante toda a viagem até Taranto. Repassei várias vezes as circunstâncias do nosso encontro, como eu havia errado o caminho e, por puro acaso, tinha chegado àquele lugar deserto, com o pátio coberto de mato, as paredes em ruínas e o piso de mosaico. Lembrei-me da sensação de alívio que senti naquele lugar, onde apenas um gato e alguns lagartos me faziam companhia, a paz e o perdão que eu conseguira depois da tensa conversa com Lazar. Aquele local foi como um palco, um lugar preparado, especialmente limpo por espíritos bondosos, para o nosso encontro...

Mas, ao embarcar no navio, recebi notícias que, pelo menos durante algum tempo, afastaram a sua imagem da minha mente. Vieram de um homem com quem conversei, intendente, segundo me informou, nas terras reais de Castel Buono.

— Bem — disse ele —, se antes os tempos já não eram fáceis, agora deverão se tornar ainda mais difíceis.

— Por que o senhor diz isso?

— Só resta William, e o rei não tem esposa. — Olhou atentamente para meu rosto. — O senhor não ouviu?

— Estive em viagem durante muito tempo. Algum mal se abateu sobre o duque Roger?

— Morreu faz oito dias.

— Mas ele não tinha nem doença nem fraqueza quando parti. — Atônito pela notícia súbita, mal acreditei nas palavras daquele homem. Como uma coisa dessas pôde acontecer?

— Morreu de uma febre, ou foi o que disseram.

— O que o senhor quer dizer?

— Não pode ser natural. Estou no serviço do rei há quase vinte anos. Quando morreu a rainha Elvira, ele tinha cinco filhos nascidos no casamento, todos em boa saúde. Então morreu Tancred, depois Alfonso, depois Henry, e agora Roger, o mais velho, o herdeiro do trono, em quem o rei depositava suas esperanças. Quatro filhos fortes, tendo nas veias o sangue dos Hautevilles, encontraram o Criador ao longo de dez anos. E nenhum deles morreu de ferimentos. Não pode ser natural.

Fiquei muito perturbado pela notícia dessa morte e precisei de algum tempo sozinho para conseguir avaliá-la. Mas o ensinamento de Yusuf estava sempre muito presente em mim. *Deixe aquele com quem você fala pensar que sabe mais que você, para descobrir o que ele pensa, e assim saber o que ele sabe.*

— O senhor está dizendo que alguém teve participação nisso?

— São os alemães, e não sou o único a pensar isso. Foi um erro lhes dar permissão para chegar tão próximo do trono. O confessor do nosso rei é hoje um alemão. Não falo dele, mas há os que trabalham para Conrad, os que gostariam de ver Hohenstaufen lançar as mãos sobre a Sicília e incluí-la no império dos romanos, assim chamado, apesar de, pelo que sei, nele pouco haver de Roma; ele é imperador dos alemães. E não nos esqueçamos, o papa não concordou em coroar Conrad.

— Isso é verdade.

— O que Conrad lhe prometeu em troca da coroação? Isso é o que muitos de nós gostaríamos de saber.

— Bem — falei —, o senhor nunca vai saber, ninguém vai, não com certeza. Mas pode estar certo de que nada foi fixado por escrito. — Pensei outra vez em Hugo, o pajem. Que bolo de mel Conrad havia oferecido ao papa Eugênio? Uma Sicília com um governador diferente, mais submissa às exigências da Igreja?

Somente algum tempo depois dessa conversa, quando já tinha me afastado para ponderar sozinho a notícia, percebi que Alicia já devia estar a par dessa morte. Estivera com os pais perto de Troina; e eles devem ter sabido logo depois do ocorrido. Ela não disse nada, e meu coração aprovou completamente a sua atitude; ela fez o que eu também teria feito, não permitiu que nada invadisse a nossa conversa encantada, nada que estragasse o curto tempo que tínhamos. Talvez, ao se despedir, a notícia já se manifestasse na sua voz, quando falou dos tempos difíceis que se aproximavam...

Esperava que alguma diferença em mim fosse observada quando voltei a Palermo, tamanha era a mudança que eu sentia em razão do encontro com Alicia, como se houvesse uma aura de luz em torno de mim. Mas se alguma coisa foi notada, nada foi dito. Com o passar dos dias, e com a retomada das minhas tarefas habituais, como não tive mais notícias dela, essa luz começou a esmaecer na luz dos dias comuns.

Dizia-se que o rei estava inconsolável na dor pela perda do filho mais velho, fechava-se nos seus apartamentos e se recusava a receber quem quer que fosse. Não consegui apresentar imediatamente o meu relatório a Yusuf, pois ele estava trancado com outros da Curia Regis a discutir questões resultantes da morte do duque Roger: quem assumiria o comando em Salerno, discussões intermináveis sobre os méritos e defeitos de várias possíveis esposas para o rei — era claro que ele devia se casar novamente, e logo.

Enquanto esperava a volta de Yusuf ao Diwan, pedi a Stefanos para chamar um dos alfaiates do palácio.

— Vermelho, prata e preto são as cores que quero. Para as dançarinas e os dois que tocam os instrumentos. Que ele traga o material para podermos escolher. — Como provedor, cabia a mim cuidar da aparência de quem se apresentava diante do rei. Decidi que os homens usariam túnicas negras e pantalonas e turbantes vermelhos com fios de prata, e as mulheres repetiriam as mesmas cores mas em ordem diferente: corpete preto, saias vermelhas e roupas de baixo prateadas. Acreditava que assim seria uma apresentação ao mesmo tempo suntuosa e de bom gosto.

— Os alfaiates do palácio pensam que são príncipes. Deve-se anotar cuidadosamente o tempo gasto e o custo dos materiais. Não deverá haver exageros em nada, porque, infalivelmente, nós iremos descobrir.

Stefanos concordou com um movimento de cabeça.

— Não me esquecerei de lhes dizer, mas é perda de tempo, esses avisos não fazem a menor diferença. — Sorriu ao dizê-lo, um sorriso em que se misturavam pesar e resignação. Stefanos era uma boa alma, mas também era esperto. Passara muitos anos na profissão de guarda-livros no Diwan de Controle, e agora estava velho — parecia ter pelo menos 50 anos. Tinha o cabelo ralo, e passar muito tempo dobrado sobre as contas havia lhe dobrado a coluna, mas seus olhos castanhos tinham um brilho de ironia, e pouco escapava à sua atenção. — Eles simplesmente acrescentam os avisos aos seus custos. Sai tudo na conta.

— Ainda assim, isso nos dá a vantagem do aviso prévio na hora do acerto.

Ele sorriu novamente.

— O senhor quer dizer, uma vantagem moral? Talvez o seja para nós, mas será também para eles?

— Vou providenciar para que seja. Os artistas estão bem acomodados?

— Estão. Estão próximo à casa da guarda do portão oeste, perto do muro externo, onde ficavam os estábulos antes do pátio ter sido considerado muito estreito. De início houve problemas com uma das dançarinas.

— A mais jovem.

— É, como o senhor sabe? Ela certamente é difícil. — Fez uma breve pausa, balançando a cabeça em leve perplexidade. — Uma moça linda de rosto e de movimentos. Mas muito irritável. Sacudiu as saias como se tivesse ratos debaixo dos pés. Disse que não era cavalo para dormir num estábulo, que tinha duas pernas, e não quatro, para dormir num estábulo. Lindas pernas, a parte que eu vi.

Percebi que Nesrin o havia encantado, apesar do seu comportamento flagrantemente censurável.

— Ela é perversa. Está acostumada a dormir na beira da estrada, mas paredes e um teto lhe parecem pouco.

Falei com certo exagero de ansiedade, e senti os olhos de Stefanos sobre mim. Explicou:

— Eu lhe expliquei, tão claramente quanto me foi possível — seu grego é muito limitado —, que ali agora não há mais estábulos, mas quartos, e mostrei o chão varrido e a palha limpa espalhada para eles, coberta com lençóis de algodão. Depois ela disse que não dividiria o espaço, que queria um quarto só para ela. Tínhamos proposto um quarto para as mulheres e um para os homens, o que estava errado, pois os outros formavam dois casais, um homem e uma mulher juntos.

— Tudo isso foi discutido demoradamente por eles na sua própria língua e em altas vozes.

— É verdade! Agora estão instalados em três estábulos, quero dizer quartos, e por enquanto estão satisfeitos.

— Bem, se ela tem um quarto só para si, só poderá brigar consigo mesma! Vamos ver o alfaiate para começar a vesti-los. Pressinto grandes dificuldades em cada passo do processo, mas o tempo está a nosso favor, ainda que ganho por infelicidade... tão cedo o rei não terá interesse em danças, após a morte do filho.

Tinha acabado de dizê-lo, quando um dos escravos eunucos mensageiros veio me dizer que o senhor Yusuf voltara e exigia minha presença com a maior brevidade. Fui imediatamente, levando a demonstração escrita dos detalhes de todos os gastos feitos em nome do rei durante a minha missão, que ele deveria aprovar e assinar. Não havia ali menção à minha estada com os Hospitalários de São João.

Relatei a compra dos pássaros e a contratação dos artistas. Naturalmente, nada disse sobre as dificuldades e irritações associadas à transação. Yusuf ouviu com os olhos fixos no meu rosto, mas não fez nenhum comentário; pássaros e artistas eram da minha responsabilidade, e eu teria de responder pelas deficiências de qualquer dos dois.

— E Mário? — ele me interrompeu repentinamente. — O que aconteceu com ele?

— Então o senhor foi informado? Já ia comentar sobre ele.

— Se estivesse no seu lugar, e apresentando este relatório, teria começado por aí. É incomum. O resto não é incomum, nem as garças nem as dançarinas.

— Não são incomuns? Elas são notáveis. Mexem a barriga de uma maneira nunca vista.

— Thurstan, Thurstan — disse ele, baixando a voz, como se tivesse pena de mim.

Ficou calado por um momento. A luz da manhã entrava pela janela alta diante da qual estávamos sentados, como habitual durante esses nossos colóquios, e caía sobre o seu turbante e seu manto brancos com um brilho que me ofuscava um pouco os olhos; por um instante eu me lembrei da visita a Mohamed, de como ele se levantou para me saudar e de como ele parecia ter se transformado numa sombra de si próprio, uma sombra branca. Mas o rosto de Yusuf era nítido e familiar, e tinha uma expressão bondosa dirigida a mim.

— Você deve sempre prestar atenção no que não é comum. Um guarda se embebeda e causa problemas, pode ferir ou matar alguém durante uma luta, ferir-se ou se matar, pode assaltar ou estuprar alguém. Infelizmente, são coisas comuns; as pessoas que empregamos são pobres em qualidades, não se fazem provisões adequadas para os seus salários. Mas esse Mário, ele desaparece no ar, na Calábria, longe de casa — ele é siciliano, de Palermo, isso nós sabemos, ainda que seja tudo o que sabemos, pelo menos até o momento.

Não mencionei a impressão breve do rosto de Mário no meio da multidão de peregrinos em Bari, convencido de que estava errado.

— Talvez ele tenha encontrado a mulher dos seus sonhos. Quem sabe? — Era uma frivolidade deliberada, mas de repente senti-me cansado do seu sermão, uma sensação que não ousei demonstrar abertamente, mas que vinha sentindo com alguma frequência ultimamente.

Como eu já esperava, ele não desperdiçou palavras numa resposta.

— E Lazar? Como ele recebeu as novas?

— Não ficou feliz por ter de partir de mãos vazias, e deixou clara a sua insatisfação. Talvez agora ele faça mais por nós, ou talvez mude de lado.

Yusuf me olhou com a sua expressão usual, irônica, levemente sardônica.

— Se a sua amizade não nos valeu de nada, a sua inimizade não há de nos fazer mal. Ele não é necessário.

— Nós lhe pagamos.

— O dinheiro foi separado para esse fim. Se gastássemos apenas quando tivéssemos certeza dos resultados, nossos cofres estariam sempre cheios. Com ou sem Lazar, os sérvios hão de se levantar contra os senhores bizantinos, são súditos incansáveis.

Eu sabia que Yusuf gostava de mim, à sua maneira, e que não falava com más intenções, seu objetivo era sempre me instruir nas realidades da administração palaciana. Mas não fora ele quem fizera a difícil e perigosa viagem da qual agora falava com desprezo como se não tivesse sentido. Ainda que dissimulasse seus fins, ele nunca se preocupou em esconder de mim que eu era um meio de servir a esses objetivos, que no final o dinheiro e o portador tinham a mesma importância. Um ressentimento súbito cresceu em mim e sob seu efeito eu lhe falei.

— Súditos incansáveis, é verdade. Diferentes dos sarracenos da Sicília.

Nada mudou na postura de Yusuf, mas um rosto diferente olhou para mim, e antes de falar, eu já senti o frio do seu desagrado.

— Você então considera censurável a nossa paciência?

— Não, eu não quis dizer isso. — Já me arrependia da temeridade que cometera. — O governo do rei Roger é bondoso e justo, ao contrário do de Manuel Comnenus, e portanto não há razão para os seus súditos se revoltarem, sejam eles muçulmanos ou judeus.

Mas já era tarde.

— Você fala frivolamente, Thurstan, e isso porque sua mente é frívola. Meu povo sempre foi leal ao rei normando. Isso, na sua opinião, indica falta de coragem? Devemos rivalizar com os sérvios?

— Senhor, não me ocorreu que o senhor pudesse entender assim as minhas palavras.

— Um homem deve sempre pensar antes de falar. Quantas vezes, ao longo de quantos anos, eu tentei instilar em você essa verdade simples?

— Eu só quis dizer que os sérvios...

— Os sérvios são um povo rebelde. Se não fossem dominados, lutariam entre si. É essa a qualidade que poderia torná-los úteis em afastar da invasão da Sicília os pensamentos de Manuel. Meu povo é diferente. Nossos ancestrais tomaram esta ilha dos gregos por conquista, e da mesma maneira nossos pais a perderam para os normandos. Meu pai era ainda jovem quando caiu a última cidade árabe, Noto, a cidade onde ele havia nascido. Nasci na mesma cidade, cinco anos depois, súdito nato da dominação normanda. A experiência do pai é, em certo sentido, a experiência do filho. Nas mentes de todos nós está a ideia de que fomos pilhados. Como poderia ser diferente? Mas ao longo desses sessenta anos desde a queda de Noto, meu povo jamais se levantou contra o governante cristão. Você é normando, pelo menos metade normando. Você acredita que os normandos têm mais direito do que nós a governar aqui, que existe alguma coisa no solo ou na alma desta ilha que a torna mais propícia à residência e dominação dos cristãos?

Seus olhos tinham uma luz que eu só raramente havia visto.

— Responda — exigiu ele.

— Não, não — e era mentira, pois no fundo do meu coração eu acreditava naquilo. — Senhor, não fale tão alto, há sempre gente disposta a ouvir. — Estava alarmado porque ele tinha levantado a voz, uma coisa que eu nunca tinha visto nesse palácio cheio de cantos e corredores onde era possível se esconder quem desejasse ouvir, onde qualquer um — doméstico, pajem, mensageiro, guia — podia ser espião.

— Jamais — repetiu. — Os infantes sarracenos são os mais confiáveis e leais do exército. Ele sabe; essa é a razão de ele proibir que eles se convertam ao cristianismo. Confia mais neles do que nos normandos iguais a ele, usa-os nas batalhas contra vassalos cristãos, que são aqueles que se levantam contra ele, não nós. A cidade de onde você acaba de chegar, quem a defendeu, a cidadela de Bari, contra as forças combinadas do papa e do imperador durante quatro semanas, quando todos haviam desertado a causa do rei? Foram os cristãos?

— Não, senhor. Eu era jovem naquela época, tinha menos de 12 anos, mas a notícia chegou até nós em Bernalda.

— Quatro semanas, menos de quinhentos homens, todos muçulmanos. Todos foram enforcados quando a cidadela foi tomada.

Sua mão tocou o cubo de couro no peito, onde guardava o pergaminho com os nomes de Deus.

— Nenhum — disse outra vez, mais baixo. — E qual é a nossa recompensa? A terra é dada aos cristãos.

— Haverá novas alocações de terra, quando chegarem novos governantes. Nosso rei respeita os direitos de todos os seus súditos.

— Você repete as palavras que ouve da boca dos outros. Existe uma característica persistente em você, boba, ainda que simpática, um desejo de conforto, a necessidade de crer. Aqui em Palermo, nosso povo é privilegiado. O rei é respeitado pelos árabes, fala a nossa língua, prefere a nossa companhia à dos nobres francos, que ele considera tediosos e ignorantes, o que, verdade seja dita, eles são. Mas quem são os árabes que estão em torno do rei?

Entendi ser uma pergunta retórica e não ofereci resposta. Ele me encarava agora com menos animosidade, e respirei aliviado; ele era formidável na sua ira, tal era a ameaça de sofrimento que ela continha.

— São artistas, filósofos e homens de ciência, gente da corte. Não discuto a justiça do rei. Ele é justo, ainda que atos injustos sejam feitos em seu nome. É tão difícil você entender essas coisas? Vá a Butera e Randazzo. Vá a Noto, onde nasci. Veja as colônias de emigrantes lombardos. O número deles cresce de mês a mês. Constroem casas, tomam as terras. São incentivados por alguns conselheiros do rei. Os árabes se tornam servos na terra que antes era deles.

Não respondi imediatamente, sabendo que os árabes tinham escravos antes da chegada dos normandos, mas foi como se Yusuf fosse capaz de ler a minha mente, pois disse:

— Houve opressão de cristãos nos dias da dominação árabe, não posso negar, mas um cristão ainda assim podia ter o título de uma terra, um título legal que era respeitado. Sem o direito de possuir a terra, um povo se reduz a nada.

Calou-se e desviou o olhar, e percebi a sua respiração subindo e descendo. Olhei para o pátio que havia abaixo da janela e vi um homem em libré vermelha e dourada levando um mastim de caça por uma corrente, um cão enorme, que tinha metade da sua altura. Puxava a corrente e o braço do homem se torcia com aquela força, tentando levá-lo até onde deveria chegar. Então dois sarracenos do palácio, vestindo mantos e turbantes verde-claro saíram do pórtico. Falavam com os rostos juntos e riam, e a seda dos seus mantos brilhava ao sol. Os seus gestos tornavam-nos semelhantes a aves-do-paraíso. Era o mesmo pátio onde tinha encontrado Glycas, há pouco tempo, se se contassem os dias, mas parecia ter sido em outra vida — entre aquele tempo e agora havia o encontro com Alicia.

— Não será assim — falei. — O rei sempre tratou com justiça seus súditos muçulmanos.

— Não se engane. Somos odiados aqui. O fracasso dessa cruzada, a humilhação dos francos na Síria, tornou pior o ódio. Por muitos anos ainda não haverá terra possuída por muçulmanos na Sicília. Não devia ter falado assim com você, mas suas palavras me provocaram, chegando justamente numa hora em que as injustiças sofridas pelos muçulmanos me ocupam a mente. Enquanto você esteve fora, um primo por casamento, genro do irmão da minha mãe, foi assassinado em Vicari, na terra que antes fora sua, pelo filho do lombardo que é o atual dono. A relação comigo não foi próxima o suficiente para evitar a expropriação, mas sim para não o expulsarem da terra; ele continuou nela como meirinho. Ao ver um servo muçulmano espancado pelo filho do novo proprietário, ele protestou e o jovem o apunhalou, matando-o. Estou apelando aos tribunais, mas sem muitas esperanças. O pai dele tem relações de parentesco com o clã lombardo dos Sclavius e, portanto, muito próximo dos lombardos na Vice-Chancelaria. Vão alegar legítima defesa. Esse primo nunca usou uma arma, mas é claro que hão de encontrar uma.

Olhou-me diretamente e pensei ver uma sombra de umidade nos seus olhos.

— Há cinco anos um crime como esse seria punido, não importa quem fosse o culpado. Se os tribunais não garantem justiça, o que vamos fazer? Temos de encontrar outros meios. — Não havia ameaça na sua voz, apenas tristeza, mas pareceu-me que aquele jovem lombardo estava destinado a não sobreviver por muito tempo. De qualquer maneira, Yusuf tinha razão: cinco anos antes a facção lombarda não teria ousado tocar um homem relacionado ao Senhor do Diwan de Controle, por mais distante que fosse essa relação.

— Quanto ainda vai durar? Se tomarem o direito de propriedade da terra, todos os outros direitos serão também tomados. Nosso rei está cercado de maus conselheiros. Governa uma terra onde muitos povos vivem próximos. E, com a coroa, ele herdou o conhecimento de que a paz no reino depende da aquiescência dos não cristãos ao governo cristão. Se falhar em manter o governo dentro dos limites aceitáveis para os muçulmanos, haverá guerra civil na Sicília. Nós também nos transformaremos em rebeldes como os sérvios. — Agora me encarava com toda atenção. — Os muçulmanos não têm condições de vencer essa guerra, seria nosso fim. Mas seria um fim demorado: por ainda um longo tempo, seríamos um espinho na carne dos reis normandos. Você pode evitar isso, Thurstan. Se o rei me nomear Chanceler Real, farei todo esforço para bem aconselhá-lo, para alimentar nele o respeito pelas demandas e pelos direitos de todos. Você há de me ajudar, vamos trabalhar juntos. Vamos admitir mais cristãos no Diwan, latinos e gregos, até que ninguém mais possa dizer que ele é uma ou outra coisa. Nossos escribas vão copiar em latim e grego, além do árabe. Você tem uma boa cabeça sobre os ombros, quando quer usá-la, e também tem um bom coração. Há de prosperar se continuar ao meu lado. Uma prova da minha confiança é que eu lhe digo livremente o que me passa pela mente.

De fato, ele nunca havia me falado assim antes, e isso apesar de — o que eu só viria a saber mais tarde — ele saber da minha conversa com Bèroul na taverna, saber que eu a mantivera em segredo. Imagino agora se ele tinha algum pressentimento do mal que vinha disfarçado em bem: o Diabo é bem capaz de usar tais truques. Ao falar, ele estendeu a mão para pegar a minha, e eu me comovi, o que, parece-me, ele percebeu. Se tivéssemos parado aí, eu teria levado comigo o calor daquele momento. Mas, nossas mãos ainda apertadas, ele disse:

— Foi por isso que eu o escolhi, que eu o trouxe para cá.

Ao voltar para a minha sala, essas palavras ecoavam na minha mente. Foi por isso que ele tinha me escolhido, para ser um representante dos cristãos no espetáculo que ele estava montando — sua Douana, um modelo de raças e credos vivendo em harmonia. Ele era o senhor da Douana, era ele o provedor, não eu. Não fora o meu conhecimento do árabe, nem os bons relatórios dos meus professores; fora a minha aparência, minha linhagem normanda, minha religião romana — atributos dos dominadores...

Não tenho dúvida de que lhe fiz injustiça; ele tinha pedido a minha ajuda de boa-fé; ele me fizera o confidente de palavras perigosas — uma prova de confiança daquele homem. Mas eu não conseguia me livrar do sentimento de que eu era apenas um instrumento para ele, de que eu vivia e respirava e era Thurstan Beauchamp para servir ao seu progresso. E me esqueci, ofendido no meu orgulho, de que o seu progresso representava também o meu. A verdade era — e isso eu já sabia então — que a necessidade era mais presente para mim depois de ter sentido a mão de Alicia na minha cabeça e ouvido as suas palavras murmuradas.

Stefanos não estava quando voltei, e supus que estivesse tratando com o alfaiate. Sentei-me à mesa e comecei a trabalhar nos papéis. Eram renovações de privilégios reais, originalmente escritos em grego, com uma versão árabe em anexo. Era minha tarefa garantir que a tradução refletisse precisamente o teor do documento. Não era tão difícil como poderia parecer, pois já tinha lido muitas daquelas ordens durante o período que passara no Diwan de Controle, e a forma das palavras era sempre a mesma. Ainda assim, era necessária alguma concentração, pois os escribas às vezes cometiam erros. E naquela manhã eu não a tinha. Olhei para o primeiro, seguindo a *arenga* com que sempre começavam:

> Como coube a nós zelosamente proteger os direitos das santas igrejas e mantê-las em paz, assim ordenamos que os direitos e privilégios da abadia de San Filippo no distrito de Corleone sejam renovados e encaminhados a escrutínio, para que possam ser confirmados pelo poder de nossa sublime Majestade...

Meus olhos se perderam e as palavras nadavam juntas; no meio delas, como o reflexo de nuvens num lago, juntando-se e novamente se separando, me vinha o rosto de Alicia, tal como o tinha visto na manhã da nossa despedida, a expressão clara dos seus olhos, a disposição de encontrar os meus, como pareciam fazer agora vindo da página, os longos cabelos caindo soltos em torno do rosto. Cabelos ainda mais louros, ela tinha me dito, pelo sol de Ultramar, embora ela não tivesse permitido o menor toque daquele sol sobre a sua pele, onde o lírio puro se combinava com o corado da rosa; não, estava errado, uma única flor, um rosa branca pura com um toque na extremidade das pétalas. Talvez eu conseguisse colocar tudo isso em versos, encontrar uma ária para acompanhá-los...

Meus pensamentos foram interrompidos pela volta de Stefanos, que me disse que o alfaiate me esperava na antessala. Fomos juntos encontrá-lo, pois ali ele tinha mais espaço para mostrar os tecidos.

Vinha acompanhado por um rapaz encarregado de transportar as peças que ele trouxera — ele próprio nem teria sonhado em carregar coisa alguma. Os alfaiates do palácio eram competentes na profissão e muito respeitados. O rei tinha uma figura corpulenta e imponente, e gastava prodigamente com suas roupas e com os que as criavam, e nesse aspecto era seguido por todos na corte. Tudo isso dera aos alfaiates uma ideia exagerada de sua própria importância. Vestiam-se na moda, como se fossem anúncios ambulantes do próprio trabalho, e afetavam todo tipo de vaidade e graça. Este se vestia com veludo verde com uma camisa bordada com colarinho duro que o forçava a elevar o queixo, dando uma expressão mais de condescendência que de qualquer outra coisa. Vendo-o assim, calculei que o pescoço alto logo seria a moda e decidi encomendar duas camisas iguais. O alfaiate estava um tanto amuado, tendo sido informado, por Stefanos, de quem eram os seus clientes: estava claro que ele considerava estar abaixo da sua dignidade fazer roupas para um bando de nômades em andrajos.

Naturalmente, não dei importância a essa bobagem. Já tinha ideias claras do que queria que eles vestissem. Examinei a qualidade das peças que ele havia trazido, suas cores, e considerei-as boas. Expliquei a ele a combinação de preto, vermelho e prata que tinha em mente. Tratei de detalhes com ele, particularmente com relação às mulheres. Elas deveriam vestir um corpete justo de tafetá e saias de um damasco vermelho fino, que deviam ser muito baixas nos quadris e cortadas em curva, de forma a expor o abdômen que vibraria quando elas desenrolassem as faixas de prata. Não usariam nada embaixo daquela roupa, e as luzes ficariam dispostas na parede às suas costas, de modo que a parte inferior dos seus corpos seria facilmente vista através do tecido fino das saias. Então, se começassem a caminhar para trás sobre as mãos, como o mercador grego havia visto, Santa Mãe! Senti minhas partes baixas se manifestarem. Minha imaginação rebelde havia desencadeado no meu corpo o estado de exaltação que eu esperava provocar no do meu senhor real. E isso logo depois dos sonhos puros de adoração de lady Alicia!

Um sentimento de vergonha me fez recobrar meu estado normal, mas estava feliz quando a entrevista com o alfaiate chegou ao fim. Ele se retirou para devolver as peças ao depósito, prometendo tomar ainda naquela tarde as medidas, e eu voltei para minha mesa.

XII

Mas não quis o destino que eu retomasse o trabalho com as renovações reais naquela manhã. Mal tinha voltado quando o porteiro veio anunciar um visitante, um homem chamado Leonardo Malfetta, que vinha tratar de negócio urgente, ou pelo menos era o que dizia. O porteiro era o mesmo Sigismundo que causara problemas no navio, mas ele sorriu para mim e inclinou a cabeça. Perguntei pela sua família e lhe pedi para me avisar caso tivesse qualquer notícia de Mário, e ele prometeu que o faria.

Esse Malfetta era um mercador, um genovês, e já era meu conhecido, porque já tinha me feito, ou tentado fazer, um favor, ao apresentar alguns acrobatas e equilibristas na corda bamba de Nápoles. Tinha chegado a receber algum dinheiro em pagamento pelas passagens e manutenção deles na Sicília. Tivera a ideia de ganhar o favor do nosso Diwan; pleiteava uma concessão para exportar o algodão e o cânhamo cultivados em Giattini. Não teve sucesso, já que aquele comércio estava nas mãos de uma companhia de mercadores de Amalfi e já havia uma concessão. Decidi que seus acrobatas napolitanos nunca se apresentariam na corte. Eram acrobatas experientes, não posso negar, mas a época não era oportuna porque acrobatas negros da África haviam se apresentado para o rei pouco tempo antes, e fizeram uma pirâmide humana de 12 pessoas, além de terem caminhado na corda bamba, e portanto os acrobatas de Malfetta nada tinham de novo a oferecer. Se houvessem se apresentado, mesmo com a recusa do negócio da concessão, ele provavelmente não teria pedido o dinheiro gasto, encarando-o como investimento para futuros favores. Mas naquelas circunstâncias ele sentiu que era justificado nos pedir o reembolso. Ele o recebeu, mas apenas em parte, pois sua reivindicação tinha sido extravagante — parecia que ele tinha gasto uma fortuna com aqueles pobres acrobatas de rua de Nápoles. Na ocasião houve discussão, e eu, pensando que ele viera para tratar dessa questão, fiquei desanimado.

Ele havia se vestido com esmero para a visita: uma touca de seda com uma tiara com fecho ornado de pedras, um manto azul-claro de seda com mangas largas, aberto nos ombros para mostrar a túnica bordada que vestia por baixo. Mas o seu esmero serviu apenas para enfatizar a tristeza e dureza do seu rosto, com olhos pequenos e fundos, um nariz longo e uma boca que lembrava um corte fino num limão. Deixou do lado de fora da minha sala os seus dois assistentes, e entrou pisando duro, ainda mais arrogante por ter sido forçado a entregar a espada a Sigismundo antes de entrar. Encarou Stefanos presunçosamente durante um instante, e então disse:

— Signore, minhas palavras se destinam apenas ao senhor.

Stefanos saiu imediatamente, sem nem olhar para Malfetta, dizendo a mim que tinha assuntos a tratar.

— Muito bem, como posso servi-lo?

— O senhor dá muita liberdade ao seu escrevente. Ele nem me disse bom-dia.

Não fiz nenhum comentário. Em seguida Malfetta se permitiu um sorriso, um sorriso verdadeiramente calamitoso: seu rosto não fora feito para sorrisos, suas feições pareceram se ressentir do esforço, abrindo-se apenas quando já não podiam resistir mais.

— Trata-se de uma questão de pouca importância. Lamento muito ocupar o senhor com ela, mas achei que sua ajuda poderia me poupar um tempo que então poderia ser usado em assuntos mais importantes.

— Por favor, sente-se — falei, e esperei até ele se acomodar na cadeira do outro lado da mesa.

— Há alguns meses, tive necessidade de tomar algum dinheiro emprestado. Foi uma dificuldade temporária, da qual felizmente já estou recuperado. Mas esse homem que me emprestou o dinheiro está criando problemas para mim.

— Qual o valor da dívida?

— Quinhentos ducados.

— Em prata? — perguntei, e ele concordou com a cabeça. Era uma soma considerável. — Um agiota judeu?

— Não, era berbere. Seu nome é Zenega Waziri. Talvez o senhor o conheça?

— Não. Não o conheço. — Na verdade eu conhecia pouco os berberes de Palermo, mas um número considerável havia recentemente se refugiado na cidade, expulsos de suas terras pelos árabes.

Ele pareceu desapontado.

— Se o conhecesse, o senhor saberia o patife que ele é. Tem os lábios grossos e o nariz chato que alguns deles têm. Sangue negro, sem dúvida. Ele insiste em que não paguei a dívida, apesar de eu ter amigos, homens acima de qualquer suspeita, homens de *classe*, que estão dispostos a testemunhar que viram o dinheiro ser pago, principal e juros.

— E o título, o contrato que os senhores assinaram quando o dinheiro foi emprestado? Waziri deve tê-lo devolvido ao senhor quando a dívida foi paga. Deve ter também entregue uma nota, datada e assinada, reconhecendo o pagamento.

— Esse é o problema. É possível que eu estivesse desatento na ocasião. Devia ter a mente ocupada com outras coisas. — Fez uma pausa e balançou a cabeça. — Um homem não pode pensar apenas em dinheiro em todos os momentos da vida, não é verdade? Evidentemente, sendo um homem sem religião, Waziri não é capaz de entender coisa tão simples. Nós, humanos, estamos a meio caminho na escada que se estende entre os anjos e os animais, é o que dizem. Mas quero crer que existem escadas para todo tipo, cada uma com a sua própria escala. Um animal pode ser superior a outro, tal como os homens. Os berberes devem estar no degrau mais baixo, junto com os negros. Deixemos que eles lutem entre si, e que o perdedor caia em meio às feras.

Era a segunda referência aos negros. Era um homem vingativo, e me perguntei se o sucesso dos acrobatas negros, que superaram os seus napolitanos, tinha feito ele se voltar contra o povo como um todo. Sua repugnância contra os berberes era mais fácil de entender...

— Portanto, Waziri ainda tem o contrato, e o senhor não tem o que mostrar como prova de pagamento?

— Infelizmente, é verdade.

— E agora ele pressiona para receber o dinheiro.

— Ele não tem vergonha. Espera receber o dinheiro mais uma vez.

— Bem, entendo a sua dificuldade, mas não vejo como posso ajudá-lo. É uma questão para os tribunais.

Ele se inclinou.

— Exatamente por isso eu vim ao senhor. A Douana de Controle tem acesso aos juízes, todo mundo sabe. Especialmente nos casos relativos à contestação de testamentos, de dívidas e outros. Ora, os juízes são tão diferentes entre si quanto os outros homens. Alguns têm uma noção parca de justiça, baseando tudo em pedaços de papel, sem admitir a relevância de excelentes testemunhas. Testemunhas *cristãs*, que um homem como eu tem condições de convocar. Mas existem outros com uma visão mais ampla, que aceitam a palavra de um homem de honra contra a de um negro pagão. O problema é que não sabemos em qual tribunal a questão será julgada. Pensei que o senhor talvez pudesse orientar o meu caso na direção correta.

Fiquei em silêncio durante alguns momentos, sem saber como responder. Não tinha a menor intenção de fazer o que ele me pedia, desperdiçar nossa influência num caso como aquele. Quinhentos ducados era um valor considerável. Esse Waziri devia ser um homem de substância, já que era capaz de emprestar uma quantia de tal monta. Os berberes eram unidos, talvez houvesse uma família com força o bastante para causar problemas.

A pausa foi suficientemente longa para Malfetta desenvolver um alto grau de indignação virtuosa.

— Imagine. É difícil de acreditar. Um juiz que se declara cristão da liturgia romana decide em favor de imigrante sem deus, ignorando o testemunho de homens da sua própria religião! Mas isso não pode durar muito. Essa geração de víboras, esses juízes corruptos, serão varridos. Pessoas do rito latino são cada vez mais numerosos. Na Sicília, a cada dia eles são mais numerosos.

— Mas todos eles são imigrantes também.

— Santa Mãe de Deus, o que você está dizendo? Eles não são imigrantes, são colonizadores. São membros da nossa comunidade, pessoas como nós, pessoas em quem podemos confiar. Na verdade, só negocio com eles.

— Exceto quando toma dinheiro emprestado.

— Nossa religião proíbe a usura, que deixamos aos credos inferiores.

Malfetta não tentava mais sorrir. Seu rosto tinha uma expressão de grande sinceridade. Mas não se pode confiar na sinceridade, o meu tempo no Diwan de Controle já tinha me ensinado: um homem nunca é mais sincero do que quando necessita realmente ser visto como tal. O que faria Yusuf? Ele ainda era o meu modelo. Ele envolveria Malfetta numa discussão de natureza mais geral, buscaria um acordo de opiniões, se despediria em termos amigáveis, de forma que seus bons ofícios seriam recebidos em confiança sem que ele tivesse de fazer promessas, e depois nada faria.

— Na Sicília de hoje — comecei —, um juiz deve pertencer a todas as religiões ou a nenhuma. Mas não acredito que seja um problema primariamente de religião. Os juízes atentam para os documentos porque eles têm existência material, ao passo que a lei não tem, portanto eles se poupam da anulação agarrando-se a um deles, como alguém que agarra uma palha num mar de abstrações. Pode ser qualquer coisa, um testemunho, uma arma, um ferimento. E partindo daí...

O que começou como um meio de distraí-lo terminou por prender o meu interesse: havia ali um paradoxo, essa importância do objeto num sistema assim codificado.

— Mesmo a prova é encarada como um peso, uma massa. Falamos do encargo da prova, *onus probandi*, que vem do direito que herdamos dos romanos. O encargo de provar uma afirmação controversa cai sobre os ombros de quem a faz. Gostaria de ouvir a sua opinião sobre esse tema.

— É Waziri que faz uma afirmação controversa.

— Não, queira perdoar, é o senhor. Waziri simplesmente cobra do senhor o cumprimento da obrigação acordada.

— Mas eu já a cumpri.

— Ouça, um documento não é uma afirmação controversa, e Waziri tem o documento.

— Ah, então voltamos ao ponto de partida.

Pareceu-me ter ele percebido que não iria longe comigo, pois tirou da manga o que acreditava ser um curinga.

— O senhor me deve alguma coisa, a sua Douana.

— Como?

— O senhor quer dizer que já esqueceu? Contratei um grupo de acrobatas de fenomenal competência e os trouxe até aqui à minha custa, pensando que talvez pudessem entreter a corte. Gastei muito com aquele grupo.

— Queira desculpar, o senhor não gastou. Suas despesas foram reembolsadas em boa medida. No final, se bem me recordo, o senhor se declarou satisfeito.

— Ora, eu não queria barganhar, um homem da minha condição. Afinal, não sou um empresário de espetáculos.

Já não tinha antes simpatia pela sua causa, mas suas últimas palavras me colocaram frontalmente contra ele. Era tão grosseiro que desprezava até mesmo aquele a quem pedia ajuda.

— Foi o senhor ou outra pessoa que barganhou até esgotar a nossa paciência?

— Para não falar nos problemas que tive de enfrentar. Não me incomodo com o que tirei do meu bolso.

— O senhor não tirou nada do bolso.

— Para mim o importante não era o dinheiro, mas o desejo de prestar um serviço. É tudo que peço agora, um gesto de boa vontade. É claro que estou pronto a mostrar a minha gratidão. Digamos, um vigésimo do valor da dívida? — Tentou sorrir novamente. — Dependendo naturalmente do resultado da audiência.

Então comecei realmente a me encher dessa discussão. Por que eu sempre estava metido com homens venais e interesses que não cheiravam nada bem? Como tinha chegado a isso? A imagem de Alicia me veio à mente. Pensei naquele momento de reconhecimento, o momento em que ela olhou para mim e pronunciou o meu nome. Se pudesse me ver agora, envolvido nessa discussão minguada sobre dívidas e favores, ainda assim ela me consideraria tão esplêndido?

— Malfetta, nosso Diwan não pode lhe oferecer ajuda, mas eu posso lhe oferecer um conselho. Seria pouco sábio da sua parte permitir que essa questão fosse levada a um tribunal. O juiz deverá considerar difícil entender por que o senhor não obteve um documento de quitação do credor. E deverá também considerar incompreensível que o senhor levasse consigo um punhado de amigos quando foi pagar a dívida. Não é uma prática comum, não é verdade?

— Pedi para ser acompanhado por medo de ser assaltado no caminho. Estava carregando uma grande quantidade de dinheiro.

— Ele também poderá estranhar que nenhum dos homens que o acompanhavam tenham lembrado de pedir a Waziri o contrato original. Eles estavam no mesmo estado de distração em que o senhor se encontrava?

Malfetta agora me encarava com os olhos apertados.

— Não estou gostando do seu tom. O senhor parece duvidar da minha palavra.

— Não. Estou apenas dizendo que o juiz poderá duvidar. Se decidir contra o senhor, caberá ao senhor pagar as custas da audiência, além da dívida, naturalmente, e qualquer um que o senhor chame como sua testemunha fará um péssimo papel. O senhor errou ao não anular o contrato. E um homem deve pagar por seus erros.

Ele se levantou. Agora me olhava com evidente desprazer, uma expressão que lhe caía muito melhor que o sorriso.

— Quem é esse juiz que considera tudo estranho? Um berbere? Não existe tal juiz, ele é uma invenção sua, o senhor se esconde por trás dele para não me prestar um favor.

Já era demais. Levantei-me, e o encarei de cima de toda a minha altura.

— O senhor parece achar que a pouca disposição para ofender vem do medo. Pode ser verdade para o senhor, porque é isso que suas maneiras demonstram. Mas não para mim. O senhor tem alguma dúvida?

Ele ficou em silêncio, não se atreveria a tanto; talvez estivesse surpreso pela dureza das minhas palavras e a nova expressão em meu rosto. Mas eu agora me envergonhava de tê-lo suportado por tanto tempo, era uma vergonha que me trazia raiva. Queria provocá-lo, queria uma briga.

— Ouvi pacientemente a sua história, mas não vou tolerar seus insultos.

Mas ele não aceitou o meu desafio, nem mesmo com a imputação de falsidade, apesar do ódio que brilhava nos seus olhos fixos em mim.

— O senhor vai pagar caro por isso — disse, e com essas palavras saiu da sala, deixando-me, depois de passado o surto de raiva, muito insatisfeito comigo mesmo. Mais uma vez eu não soube me comportar com a moderação que se espera de um servidor do Estado. Tinha feito de Malfetta um inimigo que poderia se mostrar um péssimo inimigo. De fato, tudo o que fiz foi tornar o mundo um lugar mais perigoso para mim.

Senti precisar de um pouco de solidão, num lugar onde ninguém me procuraria. Desci correndo as escadas e saí pela passagem estreita que margeia o muro externo e leva a um portão pouco usado do lado sul do palácio, vigiado apenas por um homem, que ergueu a grade para minha passagem. Segui pela margem do rio ao lado da rua dos Beneditinos. A correnteza ainda era rápida, embora estivéssemos pelo meio de maio, e as andorinhas voavam baixo, sobre a água. Logo avistei a igreja de San Giovanni degli Eremiti e entrei pela porta oeste. Ali dentro estava fresco e com pouca luz. Havia poucas pessoas na nave, algumas sentadas, outras ajoelhadas. Entrei no presbitério, e de lá passei à praça comum à igreja e à mesquita que havia ao lado — e que era um dos meus lugares favoritos. É a única igreja de Palermo, e talvez de toda a Sicília, que se liga a uma mesquita. Nosso rei ordenou que a igreja fosse construída ali para que cristãos e muçulmanos pudessem chegar livremente e sem obstáculos ao seu local de adoração, e nisso ele demonstrou a sabedoria e espírito de tolerância que me faziam sentir orgulho por servi-lo. Por isso eu gostava mais dessa igreja do que de qualquer outra de Palermo. Ao lado dela, do lado oposto ao da mesquita, havia uma abadia dos beneditinos.

Não havia ninguém na praça àquela hora, e eu me sentei um pouco à sombra do pórtico, esperando que a tranquilidade do lugar acalmasse meu espírito e a grosseria de Malfetta se afastasse para a região onde habitam essas qualidades, uma região que eu sempre tentava afastar de mim, apesar de saber muito bem que ela se ocultava atrás da próxima esquina.

Recuperada a calma, pensei novamente em Alicia, no nosso encontro e na nossa conversa. A lembrança dela me vinha sempre da mesma maneira, saindo de uma superfície nebulosa, a névoa sendo afastada por pequenos choques da memória, e sempre com uma sensação de desamparo prazeroso, de estar subjugado por cada detalhe, os seus olhos, o seu sorriso, um gesto que eu tinha conhecido na menina e que reencontrava na mulher, a forma como tocava o cabelo na têmpora acima da orelha direita, levemente, como se ela própria estivesse naquele instante absorvida em lembranças do passado. A essas lembranças, que eram reais, eu acrescentava outras que talvez não o fossem, a forma do seu pé, a textura da sua pele na base do pescoço, lembranças inventadas que, entretanto, não eram acompanhadas de desejo, mas elementos de uma existência maravilhosa, da qual pareciam ser a prova. Quanto mais completa a lembrança que eu criava na minha mente, mais substância eu lhe dava, mais eu acreditava que iríamos nos reencontrar.

Será que ela ansiava por isso, como eu? Queria acreditar, mas como poderia agora? Sabia que ela me amara no passado, nisso eu não poderia estar errado. Aos 14 anos ela me amou, viveu para os momentos roubados dos nossos encontros, tal como eu, as mãos entrelaçadas, os beijos que continuavam quentes nos nossos lábios, o desejo de nos tocarmos mais intimamente, sempre impossível. Por ela eu teria arrostado qualquer perigo, teria enfrentado dragões ou saído em busca de um novo Graal.

Partilhávamos a mesma febre. Mas isso fora muitos anos antes e muita coisa tinha mudado. Na época, éramos iguais, filhos de famílias nobres mandados para longe para aprender o que tínhamos de aprender para manter nossa condição. Ela nascera mais rica do que eu, disso eu já sabia. Mas como cavaleiro eu poderia esperar riquezas, pois quem era ousado e desenvolto nas liças tinha muitos prêmios a ganhar; um adversário derrubado do cavalo deixava para o vencedor seu cavalo, adornos e armadura. Havia mercadores que comerciavam exclusivamente esses itens e que pagariam bem por eles. Alguns anos de viagens de torneio a torneio e eu teria acumulado riqueza suficiente, assumido o serviço de algum grande senhor, teria merecido o título de algum feudo para ser acrescentado ao dote de terras da minha noiva, minha Alicia...

Fiquei sentado ali, perdido na eterna contradição da espécie humana: lamentar a perda do que nunca se possuiu. Tibald chegou e a levou consigo para Jerusalém. Quando eu ainda estava a dois anos do título de cavaleiro e dos triunfos na justa, ela vivia como esposa dele na terra fabulosa do Ultramar. Agora ela estava livre, mas já não éramos iguais: ela era herdeira, sua família estava entre as mais ricas de Apúlia — e eu era o quê? Thurstan Beauchamp, o homem dos espetáculos públicos e subornos privados, vivendo de um estipêndio palaciano. O que eu tinha a lhe oferecer? Um homem não poderia pretender uma dama como ela, se tem como única qualidade a necessidade de ser salvo.

Tudo aquilo eu sabia. E ainda assim, sentado ali naquele estreito banco de pedra apoiado no muro de uma praça deserta, senti perversamente em mim uma ponta de esperança. Ainda não tinha 30 anos. Se Yusuf crescesse na apreciação do rei, eu subiria com ele. Ele gostava de mim, não iria me esquecer; havia uma grande probabilidade de eu assumir o seu lugar no Diwan de Controle. Essa também era uma forma de acumular riqueza, ainda que não fosse a forma que eu teria escolhido se pudesse.

Mas a esperança é um cão, que uma vez solto, muda num salto a sua natureza. Talvez houvesse outro meio. Se Alicia e eu pudéssemos reencontrar o sentimento do passado, poderíamos talvez recuperar as pessoas que éramos então e as esperanças que existiam em nós. Poderíamos nos ajudar mutuamente nessa busca. Não havia impedimento contra eu ser cavaleiro, eu descendia da melhor nobreza da Inglaterra; também não havia impedimento para que Alicia tivesse o homem da sua escolha. Então eu podia oferecer mais que a minha necessidade de salvação: eu seria o meu próprio salvador. Quando falamos de Ascalon e da necessidade de defender a terra que ela própria havia defendido contra o infiel, eu me vi montado num cavalo de guerra, a galope, em pleno esplendor das armas. É claro, Yusuf, de quem eu tanto dependia, também era infiel...

A um só tempo exaltado e confuso por esses pensamentos, levantei-me do banco com a intenção de refazer os meus passos até a igreja e voltar ao Diwan e ao exame das renovações reais. Mas, ao me levantar, vi um homem vestindo hábito monástico sair para a praça, tal como eu havia feito. Era Gerbert, um beneditino que tinha chegado recentemente a Palermo como abade do mosteiro de São Salvador. Esperou um instante e a ele se juntou outro monge que eu conhecia um pouco melhor, já o tendo visto uma vez ou outra, um lombardo da baixa nobreza chamado Atenulf, chanceler do Diwan Real, que tinha considerável influência, segundo se comentava. Os dois homens deram alguns passos, pararam e ficaram conversando em voz baixa. De vez em quando passavam os olhos pela praça, mas eu ainda estava na sombra do pórtico, bem próximo ao muro, e acho que não me viram.

Como não tinha me apresentado imediatamente, não quis fazê-lo agora, por causa da aparente intimidade da conversa dos dois. Poderiam pensar que eu os estivera observando, e tal suspeita não teria sido infundada; o serviço no palácio nos tornava a todos espiões, e havia alguma coisa naquele colóquio que atraiu a minha curiosidade. Perguntei-me se eles tinham se encontrado por acaso, e o que poderia tê-los trazido até ali. Imaginei que Gerbert tivesse vindo visitar o abade beneditino. Talvez Atenulf tivesse vindo à igreja para suas devoções particulares. Mas não parecia um encontro casual...

Conversaram durante alguns minutos, então se afastaram, voltando à igreja, o beneditino entrando um pouco antes que o companheiro. Esperei um pouco, e então fiz o mesmo. Não havia sinal de nenhum dos dois no corpo da igreja.

As especulações sobre esse encontro continuaram na minha mente durante o caminho de volta, mas não sobreviveram à minha chegada ao Diwan. Stefanos me esperava, e ao seu lado estava o alfaiate, com uma expressão muito irritada.

— Elas não aceitaram — disse ele.

— De quem o senhor está falando?

— Delas, as dançarinas. Não querem ser tocadas. O alfaiate foi até lá para tomar as medidas. Diz que se não tivesse saltado para trás, ela o teria unhado.

— Quem? Não, não precisa me dizer, já sei de quem se trata. Ela tem sido uma fonte de problemas para mim desde que a vi pela primeira vez.

Imediatamente depois de dizer isso, tomei consciência de uma pequena confusão, que eu não compreendia inteiramente, e que não diminuiu quando percebi os olhos de Stefanos fixos em mim. Ele era um homem tranquilo, como já disse, mas pouca coisa escapava à sua observação, e ele gostava de mim, assim como sua mulher, Maria, o que o fazia observar-me com maior atenção.

— É verdade — foi tudo o que ele disse, mas me pareceu que colocava uma significação extra na inflexão dessas palavras.

— Ela foi a pior — disse o alfaiate —, mas todas foram mais ou menos iguais, criaturas ridículas. Não consegui me aproximar de nenhuma delas, pareciam pensar que eu queria enfiar as mãos nas suas saias. Que ideia! Tenho coisas melhores a fazer. Os homens apenas riram.

— Talvez elas não quisessem dar a eles motivos para ciúme — tentou Stefanos. — São pessoas simples.

— Mas uma delas é a pior. E não pertence a nenhum dos dois homens.

— Não?

— Você sabe muito bem que não. — Lembrei-me dos pássaros brancos, aquele lamento desolado, a expressão de Sigismund lutando para recuperar o fôlego, os olhos de Nesrin sobre mim, atentos, desapaixonados. — Quis um estábulo só para ela, não é?

— Gostaria de dizer que tal tarefa nunca deveria ter sido confiada a mim — disse o alfaiate. — Sou o segundo assistente de guarda-roupa de Sua Majestade, e o primeiro já está velho, tem as mãos trêmulas, não vai demorar para que eu assuma suas funções. Tentei medir apenas os ombros e a cintura, mas nem cheguei perto dos quadris e do peito, e não o farei agora por dinheiro nenhum no mundo, mesmo que o senhor me prometa um guarda armado.

—Teremos de trazer a mulher e obrigá-la a deixar tomar as medidas. Não podemos permitir que se apresentem nos andrajos que agora vestem.

Era uma solução prática, mas acompanhava um enorme espanto da minha parte. Aquelas mulheres tinham percorrido a pé as estradas da Ásia e da Europa, dançando para homens que se juntavam muito próximos a elas. Várias vezes haviam revelado abertamente o corpo a estranhos, ou o haviam sugerido. Ainda assim, elas não permitiam que um alfaiate as tocasse, ainda que da forma mais discreta. Poderia essa ferocidade ser chamada de castidade? Seria um desafio para um homem amansá-la ...

— Este nosso mundo é cheio de maravilhas — falei a Stefanos. — Encontre uma costureira. Acho que irei com ela para acalmar as coisas.

Quando cheguei lá com a mulher, encontrei-os reunidos a discutir ruidosamente no pátio do estábulo, sob o sol. Nesrin estava no meio. Já se passara quase um mês desde a última vez que eu a vira, mas parecia muito menos tempo, apesar de eu não saber o porquê dessa sensação.

Antes de a mulher começar a trabalhar, eu quis falar a eles, dizer-lhes que não criassem problemas ou dificuldades, como tinham feito com o alfaiate, mas tentassem ajudar a resolvê-los, pois assim tudo ficaria mais fácil e eles teriam maiores vantagens. Eles se apresentariam diante da corte, diante do próprio rei Roger, o que seria uma grande honra que no futuro poderiam contar aos filhos.

Falei devagar, no grego mais simples que me foi possível, e eles me ouviram, pelo menos pareceram ouvir, mas eu não soube dizer o quanto entenderam. Somente Nesrin olhou para mim enquanto eu falava, os outros, homens e mulheres, desviaram o rosto. Tinham a mesma expressão das nossas discussões anteriores, sombrias e pensativas, não desafiadoras nem indiferentes, apenas a expressão dos seus rostos em repouso. Ela, por sua vez, olhava para mim contínua e atentamente, mas sem de fato prestar atenção às minhas palavras, observando-me enquanto eu falava, o que muito me perturbou e me impediu de ordenar os pensamentos. Por duas vezes ela sorriu, não um sorriso largo, mas apenas o suficiente para mostrar as pontas dos dentes, e eu me perguntei como ela os mantinha tão brancos, nas condições nômades da sua vida. Esses pensamentos, assim como o fato de que esses sorrisos não surgiam exatamente nos pontos que se destinavam a provocar alegria — nada do que eu dizia ali era realmente para alegria —, fizeram-me hesitar um pouco, e então eu tive a sensação de que era alguma coisa em mim, no meu rosto, na minha pessoa ou na minha maneira de falar que a fazia sorrir.

Mas eu disse as palavras que tinha em mente, enfatizando a necessidade de obediência e bom comportamento, acrescentando como incentivo adicional que, além do pagamento generoso que lhes havia sido prometido, eles poderiam ficar com as roupas finas e de excelente qualidade para as quais seriam tomadas medidas. Fiz então um gesto para a costureira e ela se preparou para trabalhar.

Tinha a intenção de sair imediatamente, logo depois do discurso, mas decidi ficar mais um pouco para me certificar de que tudo correria sem problemas. Nesrin foi a primeira a se apresentar — em toda a minha experiência com ela, sempre era ela a primeira ou a última, a mais barulhenta ou a mais silenciosa. Mas não estava preparado para a forma como ela se comportou.

Ao se virar ou ao ficar parada, atendendo às orientações da costureira, ela mantinha os olhos fixos em mim, às vezes ousada e diretamente no meu rosto, às vezes olhando por sobre o ombro com um movimento elegante do pescoço. Às vezes ela ficava de costas, e então virava a cabeça de um lado para o outro com um movimento luxurioso dos ombros, como se, apesar de não poder me ver, estivesse consciente de que eu a observava. Essa tomada de medidas ela transformou numa espécie de dança, não para meu entretenimento, mas para diversão dos outros, uma zombaria após minhas palavras solenes: antes ela sorrira, agora dançava, e os dois comportamentos significavam a mesma coisa.

E foi uma dança prolongada, pois ela às vezes se movia contrariamente ao desejo da costureira, apesar de nunca se colocar fora do alcance do braço da mulher. Às vezes, naquele vestido manchado e barato, ela executava movimentos que nenhuma costureira teria sonhado em pedir — um balanço suave dos quadris, um movimento de enguia, um movimento orgulhoso dos ombros que salientava a forma dos seios, além de outros movimentos mais sutis, uma sutileza quase milagrosa diante da enorme carga de sugestões que carregavam, pelo menos para a alma pecadora do Thurstan que os observava, e que agora sabia muito bem que não devia estar ali.

Não, eu não deveria ter ficado para dar atenção à sua insolência, mas estava cativado, enfeitiçado. Havia desafio, amor-próprio, comédia e provocação naquela dança, e atraía a atenção de todos: até mesmo a costureira, ajoelhada, apesar de inicialmente impaciente, agora sorria. Os dois homens riam e gritavam exclamações em voz baixa. As mulheres também riam e me observavam atentamente, e sob os olhares combinados deles eu me vi de repente vítima de uma conspiração. As mulheres se uniam contra mim, e os homens se limitavam ao papel de espectadores. Estava sendo ridicularizado por causa dos desejos secretos do meu coração e das palavras pomposas da minha boca. E mesmo sentindo toda essa zombaria, eu observava como ela se movia e olhava para o próprio corpo, e deixava claro que queria me excitar, prender os meus olhos, reduzir a nada as palavras que eu dissera, e mesmo assim eu não consegui evitar que um calor se espalhasse pelo meu corpo ao ver aquela suavidade, ao pensar em como seria deitar entre as suas pernas. Senti meu rosto enrubescer e o repentino medo de que esse rubor pudesse me trair, e sem mais delongas saí, com o rosto sério e cuidando para não aparentar desconforto ou pressa. Apesar desses cuidados, pensei ter ouvido risos atrás de mim.

É verdade, para minha vergonha confesso essa carnalidade avassaladora, e exatamente naquela hora — foi o momento que a tornou vergonhosa. Eu era jovem e o sexo estava sempre na minha mente, meu membro era rebelde, eu não me preocuparia com uma ereção ocasional. Mas aquilo tinha acontecido tão pouco tempo depois da minha resolução de ser digno de Alicia, de ser o seu cavaleiro andante, condição que ela me tinha conferido pelo toque suave na minha cabeça. Por duas vezes naquele dia eu a havia traído, e nem era ainda meio-dia. Naquele instante e lugar, ao andar de volta para o meu quarto, decidi ir a Tiraz naquela noite e gastar algum dinheiro com Sara, para acalmar os sentidos, pelo menos por algum tempo. Fornicação era pecado, mas era também uma solução prática, e eu estava inclinado a encarar como verdade ética o que Cícero dissera da matemática quando elogiou os romanos — em oposição aos filósofos gregos — por se limitarem ao domínio da aplicação útil — embora fosse isso a negação quase que total da filosofia grega, o que dificilmente seria a intenção de Cícero. Além disso, apesar de não encontrar doutrina que me apoiasse, senti no coração que, sabendo a força do elemento fogo em mim, Deus seria menos ofendido pelo meu pecado do que pelo de alguém que pecasse friamente. Ele saberia que eu aspirava a ser bom, que na minha verdadeira natureza eu desejava adorá-Lo. Ele não ia querer que eu me atormentasse com pensamentos depravados gerados por uma pequena fera do Ararat que nada mais fazia a não ser se divertir à minha custa.

XIII

Na verdade, não voltei à minha mesa naquele dia. A tarde já ia avançada, e senti alguma relutância em enfrentar as perguntas que Stefanos faria sobre como se tinha passado a tomada de medidas. Decidi por mais uma visita à Capela Real. Os mosaicos sempre me atraíram, e eu já não via Demetrius desde a partida para a Calábria; nossa despedida havia sido tensa, e eu queria fortalecer a amizade que havia entre nós. O dia seguinte seria o quadragésimo depois da Páscoa, o dia da ascensão do Senhor. Circulavam boatos de que o próprio rei estaria presente à liturgia, o que ele costumava fazer naquele dia para marcar sua própria ascensão ao trono e agradecer a graça divina pela qual ele tinha sido feito representante de Deus na Terra. Seria a sua primeira aparição pública desde a morte de seu filho, e ocorreria depois de um período de vinte dias de luto, durante o qual ninguém fora dos apartamentos reais tinha visto seu rosto. Chegaria cedo, como era seu costume, com o sol nascendo, para vesti-lo em esplendor, e a capela já estaria pronta para ele.

Era uma tarde de sol brilhante, sem nuvens, sem a névoa fina que viria com o verão. O sol já estava baixo no céu e seus raios brilhavam diretamente nos meus olhos quando me aproximava da capela; mal conseguia distinguir o guarda à entrada, mas ele já me conhecia e me deixou passar. Lá dentro, de início, eu não conseguia ver nada. Recobrei a visão em brilhos: o brilho de ouro dos mosaicos da abside, a luz que brilhava nas tranças da Madalena e fazia a glória em torno dela. Quando me aproximei do altar, um raio errante descia por uma coluna do trono da Virgem e outro raio de luz perfurava a palma da mão de Cristo. Por essa luz, a cabeça da Madalena se unia na glória à mão do Pantocrator, e eu entendi essa imagem como uma mensagem dirigida a mim, porque ela foi redimida da sua vida pecadora pela compaixão de Cristo e nisso eu via a promessa de que teria a graça de transcender meus pensamentos rebeldes, tal como outros de horas antes, durante a dança das medidas.

Minha vista agora estava plenamente recuperada, e nesse fato vi a esperança de salvação, bem como a acomodação dos meus olhos. Sentia sobre mim o olhar de outra pessoa, os olhos dos anjos e arcanjos que o circulavam, acomodados no seu círculo de ouro contornados pelo dístico do poder eterno: *O céu é o meu trono, a terra, o apoio dos meus pés.*

Ouvi uma série de batidas leves à minha frente, que supus virem de alguém que trabalhava, apesar de terem cessado repentinamente e não terem sido retomadas. Não vi sinal de Demetrius, mas dois de seus homens trabalhavam juntos no lado norte da arcada da nave; estavam sobre uma plataforma pendurada no teto, e uma lâmpada de cada lado, além de espelhos para lhes darem uma luz mais intensa. Trabalhavam na curva inferior do corpo da serpente, na base da árvore, no ponto em que ela se alarga. Sob a luz, brilhava o fruto vermelho e dourado, e era fácil entender a razão por que, por aquele fruto, alguém arriscaria incorrer na ira de Deus. Por um efeito da luz refletida por um dos espelhos, eu vi, numa faixa estreita de luz, o ludibriado Esaú esticando o arco para atingir uma pomba branca.

Os dois homens que ali trabalhavam olharam para mim ao mesmo tempo, talvez por terem ouvido os meus passos, ou por terem visto o movimento da minha sombra, mas naquele instante eu mesmo ouvi passos, e ao chegar ao transepto vi surgir, do sul da capela, o abade Gerbert — que tinha visto mais cedo naquele mesmo dia em conversa com Atenulf —, acompanhado de dois outros desconhecidos, ambos em hábito monástico. Ao entrar no santuário, faziam sombras que se moviam de uma maneira que me pareceu estranha, sem que eu soubesse a razão, mas que entendi como um truque da luz; sombras e reflexos de espelhos se moviam ali constantemente.

De qualquer maneira, foi uma impressão que passou rapidamente, porque Gerbert parou para me cumprimentar e fiquei ao mesmo tempo surpreso e gratificado ao descobrir que ele, um homem de tal importância na Igreja, sabia quem eu era — havia quem dissesse que ele seria em breve indicado para o cargo de Reitor do Enclave Papal de Benevento, portanto, ele certamente tinha amigos influentes na Cúria Romana. A lisonja foi ainda maior pelo fato de ele estar há pouco tempo em Palermo e, pelo que eu soubesse, não tinha nenhum contato no Diwan de Controle — embora, naturalmente, houvesse quem viesse sem o meu conhecimento.

Falou em alemão com seus companheiros, mencionando o meu nome e, pelo que entendi, o posto que eu ocupava, e eles inclinaram a cabeça.

— Estes dois são da comunidade de Groze, na Mosela, onde passei muitos anos como monge. Eu os trouxe aqui para verem o trabalho maravilhoso que está sendo feito, para que possam contar aos irmãos quando voltarem, o que deve acontecer em breve. Esperavam celebrar a Ascensão de Nosso Senhor na presença do rei antes de partir, e eu obtive permissão para eles, mas o destino não quis.

— Por que não?

— Você não ouviu? — Olhou-me com as sobrancelhas arqueadas. — Houve uma mudança. Sua Majestade não estará presente à liturgia. Parte amanhã para Troina, onde há uma disputa relativa à investidura do novo bispo, o que exige sua presença urgente. Você não está informado?

— Não.

— Ficamos sabendo há apenas algumas horas. Talvez a Douana em que você serve tenha resolvido não informá-lo. Você deveria vir trabalhar para nós, no Ofício do Capellanus, onde saberíamos lhe dar valor.

Isso foi dito de passagem, e essas palavras foram acompanhadas de um sorriso, mas havia algo ali inquietante que continuou comigo depois de eles continuarem a caminho da porta oeste. Ele teve o cuidado de não esconder sua surpresa...

Ainda pensando naquilo, dei alguns passos à frente. Estava agora parado no centro do altar, olhando para a capela norte, para a alcova arqueada do rei, localizada bem no alto, na parede interna, onde ele se sentava quando vinha ouvir a liturgia, fora da visão de quem estava embaixo, devido à parede de mármore da balaustrada. Ninguém o veria chegar, e ninguém o veria partir; ele vinha do palácio passando por uma galeria coberta que saía diretamente dos seus apartamentos. Mais uma vez tentei trazer a vida do rei à minha mente, e dessa vez, talvez por eu estar sozinho, tão perto e abaixo do seu ponto de visão, cercado pelos símbolos da sua glória e majestade, tive mais sucesso. Ele chegaria pela passagem coberta, que era estreita, estreita demais para permitir a alguém caminhar ao seu lado — os escolhidos viriam atrás dele. Depois de sentado, veria em todas as mãos os símbolos da sua majestade. Ergui a cabeça para ver a cúpula como ele a veria, a cena da Ascensão, a apoteose de Cristo, à qual estava ligado o seu próprio destino como governante. Ao olhar para a esquerda, para a parede leste da capela, ele veria a imagem erguida da Virgem com o Fiho, Guardiães e Protetores. Ao olhar diretamente à sua frente, para a nave na direção da capela sul... mas aqui minha atenção se desviou, tomava mais uma vez consciência das sombras que se moviam no lado sul do transepto, um brilho fugaz que passou sobre os mármores do piso como as asas de um pássaro ou pequenas ondas na superfície da água.

Tão forte foi essa sensação de movimento que me virei para olhar a nave, como se esperasse a aproximação de alguém, mas não havia ninguém. E, no instante em que olhei, tudo se tornou imóvel novamente. As sombras caíam sobre o mármore, imóveis; tudo estava calmo e dourado. Eu então me perdi entre os caminhos de luz, e fiquei ali parado durante um tempo que não medi. O som de marteladas me despertou desse estado: um homem, de pé sobre uma plataforma entre dois cavaletes, fincava um prego na parede da arcada da nave, num lugar onde o mosaico ainda não havia sido aplicado, criando uma base firme para o reboco. Chamei os dois homens que trabalhavam na plataforma acima de mim, e quis lhes perguntar onde poderia encontrar Demetrius, mas eles não me ouviram por causa do barulho das marteladas. Calculei que, se estivesse no local, ele deveria estar na oficina ao lado da capela, e foi lá que eu o encontrei, supervisionando a preparação do reboco a ser aplicado naquela seção da parede onde o homem fincava pregos.

Ele me cumprimentou de maneira amistosa, sem nenhum sentimento de rancor. Perguntei-lhe se sabia que o rei tinha mudado de planos, e ele disse que sim, que fora informado, há não mais que meia hora.

— Foi por ter sido assim informado que mandei o homem fincar os pregos. Caso contrário haveria muita poeira, a poeira demora muito a baixar, e depois ainda fica depositada sobre as peças e lhes tira o brilho. Não quis que o meu senhor, o rei, tivesse má impressão da nossa obra quando chegasse para assistir à liturgia.

Tive a impressão de algum sarcasmo no seu tom, apesar de talvez a impressão ter sido falsa.

— O homem que está fincando os pregos é um dos recém-chegados?

— É um dos que chegaram, mas está encarregado apenas de fazer a base.

— Então você vai aplicar a base esta noite?

— Vamos, e vamos dormir pouco esta noite; a base deve estar

pronta para colocarmos as peças pela manhã. É a cena da construção da Torre de Babel na arcada da nave. Como sempre, será feita em estágios; amanhã será o início. Como o rei não estará presente, tivemos autorização para trabalhar durante todo o dia.

— Serão necessários muitos dias, não é mesmo? Fico feliz ao pensar que você vai continuar em Palermo durante todo esse tempo.

— Bem, há figuras no painel, e serão necessárias alterações de cor no espaço que foi reduzido. Os homens ocupados nas tarefas da construção, as pessoas observando, reunidas. — Ele sorriu, arregalando os olhos, um hábito que sempre me cativou, parecendo indicar a percepção repentina de uma nova oportunidade. — Será a última coisa que faremos antes de partirmos. Falando com franqueza, depois de pensar muito, não vou lamentar a saída da Sicília. Não somos bem-vindos aqui. No momento em que puser os pés fora dessas paredes, deixarei de ser Karamides, o artista do mosaico, e voltarei a ser Karamides, o marinheiro que esteve no cerco de Corfu, uma ilha antes pertencente por direito divino ao Império Bizantino, agora pertencente por direito divino ao Reino da Sicília.

— A hostilidade contra os bizantinos não deveria ser surpresa para ninguém, em vista dos éditos imperiais que vocês enviam de Constantinopla que denigrem o nosso rei. — Minhas palavras foram pronunciadas com dureza, apesar do meu desejo de recompor a nossa amizade; não gostei da forma como ele mencionou o direito divino, como se pertencesse aos dois, e portanto a nenhum deles, quando qualquer um que examinasse um mapa veria que a posse de Corfu era necessária à Sicília para o controle do Adriático.

Seu sorriso havia desaparecido, e ele balançou a cabeça enquanto me olhava.

— Que éditos eu envio de Constantinopla, quando estou plenamente ocupado com os mosaicos em Palermo?

— O último surgiu há apenas alguns meses. Nosso bom Roger é chamado de dragão que cospe fogo, o inimigo comum de todos os cristãos, ocupante ilegal da terra da Sicília.

— E o que isso tem a ver com você ou comigo? Como entramos nessa história? Thurstan, pense como é absurdo e terrível culpar todo um povo por tudo que é feito ou dito em seu nome. Por esse raciocínio, eu, Demetrius Karamides, sou culpado pelo fracasso da última cruzada, porque o imperador dos bizantinos não proveu os francos com suficiente generosidade, quando eles passaram por suas terras, e o povo de Konya cobrou muito caro pelas galinhas e ocultou os grãos, quando a verdadeira culpa está na arrogância e estupidez dos próprios cruzados.

O ultraje veio ao meu socorro diante dessas palavras de desprezo, fazendo-me esquecer a suspeita de que eu estava do lado pior da discussão.

— Não me surpreende que você julgue perigosas as ruas de Palermo. Se forem esses os sentimentos a que dá voz quando está no estrangeiro, você tem sorte de não ter sido enforcado na primeira árvore. A cruzada foi abençoada pelo papa, foi pregada pelo grande homem de Deus, Bernard de Clairvaux. Os que tomaram a cruz defenderam ardentemente os lugares sagrados.

— O ardor se apresenta de várias formas. — Seus olhos escuros de pesadas pálpebras me olhavam com uma paciência que parecia quase tristeza, quase martírio, o que me irritou ainda mais. — Você sabe bem que muitos estavam possuídos por um ardor diferente quando lançaram as garras sobre tanta terra quanto lhes era possível. Mas, ainda que importantes, bênçãos, ardor e pregação não nos salvam da estupidez e arrogância na condução das guerras, nem nos salvam da derrota.

Não encontrei argumento convincente para contradizê-lo; não se podia negar que houvera uma derrota, e uma derrota catastrófica.

— É verdade que não se conquistou muita coisa — concordei.

— Não se conquistou nada, e muitos morreram por isso. Para um desastre dessa escala, é preciso encontrar urgentemente um culpado, e eles o encontraram no Império do Leste, uma vasta extensão de território contendo muitos povos e línguas.

Agora era a obstinação que me forçava a continuar a discussão.

— Vocês não podem negar que formaram uma aliança com os turcos contra nossos irmãos em Cristo.

— Eu não fiz nenhuma aliança com nenhum turco, não conheço nenhum turco. Eu estava aqui na Capela Real, trabalhando na cúpula de Pentecostes. Irmãos em Cristo, diz você? Não se haviam passado nem dois anos desde que o seu rei Roger tomou Corfu. E qual foi a sua primeira providência depois de tomá-la? Ele atacou Tebas, uma cidade habitada por irmãos em Cristo, e carregou centenas de fiandeiras de seda para ajudar à indústria da seda de Palermo.

Ao ouvi-lo, pensei em Sara, e na sua deliciosa corpulência, e senti vergonha por ser aquele prazer tudo o que esse sequestro passou imediatamente a significar para mim.

— Depois foi Corinto — continuou ele. — Uma cidade próspera, densamente povoada de irmãos em Cristo. Corinto foi saqueada e todos os seus tesouros foram levados para Corfu. Ficou claro para Manuel, como para todo mundo, que Roger pretendia usar Corfu como base para novas expedições. Foi esse o medo que o levou aos braços do sultão. Agora, diga-me, se Manuel traiu os irmãos em Cristo, o que fez Roger? Qual é o inimigo da cristandade? Ou, dito de outra forma, quem tem mais direito a Corfu?

Ele sorriu e estendeu a mão esquerda e segurou o meu braço direito.

— A mesma pergunta, a mesma resposta. Somos amigos, podemos falar francamente. Você tem uma alma, Thurstan. Já vi como você olha para os mosaicos. Sou uns 12 anos mais velho que você, mas nós somos iguais, embora você talvez não o saiba. Não vivemos pela palavra de reis ou imperadores. Eu sou Demetrius Karamides, eu fiz os mosaicos da Capela Real de Palermo, os da abside, do altar e do transepto e das capelas. Não existem mosaicos mais belos em lugar nenhum. Eu não os fiz em homenagem ao nosso rei. Eles ainda estarão aqui quando Roger e Manuel forem pó, bem como todas as gerações de seus descendentes. Por que eu iria me interessar por quem é o dono de Corfu?

Olhei para ele em silêncio durante alguns instantes. Ele não estava brincando, também não falava com o tom de desafio de quem vai partir em breve. Ele realmente não se importava, o que eu simplesmente não entendia — ele não colocava em primeiro lugar, acima de todas as outras coisas, a lealdade àqueles que tinham autoridade sobre nós, não os queria triunfantes e por esse meio sentir triunfar. Lembrei-me então do seu desprezo pelos que vinham ocupar o seu lugar, mas apenas pela sua aptidão, ou por estar sendo suplantado, não porque fossem os francos os que o expulsavam. Não queria mudar o estilo de vestir nem o corte do cabelo apenas para não ser notado nas ruas, nem por espírito patriótico, como eu supusera e sempre tinha admirado nele, mas simplesmente porque o seu estilo lhe pertencia, era ele próprio — tudo ele reduzia a si próprio. Não lhe interessava quem era o dono de Corfu, não lhe interessavam as bandeiras que lá tremulavam! Não tinha devoção nem espírito de serviço. Senti pena dele, como se lhe faltasse um membro e estivesse condenado a mancar pelo mundo, em vez de andar normalmente. Mas a pena durou não mais que o tempo necessário recuperar o fôlego. O demônio oculto da inveja, que está sempre à espreita, atacou-me e me feriu, e eu me lembrei daquele Filippo, que no 12º ano desertou do navio que o esperava, e pensei em Nesrin e na sua dança. Lutei para afastar tais pensamentos porque sabia serem corrompidos.

— Você está enganado. Não somos iguais, você e eu. Eu sirvo ao rei meu senhor e desejo sua maior glória. Corfu pertence por direito ao Reino da Sicília.

Ele encolheu levemente os ombros, mas não disse nada, e eu percebi que nem isso, nossa semelhança ou diferença, tinha importância para ele. Pegou um punhado de tessela sobre uma mesinha ao seu lado. Eram cubos minúsculos de vidro prateado, e quando os deixou cair da mão inclinada novamente na bandeja, eles captaram a luz e criaram uma cascata aparentemente contínua.

— A prata é usada para a luz que emana do Cristo. Produz reflexos brancos de grande intensidade. É usada nos braços da cruz e no halo. Os anjos também podem ter halos prateados, mas nenhuma outra figura. Peças de prata são usadas para dar brilho às armas, ou para intensificar o efeito de outras cores, especialmente os azuis e cinzas. — Pegou outro punhado e o deixou escorrer novamente. — É, a prata tem várias aplicações. Sem ela o nosso trabalho seria muito mais pobre. Mas na palma da minha mão, ou na bandeja, as peças são iguais. Estudando as peças, ninguém é capaz de ver a forma que assumirão. Nem mesmo se gastasse nesse estudo toda a sua vida.

Estava quente no longo e estreito corredor que era a oficina. As janelas estavam abertas, mas as paredes de tijolos acumulavam o calor do dia. Havia no ar um leve vapor: a resina que deveria formar a primeira camada de base tinha sido aquecida para se espalhar melhor. O pó da pedra moída que seria usado para reforçar o reboco pairava no ar entre o chão de terra batida e o madeiramento do telhado. Ao olhar para cima, vi um bater de asas: um passarinho tinha entrado pela janela e não achava um meio de sair.

— Você ainda há de entender, mais cedo ou mais tarde. Há muitos que satisfazem a suas próprias necessidades servindo às necessidades de outros, mas você não é um deles. Aprenda com os mosaicos. Existe apenas uma composição dessas peças na forma necessária. Sejam elas de ouro, prata, mármore ou madrepérola, elas serão aplicadas de maneira a ter um sentido na forma e a captar a luz. E essa composição será única, porque o homem que coloca o polegar sobre a peça e as prende à base vai lhe dar uma pequena inclinação para este ou para aquele lado; ninguém será capaz de repetir a mesma marca do polegar, ninguém será capaz de obter os mesmos efeitos de luz, nem mesmo aquele que a assentou. Que homem será capaz de se lembrar de todas as marcas do próprio polegar?

Foi com essas palavras que nos despedimos, amigavelmente, mas sem eu conseguir pronunciar as palavras de reconciliação que ele parecia esperar. Ele era igual a Yusuf, queria ser o professor e ouvir os agradecimentos do aluno. Mohamed também. Talvez fosse algo em mim, algo de que eu não tivesse consciência, que produzia neles esse efeito. Prometi voltar em breve à capela para ver o progresso feito na Torre de Babel. Algumas das coisas que ele disse naquela tarde me pareciam antinaturais e corrompidas, até mesmo contraditórias; ele também servia a um mestre exigente, mais exigente que o rei. Mas suas palavras sobre forma e luz e a sua expressão quando deixava cair da palma da mão o pó de prata estavam bem guardadas na minha mente. Ainda estão.

XIV

A partida do rei significou para os anatolianos que eu trouxera da Calábria uma espera maior do que a prevista — deveríamos pedir a permissão para sua apresentação assim que as roupas estivessem prontas. Na verdade, o rei permaneceu longe de Palermo por mais de um mês, viajando de Troina a Messina, e de lá tomou um navio para Salerno, onde se desenrolava uma longa disputa, dessa vez mais violenta, relativa ao status do Enclave Papal e às prerrogativas papais quanto às indicações eclesiásticas. As relações entre o rei Roger e a Cúria Romana podiam ser tudo menos cordiais. Nosso rei insistia no direito de indicar bispos, questionando assim a jurisdição papal na Sicília. Até que a questão fosse resolvida, não havia esperança de que o papa Eugênio se dispusesse a reconhecer a coroa de Roger.

Durante o tempo de ausência do rei, pouco vi a trupe, nem os homens nem as mulheres; na verdade, só os vi duas vezes. Tiveram permissão para ir à cidade, com a proibição estrita de dançarem ou tocarem em público: era essencial que a corte os visse primeiro, essencial que se mantivesse o elemento de novidade, o que deixei bem claro para eles. Impensável, disse eu, que o nosso rei Roger fosse o segundo a vê-los, depois de vagabundos quaisquer de rua. Já tinham dinheiro suficiente, podiam ir e vir como quisessem, com essa única condição; se a desobedecessem, seriam mandados embora, e perderiam para sempre essa grande oportunidade.

Ao fazer esse discurso, tomei o cuidado de desviar o olhar de Nesrin, certo de que ela tentaria minar de alguma forma as minhas palavras. Ainda assim, eu ainda tinha na mente o desconforto da ocasião anterior, a dança das medidas, o riso dos homens, o olhar firme e atento das duas mulheres. Tudo isso confirmou em mim a certeza de que tinham conversado sobre mim, um tipo determinado de conversa. E isso, por sua vez, confirmou a certeza de que a minha fraqueza tinha sido notada, de que meu rosto havia me traído.

Se fosse verdade, seria uma falha grave da minha parte, ou pelo menos eu assim considerava, e não apenas uma fraqueza da carne. Tinha sido parte do meu treinamento, e era exigido em grande parte do meu trabalho, manter-me impassível ao tratar com as pessoas, não dando nenhuma indicação de sentimento. Esse princípio da discrição tinha sido pacientemente inculcado em mim por Yusuf — ele próprio era um exemplo perfeito. Na sua bondade, ele havia sido insistente, e apesar de eu não ser um bom aluno, ter um temperamento agitado demais, sempre foi fácil ler os meus sentimentos pela expressão dos meus olhos e boca. Era um defeito meu, eu tinha consciência dele, e sabia que minha compostura não tinha resistido ao ataque triplo da zombaria, dos movimentos sedutores e do escrutínio dos outros. E, além de tudo, independentemente do que minha expressão tivesse denunciado, o fato é que eu fiquei ali, eu a vi...

A verdade é que a garota ainda me enchia a mente, como tinha feito desde o início; não apenas os movimentos do seu corpo na dança, mas a expressão do seu rosto, os ossos da face sob a pele tão fina, os olhos estreitos e puxados para cima, o sofrimento da boca, um sofrimento que se dissolvia em malícia quando ela sorria. E tudo isso apesar da minha esperança em Alicia, da maravilha do nosso reencontro, da decisão de ser digno dela e da consideração que no passado ela nutria por mim. Mas, devido a algum defeito da natureza, o pensamento mais nobre não expulsava o mais baixo. Talvez, como havia explicado Guibert de Nogent, a causa fosse que a revisão das nossas falhas, uma atividade considerada virtuosa, pode às vezes ser uma armadilha imposta a nós pelo Maligno, que nos leva a pensar que decidimos nos corrigir, quando o que fazemos é, na verdade, sob o disfarce da piedade, voltar a pensar nos prazeres da carne.

Tudo isso estava muito presente na minha mente enquanto eu lhes falava, enquanto tentava evitar os olhos de Nesrin. Repeti tudo várias vezes, falando lentamente e enfatizando as palavras. Podiam sair e ver as maravilhas de Palermo — e eram muitas, expliquei, depois dos lugares infelizes por onde haviam passado até então. Deviam ficar juntos sempre que possível, e deviam prometer não dançar nem tocar — voltei várias vezes a isso. Para mim, eram pessoas primitivas, vivendo um dia de cada vez, sem nunca pensar no futuro; tinha medo de que eles cedessem à tentação de uma moeda.

— Naturalmente — falei —, confiamos na sua palavra. Mas para termos certeza de que não vão esquecer, vocês serão acompanhados por um homem da confiança do nosso Diwan. Não tentem fugir dele, porque isso significaria uma quebra de promessa, e nesse caso vocês não terão permissão para se apresentar diante do rei, nem receberão os dinares de ouro, nem terão permissão para levar as novas roupas.

— Essa pessoa que vai conosco é homem ou mulher?

— Ora, homem, naturalmente — respondi, finalmente obrigado a olhá-la nos olhos.

— E ele vai nos seguir por toda parte?

— Vai. Evidentemente, não quando...

— Ele vai nos seguir quando formos ao mato?

Todos riram. Vendo o riso e o rosto pretensamente sério de Nesrin, tive um impulso repentino de riso, que suprimi em nome da dignidade, mas apenas de forma precária — tanto que achei melhor me retirar sem acrescentar mais nada.

Mas no dia seguinte aconteceu uma coisa que afastou da minha mente todos os outros pensamentos. Estava no meio da manhã e Yusuf mandou me chamar quando Stefanos e eu estávamos ocupados com os registros de impostos das terras reais na Sicília Ocidental. Foi um secretário de Yusuf quem veio trazer a convocação, um eunuco do palácio chamado Ibrahim. Encontrei Yusuf no seu gabinete privado, sentado a uma mesa atulhada, e ele me fez um sinal para me sentar à sua frente.

— Tenho aqui um pedido pouco comum — e me olhou com a cabeça levemente inclinada, como se estivesse me avaliando sob uma nova luz. — Veio do Diwan da Chancelaria. É uma solicitação para que você tenha permissão para participar de uma caçada em Favara.

— Mas não é possível — disse, estupefato de espanto. — Deve ser um erro.

Favara! Era o lugar de repouso do próprio rei, daqueles que gozavam dos seus favores, ou para visitantes que ele quisesse agradar, não para os servidores da sua administração. Já tinha visto os portões do palácio de Favara, mas nunca havia posto os pés lá dentro.

— Não sei como é possível. Pensei que você talvez soubesse. Mas não há erro, o convite foi confirmado. É para meados de julho. — Ele me olhava com atenção, friamente, pareceu-me. Naquele rosto fino, os olhos escuros, luminosos e fixos eram bem treinados em observar e questionar; era difícil olhar para eles e manter a compostura, porque nesse breve intervalo de tempo fui atingido, como que por um raio de luz, pela compreensão sobre de quem poderia ter partido esse convite.

— Mas o rei não está em Palermo — respondi, mais para ganhar tempo do que por qualquer outra razão, para conseguir dominar a respiração rápida e não permitir que ele a notasse.

Ele esperou antes de responder, os olhos ainda fixos em mim.

— É o que torna o convite ainda mais incomum. Parece que foi combinado com antecedência, antes da partida do rei. A caçada será comandada por Bertrand de Bonneval.

Era um sobrinho do conde de Conversano. Eu sabia seu nome e o da sua família, não muito mais, além do fato de a família ter ligações com Robert de Selby, o chanceler do rei.

— Você tem alguma relação com esse Bertrand?

— Absolutamente nenhuma.

— Ainda não temos as listas dos que deverão participar do grupo, mas as teremos em breve.

Assenti com a cabeça. Sempre que havia alguma coisa assim a descobrir, Nicholas Langen era indicado para cumprir a tarefa. E ele era competente. Passava muito tempo nas chancelarias em pretensas ocupações, conversava com pajens, porteiros e amas. Era alegre e amistoso à sua maneira. Nunca falhava.

Yusuf se permitiu um sorriso discreto.

— Até agora temos apenas dois nomes, Bertrand de Bonneval e Thurstan Beauchamp.

— Nunca troquei uma única palavra com ele em toda a minha vida — respondi, sabendo que as palavras saíram com excessiva ênfase, pois eu já havia negado qualquer relação, mas a consciência de estar escondendo alguma coisa me roubava a certeza de que ele acreditaria em mim, mesmo quando falava a verdade, e essa incerteza se tornava ainda pior pelo sentimento de que ele a percebia e talvez não a entendesse. Não que eu pensasse que ele desconfiasse de mim; confiava até o limite da sua capacidade. Mas nele a suspeita nunca estava inteiramente desarmada. E aqui havia uma coisa que ele não entendia.

— Você consegue imaginar uma razão para ser incluído nessa caçada normanda?

Tive o cuidado de evitar toda aparência de pressa na minha negação, balancei a cabeça e então olhei-o nos olhos com firmeza. Nunca tinha lhe falado de lady Alicia, nem do nosso encontro ou do tempo que passamos juntos em Bari, nem da paixão que sentimos antes. Poderia falar dela agora, o que teria nos livrado de tantas coisas. Mas não falei. Proteger o seu nome de qualquer associação mal compreendida não seria o meu dever de cavaleiro? Protegê-la das investigações de Yusuf? Ela não pertencia a ele para justificar o seu interesse. Não lhe pertencia para saber da sua existência. Ela era minha, pertencia à minha vida anterior ao Diwan, quando o ar era puro e o terreno à minha frente era claro. Ela poderia me ajudar a recuperar aquela vida. Ao protegê-la, eu protegia também a mim. Seria então essa a verdadeira razão? Como encontrar respostas para tais perguntas? Era a primeira vez que eu mentia para ele, o que me fazia sentir como uma pedra arrancada da margem do rio, prenunciando uma queda ruidosa.

— Bem — disse ele —, se é assim, só pode haver uma razão, ou, pelo menos qualquer que seja a razão terá o mesmo caráter geral: eles querem descobrir alguma fraqueza, algo que possa ser usado para prejudicar o nosso Diwan e nos afastar do favor do rei.

— Não terão sucesso através de mim.

Ele agora me olhava com mais simpatia.

— Não pela sua intenção, disso sei bem. Mas você deverá ser vigilante, porque não é feito de uma só parte. Se virmos um homem como uma parede, com juntas em que se podem abrir rachaduras para enfiar uma barra de ferro e derrubá-la, a minha parede não tem rachaduras. Sou um árabe da Sicília, nascido de pais que também eram árabes da Sicília. Minha família é uma linha contínua que vem dos califas fatímidas que dominavam esta ilha havia duzentos anos. Sempre ocupamos cargos públicos. Um de meus ancestrais foi vizir do emir Jafar, que construiu o palácio de Favara, que já era um centro de prazer muito antes da chegada dos normandos. Quando entrei para o serviço do rei, seguia os passos dos meus ancestrais e o tenho feito desde então. Esses fatos nada nos dizem da verdadeira natureza de um homem, nem dos seus desejos íntimos, mas criam uma unidade que é difícil de ser atacada. A sua parede tem juntas, elas abriram rachaduras que podem ser atacadas por uma barra. Você tem uma ascendência mista, vem de outra terra, você passou de aspirante a guarda, a tesoureiro, e a provedor do *Diwan al-tahqiq*. São mudanças importantes. Um inimigo poderia tentar usá-las contra você, para lançá-lo contra si mesmo.

— Nenhuma dessas mudanças foi por escolha minha, o senhor bem sabe. — Ergui a cabeça e endireitei as costas ao dizer isso. Suas palavras me feriram, parecendo sugerir que eu tinha objetivos inconstantes e era pouco confiável nas minhas lealdades. Também não gostei de ser comparado a uma parede rachada, embora pudesse dizer que Yusuf gostou da comparação: as linhas da sua boca eram normalmente retas e finas, mas sempre surgia uma curva de prazer quando fazia uma comparação que lhe parecia especialmente feliz.

— O senhor sabe por que tive de abandonar a esperança de ser cavaleiro. E, quanto à Guarda do Palácio, foi o senhor mesmo quem me tirou de lá. — Não consegui deixar de me dizer intimamente: por suas próprias razões o senhor me tirou de lá, não pelas minhas. Senti voltar o ressentimento, ao pensar em como ele me tinha usado para o próprio progresso.

— É verdade — disse ele. — Gostei de você, gostei da sua potencialidade. Além de aprender a matar e ferir outros seres humanos, para os normandos o único aprendizado digno de um homem, você aprendeu a ler e a falar grego, e até um pouco de latim. Você estava destinado a coisas melhores do que ser apenas mais um guarda do palácio. Thurstan, nunca me arrependi de ter trazido você. O que disse não deve ser entendido como uma censura, mas como aviso, para que você fique vigilante enquanto estiver lá.

Essas palavras me fizeram esquecer o ressentimento e encheram o meu coração de alegria: depois do interrogatório e dos seus olhares atentos, eu já começava a temer que ele me proibisse de ir, o que ele poderia fazer.

— Senhor, prometo ser muito cuidadoso.

— Vivemos tempos difíceis. O rei tem inimigos por todos os lados, tanto aqui como no estrangeiro. Os que abraçam a sua religião tentarão fazer com que você acredite que as ameaças à vida e ao trono do rei vêm dos seus súditos muçulmanos, para assim afastar do rei todos os não cristãos. Mas essas palavras não são verdadeiras. Existem aqueles que abraçam a mesma religião do rei e o odeiam. Odeiam-no em segredo, entende? Por ele não ter participado da última cruzada, porque ele resiste às reivindicações do papa. Preferem na Sicília um rei mais de acordo com tais reivindicações. Ora, de cinco príncipes, hoje apenas William está vivo. Antes de terminar o ano, espera-se que o rei se case novamente, mas enquanto a nova rainha não lhe der um filho homem, todos os que o amam deveriam zelar pela sua segurança e a do reino. Temos de ser vigilantes. Enquanto estiver em Favara, mantenha olhos e ouvidos abertos.

— É o que farei.

— Em particular, você vai me relatar tudo o que lhe for dito diretamente, ou deliberadamente para que você ouça, tudo o que você considere destinado a influenciá-lo. Quero as palavras ditas e os nomes de quem as pronunciou.

Prometi fervorosamente fazer o que ele pedia, e só então a severidade de Yusuf se acalmou. Sorriu e disse que, afinal, era bom eu ir, era uma companhia desconhecida e poderíamos aprender muito. Ele até brincou, como sempre, sobre as minhas roupas, o *sorcot*, a *chainse* e os *chauces* que eu deveria usar para fazer boa figura diante da nobreza normanda, e deu mesmo uma inflexão exagerada às palavras francesas. Ele próprio já estivera várias vezes no palácio de Favara, disse-me, juntamente com outros altos funcionários do Diwan Real, participando do Conselho do Rei.

— Mas nunca fui convidado para caçar — disse ele com um sorriso. — Lembro-me, uma vez, houve uma falcoada. Você vai gostar de Favara. Os jardins foram ampliados desde que estive lá pela primeira vez, e aumentaram o lago; hoje a água circunda o palácio. Há coisas estranhas no terreno, mas não quero estragar a surpresa falando delas. Tenho certeza de que você vai gostar da estadia.

Eu também tinha certeza, se o que esperava fosse verdadeiro. E que outra explicação poderia haver? Somente quando voltei à minha mesa e fingi continuar a trabalhar nos registros tive condição de saborear a minha boa sorte. É claro que haveria uma lista, o infatigável Nicholas a forneceria; enquanto não a visse não poderia ter certeza. Tentei manter isso em mente, para me proteger contra um possível desapontamento. Mas minhas esperanças corriam à minha frente. Lembrei das palavras que ela tinha me dito, do seu olhar, do toque da sua mão. Eu sabia que o nome dela estaria na lista.

Ao prazer se acrescentava o erro de Yusuf. Ele estava completamente errado em imaginar motivos tão sombrios por trás do convite. Tinha reagido com tanta seriedade, tão pesada tinham sido a sua expressão de suspeita e a conversa de planos e maquinações. Ele via conspiração em tudo. Nunca lhe ocorreria que poderia se tratar de um simples ardil de uma dama. Na verdade, considerando o meu cargo, fora de certa forma pouco sábio da parte de Alicia me levar até a cova dos leões da aristocracia normanda. Mas ela não conhecia a natureza do meu cargo, porque não falei muito sobre ele, e ela tinha chegado recentemente do Ultramar — como poderia saber das rivalidades e divisões que governavam as vidas em Palermo? Além disso, pensei, havia em tudo aquilo o capricho de uma dama: ela queria me ver, queria encontrar meios para nos encontrarmos sem prejudicar o seu bom nome...

Assim se erguia brilhante diante de mim o edifício, alicerçado em nada além de desejos e sonhos. Comecei imediatamente a contar os dias até a minha ida a Favara. No meu quarto e nos intervalos que conseguia roubar à minha mesa, inspirado pela lembrança de Alicia, retomei um antigo hábito abandonado nos últimos anos. Comecei a escrever versos para serem cantados. Meu modelo eram as canções provençais que eram então populares na corte, mas usei o vernáculo italiano, por conhecer pouco a língua do sul da França. Não tentei criar novas melodias, para o que me faltava talento, mas tentei ajustar os meus versos a melodias que já conhecia, às vezes a *carmina* latina da qual lembrava de meus dias de estudante, às vezes uma canção folclórica, outras uma música de dança que ouvira nas ruas. Tentei imitar o grande Bernard de Ventadour, cuja canção sobre a andorinha era ouvida agora por toda parte, e compor estanças de três linhas sem frases repetidas.

Certa manhã, três dias depois da conversa com Yusuf, tendo Stefanos saído para ver a prova das roupas, fiquei sozinho na sala, ocupado com meus versos. Comecei com o tema do encontro com Alicia, da alegria do amor lembrado e da esperança do amor renovado, mas minha imaginação estava carnal demais, os versos que me vinham à mente nem sempre eram a verdade da minha experiência, apesar de eu esperar que o fossem. *A lembrança dos seus beijos, o odor perfumado da sua boca*, era realmente verdadeiro, mas *a brancura estonteante dos seus seios*, era excessivo, e precisava ser excluído. Testei a forma das palavras cantando-as, a única forma que conhecia, mantendo a voz baixa para não atrair a atenção para o fato de que um funcionário, em vez de cantar, deveria estar ali estudando o documento à sua mesa, que tratava de uma reivindicação escrita em latim do mosteiro de San Giorgio di Fragalá de autorização real para extrair sal das minas de Castrogiovanni. *No meu coração uma alegria secreta, eu não conto a ninguém, essa alegria me devora*, não, *consome*, não, não está forte, *me incendeia, mi brucia*, isso, estava melhor, *d'amor lo cor mi brucia, digo ao coração que tenha esperança, que olhe ao alto...* Mas se a alegria era secreta, seria necessário acrescentar que não contava a ninguém? E o coração seria capaz de olhar para o alto?

Estava ainda avaliando — e cantando — quando Stefanos voltou com a costureira. As mulheres anatolianas não queriam vestir saias sem anáguas, e como eu tinha dito que não deveriam usar nada, os dois acharam melhor trazer a mim o problema.

De um golpe, todos os belos pensamentos foram expulsos da minha mente.

— Qual a razão alegada?

— Elas não querem usar as saias sem uma anágua que chegue até os joelhos — disse a costureira. — Não consigo discutir com elas, não entendo o que elas dizem nem quando não gritam.

— É por razões de modéstia — explicou Stefanos. — Dizem que o pano do vestido é muito fino, é damasco; sem uma anágua a parte inferior do corpo ficaria completamente visível. — Fez uma pausa, olhando-me na sua maneira usual, mansa e levemente inquiridora. — Até a forquilha, segundo ela.

— O quê? Não, não precisa dizer.

— Ela é obstinada. É como meu filho mais velho, Matteus, que dizia que queria ser marinheiro não importava o que eu lhe dissesse, e marinheiro ele é.

Stefanos sempre falava do seu filho obstinado com ar de reprovação, mas na verdade ele tinha orgulho do jovem, que era capitão de um dos navios do rei. Ter feito a comparação era um sinal claro de que ele aprovava a moça, apesar de tudo.

— O nome dela quer dizer "rosa silvestre" — explicou. — Ela me disse sem eu ter perguntado, talvez como forma de fazer o senhor saber.

— E por que ela iria querer que eu soubesse?

— Ela deve ter seus motivos. É um lindo nome, sonoro.

— Mas também cheio de espinhos, e não vejo as pétalas. — Senti-me cansado, e de certa forma desanimado. Minhas palavras eram mentirosas. As pétalas expostas, eu as via bem, e as ocultas e dobradas eram fáceis de imaginar. Não me senti capaz de enfrentar aquelas pessoas, sentir seus olhos fixos em mim, sombrios e indiferentes, com exceção dos dela, buscando fraqueza e a encontrando, como se visse algo dentro de mim que estava além da minha capacidade de descobrir; mas era uma ilusão, era apenas presunção dela, ela não conhecia nada além de estradas poeirentas no verão e enlameadas no inverno, e a dança do abdômen.

— Não posso falar com eles agora. São capazes de cansar um frade de pedra. Com as luzes atrás na parede, e nenhuma luz na frente, seria realmente um espetáculo, daria alegria e o mérito seria nosso.

— Ela diz que seus corpos são iguais aos de todas as mulheres. Milhões e milhões de mulheres. É a dança que as faz diferentes, não o que está entre as pernas. É insolente, a jovem.

— De qualquer maneira, não adianta insistir. Diga que concordamos com as anáguas. Podem ser do tamanho que elas quiserem, mas devem ser feitas de material fino. Caso contrário, o rei só verá um pacote de partes inferiores, o que não há de lhe agradar, não é verdade?

— Eu lhes direi — Stefanos piscou os olhos mansos e castanhos. — Volto com a costureira e explico a elas. Descobri que elas entendem mal as coisas e se irritam facilmente, mas se alguém lhes fala devagar elas se calam rapidamente.

— É o comportamento de crianças. Nesrin, ela também se cala?

Stefanos sorriu com indulgência, não sei se dirigida a Nesrin ou a mim.

— Especialmente ela. Ou melhor, quando ela não se sente obrigada a brigar. E comigo ela não precisa brigar, não sou importante.

— E eu? Você quer dizer que essa selvagem só é hostil a mim?

— Eu não disse que ela era hostil.

— Stefanos, poupe-me as suas sutilezas, pois não estou disposto a elas. Houve comentários do homem que os escolta?

— Não. Ele disse que elas se comportaram bem. Foram aos mercados, compraram coisas pequenas, bijuterias, lenços, cintos enfeitados de contas. Os homens compraram facas, dizem que as facas daqui são boas; até agora não encontraram muita coisa digna de elogios.

— Eles foram à casa de banhos? — A pergunta surgiu de repente, quase antes de eu perceber. — Acho que ela disse que gostariam de ir lá — completei depois de um instante.

— Não sei, não me disseram. — Franziu o cenho com uma expressão meio perplexa. — Mas posso descobrir.

— Não, não tem importância. Apenas diga a elas o que decidimos com relação às saias.

Ele saiu e eu fiquei feliz por estar novamente sozinho. Mas não tentei mais escrever canções, não sei bem por quê.

XV

A lista chegou, e o nome dela estava lá; era estranho vê-lo misturado indiferentemente entre tantos outros, quando me soava como trombetas de ouro e vozes de anjos no momento em que meus olhos pairaram sobre ele. Os dias se seguiam, até que chegou o tão esperado. Parti da cidade ainda muito cedo, antes de o sol ficar quente demais. O céu estava claro, as andorinhas cantavam, meu coração estava cheio de esperanças. As águas do Oreto faiscavam quando o atravessei na ponte do Almirante, como é chamada, uma ponte de muitos arcos, construída por ordem do emir George Antiochenus, o mesmo que mais tarde atacou Tebas e sequestrou as fiandeiras de seda, entre elas a minha Sara. Dentro em breve, pensei, estarei livre dessas amarras de seda; um último presente de ouro, uma lembrança; então todo o meu coração e minha lealdade pertencerão a Alicia...

Esse pensamento ocupou ainda mais o meu espírito, e ao me afastar do rio, ergui a cabeça e irrompi numa canção:

> Senhora, meu coração,
> O meu melhor amigo,
> Deixo à sua guarda,
> Até que possamos nos amar com todo o nosso corpo...

Mas parei, sentindo que as palavras não eram adequadas, ao passar pela igreja de San Giovanni dei Leprosi, que fica próxima ao rio. Essa igreja foi construída pelo tio do rei, Robert de Guiscard, no ponto exato onde o exército normando acampou antes de chegar a Palermo, que ainda estava nas mãos dos sarracenos.

Chegava-se aos portões do palácio por uma estrada ladeada por florestas. Anunciei meu nome aos guardas e eles já o sabiam sem ter de consultar lista alguma, situação de extrema raridade na minha vida até então. Fui conduzido por um deles, que caminhava ao meu lado, segurando o meu cavalo, o que também estava longe de ser uma experiência comum. Perguntei-me se poderia no futuro adotar o título de meu pai e passar a me chamar Thurstan de Mescoli.

Chegamos à margem do lago, e a fachada de arcos do palácio se erguia à minha frente, plantada entre pomares de laranjeiras. Havia uma passagem construída de pedras, que atravessava a água até as portas douradas do palácio — o único caminho para chegar a elas por terra. Ao passar sobre a água, vi uma onda e um brilho dourado, como se uma grande carpa tivesse passado próximo à superfície. Dava uma estranha impressão de distâncias aumentadas e de perspectivas duplicadas, como se o próprio lago, as suas águas iluminadas pelo sol, as árvores de folhas escuras e os arcos do palácio estivessem avançando e recuando enquanto eu me aproximava.

Essa confusão dos sentidos foi passageira, cessando quando cheguei diante dos portões. Olhando para os lados antes de entrar, vi um grupo de homens e mulheres caminhando juntos pela margem do lago, vestidos em roupas coloridas. Perguntei-me se Alicia seria uma daquelas damas, mas a distância era muito grande para poder ver com nitidez. No pátio aberto além do portão, meu guia foi substituído por um pajem vestido nas mesmas cores, vermelho-escuro e azul-claro, que tomou o bridão do meu cavalo e o segurou enquanto eu desmontava, sem se afastar, para o caso de eu precisar de ajuda — serviçais tão bem treinados não distinguem as pessoas como jovens ou velhas, gordas ou magras. Levou o cavalo, não sem antes entregar o meu alforje a outro pajem com a mesma libré, que seguiu à minha frente pelo pátio e me deixou aos cuidados de um camareiro que já esperava no salão, vestido com sóbria riqueza em veludo negro. Nunca antes, que eu me lembrasse, tinha sido recebido em lugar algum por tantas pessoas, uma depois da outra, antes mesmo de pôr os olhos no meu anfitrião. Viver ao ar livre e ser conhecido, ter sua própria riqueza sem precisar escondê-la, ter um título de cavaleiro e uma dama de berço de ouro ao seu lado, ser cercado de cuidados e atenções. Não apenas por um dia, mas por todos os dias da sua vida!

O camareiro me conduziu aos meus aposentos, que ficavam no andar superior e tinha um teto alto abobadado em madeira laboriosamente entalhada no estilo sarraceno, uma ampla janela dotada de gelosia para proteger contra o sol. Tudo isso era esplêndido, mas foi a cama que atraiu a minha atenção: era grande o bastante para quatro Thurstans, com um dossel de seda verde. Na parede oposta à da cama havia um nicho com azulejos azul-escuro e um desenho de flores vermelhas na base. Tive a impressão que esse seria o melhor aposento do palácio — eu certamente nunca havia dormido em nada tão fino. Do lado de fora da porta, alguns passos ao longo do corredor, havia uma latrina que o camareiro me indicou. Destinava-se exclusivamente ao meu próprio uso, explicou. Assenti com um movimento de cabeça e tentei fazer parecer que era comum na minha vida ter uma latrina para meu uso exclusivo — era um dos privilégios que eu esperava herdar se sucedesse Yusuf no seu posto no Diwan.

Depois de esperar para se assegurar que tudo estava satisfatório para mim, o camareiro fez uma mesura e se retirou. Abri as janelas e imediatamente o som baixo de água corrente entrou no quarto; logo abaixo da minha janela, havia um jardim com uma fonte de mármore, e a água escorria em pequenos filetes da bacia superior às bacias inferiores e a um tanque na base, em cuja superfície flutuavam lírios brancos.

Uma camareira trouxe as toalhas e um jarro de água perfumada para eu me lavar e refrescar após a viagem. Foi seguida pouco depois por um soldado armeiro — também ele com a mesma libré — trazendo um dardo, uma adaga longa e uma trombeta de caça; mas eu não tinha necessidade deles, pois trouxera comigo o meu próprio equipamento. Naquela estação haveria caça ao veado, não ao porco selvagem, e portanto não valia a pena levar a espada. Eu já caçara veados como escudeiro a serviço de Hubert de Venosa, e desde então algumas outras vezes, nas florestas da Conca d'Oro, com amigos da administração do palácio. Minha égua não era muito fogosa, mas era confiável. Estava confiante de que podia me apresentar bem, e tinha trazido comigo roupas de caça feitas especialmente para a ocasião, que me vestiam elegantemente: um casaco de cintura alta com mangas cortadas ao longo do comprimento, e perneiras que faziam justiça à forma das minhas pernas; todo o conjunto desenhado em cores combinantes, vermelho-vinho e amarelo-claro. Custaram-me metade do que eu recebia por mês.

O camareiro voltou e me convidou a descer. No salão principal o meu anfitrião e sua dama me esperavam, e responderam afavelmente às minhas mesuras. Bertrand de Bonneval era um homem muito alto — mais alto que eu — de rosto ousado e barba loura, com olhos azuis tão claros e diretos que pareciam infantis. *Lady* Isabelle parecia baixa em estatura ao lado do marido corpulento, apesar de eu achar que ela tinha uma altura mediana; tinha feições delicadas, não era muito dada a sorrisos e estava vivamente pintada.

— Conheci o seu pai — disse sir Bertrand. — Um valente cavaleiro, fomos companheiros de armas durante o cerco de Salerno no verão de 1134. Agora, segundo ouvi, fez as pazes com Deus. Admirável, muito admirável. Não bastasse a lembrança do seu pai, sua visita nos traz grande alegria.

Dei uma resposta confusa, expressando o meu agradecimento em nome de meu pai e em meu próprio. As palavras exatas eu esqueci. De fato, a confusão se deveu ao que senti ser alguma ambiguidade nas suas observações. Será que ele queria dizer que eu havia sido convidado apenas por causa do meu pai? Claro que não — eu não acreditava que ele o tivesse conhecido tão bem. E deve ter querido dizer que havia outras razões, as quais ele foi muito circunspecto para mencionar, apesar dos olhos límpidos, ou no mínimo outra razão: Alicia tinha encontrado um meio de propor o meu nome. Isso ainda não tinha passado pela minha cabeça, não completamente, tão maravilhado eu estava: o quão difícil deve ter sido para ela tocar no meu nome, mostrar seu interesse de uma forma coerente com a sua honra. Talvez ela tivesse incluído mais um nome para agir como intermediário entre nós...

Outros se aproximaram, fizeram-se apresentações, passamos todos juntos, então, não para o jardim principal pelo qual eu havia passado ao entrar, mas cruzamos o salão, depois passamos por outra sala menor e saímos no jardim de rosas no fundo, onde havia um pavilhão de mármore no estilo de um templo grego, tendo, entretanto, uma arcada de finas colunas sarracenas. Lá dentro, protegidos do sol, já havia pessoas sentadas a uma longa mesa posta para uma refeição e ornada de vasos com rosas vermelhas e brancas.

Ao nos aproximarmos, vi que Alicia estava entre as pessoas à mesa e senti o sangue me fugir do rosto. Não podia dar sinal de reconhecimento, a menos que ela o fizesse; não sabia se ela tinha comentado sobre o nosso encontro ou se preferia mantê-lo em segredo. Mas quando me aproximei da mesa ela ergueu os olhos, nossos olhos se encontraram e ela sorriu. Nunca um calor me aqueceu tanto como aquele seu sorriso tão aberto para mim — um sorriso para todos verem. Ela então falou aos dois homens ao seu lado, um dos quais parecia ter a minha idade, o outro mais velho e usando o manto escuro de um clérigo. Sabia que ela devia estar falando de mim, pois os dois me olharam e fizeram uma saudação com um movimento da cabeça. Estimulado pelo cumprimento, fui até onde eles estavam sentados e fiz uma mesura, e eles se levantaram para responder, e ouvi Alicia dizer meu nome, e os dos dois homens que a acompanhavam. O mais jovem era o seu irmão Adhemar, que a tinha acompanhado na volta da Terra Santa, e o outro era seu tio, o abade Alboíno, que, disse ela, chegara recentemente de Roma. Adhemar era louro como a irmã e, como ela, tinha as sobrancelhas retas. Ele sorriu abertamente e suas maneiras foram simpáticas e agradáveis. O abade, pelo contrário, mal sorriu, mas falou simpaticamente comigo e disse que sua sobrinha tinha falado bem de mim. Tinha o rosto redondo e gordo, mas os olhos pareciam negar o ar feliz: eu não me lembrava de jamais ter visto olhos mais tristes que aqueles no rosto de um homem.

Concluídas essas formalidades, voltei para o lugar reservado para mim, guiado dessa vez pelo mordomo do anfitrião. Trouxeram água em jarras de prata e derramaram-na sobre as mãos dos convidados, e em seguida um segundo serviçal trouxe as toalhas. Nosso anfitrião disse as graças, e os primeiros pratos foram trazidos.

Lembro-me que a refeição foi excelente, mas mal prestei atenção ao que comia, nem às palavras trocadas com quem estava ao meu lado, tão encantado estava por saber que Alicia tinha falado de mim a membros da família e que estes, longe de me considerarem indigno, pareciam ter gostado de me conhecer. Ela deve ter falado também com seus pais, pensei, quando voltou de Troina. Eles também não teriam tido qualquer desprazer com a nossa religação; caso contrário, como poderia o irmão ter sido tão amistoso comigo? De tempos em tempos, talvez com uma frequência maior que a ditada pelo decoro, eu olhava ansioso para ela, esperando qualquer imagem sua que minha vista pudesse registrar, suas mãos, a posição da cabeça, o movimento da garganta quando ela bebia. Às vezes nossos olhos se encontravam, e então seu olhar se demorava em mim.

Quando nos levantamos da mesa, meu primeiro pensamento foi procurá-la imediatamente, mas ela foi levada por seus acompanhantes. Não vi para onde foram, e passei um tempo que me pareceu tedioso vendo os jardins que levavam aos vestíbulos e antecâmaras que se abriam para outros jardins, sem ninguém à vista, apenas serviçais que se curvavam para mim em silêncio. Finalmente, cheguei à margem do lago e ali fiquei, olhando para a água, imaginando para onde devia olhar para vê-la ou se haveria alguém a quem eu pudesse perguntar.

Vi o reflexo de nuvens na água, retalhos e cachos de nuvem que não notei no céu até vê-las assim refletidas, e também folhagens, as folhas finas das laranjeiras e de romãzeiras. E outra vez veio a mesma sensação de movimento e deslocamento que havia sentido ao cruzar o lago. Não havia vento para agitar a água, a superfície estava calma, mas ainda assim as folhas e os globos brilhantes das laranjas se esticavam e dançavam, e parecia estranho, mas era difícil ver onde terminavam as margens do lago. Olhei para as árvores e para o céu com uma vaga esperança de conseguir uma explicação, mas eles também pareciam se afastar de mim e seus limites se diluíam na distância. Tive a sensação de perder o equilíbrio, como se o chão sob meus pés não fosse firme. Através das árvores, na parte da ilha mais distante do palácio, vi um raio de luz brilhante que durou pouco tempo e se apagou. Caminhei nessa direção, passando além das árvores para os jardins e pérgolas de jasmins e madressilvas, com um perfume doce. O raio de luz ressurgiu e as pérgolas se multiplicaram.

Então, chegando outra vez ao campo aberto, vi o que causava aquilo: sustentado em um pilar de latão, a uma altura superior à minha própria, havia um disco de estanho polido, maior em diâmetro que os braços abertos de um homem, e ele girava lentamente, num grande ângulo, refletindo o sol. Nem um som vinha daquela grande peça de metal. Vi-o parar no limite do seu curso, fazer uma pausa e retornar à posição de onde partira. Ao me aproximar, vi dois anões sarracenos, idênticos em todos os aspectos, com barba e vestindo turbantes e mantos, suspensos em correntes abaixo do espelho girante a certa distância um do outro, cada um com uma caneca funda de cabo longo. Não sei bem por que meios — talvez por canos que passavam sob o chão — a água do lago era trazida até aqui, formando um tanque, e então, de alguma maneira que eu não podia ver, era forçada para cima, fazendo com que cada um dos aguadeiros de latão enchesse a sua caneca. Quando uma caneca estava cheia, o peso era suficiente para fazer girar o espelho, mas, ao fazê-lo, a água da caneca escorria, a outra começava a se inclinar, e o espelho iniciava a volta.

Durante quanto tempo quedei-me observando o espelho, não sei dizer. Não conseguia fixar por muito tempo a superfície brilhante do metal por causa da luz ofuscante que vinha dali, e porque ela deixava minha mente tonta, transformando terra, água e céu numa confusão de formas girantes e cores fugidias sem limites. Mas os aguadeiros sarracenos me fascinavam, seus movimentos contínuos e incansáveis, não os suaves movimentos humanos, mas marcados por intervalos infinitesimais, como se pudessem parar para rebelarem contra a água que os governava, mas não o faziam, estavam condenados a trabalhar eternamente. Eu não via por que artifícios a água tranquila desse tanque os governava assim. Em algum lugar oculto, pensei, uma bomba, uma pressão que subia por tubos, mas, nesse caso...

— Existe outro — disse uma voz atrás de mim. — Outro espelho exatamente igual, do outro lado da ilha.

Voltei-me e vi um homem a me observar, e logo eu o reconheci: era o pajem que cavalgava à frente de Alicia naquela rua em Bari onde nos tínhamos encontrado. Agora não usava libré, mas uma longa sobrecasaca de linho cru. Não imaginei então que ele tivesse o ar de um serviçal, e não o imaginei agora, pela forma como me observava.

— Você caminha silenciosamente — falei.

— "Um passo descuidado pode custar muito a um homem." - Era um dito árabe, apesar de ele ter falado em italiano, e sorrindo. Era um belo homem, a testa larga, nariz alto e olhos de uma cor entre o verde e o castanho.

— Um capta os reflexos do outro, e entre eles, os dois invertem a ordem do céu e da terra. Os engenheiros sarracenos do nosso bom rei os criaram no quinto ano do seu reinado, numa época em que se faziam algumas melhorias aqui. Os sarracenos são insuperáveis quando se trata de domar a água. Há aqui um jardineiro cuja única tarefa é manter as superfícies polidas e remover insetos mortos dos tanques.

— E você veio até aqui para me dizer isso?

— Vim até aqui a pedido de lady Alicia para levá-lo a seu encontro.

— Você é o pajem da dama?

— Seu pajem, seu porta-voz, seu mensageiro, seu guarda armado quando ela necessita de um. Vim com ela de Jerusalém. Meu pai servia ao pai dela, Guy de Morcone.

— Então você já conhece a família há muito tempo.

— Há muitos anos, é verdade.

— E o seu nome?

— Chamam-me Gaspar.

Tive um pensamento que me fez parar brevemente.

— Se o seu pai estava a serviço daquele senhor, você deve ter conhecido Alicia criança?

Ele parou comigo, mas não me fitou diretamente, olhando para outro lado, como se apenas tolerasse as perguntas, mas não as recebesse bem.

— Não posso dizer que conheci. Era apenas um cavalariço no castelo quando ela nasceu.

Quando recomeçamos a caminhada, tive vontade de perguntar mais; tudo o que se referia a Alicia tinha grande interesse para mim, e esse Gaspar deve tê-la visto crescer. Não só isso: se tinha vindo com ela de Jerusalém, era provável que tivesse também ido com ela quando se casou com Tibald. Mas ele parou e indicou.

— Ela está ali, você há de encontrá-la se seguir o caminho pavimentado que atravessa os jardins. Há um portão, e logo depois um jardim murado com uma fonte e um pequeno caramanchão.

Dito isso, ele inclinou a cabeça e se afastou, dando-me a impressão de que seu afastamento repentino a ainda alguma distância de onde estava Alicia era para interromper a conversa e possíveis perguntas. Mas a expectativa do encontro com Alicia afastou todos os outros pensamentos da minha mente, enquanto eu caminhava ansiosamente até o portão que ele mencionara, baixo, e pintado de prata e coberto de arabescos.

Passei pelo portão, e por um breve momento pensei que havia pessoas no jardim, e então vi que arbustos densos haviam sido podados com muita habilidade na forma de animais terrestres e pássaros, e faziam sombras no muro pintado de cal, de maneira que as figuras se repetiam sobre ele. Procurando entre as sombras, não via sinal de Alicia, mas então distingui seu vulto acima de mim, primeiro a cor clara do seu vestido, depois seu rosto. Ela ouviu meus passos, voltou-se, mas permaneceu sentada na sombra do caramanchão, que tinha uma balaustrada de pilares curtos de mármore, muito juntos, como barras. Pode parecer estranho quando eu relato, mas quando comecei a subir os degraus de mármore até ela pensei ter ouvido à distância o gemido triste das garças, *wulla-wulla-wulla*, e me veio à lembrança, rápido como um piscar de olhos, o dia em que subi ao convés do navio e vi Nesrin através das aves brancas nas gaiolas.

Alicia então veio até mim com as mãos estendidas e tomei-as nas minhas, e a teria beijado, porque essa era uma espécie diferente de estar junto, já não éramos viajantes maravilhados com um encontro do acaso, querendo conversar e relembrar, estávamos nos encontrando privadamente, deliberadamente, por iniciativa dela. Eu a teria beijado na boca, mas ela recuou, ainda que esse recuo tenha sido delicado, mas ainda continuou junto a mim.

— Temos pouco tempo — disse ela.

— Razão ainda maior. — Eu respirava apressadamente. A proximidade do seu rosto, o rosto que eu tinha tantas vezes visto em sonhos, confundia a minha visão. Era como se a visse num sonho, as sobrancelhas louras e retas, o azul sincero dos seus olhos, nos lábios fartos, mas bem formados, um meio sorriso. — Razão ainda maior, se o tempo é curto. — Falei numa voz que não era bem a minha, inclinei-me e beijei-a, e senti a resposta quente dos seus lábios, mas então ela se afastou um pouco e ergueu a mão, como se me pedisse para esperar.

— Hoje à noite, à ceia, teremos mais tempo juntos. A ceia será à margem do lago, farão fogueiras. Então, com a escuridão, e todo o movimento, e os botes, será mais fácil não sermos notados.

A promessa que senti nessas palavras subiram à minha cabeça como uma bebida forte. Imaginei-nos saindo juntos, longe da luz da fogueira, para a escuridão do bosque...

— Não fique assim. Eu só quis dizer que teremos liberdade para conversar e fazer planos sem atrair a atenção.

Também essas palavras foram maravilhosas para mim, embora de um modo diferente. Fazer planos era falar de um futuro compartilhado. Senti todo o meu ser transbordar de alegria. Quando falei, minha voz era rouca.

— Senhora Alicia, deixe-me falar da minha gratidão...

Gratidão, da qual eu pretendia falar e que sentia de todo coração, por ela existir no mundo e por seu trabalho e cuidado para conseguir nos reunir assim. Mas ela colocou o dedo sobre os meus lábios para me fazer calar, e eu o beijei com a paixão da minha gratidão; mas quando olhei seu rosto percebi um sinal de preocupação, nos olhos e na boca, algo que eu não conseguia compreender.

— O que é? O que a preocupa?

— Não, não é nada. — Aquela expressão havia desaparecido do seu rosto quando falei.

Ela hesitou um instante, como se em dúvida, e então disse.

— É Adhemar, está sempre me vigiando. Até aqui...

— Adhemar? Mas quais os motivos para ele vigiá-la?

— Ele tem ideias próprias para o meu futuro, e você não faz parte delas.

— Que ideias? Ele pareceu tão amistoso, cheio de sorrisos...

— É, ele sabe sorrir, mas tem uma vontade forte por trás dos sorrisos. Ele já tem em vista alguém adequado para ser meu futuro marido, um homem a serviço do conde Raymond de Trípoli.

Foi um golpe, ainda mais pesado pela alegria que sentira antes. Como poderia seu irmão se comportar com tamanha amizade, quando me via como um possível adversário, um obstáculo para seus planos? Havia um elemento de traição em tudo aquilo que ia além do necessário, e senti o frio dessa traição mesmo no ambiente quente do caramanchão.

— Tome cuidado para que ele não perceba que você sabe. Não mude de comportamento, sorria para ele. Assim ele pensará que pode realizar o que planeja, e deixará de me incomodar com elogios à riqueza e valor desse cavaleiro.

— E realizará? Alcançará o que deseja?

— E você me pergunta isso depois de a providência ter nos reunido novamente, depois das palavras que trocamos? Esse amigo do meu irmão não significa nada para mim. Não me importa se ele é rico ou bem-falado. Já tive a minha cota dos amigos da minha família, Tibald foi um deles. É como lhe contei naquela noite na casa de São João. Tenho liberdade de escolha e vou escolher de acordo com o desejo do meu coração. Isso eu lhe prometo.

Essas palavra e o olhar que ela me lançou ao dizê-las fizeram muito para aliviar o duplo golpe da perfídia de Adhemar e da existência de outro pretendente à sua mão, mas não chegaram a aplacá-lo. Ao que parecia, meu rival era rico. Antes de eu responder, chegou a nós o som de uma trombeta de caça, vindo de um ponto mais próximo ao palácio.

— A reunião está começando — disse ela. Ergueu o rosto e me beijou levemente. — Você deve ir para ouvir os caçadores. Irei mais devagar. Não vou me juntar a você, não vou participar da caçada, nem desta nem de nenhuma outra. Não gosto da visão de um veado sangrando.

Fiz o que ela mandou, deixando-a ali, ainda à sombra do caramanchão. A caminho do portão, vi como as sombras lançadas pelas efígies sobre a parede se cruzavam e se superpunham, criando formas estranhas e deformadas. O leão era um crocodilo sem a enorme boca, o flamingo tinha a corcova de um camelo.

XVI

O local da Reunião era uma antecâmara do palácio, ao lado do salão principal. Aqui Bertrand e sua esposa — que, aparentemente, participaria da caçada — já esperavam seus hóspedes com dois caçadores. Adhemar também estava lá e sorriu para mim, e eu sorri para ele, mas já reconhecia nele um inimigo. De Alboíno não havia sinal.

Com todos os participantes já presentes, os dois caçadores começaram a apresentar suas respectivas presas. Cada um tinha seguido, com os cães, o rastro de um cervo, descobrindo o local de repouso do animal, e marcaram a caçada para a manhã seguinte. Ambos falaram, com toda seriedade: aquele cujo cervo fosse o escolhido seria pago em dinheiro e receberia uma cota de carne. Era por isso que, embora o castigo fosse severo caso o grupo se decepcionasse, um caçador costumava dar um valor excessivo ao cervo que tinha escolhido, e por isso a sabatina tinha de ser cuidadosa. Nenhum deles tinha visto a sua presa, mas ambos nos asseguraram, considerando as marcas deixadas, que eram cervos de dez, animais de grande porte. E foram claros nesse ponto e todos sabíamos a razão: com menos de dez galhos na cabeça, um cervo não era considerado pronto para ser caçado com cães.

Como sempre, a discussão dos méritos relativos dos cervos foi elaborada e prolongada e, como de costume, foi conduzida em francês. Não importa por quanto tempo os normandos tinham vivido na Sicília, eles sempre usavam a língua dos seus antepassados para falar de caça. Por cortesia do anfitrião, cada participante teve permissão para, se quisesse, fazer uma pergunta. Bertrand me deu a honra de oferecer-me a terceira pergunta, após a sua própria e a do convidado de honra, um cavaleiro de grande riqueza, sobrinho do conde Theobald de Blois. Lancei essa cortesia à conta das recomendações de Alicia — dificilmente ela seria devida à minha própria condição. Felizmente já trazia a minha pergunta preparada. Perguntei a respeito das impressões deixadas pelos pés e joelhos quando o animal se levantava — um ponto importante, já que indica o seu peso. Depois de ter desempenhado o meu papel e demonstrado que não era alheio a essa atividade, lamento dizer que comecei a perder o interesse, principalmente por termos entrado numa longa discussão tratando da largura do pé, em que os caçadores mostravam ansiosos, com os dedos estendidos lado a lado, o tamanho da mancha amassada de grama deixada pelo trote do animal escolhido.

Havia uma série de pilares alinhados do lado oposto ao da entrada; eram de um tipo conhecido como serpentina, muito finos, com uma corda de mármore descendo em espiral do capitel até a base, de forma que o pilar assumia a forma de uma serpente enrodilhada, também o trabalho de artesãos sarracenos, talvez construídos nos dias do ancestral de Yusuf, que tinha sido vizir do emir Jafar, o construtor do palácio e o primeiro a fazer um lago em torno dele. E enquanto seguia as cobras até os caracteres arábicos inscritos nos capitéis, descendo novamente até o pedestal baixo, em intermináveis linhas sinuosas, lembrei-me do rosto de Yusuf ao falar de seus antepassados, o orgulho e a tristeza na sua voz, e então me lembrei da sua raiva quando comparei seu povo aos sérvios. Falou demonstrando um tal sentimento, algo raro nele; falou de rebelião e guerra civil, palavras perigosas quando ditas por qualquer um, ainda que de alta posição... Desviei-me dessa para a lembrança da serpente enrodilhada à árvore e das palavras melosas que levaram nossos pais ao exílio e à infelicidade, até Cristo vir para nos redimir daquele pecado e nos oferecer a promessa da vida eterna. O cervo era um símbolo dessa renovação, pois Deus deu ao cervo a capacidade de se renovar. Depois de viver 32 anos, ele procura um cupinzeiro e o destrói com os pés. Abaixo do cupinzeiro há uma cobra branca, que o cervo mata e devora. Ele então vai para um lugar deserto e vomita a sua carne, tornando-se jovem outra vez, o que significa que a alma abandonou o corpo ao entrar no purgatório e assim se prepara para a vida eterna.

Fui acordado desse estado de quase sonho ao ser convidado a dar a minha opinião sobre os méritos e os defeitos do excremento dos dois animais. Os dois caçadores tinham trazido amostras, também conhecidos pelo nome de *fumées*, e nós nos reunimos com toda circunspecção em torno da mesa para compará-las, o que também demandou muito estudo, sendo os critérios de comparação a espessura, comprimento e dureza da consistência do monte de excremento. Finalmente a palma foi dada a um deles; o derrotado se retirou desconsolado e ao vencedor foi dito que preparasse os cães para o dia seguinte.

Depois disso, saí mais uma vez em busca de Alicia, mas não a encontrei, e supus que ela estivesse descansando; seria pouco provável vê-la nesse sol quente da tarde. Pensei na brancura da sua pele, as sobrancelhas louras: ela se cuidara para não se queimar ao sol de Jerusalém, e provavelmente fazia o mesmo aqui.

Quando voltei, encontrei meu quarto docemente perfumado: na minha ausência tinham vindo e espalhado hortelã seca no chão, e talvez outras ervas. Deitei na cama e pensei nos acontecimentos do dia; fiquei meio sonolento, de modo que as impressões se confundiam e perdi toda a ordem de sequência, os espelhos girantes, os sarracenos de latão, os sorrisos falsos de Adhemar e os olhos tristes do abade, as estranhas distorções das sombras nos muros do jardim,

Alicia me esperando na sombra do caramanchão, os beijos que trocamos — eu ainda os sentia nos lábios. Lembrei-me da mudança no seu rosto quando tentei falar da minha gratidão, e como, durante um momento, ela pareceu perdida, talvez sem saber se podia confiar em mim. Parecia ter medo ao falar do irmão e de ser espionada por ele. Mas aquela breve expressão no seu rosto, quando ergueu os dedos até os meus lábios para evitar que eu falasse, foi mais de tristeza do que de medo. Mãos pálidas, pálidas como marfim... algumas palavras que poderiam ser o início de uma canção me vieram à mente.

> Sua honra e o seu bem serão o meu cuidado.
> Sou seu servo e seu amante.
> Onde quer que esteja...

Seu servo e seu amante, seu amante e seu servo. Qual dos dois era melhor? O primeiro era mais lírico, o segundo tinha mais peso na sílaba final... Antes de resolver esse impasse, caí no sono e me perdi do mundo enquanto o sol morria e vinha a noite, suavizando a luz. Já se viam os primeiros grãos da noite quando desci, e vi que as fogueiras já estavam acesas na praia mais distante do lago.

Podia-se chegar àquela praia de duas maneiras, como me informou o camareiro que parecia ficar permanentemente à espera no salão do andar inferior: podia deixar a ilha pelo caminho sobre o lago, caminhar ao longo da margem e chegar até as fogueiras; ou, se preferisse, havia pequenos botes, e eu poderia remar no lago. Disse que preferia esta última, e um menino jardineiro foi chamado para me mostrar onde estavam esses botes. Só restavam três, atracados a um ancoradouro de madeira, que às vezes se esticava e os botes se multiplicavam, conforme o balanço dos espelhos que dali ficavam fora de vista, invisíveis, já que a luz do sol não traía a sua presença. Quem vivesse um período suficientemente longo nessa ilha, pensei, perderia para sempre a capacidade de confiar em qualquer coisa, até mesmo nos próprios sentidos. Ou talvez ele simplesmente tivesse de olhar antes de pisar. Havia zonas à parte desses reflexos estonteantes, como os jardins em volta do caramanchão, mas não era possível saber onde ficavam os limites. Um passo a mais e o mundo se esticava e bocejava, e perdia-se a distinção entre o único e os muitos.

Os botes haviam sido construídos para águas calmas, tinham proas douradas e assentos acolchoados. Eram pequenos, de fato, mas suficientemente amplos para acomodar duas pessoas, e foi nesse momento que tive uma ideia: se pudesse me apossar de um dos botes, sem deixar que fosse tomado por mais ninguém, ele poderia ser o meio de ter Alicia só para mim durante algum tempo, despistando assim a vigilância de Adhemar.

Com esse pensamento, não remei diretamente para os pontos de atracação na praia oposta, preferi prendê-lo a uma árvore a alguma distância, e então desci à terra e percorri a pé entre as árvores o caminho até onde queimavam as fogueiras e as pessoas se reuniam. As mesas já tinham sido postas e sentia-se o cheiro da carne sendo assada. Escolhi um lugar, e trouxeram-me pão, logo seguido por um prato com um pedaço de peito de pato, muito macio e gostoso, uma ave bem escolhida e que ficara muito tempo no espeto. Então recebi uma taça de vinho, de prata e muito funda e pesada, para ser segurada com as duas mãos. Bebi e passei-a para meu vizinho, um cavaleiro que tinha conhecido naquela manhã e que também estivera na Reunião. Conversamos durante algum tempo sobre a limpidez da noite, as estrelas promissoras e a perspectiva da caçada no dia seguinte. Enquanto conversávamos, um trovador se aproximou e sentou com o rosto voltado para as chamas. Tocou algumas notas na sua *viele* e começou uma canção do rei Arthur, cantando em francês, uma voz bela e forte, as palavras perfeitas. Meu vizinho me disse que era Renart, *le Jongleur*, um cantor famoso que viajava e se apresentava em muitos lugares, era recebido nas casas das pessoas mais importantes, além de cantar em bretão, provençal e latim com a mesma facilidade. Tinha sido chamado pelo nosso anfitrião especialmente para a ocasião. Eu também sabia muitas canções e sabia me fazer acompanhar à *viele*; ouvi com atenção o cantor, e me pareceu — não, eu sabia — que a minha voz era igual à dele em extensão e tom.

— Ele tem um belo cavalo e a bolsa cheia — comentou meu vizinho. — Vai de uma corte à próxima. Quando se queixa de mau tratamento, envergonha aquele de quem se queixa, e por isso é sempre bem tratado.

— Bem, a generosidade é uma virtude, não importa como seja oferecida.

Olhava constantemente para todos os lados, à procura da visão de Alicia, mas não a vi. Essa distração me fez esquecer a atenção devida às palavras do jovem cavaleiro — mais jovem do que eu, não parecia ter mais de 20 anos. Ele dizia ser protegido de Bertrand, e que essa proteção tinha lhe aberto muitas oportunidades, e que Bertrand dizia que os homens de sangue normando deviam manter-se unidos, pois somente se falassem em uníssono o rei veria a sua lealdade e devoção, e os chamaria à sua volta, expulsando os falsos conselheiros que o rodeavam.

Respondi da melhor forma que me foi possível — eram opiniões que eu já tinha ouvido. Depois de mais alguns momentos, com palavras amistosas sobre a caçada do dia seguinte, ele me deixou. Estava me levantando para fazer o mesmo quando o abade Alboíno chegou e tomou lugar ao meu outro lado, obrigando-me a retomar a minha cadeira.

Perguntou-me sobre as atividades do dia, ouviu e balançou a cabeça inclinada, com a mesma expressão séria que eu notara nele naquela manhã. Não lhe disse do meu encontro com Alicia no caramanchão e, se ele sabia, não me deu qualquer sinal.

— Esperava poder conversar com você. Como já lhe disse, minha sobrinha falou de você em termos muito elogiosos. Vocês foram amigos de infância, não é mesmo?

Ele me olhava atentamente ao falar. Mais uma vez a expressão triste dos seus olhos me chamou a atenção. Não sabia se se tratava de um sentimento, ou de um acidente devido à posição no rosto. Era como se eles atestassem uma vida vivida de maneira muito diferente da que era vivida pelo seu corpo — tinha o dobro da minha idade, mas era robusto e confiante. Tive a impressão de que ele me convidava a confidências, e que sabia, ao mesmo tempo, mais do que sugeriam as suas palavras.

— Meu coração se partiu quando ela foi embora para se casar. Tinha 16 anos, já não era uma criança. — Tomei cuidado para não sorrir nem dizê-lo vaidosamente, para que não fosse tomado como mais uma extravagância pueril.

— Bem, você é hoje um belo homem, e deve tê-lo sido aos 16 anos. Mas hoje os perigos que ameaçam a alma são maiores.

Ele ainda me olhava com a mesma atenção. Observei que sua boca se franzia, como se sentisse um gosto azedo. Talvez tenha sido essa expressão que me fez lembrar Hugo, o espião, e do seu gosto por bolos de mel.

— As crianças também conhecem o mal. Mas suponho que as tentações sejam menos numerosas e mais simples.

— Não é o que eu queria dizer. Estava falando de você, da sua situação.

Por um momento, pensei que estivesse se referindo à atração que Alicia havia demonstrado por mim. Ele não podia desconhecer que ela tinha se desdobrado para me fazer um convidado. Tinha olhos para ver e tinha visto, deve ter notado os olhares que trocamos. E, de qualquer maneira, ele deve ter resolvido me examinar mais de perto. Talvez fosse por isso que ele viera a Favara — não estivera na Reunião, o que significava que não tinha intenção de participar da caçada. Havia força nele, tanto quando falava como quando guardava silêncio; saía dele como uma emanação. Alicia também deve ter sentido a sua força.

— Senhor abade, minhas intenções com relação à sua sobrinha são as mais puras, suplico-lhe que acredite. — Um bolo se formou na minha garganta e eu fiz uma pausa para engoli-lo. — Se dependesse de mim, ela viveria em segurança por toda a vida.

— Disso não tenho dúvida. Embora também seja verdade que Alicia é para mim causa de preocupações, bem como para o irmão. Tem vontade forte, mas lhe faltam astúcia e cautela ao buscar os seus fins, o que poderia ser usado para lhe causar sofrimento.

Tive a impressão de que ele me julgava erroneamente; astúcia e cautela ela já tinha em abundância quando ainda tinha 14 anos — ninguém o sabia mais que eu.

— Usado para lhe causar sofrimento? O senhor quer dizer, por outros?

A noite caiu enquanto conversávamos. Às nossas costas os homens trouxeram madeira seca para avivar o fogo, e sob essa luz mais forte eu vi o rosto do abade meio de lado, os cenhos altos, a boca firme, o queixo forte. Apesar da expressão triste dos seus olhos, era o rosto de um homem que conhecia bem os espinhos e pântanos deste mundo.

Ele deixou sem resposta minha última pergunta. Depois de um breve silêncio, durante o qual a voz do *jongleur* ainda era ouvida, mesmo que a distância, ele disse:

— Não. Estou falando da sua situação na Douana, o fato de você estar sob as ordens de um muçulmano, de você andar ombro a ombro com maometanos; dia a dia você se sujeita à influência da religião deles.

Durante alguns instantes tive a impressão de que ele podia estar brincando, tão gentil e calma era a sua voz. Mas seu rosto se voltou para mim, e nele não havia sinal de brincadeira.

— Ninguém de uma boa família cristã pode considerar essa situação aceitável.

— Mas eu não estou sujeito à influência da religião deles. Não discuto religião no meu trabalho no... Diwan.

— E Yusuf Ibn Mansur não cita passagens do Corão? Não invoca o nome do seu deus na sua presença? Você pensa que a alma humana se perde de um golpe? Dia a dia, o toque do mal, e assim você se habitua, você se caleja. É isso o que destrói a alma.

— Mas ele não cita o seu livro mais do que nos acostumamos a citar o nosso, nem invoca o seu deus mais que nós invocamos o nosso.

— Meu jovem, o que você está dizendo? Já vejo sinais de fenecimento em sua alma. Você as coloca no mesmo plano, as blasfêmias deles e nossas Sagradas Escrituras? Então uma doutrina é tão boa quanto a outra, desde que haja fé? Pode-se deixar crescer uma planta daninha, desde que aquele que cuida dela seja devoto? Você não sabe que a devoção é capaz de perverter a alma quando seu objeto é errado? — Desviou o olhar e ficou em silêncio durante um momento breve, balançando lentamente a cabeça. — O mato se espalha e sufoca o nosso jardim — disse, numa voz pouco mais alta que um murmúrio, como se falasse para si mesmo. — Não podemos conviver com o Islã, é preciso arrancá-lo, é uma erva perniciosa no nosso jardim.

Voltou-se para mim e disse numa voz mais forte:

— Nosso jardim é a cristandade, Thurstan, esse grande movimento da Igreja Latina que cresceu em poder há já um século, para nos trazer a salvação, a paz e a ordem sob a autoridade espiritual do papa, que nos une em laços de fé. Esse movimento, essa autoridade, conhece apenas uma verdade, e não várias vivendo lado a lado. No nosso jardim da cristandade, toda transigência é corrupção.

Durante alguns instantes não consegui encontrar resposta. Senti-me preso a um dilema. Nosso rei escolheu sarracenos como companheiros, preferindo-os aos normandos pelo seu saber; confiava nos soldados sarracenos para defendê-lo e eles se mostraram leais; grande parte do Diwan Real estava nas mãos de sarracenos. Parecia-me que se o rei mantinha esse equilíbrio, era porque ele reconhecia mais de uma verdade e sabia que a segurança do reino dependia desse reconhecimento; era essa situação o que não permitia o naufrágio do seu navio de prata, e eu, como seu servo fiel, tinha o dever de sustentar essa visão. Mas via que qualquer menção a equilíbrio ou ao navio de prata ou à luta abaixo da superfície não seria bem acolhida por Alboíno, e eu tinha medo de ofendê-lo, medo de que ele me julgasse mal frente a Alicia, e assim a afastasse de mim quando eu não estivesse lá para falar em minha própria defesa.

— Senhor abade, pensarei a fundo sobre essa questão — foi tudo que encontrei para dizer.

— Pense muito bem. E pense também nisso: se o sarraceno é nosso inimigo na Síria e na Palestina, como poderá ser nosso amigo em Palermo? Não é a mesma besta?

Prometi juntar mais esse pensamento às coisas a serem consideradas. Então, para mudar o rumo da discussão, e lembrando que Alicia tinha me dito que ele viera de Roma, perguntei se essa vinda era curta ou se ele pretendia ficar por muito tempo. E com essas perguntas ele relaxou a severidade dos seus modos e pareceu se alegrar por poder falar um pouco de si mesmo. Pertencia à Ordem Cisterciense, e tinha passado muitos anos na Cúria Papal, aonde fora enviado por indicação do superior da ordem, Bernard de Clairvaux, para trabalhar pela formação de uma nova cruzada, agora contra Bizâncio — cuja traição fora considerada culpada pela perda de Edessa e pelo fracasso do cerco a Damasco. Mas o rei dos germanos, Conrad, havia demonstrado uma lamentável falta de fervor cristão e declinou da aventura, e por isso o papa Eugênio tinha abandonado a ideia e enviado Alboíno à Sicília, recomendando-o ao rei Roger, que o tinha indicado para assumir o Mosteiro de Trinità, em Palermo.

Tudo isso era muito interessante, mas deixava uma pergunta sem resposta. Por que a Sicília? Seria possível pedir ao rei Roger navios e provisões para uma nova cruzada, mas ninguém o queria como parceiro ativo, seria por demais perigoso: ele tinha reivindicações sobre o Reino de Jerusalém, por meio de sua mãe, Adelaide. Alguma coisa a mais havia induzido Eugenius a enviar o abade para cá e eu buscava na minha mente um meio de descobri-la, quando, de repente, vi

Alicia em companhia do irmão, parada perto da fogueira mas distante de nós; tive a impressão de que eles vieram passando pelas árvores onde agora cantava o trovador. Imediatamente, todos os outros pensamentos abandonaram minha mente, deixando apenas um, que era a minha estratégia com o bote.

Atrás dela havia a escuridão das árvores, mas ela era plenamente visível à luz da fogueira, desde a rede dourada nos cabelos até os pés delicados abaixo da bainha do seu vestido vermelho. A surpresa do seu aparecimento repentino ao lado da fogueira e o fato de eu não ter notado a sua aproximação tiraram-me o fôlego por um instante, transformando-a numa quase aparição, convocada pelo meu desejo, pela sua constante presença na minha mente.

Os dois se aproximaram e nós nos levantamos para saudá-los. Eu disse algumas palavras educadas e sorri para eles, e ficamos ali, os quatro, conversando — embora, para dizer a verdade, eu tenha falado muito pouco e nem me lembro das palavras. Tinha chegado a um estado de consciência da presença de Alicia que me tirava toda coragem de olhar para ela na presença de outros, por medo de que a força do meu sentimento criasse algum sinal material, um raio de luz, ou uma chama que nos envolveria aos dois.

Não podia permanecer por muito tempo onde estava: ademais, na presença de Adhemar eu certamente não teria oportunidade de me encontrar a sós com Alicia. Por isso, depois de uma breve conversa, fiz que me retirava, desejei boa-noite e me afastei em direção ao local onde deixara o bote.

Não fui longe, apenas entrei na escuridão das árvores. Dali eu via sem ser visto, pois eles ainda eram iluminados pela luz das fogueiras. Serviçais esperavam com lanternas no pequeno píer onde estavam atracados os botes, o que me fez pensar que as pessoas logo começariam a voltar ao palácio, Alicia entre elas, constrangida pelo irmão e pelo tio. Esperei ali, observando com esperança, tudo o que eu podia fazer. Durante algum tempo eles continuaram conversando. Então, milagre dos milagres, os dois homens se afastaram, embora não tivessem se despedido, nem partissem definitivamente, pelo que pude observar; era como se tencionassem voltar logo. Pensei que talvez eles tivessem ido para se aliviar. Alicia ficou sozinha e deu alguns passos em direção aos botes atracados, depois alguns passos em direção às fogueiras.

Era a minha chance, a única que teria. Saí de entre as árvores e fui até ela. Saí em campo aberto e Alicia me viu e fez uma pausa, então veio em minha direção. Peguei uma lanterna com um dos homens que esperavam por ali e, segurando-a numa das mãos, ofereci outra a ela. Quando quis levá-la para a cobertura das árvores, ela hesitou, mas eu lhe disse que o bote estava ali, a pouca distância, e lhe supliquei que me oferecesse a sua companhia, ainda que por pouco tempo, para me permitir estar com ela sem ter ninguém por perto; e diante dessas palavras ela não resistiu mais, seguiu atrás de mim, enquanto eu segurava no alto a lanterna para lhe mostrar o caminho.

O lugar onde havia deixado o bote não fora bem escolhido: não havia como chegar a ele pisando com segurança. Tive de trazê-lo para perto e ajudá-la a embarcar enquanto segurava a lanterna no alto para ela ver onde punha os pés. Para consegui-lo, fui obrigado a entrar na água até os joelhos e ela ficou preocupada, e disse que agora eu ficaria molhado e com frio, e que seria culpa dela. Mas sua mão estava no meu ombro e a minha pousou por um instante na curva das suas costas quando ela subiu no bote, e eu então senti calor, não frio; dizendo-lhe isso ela riu e falou meu nome num tom meio de censura, meio de ternura, e meu coração se expandiu ao ouvi-la dizê-lo. Mas, ao mesmo tempo, estava feliz por não estar vestindo as minhas novas roupas de caça.

O bote tinha dois bancos estreitos. Ela sentou-se à minha frente. Eu me sentei no outro e peguei o único remo, que tinha de ser usado de um lado e do outro. Coloquei a lanterna entre nós. Não havia brisa; a superfície da água estava lisa e escura, sem o menor tremor. As ondas e anéis que antes eu vira nela, quando ainda havia luz, insetos que deslizavam sobre ela, peixes que vinham à superfície, qualquer movimento havia desaparecido completamente. A luz da lanterna era lançada para cima, iluminando o peito e rosto de Alicia, e apareceram mariposas brancas vindas da terra que rodeavam a chama.

Remei até o meio do lago, levando conosco as mariposas, sem prestar qualquer atenção a outra coisa que não o seu rosto à minha frente e a necessidade de não deixar cair uma gota de água que fosse sobre ela quando passava o remo de um lado ao outro. Quando nos aproximávamos do meio do lago, tive a sensação de que, juntos, ela e eu, estávamos entrando num território inteiramente novo, um lugar de onde não poderíamos retornar sem mudanças. Trouxe o remo para dentro do bote, que se deixou levar por alguma corrente de água imperceptível na superfície calma.

Comecei então, quando minha excitação diminuiu, a ver algumas desvantagens no bote. Eu só podia olhar para ela, não podia tocá-la. No máximo, inclinando-me para frente, eu poderia tocar seu joelho, mas esse gesto não poderia ter continuidade, e pareceria grotesco, como se eu estivesse lhe oferecendo um conselho austero, como um sábio ancião. Ficarmos mais próximos, sem o máximo cuidado da minha parte e docilidade da parte dela — e ainda era muito cedo para tanto — seria impossível sem o risco de cairmos os dois na água, pois o bote era muito leve e raso, e poderia se virar facilmente. Sempre, sempre, surgia algum impedimento. O tempo era curto, havia uma viagem a fazer, Adhemar poderia nos vigiar. E agora essa proximidade, e a brancura da sua pele...

Enquanto o bote se movia num arco lento, vi as torres e cúpulas do palácio contra o céu, e um cacho de lanternas no atracadouro. As fogueiras tinham sido realimentadas, a luz se refletia vermelha sobre a água, chegando até quase a margem oposta. Outro bote com uma lanterna na proa cruzava a água e passou através do reflexo do fogo, e a lanterna não se tornou vermelha, mas prateada.

— Não podemos demorar — disse ela, aumentando sem saber a minha desventura.

— Quando teremos tempo só para nós, sem ninguém a vigiar, a esperar?

— Logo, meu amor. Temos de ter paciência.

A frase veio no tom mais seguro daquela mulher que ela havia se tornado, mas a ternura suave e a necessidade constante de paciência diante da tirania do tempo tinham toda a essência do nosso amor juvenil; e as lembranças daquele tempo voltaram a mim e foi como se nada tivesse mudado: a noite que nos protegia, o bote em que deslizávamos sobre a água escura em nada pareciam diferentes do canto escondido do castelo de Richard de Bernalda, um dos muitos em que nos encontramos, beijamo-nos e fizemos promessas. Tal como antes, agora eu dizia a ela palavras de amor, e agora, tal como antes, as palavras saíam aos sobressaltos do meu coração. Jurei a ela o serviço da minha paciência. Eu era o seu cavaleiro, disse, e ela me sagrou com um leve toque na minha cabeça. Eu lhe prestaria o serviço da paciência. Não era a paciência na devoção a qualidade de um verdadeiro cavaleiro?

— Você será meu cavaleiro perante o mundo. Você será meu marido, se assim o quiser. Quando nos encontrarmos da próxima vez, será para trocarmos os nossos votos e para darmos ao conhecimento de todos o nosso noivado. Agora temos de voltar, preciso encontrar meu tio e meu irmão. Devem estar preocupados com o que pode ter me acontecido.

Essas palavras foram ditas com tanta calma que eu tomei obedientemente o remo antes de ter noção clara do que elas realmente significavam para mim. Quando entendi, não encontrei outras palavras que não as de adoração, e elas vieram aos borbotões. Enquanto remava em direção às fogueiras que ainda luziam na margem, minha exultação não tinha limites. Abençoei o céu e a água, a própria noite, pela minha sorte e, ao fazê-lo, naquele momento exato, cruzamos uma linha invisível e entramos no território dos espelhos: o movimento do fogo e as lanternas acumuladas em cachos no ancoradouro e nos botes que voltavam ao palácio, e os reflexos fugidios de todas elas sobre a água, e até mesmo as gotas que caíam do meu remo e eram iluminadas pelo céu estrelado, tudo começou a girar, balançar e se multiplicar, fileiras sobre fileiras, até uma distância que parecia infinita. O brilho de calor acima das fogueiras se refletia na água e uma multidão de botes tremiam nesse calor, e as suas ondas soavam como uma música inaudível sobre as torres do palácio e, de repente, entre um golpe do remo e o seguinte, vi uma cópia exata de Alicia sentada às minhas costas, em algum lugar sobre a água, o peito e o rosto iluminados.

Uma exclamação maravilhada me subiu aos lábios diante dessa celebração da minha felicidade — pois foi assim que a vi. Mas não foi pronunciada, porque Alicia não tinha feito um único som e seu rosto não tinha mudado, nem sua postura no banco, e assim eu soube que ela não tinha visto o espetáculo, somente eu o vira, era eu quem tinha o rosto voltado para os espelhos girantes.

Pode parecer estranho a quem leia isto, como às vezes me parece estranho quando me lembro, que eu não tenha feito a Alicia qualquer menção aos truques que minha visão me pregava. Poderia tê-lo feito, ainda que brevemente, quando nos aproximávamos das fogueiras. Talvez eu não quisesse que tal diferença se declarasse entre nós num momento em que tudo nos unia em pensamentos alegres do futuro. E o tempo foi tão curto: essa geração agitada de imagens durou muito pouco, logo estávamos de volta ao mundo que conhecia. Diria a ela em outra oportunidade, pensei, quando nos encontrássemos, da próxima vez. Quando tornássemos públicos os nossos votos, teríamos mais tempo juntos e mais liberdade para conversar.

Não levei o bote até o ancoradouro; cheguei a um ponto mais alto da praia, dessa vez sendo fácil sair do bote para terra, e sem que eu precisasse me molhar pela segunda vez ao ajudá-la. Poderia tê-la acompanhado com a lanterna, mas ela não quis.

— Há luz suficiente. Não estamos longe. — Ela se voltou para me olhar, ainda sob a sombra das árvores. Ergueu as mãos e as juntou num gesto que parecia uma oração. — Deixo com você o meu anel, como prova do meu amor, até que possamos estar juntos.

Tirei o anel do dedo mínimo da mão esquerda e jurei o meu amor e dedicação, e trocamos os anéis.

— Eu falava a verdade quando disse que você era esplêndido — disse ela em voz baixa. — Você sempre o será. Será sempre o meu esplêndido Thurstan.

Ela se aninhou entre meus braços e me beijou, e seu corpo se apertou contra o meu, e em algum lugar do meu estômago senti um movimento, como o de um peixe a saltar. Então ela se foi por entre as árvores até onde os botes e lanternas a esperavam.

XVII

Durante toda a caçada, desde o amanhecer, quando saímos, sua imagem permaneceu na minha mente. O tempo passou como num sonho, quando pensamentos e sentimentos pertencem apenas em parte ao que está diante dos olhos, e existe uma vida paralela que corre ao nosso lado. Enquanto todos esperávamos que o cervo fosse encontrado e expulso do seu abrigo, eu estava pronto para a caçada e procurava ouvir o latido dos cães ao pegarem o faro, enquanto seguíamos os truques e esquivas da nossa presa, que refazia seus próprios passos para reforçar em alguns lugares o cheiro e em seguida desviar para o lado, ou então entrava e saía de riachos para esconder seus rastros, enquanto eu galopava, com os outros, e seguia o som da corneta, e gritava com toda a força do meu peito, e evitava os galhos baixos; em meio a toda essa confusão e correria, eu ainda me deixava levar pelas águas do lago escuro, ainda ouvia as promessas de amor que ela tinha me dado, ainda sentia o seu anel encostado ao peito. E quando aquele belo animal finalmente se estafou, desistiu da fuga e se virou para enfrentar os cães, quando Bertrand, como o anfitrião da caçada, avançou com seu cavalo, ergueu o corpo sobre a sela, e fincou-lhe a lança no ombro, atingindo seu coração, minha pena e admiração pela coragem da luta do animal se aprofundaram pela lembrança das palavras e dos olhares de Alicia, seu rosto e olhos brilhantes à luz da lanterna, e a beleza da morte do cervo era a beleza das mãos dela quando as ergueu no escuro entre as árvores para tirar o anel.

Já era tarde quando chegamos ao palácio; havia muito a ser feito — como é comum numa caçada bem conduzida — quando o cervo foi esfolado e carneado, e os cães recompensados. Mais uma vez aqui Bertrand me demonstrou consideração, como tinha feito no dia anterior durante a Reunião. Quando o cervo foi posto deitado sobre o lombo e teve removidos o escroto e os testículos, e a garganta rasgada ao longo do pescoço, todos nós saudamos a vitória com nossas cornetas, e os cães também a saudaram com seus latidos, e tiveram a oportunidade de se lançar contra o pescoço do animal, lembrando-nos assim de que o cervo também era, na verdade, sua nobre presa; quando a pele tinha sido cuidadosamente removida pelo caçador e seus assistentes, Bertrand, que tinha a prerrogativa dos primeiros cortes, convidou-me cortesmente, diante de toda a companhia — e do irmão dela, Adhemar, entre eles — para lhe assistir. Bertrand de Bonneval, cuja mãe era irmã do conde de Conversano. E ele me permitiu usar as suas próprias facas, com cabos de ébano entalhados em ouro. Com as mangas recolhidas para evitar o sangue, trabalhamos lado a lado, ele elegantemente cortando a língua e eu trinchando os músculos menores do ombro. E foi uma sorte eu ter, durante o tempo que passei como escudeiro de Hubert de Venosa, aprendido a desossar um cervo sob seu olhar exigente.

Assim, foi com grande sentimento de satisfação que voltei, trazendo comigo alguns pedaços delicados que esperava oferecer a Alicia quando do banquete de veado daquela noite, em particular os pedaços mais tenros que os normandos chamam de *fol l'i laisse*, o que quer dizer "louco quem os recusa". Mas mal tive tempo para lavar as manchas de sangue dos braços e mãos, quando bateram à porta do meu quarto, e Gaspar veio me dizer que sua senhora havia partido naquela manhã, preocupada com o pai, que estava doente e precisava de cuidados.

Essa surpresa me desapontou ainda mais. Lembrei-me então de que ela tinha me falado da saúde precária do pai. Mas ela não dissera nada sobre sua intenção de partir tão cedo, no dia mesmo da caçada. Talvez somente pela manhã ela tenha decidido partir. Caso contrário, ela certamente teria me dito...

Gaspar deve ter lido no meu rosto os meus pensamentos — Yusuf sempre me censurava por eu demonstrar demais os sentimentos pela minha expressão.

— Ele a chamou. O mensageiro chegou cedo, pouco depois de o senhor sair. Ela me pediu para ficar aqui e lhe informar e lhe transmitir a tristeza de sua partida tão repentina.

— Qual a natureza da doença dele?

Ele fez uma pausa antes de responder, então encolheu levemente os ombros, um gesto que poderia parecer insolente num serviçal, mas nele, que parecia gozar de um lugar especial na estima de Alicia, pareceu natural.

— Bem, não é segredo. Ele está perdendo a força da mente. Já dura perto de três anos. Não se lembra dos acontecimentos da sua vida, não reconhece mais rostos que antes conhecia bem, e isso vem piorando lentamente, embora ele ainda tenha o corpo forte. Lady Alicia sempre foi a sua favorita, ele a reconhece e procura sempre a sua voz e os seus passos. Ninguém lhe conforta tanto como ela.

Ele se calou, como se esperasse uma resposta, mas não encontrei nenhuma.

— Ela é muito devotada ao pai — completou.

— Ela não me deixou nenhuma outra mensagem?

Ele hesitou um instante, os olhos fixos em mim. Mais uma vez fiquei impressionado pela sua beleza e independência da sua atitude.

— Ela me pediu para lhe dizer que isso não muda nada.

Dito isso, ele se inclinou levemente e saiu, e tive de me contentar.

Nem Adhemar nem Alboíno estavam presentes à ceia, por isso entendi que eles tinham partido com ela. Sem ela, a carne não teve sabor, embora eu tivesse o lugar de honra à mesa e todos me ouvissem quando falei sobre os acontecimentos da caçada. Com a passagem das horas, aceitei sua partida, cheguei mesmo a lhe dar razão. Ela era filha única, somente ela seria capaz de confortar o pai quando este se sentia triste na sua solidão. Pareceu-me natural que qualquer homem, pai ou não, quisesse a sua presença nos momentos de dificuldade. E eu tinha comigo seu anel e sua promessa no meu coração.

Foram esses os sentimentos que dominaram minha mente durante a volta a Palermo, e lá começou um novo período feliz de espera por notícias dela. Tudo que antes parecia tedioso e sem graça no meu trabalho, agora eu executava com alegria. Ansiava pelo dia em que Alicia e eu nos casaríamos, e eu voltaria à vida para a qual fora destinado. Ela não tinha dito quanto tempo esperar antes de trocarmos nossos votos, mas eu não me importava em atender aos seus desejos e ao seu senso de decoro. De fato, até mesmo essa espera era o cumprimento dos votos de serviço que eu havia feito a ela quando nos falamos pela última vez, junto com o outro, de cavaleiro, que eu esperava em breve ser sagrado. Meus anos no Diwan de Controle, os prazeres que eu provia e tudo o que implicavam, todos os conhecimentos indignos, tudo isso sumiria da memória, quase como se nunca tivesse acontecido. Basta de mentiras, basta de trapaças...

O rei voltou de Salerno e pudemos então lhe oferecer o espetáculo das dançarinas anatolianas. Tudo foi arranjado da maneira adequada por Stefanos, através do Departamento do Senescal. A dança do ventre, pela primeira vez nos domínios do rei — foi o que informamos; nada dissemos sobre as viagens do grupo pelo sul da Itália, e deixamos que se inferisse que ele tinha sido trazido do alto dos Montes Taurus por meios mais ou menos mágicos.

A convocação real veio antes do que esperávamos. O rei Roger deveria entreter uma companhia de notáveis da Alemanha, entre eles

Otto de Zahringer e seu filho Frederick, dos quais esperava ajuda para fomentar a revolta contra Conrad de Hohenstaufen. Sua nora viúva, Elisabeth de Blois-Champagne, estaria presente — seria sua última aparição antes da volta à França.

A tarde já ia adiantada quando fomos convocados pelo rei, talvez uma inspiração de momento, talvez um conselho sussurrado ao seu ouvido por sir Stephen Fitzherbert, o camareiro encarregado da cozinha, de todas as questões relativas às posições à mesa, copa e entretenimento. Era um serviço que sir Stephen já tinha prestado outras vezes, e reclamado pagamento ao nosso Diwan — ou melhor, um presente, como era chamado para tirar qualquer noção de pagamento. Naturalmente ele esperava mais um presente nessa ocasião, pois ninguém poderia negar ou confirmar se a decisão fora resultado de iniciativa sua.

O tempo era muito curto; tiveram de vestir imediatamente as indumentárias. Como de hábito, o rei deveria jantar mais cedo; depois de se despedir dos convidados, ele continuaria a trabalhar até tarde da noite, assistido pelo notário, Giovanni dei Segni, um dos poucos que gozavam de toda a sua confiança. Durante o banquete, nós devíamos esperar numa sala ao lado. Quando fôssemos chamados, eu os conduziria ao Grande Salão, faria uma reverência diante dos convidados reunidos e voltaria à outra sala — não havia lugar para mim no grande salão: não era convidado nem artista.

Só restava a mim dar as últimas instruções sobre como deviam se comportar na presença do rei. Era a primeira vez que eu os via desde que Nesrin nos fizera rir com a conversa de se aliviar no mato. Como sempre, eu era sensível à sua presença entre eles, e estranhamente alegre por isso. Mas tomei cuidado para me dirigir ao grupo como um todo, sem deixar que meus olhos se fixassem por muito tempo em ninguém. Eles deveriam me seguir em fila, as três mulheres e os dois homens. O espaço de dança seria iluminado por tochas junto da parede, eles o veriam à sua frente. Eu faria uma reverência e me retiraria. Eles formariam uma linha diante do rei e seus convidados, e todos fariam juntos uma reverência, dobrando os joelhos e mantendo o corpo baixo.

Temendo que eles não tivessem entendido o que eu disse, fiz para eles uma demonstração, sem pensar, na ansiedade de que tudo corresse adequadamente e em ordem, que eu poderia parecer ridículo, inclinando daquela forma meu corpo, sozinho ali, sem nenhuma razão imediata.

— Mantenham o corpo inclinado e contem até dez. Contem lentamente. Um... dois... três... quatro... Ao chegarem a dez, ergam novamente o corpo. Tentem fazê-lo de forma que todos se ergam ao mesmo tempo. Ozgur e Temel então se sentarão com as costas para a parede. Começarão a tocar e a dança começa.

Houve um silêncio prolongado entre eles após essas palavras. Não adotaram a prática usual de tentar não olhar para mim enquanto eu falava, mas acompanharam os meus movimentos com toda atenção enquanto eu me dobrava, contava até dez e me erguia. Agora me olhavam com certa fixidez de expressão que inicialmente considerei como eles não terem entendido. Supus, com algum desânimo, que teria de repetir tudo, quando percebi que a expressão não era de incompreensão, mas de uma curiosidade cautelosa: eles me viam como se veria uma criatura de forma incomum encontrada num lugar inesperado.

Foi desconcertante, e fiquei sem saber o que dizer em seguida. Tentei um sorriso. Claro, não eram pessoas civilizadas, uma reverência devia lhes parecer estranha.

— O tempo é curto. Talvez seja melhor ensaiarmos um pouco.

Uma mão subiu, e era a dela. Não me deixei enganar por um instante sequer pela expressão séria do seu rosto... Ela estava linda no corpete e na saia novos com um cinto de prata. O cabelo negro estava solto, e caía sobre seus ombros. Notei então pela primeira vez que ele não era liso, mas tinha uma onda que supus ser natural. Mas talvez não, talvez ela a criasse com instrumentos de ondular os cabelos. Me veio então o pensamento de como seria a sua vida privada, quando estava só. E por um momento ela me pareceu só, não havia mais ninguém ali, nós nos olhávamos através do espaço vazio. Senti que o sorriso desaparecia dos meus lábios.

— O que é?

— Eles vão ouvir a contagem e vão rir.

Tive a impressão de que ela falava melhor as palavras gregas, com mais facilidade. Mas estava claro que o espírito de zombaria não havia mudado nela.

— Vocês devem contar de cabeça — expliquei, batendo na minha cabeça com o indicador, para dar ênfase.

Mas foi um erro, porque Temel agora repetia o gesto, mas de maneira mais rápida e violenta e foi seguido por Ozgur. Indicavam assim que me consideravam louco, o que me irritou porque eles eram selvagens e não tinham ideia do que seria um comportamento polido, e transformavam essa ignorância em virtude.

— Muito bem, gostando ou não, se quiserem o favor de Sua Majestade, terão de fazer a reverência e contar. Caso contrário vocês se desgraçam a si mesmos e a mim.

Eles então começaram a conversar entre eles, todos menos Nesrin, que se manteve a distância dos outros. Esperei que fosse um sinal de simpatia por mim, mas não tinha certeza; não tinha certeza de nada com relação a ela, só sabia que ela era linda.

Não havia mais tempo para discussões; tínhamos de entrar imediatamente para estarmos prontos quando fôssemos chamados. Fomos escoltados até os aposentos reais por dois guardas do palácio, com chapéus emplumados e tranças de prata. Enquanto os dois caminhavam retinindo ao meu lado, perguntei a mim mesmo como eu poderia ter querido ser um deles. Posições mais altas me esperavam agora.

Quando fomos admitidos na antecâmara, pouco se disse entre nós, e entendi que eles estavam de acordo quanto às minhas instruções. Veio o chamado de um dos assistentes de Fitzherbert que, parado à porta, fazia sinais. Fui atrás dele e os anatolianos me seguiram na ordem prescrita. Chegamos ao espaço da dança e eu me adiantei para fazer a minha reverência. Sentia algo um tanto confuso frente aos espectadores sentados mais próximo a mim, na parte mais baixa do salão, e ao rei na mesa alta em companhia dos seus convidados. Era sempre a mesma sensação que eu sentia na presença dele, como se tivesse acabado de chegar de um lugar escuro para outro fortemente iluminado que me confundia a visão e não permitia que eu o visse com clareza. Havia o brilho dos círculos de ouro acima do seu cenho e o brocado dourado nos ombros do seu manto — mais que essa radiância eu não conseguia ver. Dobrei os joelhos, inclinei o corpo e comecei a contar.

Os anatolianos estavam às minhas costas, prontos para a sua reverência, pelo menos era o que eu pensava. Ouvi vozes e risos: eles falavam entre si na própria língua, como tinham feito na noite em que os vi pela primeira vez, como se esses cortesãos diante deles fossem iguais aos camponeses à sua volta naquela noite! Ouvi o barulho dos sapatos das mulheres caindo no chão de pedra, e em seguida a batida do tambor e as primeiras notas plangentes do alaúde de braço longo. Não tinham se alinhado, não tinham feito a reverência, não tinham contado. Na presença do rei, não tinham demonstrado o menor sinal de deferência ou respeito!

Minha garganta se fechou. Não poderia falar a eles, mesmo que eles pudessem me ouvir. Senti a brisa de uma saia que girava. Voltei-me e vi Nesrin perto de mim. A música ficou mais alta. Só me restava sair na melhor ordem e deixar as coisas seguirem seu curso. Não teria mais meu posto de provedor depois dessa grave ofensa, disso eu tinha certeza. Teria sorte se não fosse preso.

Dei dois passos em direção à porta por onde entramos. Mas não consegui chegar a ela. Nesrin deu alguns passos, cortou-me a passagem e agarrou a minha mão na sua pequena mão e apertou com força — tanta força que eu não conseguiria me libertar sem violência evidente. Por um instante terrível pensei que ela queria me incluir na dança, mas não era isso, porque ao agarrar a minha mão ela parou de dançar e ficou de pé olhando para mim, e eu vi que ela queria, por uma razão qualquer que só ela sabia, que eu ficasse, que estivesse presente durante a dança.

Toda a plateia explodiu num riso estrondoso ao ver minha fuga interrompida, ver a nós dois parados ali, mão com mão, enquanto a música soava e Yildiz e Havva davam lentamente os primeiros passos da dança. Diante do riso — e isso foi o mais estranho — vi Ozgur e Temel, sentados junto à parede com seus instrumentos, rindo como se contassem uma piada. Após um instante percebi que eles não riam de mim, mas da plateia, e senti que os dois eram meus amigos — sentimento que nunca mais perdi.

Mas ainda assim eu não conseguia me mover. Nunca me acontecera algo assim antes, em toda a longa sucessão de malabaristas, bufões, homens fortes e acrobatas que em épocas diferentes eu tinha trazido à presença real. Os olhos de Nesrin me fitavam, brilhantes e fixos, nem tímidos nem ousados, mas com alguma coisa que parecia confiança. De repente, soube o que devia fazer. Não sabia por que ela me queria ali, mas sabia o que devia fazer — ou melhor, sabia o que não devia fazer: Thurstan de Mescoli não era homem de se esgueirar sob risos. Sorri para Nesrin e concordei com um movimento de cabeça, e ela soltou minha mão e se afastou, voltando para a dança. Levantei a cabeça e andei com um passo nem rápido nem lento para a parede mais próxima, e fiquei ali para ver o espetáculo. E ao fazê-lo, deixei de ver o rei.

Durante algum tempo a dança foi pouco mais que um passeio, as mulheres estalando os dedos e Ozgur cantando uma canção. Então, ele bateu com força no tambor, usando a base da mão, deu uma exclamação que foi repetida pelas mulheres, e a dança começou.

Yildiz foi a primeira a aumentar o ritmo, dando as costas para a plateia no salão e olhando para Ozgur, que parecia ao mesmo tempo determinar e seguir o ritmo dos seus passos batendo os dedos nas extremidades do tambor. Ela ergueu os braços até a altura dos ombros e os braceletes de cobre correram pelos seus braços e brilharam.

As duas outras então aumentaram o ritmo e também deram as costas para a plateia, dançando uma para a outra, ou pelo menos foi o que me pareceu, fazendo os braços tremerem da mesma forma, um tremor que parecia vir dos próprios braços e não de qualquer esforço dos ombros. Então as três começaram a girar sobre si mesmas e os véus caíram, deixando nu o meio do corpo.

Quando começou o tremor do corpo que precede a dança do ventre, houve completo silêncio entre os presentes, apesar do vinho e do barulho de antes. E então, ao cessarem os tremores e começarem as ondas no ventre, todos os olhos fixavam as pedras brilhantes engastadas no umbigo das dançarinas, e os movimentos de ondulantes que fechavam o umbigo sobre a pedra e a ocultavam, e depois o abriam revelando novamente seu brilho. Nesrin ergueu os braços até a nuca, como se quisesse levantar o cabelo, mas deixou-os lá, imóveis, e olhou para o próprio corpo, vendo-se com um orgulho que excluía os espectadores, apenas para os envolver ainda mais.

Vendo-a, esqueci a minha desgraça. Estava emocionado pela beleza e força da dança e percebi, acredito que pela primeira vez, que a beleza estava na força. Era a dança dos renegados, dos rebeldes. Não obedeciam a nada nem a ninguém. Não tentavam ajustar seus movimentos aos das outras dançarinas. Não sorriam, não buscavam os olhos dos espectadores. Nenhuma deu um único olhar para a mesa alta onde se sentava o rei. E ainda assim, na noite de luar e de fogueiras em que as vi pela primeira vez, Nesrin tinha dançado diante de mim e tinha me olhado nos olhos. E mesmo agora, quando se virava para um lado e para outro, movendo os pés com a graça e cuidado que eu já conhecia, nossos olhos às vezes se encontravam.

Inesperadamente, em meio aos meus problemas, fui atacado pela autocensura. Como eu esperava que esses nômades sem lei se curvassem e contassem? Quando pensei em todas as reverências e contagens que tinha executado ao longo da minha vida, senti a insatisfação com o que tudo aquilo tinha trazido para mim. Perdoei do fundo do coração os anatolianos por todos os problemas que me haviam causado e por todos os que futuramente poderiam fazer cair sobre a minha cabeça. E no caso particular de Nesrin, ampliei meu perdão para incluir a perturbação dos meus sentidos e a distração dos meus pensamentos que ela tinha me causado desde o primeiro momento em que a vi.

O alaúde se calou e a batida do tambor assumiu um ritmo alternado. As dançarinas se curvaram para trás num arco até que suas cabeças chegassem até quase o chão. Corpos assim arqueados, as pernas levemente abertas, os rostos olhando para cima, elas repetiram a suspensão e o tremor dos braços. Era realmente um coisa notável de se ver. Lembrei-me então das palavras do mercador grego, tornadas poéticas pelo seu desejo de dinheiro. *Como se convidando o amor de um deus...* Eu só tinha olhos para Nesrin, que dançava entre as outras, os joelhos levemente separados, as unhas pintadas com hena. Se não havia um deus, por que não Thurstan de Mescoli? Assim murmurou o demônio incansável da minha luxúria.

Quando elas se ergueram lentamente, houve um silêncio mortal no salão. Então soou a voz do rei, um único grito de bravo, a marca suprema da aprovação real. Ele desencadeou uma grande tempestade de aplausos que parecia ressoar nas paredes e no teto. As moedas começaram a cair no chão, mas nenhum deles, que tinham barganhado comigo por causa de míseros dois ducados na estalagem, fez qualquer movimento para recolhê-las, e eu fiquei feliz por estar entre eles, e sentindo naquele momento que era parte deles, feliz porque esses estranhos sem lar, que eu supunha terem nascido na pobreza, não tinham dado a menor satisfação ao poder, não se curvaram ao chão para catar as moedas, restaurando assim uma supremacia sobre o que poderia ter posto em dúvida o talento dos humildes.

Os aplausos continuavam. Os anatolianos estavam de pé, com toda seriedade, um orvalho de suor sobre os cenhos das mulheres. Trocaram algumas palavras, e todos olharam para mim, ainda encostado à parede. Então Ozgur fez um gesto para mim, um movimento estranho aos meus olhos, como sempre foram os gestos dessas pessoas, trazendo a palma da mão ao peito com os dedos separados, de um modo tão feroz que quase parecia indicar que ele tentava ferir a si próprio. Entendi então que ele me chamava a me juntar a eles. Mas eu ainda não tinha me movido quando Nesrin veio até mim e me levou para ficar entre eles, ela de um lado e Havva do outro, e os aplausos continuavam, com gritos e batidas de pés — cheguei a ter a impressão de que os aplausos aumentavam à medida que eu avançava. Depois de alguns instantes de confusão, senti-me gratificado por essa onda de aplausos: sentia-me confortavelmente imerso nela, como se ela fosse natural para mim. E isso era de certa forma estranho, pois nunca tinha ouvido gritos de aprovação a mim lançados por muitas pessoas ao mesmo tempo — a experiência mais próxima se dera aos 15 anos, com escudo e lança, nas ocasiões em que o senhor trazia convidados para assistir aos exercícios na liça.

Resumindo, os artistas anatolianos foram um grande sucesso, e foi, acredito, o que me salvou do desprazer do rei diante da falta de cortesia deles. Já tinha me saído bem no passado com anões malabaristas, um armênio capaz de levantar pesos enormes e dois italianos de Modena, um homem e uma mulher, capazes de contar histórias sem palavras, apenas com movimentos, gestos e mudanças de expressão, de uma maneira tal que tornava tudo claro. Foram esses alguns dos meus sucessos, mas todos pálidos quando comparados a esse conjunto. Além do mais, eu não estava presente nas outras ocasiões, não tive a experiência de ser tocado por uma onda calorosa.

Antes de deixarmos o salão, Fitzherbert veio até nós — em pessoa. Não para ordenar minha prisão imediata por crime de lesa-majestade, mas para me informar que, por ordem direta do rei, esse grupo deveria se manter em prontidão para se apresentar novamente na noite seguinte. Fitzherbert, que geralmente era orgulhoso e frio, sorria para mim e me cumprimentava por ter encontrado artistas tão notáveis. E no seu sorriso de cortesão eu li o prazer do rei. As moedas atiradas foram recolhidas para nós, o que representou mais uma vantagem, pois outras foram acrescentadas durante o processo, e no fim eu tinha na mão um bolsa bem pesada.

Mas havia ainda mais. A cozinha recebeu ordens. Fomos escoltados ao alojamento que faz parte do portão na entrada do pátio interno, e ali foi montada uma mesa, e em pouco tempo chegaram serviçais com travessas de comida: veado assado em molho de uvas e alho, peixe cozido no vinho com erva-cidreira e salsa, um pão chamado *gastel*, feito de trigo integral, azeite e mel. Eram pratos que vinham da mesa do rei! E com eles vieram jarros de vinho de passas, feito na parte oriental da ilha, um vinho claro até o fundo da taça e de sabor delicado — enganoso nessa delicadeza, pois subia rapidamente à cabeça.

Banqueteamo-nos como nobres, e depois, com o vinho ainda passando de mão em mão, esvaziei a bolsa sobre a mesa e dividi as moedas entre eles. Fiz a divisão em cinco partes, mas foram as mulheres que ficaram com o dinheiro, enchendo sacolas feitas com os véus usados na dança.

— Isto é só o começo. Vocês agradaram ao rei, e também agradaram a convidados importantes. Ele não tardará a mostrar os sinais do seu favor.

Estava exultante por causa do vinho, do sucesso da noite e da minha salvação do opróbrio, pela qual estava extremamente grato a essas pessoas, esquecendo completamente que eles mesmos haviam me causado o risco. Decidi que era hora de fazer um discurso, e me levantei. Disse que essa tinha sido uma ocasião brilhante e incomum com muitas primeiras experiências nela incluídas: a primeira vez que se ouviu aplauso tão grande, a primeira vez que alguém foi convidado a se apresentar na noite seguinte, a primeira vez que os artistas recebiam uma refeição, pelo menos durante os anos em que eu tinha sido Provedor de Prazeres do Diwan de Controle. E uma refeição vinda da própria mesa do rei! Acima de tudo, foi a primeira vez que fiquei para assistir e fui incluído nos aplausos. A ideia de me incluir talvez estivesse nas mentes de todos, mas fora Nesrin quem tomara minha mão, e por isso podia-se dizer que foi iniciativa dela. Olhei para ela enquanto falava. Seu cabelo estava preso atrás da nuca com uma fita vermelha e a parte superior da barriga, abaixo de onde terminava o corpete, ainda estava descoberta — ela havia prendido o véu com o seu punhado de moedas em torno da cintura. Sob o véu, pensei, estaria a pedra brilhante no seu abdômen, temporariamente eclipsada. Tudo o que eu observava na sua aparência, ainda que já me fosse familiar, sempre me surpreendia. Sei que acabo de fazer uma declaração carente de lógica. Nesse relato, esforço-me para servir à verdade; a lógica eu deixo para os filósofos. Ela sorria para mim e me veio à mente a noção de mais uma primeira vez, e tropecei no meu discurso, dizendo que não sabia a razão pela qual eles quiseram, e ela quis, a minha presença, mas estava feliz por ter sido assim e me lembraria para sempre dessa noite. Não tinha mais nada a acrescentar, apenas agradecer a todos, o que fiz de todo coração e ergui a minha taça, e bebi a eles e lhes desejei sorte.

Então Ozgur se levantou e me olhou diretamente, o que eu não me lembrava de ter visto antes, e começou a falar o seu grego hesitante no seu estranho sotaque. Todos queriam que eu ficasse, mas fora certamente Nesrin quem tinha tomado a minha mão, e isso ela decidiu sozinha, ele não sabia a razão, seria preciso perguntar a ela. Era apenas um homem, o que sabia ele? Todos riram e Nesrin desviou os olhos, mas neles não havia desprazer. De qualquer maneira, continuou ele, era uma coisa que apenas ela entre eles seria capaz de explicar. Mas todos estavam felizes por eu ter ficado e me agradeceram por tê-los trazido até ali e lhes trazer fortuna; e também eles nunca me esqueceriam.

Ainda de pé, ele olhou em volta e disse algumas palavras em voz baixa, e os outros se levantaram e se afastaram da mesa e formaram uma linha à minha frente e fizeram todos juntos uma reverência como eu lhes tinha ensinado e começaram a contar, mas em voz alta e na sua própria língua. Tudo foi feito com perfeição, a reverência, a contagem e a volta à posição ereta. E em todos os rostos havia um sorriso para mim.

Fiquei muito comovido porque sabia que era uma expressão de amizade e respeito e porque, ao zombar da cerimônia, eles mostraram o meu erro ao tentar compeli-los a executá-la. E eu os considerava selvagens. Não há dúvida de que era em parte resultado do vinho, mas senti lágrimas nos olhos. Pensei em fazer mais um discurso, mas decidi cantar uma canção. Escolhi uma escrita pelo meu grande herói, o trovador Bernard de Ventadour, filho do servo de um castelo, cujos talentos lhe granjearam honra em muitas cortes e tornaram famoso o seu nome.

> Quando a grama cresce e surgem as folhas
> E as árvores são lindas
> E as cotovias cantam,
> Que felicidade sinto,
> Felicidade da minha dama, e minha felicidade...

Cantava e olhava para Nesrin, e vi em seu rosto que ela gostava do meu canto, e isso trouxe mais ternura e felicidade à minha voz.

Todos aplaudiram quando terminei, e pediram outra canção, e insistiram até eu concordar. Dessa vez escolhi uma que eu próprio tinha composto, de temperamento bem diferente.

> Aquela que eu mais desejo
> É fria comigo.
> Agora não me quer mais.
> Por que mudou tanto?
> Se não me ama com seu corpo
> Que mostre ao menos ternura...

A dor e a abjeção da canção, e a intensidade dos meus sentimentos, e a atenção de Nesrin à minha frente combinada com a dor na minha voz — eu tinha o defeito de, ao cantar diante de outros, deixar os sentimentos se aproximarem demais das palavras que cantava, e assim até o timbre da minha voz fraquejava.

Não cantei mais, apesar de eles pedirem, e pediram em altas vozes. Podia ver, pelas suas palavras e pela expressão dos seus rostos, que meu canto os havia comovido, tanto mais, talvez, por eles desconhecerem esse meu talento e portanto lhes causar grande surpresa.

— Esta noite vai ficar para sempre na minha lembrança — disse Temel, e ergueu a taça, que eu toquei com a minha, e bebemos ao mesmo tempo. Vi que eles apreciavam o vinho, apesar de as mulheres beberem menos. Fiz um comentário sobre a proibição do vinho ditada pelo Profeta, e eles disseram que não eram maometanos, e sim yazidis. Era uma religião completamente nova para mim, e eu pensei em perguntar seus ditames, quando me ocorreu que poderia perguntar a Nesrin quando tivéssemos uma oportunidade de conversar sem ninguém nos ouvir.

A oportunidade se apresentou antes que eu esperava. Estava ficando tarde, a reunião tinha sido muito feliz para todos, e nossas despedidas foram amistosas e afetuosas, os homens e as mulheres estendendo a mão para mim e me dando tapinhas nos ombros.

Não sei exatamente como aconteceu, era uma noite abençoada. Esperei que os outros saíssem. Nesrin se deixou ficar mais um pouco, e nos vimos de repente sozinhos à porta, muito perto um do outro. O tempo era curto, se eu pretendia que ela ficasse comigo alguns momentos mais. Eu só queria prendê-la um pouco, atrasar um pouco a despedida. Não tinha nenhuma outra intenção. A religião dos yazidis não seria um bom assunto, a proximidade tinha acontecido por acaso, não era hora de discutir religião. Minha timidez fez o sangue me subir ao rosto, lembro-me agora e tenho de confessar. Na minha estupidez, eu quase a perdi, quase a deixei partir em silêncio e se juntar aos outros, que talvez a esperassem do lado de fora. Ela mesma nada disse. Olhou rapidamente para mim e desviou os olhos. Depois de um instante, fez um movimento em direção à porta...

— Como você se tornou dançarina?

Ela sorriu, e tive a sensação de que ela gostou de eu ter encontrado algumas palavras.

— Minha mãe... ela também era dançarina. Ela me ensina, eu pequena, deste tamanho. — Ela mostrou com o braço a sua altura. — Começa dançar quando começa andar.

— Sua dança é linda. — Tudo em você é lindo, eu queria dizer, seus olhos, pescoço, seu cabelo. Mas não encontrei coragem. Era a primeira vez em que ficávamos a sós. Tinha sonhado muito com esse momento e imaginado como seria. Mas no pensamento eu sempre tinha uma palavra pronta, estava à vontade, dominante, senhorial. Não era aquele Thurstan, calado, lamentavelmente desprovido de iniciativa, olhando para a dançarina de ventre nu como se fosse uma princesa numa fábula da corte.

Ela esperou mais um instante e saiu pela porta para o espaço pavimentado de pedras diante do portão do palácio. Havia dois guardas junto ao portão e dois homens acendiam as lanternas presas à muralha, mas não se viam os outros anatolianos. A noite estava fresca e a lua, quase cheia. Sob a luz mais suave, longe das lanternas do portão, paramos novamente. Ainda mais que antes, eu a queria comigo.

— Havia luar quando a vi pela primeira vez. Luar e fogo juntos. Por que você segurou a minha mão hoje? Por que você quis que eu ficasse?

Eu a vi balançar levemente a cabeça, como se perplexa.

— Você não sabe? Não pode ser um dos homens, homens não seguram mão assim. Não pode ser Yildiz nem Havva, porque elas têm os seus homens, não é certo pegar a sua mão. Por isso fica para mim, porque eu não... porque não tem ninguém...

Fiquei estranhamente desapontado com essa resposta. Só por isso? Comecei a andar em direção aos estábulos onde deixara o cavalo.

— Você não está me dizendo toda a verdade. Você fala como se todos tivessem decidido e você fosse a escolhida. Mas não foi assim. Eu estava lá. Vi tudo. Os outros já dançavam e tocavam. Você decidiu sozinha que se aproximaria e seguraria a minha mão. Você não os consultou.

Ela se virou para mim num movimento rápido, como um pônei selvagem.

— Eu diz o que é verdade. Eu diz o que está na minha cabeça. Thurstan Bey, você homem importante e passa dia no palácio, mas muita coisa você não entende. Eu não diz quem decide, eu diz por que os outros não pode. — Pareceu-me faltar lógica no que ela disse, mas seus olhos tinham uma luz de batalha, e eu não quis chamar sua atenção para essa falta de lógica. E agora outra coisa ocupava minha mente. Absorto como estivera na conversa, percebi que Nesrin estava indo na direção errada: em vez de se juntar aos companheiros, ela me acompanhava em direção aos estábulos. Teria ela percebido? Era provavelmente um erro, ela não conhecia bem os lugares do palácio, devia estar pensando que eu a acompanhava, quando na verdade era ela quem me acompanhava. Imediatamente minha mente se encheu de dúvidas — uma fraqueza minha. O que deveria fazer um homem de honra? Um homem que aspirava a ser cavaleiro? O que Alicia esperaria do seu esplêndido Thurstan? Esperaria com certeza que eu percebesse e imediatamente indicasse o erro. Nesse caso, Nesrin se despediria no mesmo instante, um pensamento que considerei difícil de suportar. Ou talvez eu pudesse me oferecer para acompanhá-la até seus aposentos. Mas, e se não fosse um erro? Nesrin ficaria ofendida. Seria um ideal de um cavaleiro ferir os fracos e indefesos? Era difícil ver em Nesrin alguém fraco e indefeso, mas tentei com todas as minhas forças, um exemplo de como forçamos os nossos pensamentos a se ajustar aos nossos desejos. Resumindo, não disse uma única palavra. E a cada passo minha esperança aumentava.

— Para dizer a verdade — disse ela, e parou mais uma vez. — É verdade. Eu decide sozinha. Eu quer que você fica, porque sou livre para escolher. Os outros que me olha, eu não escolhe. Se eles me olha ou não, eu não ligo. Eu não dança para eles. Mas você, eu gosto que você me olha. Não é difícil de entender.

Começamos a andar de novo e nos aproximamos dos estábulos. Sentia o meu coração batendo nos meus ouvidos e um aperto no peito.

— Eu gosto de você me ouvir cantar. Eu cantava para você, é verdade. — Estávamos junto da porta do estábulo. A égua tinha ouvido a minha voz e os meus passos, e relinchou baixinho.

— É a sua égua? Ela conhece você.

— Ela me espera para ir para casa. Eu não moro no palácio. Moro na cidade.

— Eu sei. Stefanos me contou.

— É mesmo? Eu queria perguntar... não sabia se você veio até aqui comigo... se você tinha errado o caminho

— Errado caminho? — Seus olhos se arregalaram de surpresa. — Eu não erra caminho. Você homem estranho. Todo tempo, enquanto nós anda, você pergunta ela erra caminho? Uma mulher só anda com você se erra caminho?

— Mas você não disse nada.

— O que eu deve dizer? Eu vai com você, para que dizer mais? Eu espera você dizer se você não me quer.

— Não a quero? Não a quero?

Durante um momento ela me olhou com toda solenidade, então me deu um sorriso que quase me roubou o resto de fôlego que me restava.

— Eu não erra caminho, eu sabe caminho — e agora sua voz era mais doce, de uma forma que eu nem sonhava ser possível.

Quando entramos no estábulo, a égua se mexeu, mas não se ouviu nenhum outro som. A luz da lanterna pendurada do lado de fora da porta caía sobre alguns fardos de feno empilhados contra a parede. Senti o cheiro forte da égua, o cheiro de terra batida e de palha encharcada de urina. Cheiros do dia a dia, profundamente familiares, transformados em algo estranho pela pressão das nossas mãos juntas, os primeiros beijos. Eu me sentia como um homem na aurora da criação, sentindo os cheiros de um novo mundo.

Havia um terraço acima do estábulo, onde era guardada a ração dos cavalos. Uma escada de madeira levava até lá. Sacos de ração se espalhavam pelo chão, além de um pouco de palha solta. Fiz uma cama com minhas roupas, esquecendo-me do cuidado com que me vestira para a apresentação na corte. Minhas mãos estavam impacientes e desajeitadas, e fiz um estrago nos botões e nas costuras ao me livrar das roupas na penumbra daquele terraço — a luz da lanterna não chegava até nós, mas havia na parede uma janela gradeada por onde entrava a luz do luar.

— Não posso estragar vestido — ouvi-a dizer. Ela estava de pé entre mim e a janela, e o luar caía sobre ela enquanto se despia. Ouvi o som dos tecidos se roçando, vi o movimento dos seus braços quando tirou o corpete por sobre a cabeça, vi a saia cair aos seus pés, e ela se desvencilhar daqueles panos. E tudo isso feito com uma graça deliberada, como se ainda dançasse para mim.

O luar caía sobre seus cabelos, seus ombros e seus quadris quando ela se aproximou. Contra as partes tocadas pela luz, os seus olhos, os bicos dos seios e o pequeno triângulo de Vênus criavam zonas mais escuras. A pequena pedra de vidro no seu abdômen, o foco dos meus sonhos, captava a luz, como também a corrente fina que a mantinha no lugar, contornando os ossos fortes dos seus quadris. Pensei — não naquele instante, estava emocionado demais para pensar, mas mais tarde — que nesses últimos momentos antes de nos unirmos, enquanto se mostrava para mim, ela estava oferecendo a beleza e a promessa do seu corpo, uma imagem onde o amor podia descansar, podia proteger-se durante os períodos de separação de uma maneira impossível às lembranças dos momentos de êxtase, dos corpos unidos.

O que ela e eu não fizemos, eu não sei dizer, no sentido de uma coisa que se segue a outra. E desde aquela noite considero mentirosos todos aqueles que afirmam ser o amor um grande enlevo, e são capazes de dizer que primeiro fizeram isso, depois aquilo, como se houvesse um caminho único para se chegar à felicidade. Não foi num caminho estreito que entramos Nesrin e eu. Entramos num labirinto maravilhoso desde o momento em que ela se voltou para mim e com a proximidade eclipsou o luar e me trouxe a sensação da escuridão quando nossos corpos se tocaram, como se uma venda tivesse sido amarrada em meus olhos. Ela se deitou sobre mim e eu me lembro — naquele instante, ou um pouco depois, ou ainda mais tarde — de que minha vista se recuperou e eu vi o seu rosto acima do meu, mais uma vez iluminado pelo luar, e seu rosto tinha uma expressão de tristeza e ela deu um longo murmúrio. Então a lua se misturou com fogo e eu fechei os olhos para não me cegar. Devo ter gritado, porque a égua se assustou e resfolegou — eu ouvia os sons que ela fazia, mas não os meus. Mantive os olhos fechados, como se fosse impossível suportar juntas a luz e a palpitação do meu corpo, mas ainda percebi através das pálpebras um brilho vermelho. Era como o brilho do sol no horizonte: como fechar os olhos contra o brilho do sol. Juro: senti frio e calor, luar e fogo, nessa primeira vez que nossos corpos se encontraram, tal como na primeira noite em que apenas os nossos olhos se encontraram.

XVIII

Quando acordei pela manhã ela já não estava lá. O único vestígio que deixara era a fita vermelha que tinha usado para prender o cabelo. Na noite daquele dia houve outra apresentação e, de acordo com Stefanos, a quem eu pedi para acompanhá-los no meu lugar, obtiveram um sucesso não menos estrondoso. Ele não entrou com os artistas no salão: Stephen Fitzherbert, com o faro do sucesso, tomou os anatolianos sob sua custódia e seus cuidados, e foi ele quem os apresentou.

Fiquei feliz ao saber do segundo triunfo, mas alegre também por não estar lá para assistir. Não me arrependia do que se tinha passado entre Nesrin e mim; não me cansava de lembrar e me maravilhar na minha mente. Mas a luz da manhã me trouxera o sentimento de culpa, a lembrança dos votos e dos anéis trocados com Alicia à margem do lago. Ela era tão delicada e fina, uma dama nascida de família nobre; o melhor do meu passado pertencia a ela, bem como todas as minhas esperanças de progresso no futuro. E, apesar de tudo isso, tão pouco tempo depois dessas promessas, eu tinha sido vencido pela paixão por uma dançarina sem lar nem educação, e sem noção do que significa aspirar a ser um cavaleiro andante.

A profunda melancolia gerada por esses pensamentos me fez pensar em como a vida na terra seria mais simples, como seria mais tranquila e digna, se pudéssemos voltar ao tempo anterior à queda de Adão e Eva. É evidente que Adão devia deixar a sua semente no ventre de Eva; sabemos por causa da ordem de Deus: crescei e multiplicai-vos. Mas naquele tempo não havia a perturbação da luxúria. Santo Agostinho nos explica em *De Civita Dei* — acho que é onde está escrito. Diz ele que no estado de inocência aquelas partes eram movidas pelo mesmo ato de vontade que move as outras partes, sem que a alma fosse tentada pelo calor do desejo. Como se ergue um braço ou se pisca um olho. Tentei imaginar esse estado abençoado, tentei imaginar o membro de Adão se movendo tal como seus dedos, mas não consegui. Acreditava, mas não conseguia imaginar. Muitos homens têm a fé fortalecida pelo que está além da sua imaginação, mas, em mim, o contrário é que é a verdade — essa incapacidade diminui a fé. Tentei pensar em como **Santo Agostinho** tinha formado ideia tão definitiva sobre tais coisas, pois ele também viveu após a queda e suas partes se moviam da mesma forma que as partes de todos nós — o que não era raro, a julgar pelas *Confissões*.

Nenhuma dessas especulações me ajudou a chegar a um estado de graça nem me fez me sentir melhor com relação a mim mesmo. Estava decidido a me afastar dos anatolianos tanto quanto me fosse possível, pois era miseravelmente carente de fé na minha força de vontade, caso Nesrin e eu nos encontrássemos por acaso sozinhos outra vez; não conseguia nem me imaginar tentando ou planejando esse curso de ação se tivesse a chance de pôr os olhos nela.

Mas não havia como evitar as despedidas. Na tarde do dia anterior à partida, nosso rei Roger enviou a eles por meio do fiel Fitzherbert a soma de 150 *tari* de ouro, um presente de proporções inusitadas. Veio numa sacola de couro macio, e coube a mim entregá-la a eles. Levei-a aos seus aposentos e a dei a Ozgur e assisti a ele fazer a distribuição. Com as moedas que tinham sido atiradas para eles, mais os oito dinares pagos pelo Diwan, e agora esse presente magnífico do rei, eles eram mais ricos do que jamais poderiam ter sonhado.

— O que vocês vão fazer agora?

Perguntei a Ozgur, mas a pergunta era dirigida a todos. Nesrin estava lá com os outros. Não vestia suas roupas de dança, apenas um vestido simples de linho, e essa roupa limpa e nova a tornava quase uma estranha. Como se de alguma forma ela antecipasse a despedida, já distante de mim.

Ozgur respondeu que voltariam para casa, e entendi que ele se referia a todos. Na aldeia onde ele tinha nascido, a sua parcela do dinheiro, mais a de Yildiz, seria suficiente para comprar uma casa de pedra, terra para pasto e arado, carneiros, dois touros.

— Muitas ovelhas lá — disse ele. — Terra boa nos vales. Meu pai trabalha para outros, para o dono, o *mal sahibi*. Mas eu trabalha para mim e para Yildiz.

— E a música?

— Eu toca para netos. Yildiz ensina eles a dançar.

— Nós fica no mesmo lugar — disse Havva, e foi a primeira vez que ela falava diretamente para mim. — Chega de estrada. Nós está cansado de estrada. — E repentinamente ela agarrou o ventre e fez uma careta para mostrar as dores e sofrimentos, e todos riram, porque ela era jovem e seus movimentos eram suaves e graciosos.

Nesrin também riu, mas seu rosto estava sério quando olhou para mim. E então, como se por um acordo tácito, os outros se afastaram e nos deixaram a sós. Ela ficou ali em silêncio no seu vestido novo, as mãos caídas junto ao corpo. Ela iria partir sem uma palavra para mim? Num impulso quase de raiva, sem querer, na tristeza que sentia pela partida, que fosse ela a ditar o sentimento entre nós nesses momentos finais em que eu a via, aproximei-me dela e tomei sua mão.

— Adeus. Vá com Deus.

Ela deixou sua mão na minha por alguns instantes e me olhou no rosto com tal serenidade que senti como se a estivesse vendo pela primeira vez, e não pela última. O gosto amargo na boca já não era tão intenso. Seus olhos eram mais escuros do que eu imaginava, quase pretos, como a água que se acumula entre pedras escuras. Ela soltou a mão e disse algumas palavras de despedida. Mais uma vez tive a sensação de que ela já se fora, como se com o vestido novo e sua nova riqueza ela já tivesse embarcado num futuro que lhe prometia mais do que a cena de despedida. O que ela viu no meu rosto eu não sei. Não olhei mais para ela, despedi-me de todos, sentindo, ao fazê-lo, que me despedia de amigos. Então me virei e me dirigi ao local de trabalho no Diwan, onde novas renovações de privilégio real esperavam o meu exame.

Antes de eu chegar à minha sala, ainda na passagem que levava a ela, o secretário de Yusuf, o eunuco Ibrahim, veio correndo do alto da escada.

— Estou procurando pelo senhor por toda parte — disse ele, como se fosse uma acusação. Ele era hostil a mim, como o eram muitos sarracenos do palácio, apesar de não ousarem demonstrá-lo abertamente, pois eu não pertencia a seu povo; eles me viam como um amigo dos invasores normandos que ameaçavam usurpar seus lugares no favor real.

— O senhor Yusuf deseja a sua presença imediata. Já foi forçado a esperar.

Eu estava na passagem que levava da minha porta à de Yusuf. Por causa do aviso de urgência, de saber estar sendo impacientemente esperado, como Ibrahim tinha me passado, passei correndo pela minha porta e pela longa sala onde os escribas trabalhavam e entrei no gabinete de Yusuf com nada mais que uma leve batida na porta. Entrando assim abruptamente, tive a sensação de estar na sala errada. A figura à minha frente, naqueles primeiros instantes, parecia um estranho: nada do manto branco imaculado, mas sedas azuis, escarlate e douradas, uma cimitarra embainhada presa à larga faixa na cintura. Estava de pé, junto da parede, e parecia estar dobrado no momento em que entrei, como se buscasse alguma coisa que tivesse deixado cair ao pé do painel de madeira. Mas ele se ergueu e se afastou antes de eu terminar de entrar, deixando-me em dúvida quanto aos meus sentidos.

Durante um momento ele ficou ali parado, olhando-me, impassível. Não havia desagrado no seu rosto, mas tive a impressão de que eu o interrompera em alguma coisa. Seus olhos tinham a mesma expressão protegida, e pensei em como seu rosto parecia o de um falcão, o bico curvo do nariz, olhos que raramente piscavam, mas se escondiam ou abriam, como se reajustassem à luz mais fraca ou mais forte.

— Senhor, perdoe a minha entrada tão pouco cerimoniosa, mas soube por Ibrahim que o senhor já me esperava por algum tempo, e me senti culpado por não estar à minha mesa para atender imediatamente ao seu chamado.

— Onde você estava?

— Estava dividindo o presente do rei entre os anatolianos, os que descobri na Calábria e trouxe até aqui, como o senhor deve lembrar. E estava me despedindo deles.

Ele anuiu com a cabeça, e o movimento me trouxe faíscas do diamante que usava no ponto onde as dobras do turbante se cruzavam, no meio da sua testa. Havia também uma safira numa faixa fina na sua garganta e o punho da cimitarra era cravejado de safiras e opalas.

— Uma em particular você lamentou que se fosse — disse ele, com o mais leve dos sorrisos.

Tive um choque de surpresa. Nunca tinha falado dela para ele, nunca mencionei seu nome. Hoje sei que era sua intenção me dar esse choque, queria que eu soubesse que tinha outras fontes de informação além de mim, e isso não porque pensasse que Nesrin era importante — ele não lhe dava a menor importância — mas porque queria me avisar. Isso eu entendi mais tarde; na época eu estava preocupado apenas em negar a ele a visão da surpresa num rosto que ele sempre dizia demonstrar muito, e também negar a sugestão do seu sorriso, e defender Nesrin. Não tenho muito do que me orgulhar com relação a Yusuf, mas me orgulho de ter tido sucesso nessa pequena rebelião.

— É verdade, fiquei muito triste ao me despedir dela. O homem que a ganhar por esposa pode se considerar afortunado. — Como ele sabia? Tinha destacado alguém para me vigiar? Alguém nos seguiu naquela noite, ficou ali embaixo, ouviu os sons que fizemos? Era muito provável. A confiança entre nós estava muito abalada, nós dois sabíamos. Eu não tinha relatado muitas coisas, principalmente por causa de Alicia. Ao contar o tempo passado em Favara, não mencionei a ele Bertrand e a consideração com que me tratara, nem a minha conversa com Alboíno, ou os votos trocados com Alicia. E agora, na sua maneira educada característica, ele me dava provas de que não dependia de mim para saber o que eu fazia, que tinha outras fontes. Era tão mais poderoso que eu, tão mais rico; as joias e sedas que ele vestia eu não teria podido comprar com um ano dos meus salários. Por elas fiquei sabendo que ele tinha percorrido a cidade em cavalgada, como fazia regularmente, em companhia de outros sarracenos importantes, para mostrar pelo seu esplendor o esplendor maior do rei, um esplendor velado naqueles dias — o rei agora raramente era visto em público.

— Muito bem, você deve estar se perguntando por que o chamei.

— Sim, senhor.

Como sempre, ele começou cautelosamente, dizendo-me o que eu — e grande parte de Palermo — já sabia. Depois do fracasso da cruzada e da retirada em derrota de Damasco, Luís, o rei dos francos, tinha ficado na Palestina durante o inverno para visitar os lugares sagrados da Terra Santa.

— Os que o acompanhavam dizem que ele se prostrou em todos os santuários. Não toca o solo apenas com os joelhos e a cabeça, como fazemos, mas com todo o corpo. É muito pio, mas o Deus dos cristãos não veio em sua ajuda na Síria.

— Ele não culpa a Deus pela derrota, culpa os bizantinos.

Yusuf riu, uma coisa rara nele, embora eu não visse a razão, pois não tive a intenção de fazer graça.

— Bem, a culpa dever cair em algum lugar. O rei Luís partiu para casa em abril, e depois de muitas desventuras deve desembarcar na costa da Calábria nos próximos dias. Lá ele vai esperar pela rainha Eleonora, e em seguida o casal real seguirá até Potenza, onde será recepcionado pelo rei Roger. Serão convidados do rei durante alguns dias, e depois seguirão viagem para Paris. — Fez uma pausa, sorrindo. — Um encontro frutífero para as duas partes, é o que todos esperam. Todo esforço será feito para aumentar em Luís a certeza de que a culpa é dos bizantinos. E não de Deus, não é? Bizâncio também é nosso inimigo. Os que se unem a nós na inimizade são nossos amigos. Uma aliança com o reino dos francos seria de grande valor para a Sicília nesses tempos turbulentos.

Ele me olhou durante alguns instantes, e o sorriso desapareceu.

— Tudo isso é do conhecimento geral. Chegamos agora a algo que não é. Chegou a nós um pedido da Cúria Régia, sob o selo do Chanceler, para que Thurstan Beauchamp, nosso provedor, seja enviado a Potenza antes da comitiva real, para colaborar nos preparativos dos entretenimentos de suas majestades. Primeiro Favara, e agora isso. Você está em grande evidência, isso está claro. O que não está tão claro é quem exige a sua presença.

— Mas cabe ao senhor de Potenza fazer esses preparativos. Ele já deve tê-lo feito. Como poderei ser de alguma valia, chegando lá tão pouco tempo antes da chegada da comitiva real?

— Tem razão, você não será de grande valia.

— Então? Deve haver algum engano.

— Não, não há engano. Sob a cobertura dessa convocação, você deve levar dinheiro para alguém lá. A quantia de 500 *tari*. O dinheiro não virá do Tesouro Real, embora a sua convocação tenha vindo através da Curia Regis. O dinheiro será dado pelo nosso Diwan e registrado da maneira usual, apesar de não se fazer menção aos objetivos, não será declarada a destinação dele. Pedem a mim que dê permissão sem me informar com que objetivo o dinheiro será gasto, nem a quem se destina. Tudo isso é altamente irregular, Thurstan Beauchamp, você não concorda?

— Estão tentando nos dividir, estão tentando destruir a confiança entre nós. — Nisso estavam tendo sucesso. Eu o sabia ao falar, soube pela expressão nos seus olhos, pelo tom de voz que usou e, acima de tudo, pelo uso irônico do meu nome inteiro, que antes ele usava como um pai quando tentava me lisonjear, convencer-me, mas que agora soava como um frio lembrete do meu sangue normando.

— Por que tentariam fazer isso? — Estávamos de pé no nicho da janela, o local das nossas conversas privadas. Ao falar, ele estendeu o braço fino até o meu ombro, mas não de uma forma amistosa — havia uma força surpreendente no aperto da sua mão. — Por que tentariam fazer isso? — repetiu, e senti o perigo que emanava dele, como já tinha sentido outras vezes, inspirando não exatamente medo, mas um prenúncio do que poderia significar ter esse homem como inimigo.

— Senhor, eu não sei. Como poderia saber? O senhor poderia recusar-se a me enviar.

Ele tirou a mão do meu ombro, sorriu e balançou a cabeça.

— O pedido vem com o selo do terceiro poder da terra. Pode mesmo ter as bênçãos do rei. Uma recusa direta não seria política. Ademais, não renderia frutos. Ao recusar, não se conhecem as razões. Trata-se de uma questão de dinheiro, e o dinheiro chega aos cantos mais recônditos e tem muitas utilidades. Foi por ele que saímos em cavalgada hoje, para que a nossa riqueza fosse vista, para que a nossa imagem reflita a glória do rei, que não é visto.

Concordei, mas não concordava completamente. Os francos que chegavam cada vez em maior número, e em particular os cavaleiros normandos, a cujas fileiras eu esperava me juntar, não entendiam a noção árabe de reinado; eram na verdade, hostis a ela. Roger era normando, era um deles, seu senhor feudal. Eles detestavam os sarracenos por afastá-los dele, por erguerem em torno dele uma cerca de divindade.

— Quando os muçulmanos e cristãos saírem juntos em cavalgada para homenagear o rei, esse será um tempo de grandeza.

— Você tem razão, devemos trabalhar para isso. Esperava que você e eu pudéssemos trabalhar juntos por isso, agora não tenho tanta certeza. De qualquer maneira, esse tempo não chegará logo. Existe ódio dos dois lados. Aqueles com quem eu saio em cavalgada são homens que ficaram ricos por seus próprios méritos, pelos seus serviços, não por um acaso de nascimento. Muitos chegaram aqui como escravos eunucos. Não têm família nem terra, nem poder fora do palácio. Sabem que apenas o rei pode protegê-los do ódio dos cristãos, e por isso fazem tudo o que está ao seu alcance para afastá-lo destes. Somente com a ajuda de Deus se pode mudar os corações. — Ele me pegou pelo braço, delicadamente dessa vez, e começou a me afastar da janela. — Não existe deus fora de Deus, e Nele confiamos. Em breve vão mandar chamá-lo, os que o escolheram para essa missão. Você vai ao local de encontro, vai ouvir atentamente o que dizem. Vai exigir saber o nome da pessoa a quem se destina o dinheiro, a razão pela qual ele está sendo pago. Se se recusarem a lhe dizer, você vai se recusar a ir, e eu o apoiarei nessa recusa. Quinhentos *tari* é uma soma alta demais para ser despendida sem que se saiba por quem nem por quê.

Prometi que faria o que ele me pedia.

— E se eu for realmente a Potenza, tudo o que acontecer lá e tudo o que me for dito será fielmente relatado ao senhor.

— Vou esperar o seu relatório. — As palavras foram ditas sem grande convicção, e me ocorreu que ele não se fiaria apenas no meu relatório. Eu já não era digno de confiança; alguém mais estaria em Potenza, alguém cuja missão seria não somente acompanhar os acontecimentos, mas também me vigiar.

Ele manteve o braço no meu ao me acompanhar até a porta.

— Ah, Thurstan, Thurstan — disse ao se despedir, nada mais que isso, mas senti tristeza no seu tom, e ela ecoava o meu próprio sentimento de perda.

A convocação chegou três dias depois. O emissário da Chancelaria me conduziu a uma câmara revestida de pedras ao lado dos arquivos. O arquivista já me esperava, um monge chamado Wilfred de Aachen, rosto muito pálido e olhar penetrante, lábios quase sem sangue e cabelo tendendo ao ruivo. Depois de algum tempo juntou-se a nós o lombardo Atenulf, que eu tinha visto em conversa com o abade Gerbert no pátio de San Giovanni degli Eremiti. Todos tinham o alemão como língua materna... Havia um nicho com uma porta baixa que levava diretamente aos arquivos, onde Wilfred trabalhava em colagens, anotações e cópias. Também se guardavam ali anotações sobre as pessoas da administração do palácio, um fato bem conhecido de todos. Em algum lugar entre aquelas prateleiras, recentemente desempoeiradas e consultadas, estariam detalhes da minha vida, origens, pais, toda a minha história desde a chegada à Sicília com a idade de 6 anos.

Uma mesa e cadeiras haviam sido colocadas aquele espaço, e nós três nos sentamos. Atenulf era um homem de pescoço grosso, de rosto cheio, olhos pequenos da cor de passas, uma voz agitada e o hábito de mostrar com frequência os dentes num meio sorriso de superioridade. Eu já sabia alguma coisa sobre ele — tinha pesquisado para saber mais. Tinha vindo da Áustria cerca de doze anos antes, o jovem filho de Arnulf de Tostheim. Gozava da proteção do vice-chanceler, Maio de Bari, embora eu não tivesse descoberto a razão. Fez fortuna com a criação de uma nova instituição, o Ofício da Fama do Rei, que se interessava pela forma como o rei Roger era visto pelos súditos e pelos estados estrangeiros. Enviava homens notáveis pelo dom da palavra para explicar aos povos as razões das ações do rei, colocando-as sob uma luz mais favorável; participava do processo de indicação de embaixadores, defendendo os mais capazes na justificação das políticas do rei; também aconselhava o rei no que tangia suas aparições públicas — dizia-se que fora por conselho dele que o rei passara a usar um dossel de seda vermelha acima da cabeça para proteger-se do sol, à maneira dos governantes fatímidas do Egito. Por todos esses meios Atenulf tinha progredido muito no favor da corte.

Ele me saudou cordialmente, tão cordialmente quanto lhe permitiam as suas maneiras, que eram desrespeitosas mesmo quando ele desejava, como agora, ser amistoso, e pensei como era estranho que uma pessoa que se fizera respeitado por colocar o rei sob uma luz mais favorável se apresentasse de maneira tão pouco atraente.

Começou me dizendo o que Yusuf já tinha me dito. Eu devia ir antes a Potenza, onde se daria o encontro dos dois monarcas. A razão da minha ida — a razão que seria dada a público — era ajudar nos preparativos dos entretenimentos.

— É razoável, fácil de aceitar. Afinal, você é o provedor do rei, e fez fama como tal. Por falar nisso, meus parabéns pelo sucesso das dançarinas anatolianas. Eu estava lá e assisti. Você também sabe manejar armas, e poderia fortalecer a guarda pessoal do rei.

— Nosso Diwan não tem a atribuição de proteger o rei, tratamos apenas de questões relativas aos impostos sobre suas terras.

— Mas você não se preparou para ser cavaleiro andante até a idade de 16 anos? Não estava prestes a ser admitido na Guarda Palaciana quando Yusuf Ibn Mansur o levou para a sua Douana e o enviou a Bolonha para estudar direito e o ofício de guarda-livros?

Era como eu tinha imaginado; eles estudaram toda a minha vida. Senti uma intenção de desqualificação nas suas palavras, algo quase involuntário, pareceu-me, habitual no trato com pessoas consideradas inferiores.

— O senhor sabe muito, mas não sabe que não existe curso de guarda-livros na Escola de Direito de Bolonha.

Uma expressão feia lhe anuviou o rosto, mas ele tentou disfarçá-la num sorriso.

— Homem algum sabe tudo.

— A um homem basta saber onde procurar — disse Wilfred, uma opinião muito natural num arquivista. Ao falar, ele se levantou, foi até a porta, abriu-a e olhou os espaços entre as estantes.

— Você está sendo esperado — continuou Atenulf. — Será recebido e conduzido aos seus aposentos. Uma pessoa vai se apresentar a você. Dirá que vem de Avellino, e você saberá que ele é o homem. Você responderá que tem um primo em Avellino, e ele responderá que assim você é um vizinho. Pouco mais que isso será exigido de você. Você lhe entregará o dinheiro, a quantia já foi acertada. Ele lhe dará uma coisa, um distintivo com um pássaro, como reconhecimento de que recebeu o dinheiro, e você o trará para mim. Não precisa saber mais nada. Tudo vai estar no seu ramo habitual de trabalho, nada de extraordinário, e é por isso que você vai ser enviado. Você é o encarregado dos pagamentos, não é verdade? Quando não está provendo espetáculos.

O desprezo havia voltado à sua voz, mas não foi isso que me irritou. Para além das ordens que recebera de Yusuf, eu não estava disposto a ser tratado de maneira desrespeitosa e ser mantido na ignorância. Era uma questão de dignidade — mais uma vez senti o olhar de Alicia sobre mim e lembrei-me do voto de ser digno dela. Ela não gostaria de me ver lambendo as botas desse intruso arrogante. Ele ocupava posição superior à minha, mas estava apenas agindo de acordo com instruções. Disso eu tinha certeza, apesar de não saber a razão. Portanto, ele não admitiria nada que pudesse ser entendido como um erro da sua parte, nada que o sujeitasse a dúvidas.

— O senhor fala como se eu não tivesse escolha além de aceitar imediatamente esta missão. Mas não é verdade, pois não se trata de uma missão prevista entre as tarefas e atribuições do meu Diwan; caso contrário, nós próprios teríamos sido notificados e teríamos tomado as providências usuais, eu não seria convocado assim, de fora. Preciso saber mais antes de concordar.

— Concordar? Ouça como late este cachorrinho, Wilfred. A sua Douana já concordou com esta entrevista, e isso equivale à aceitação da missão.

— *Animus promptus consensum valet* — disse Wilfred.

— Pode parecer sabedoria, mas não o é, nem em latim nem em nenhuma outra língua. A disposição para considerar não implica concordância, seja no direito ou na religião. Não é preciso ser versado em lógica para entender isso. O grandemente reverenciado Peter Abelard, numa carta em resposta a Bernard de Calirvaux, chama atenção para esses dois estados separados, o primeiro exemplificando a separação e solidão de cada alma individual, o outro levando à unidade de todas as almas em Cristo. Tenho certeza de que o senhor conhece esse texto. — Eu próprio não tinha certeza de que a fonte era realmente Abelard, e fiquei aliviado ao ver que nenhum dos dois conhecia o assunto a ponto de discordar. Aproveitando o silêncio que se seguiu, perguntei: — Quem é esse homem com quem devo me encontrar? A que se destina o dinheiro? Como poderei apresentar um relatório ao senhor do meu Diwan sem essas informações, particularmente se o dinheiro será lançado à nossa conta? Ele nunca concordaria com isso, ele faria um protesto à Cúria. Com todo respeito, excelência, se for o caso de o senhor não ter autorização para responder a essas perguntas, deve consultar a autoridade.

— Estou autorizado a dizer mais, com discrição — respondeu friamente. — Mas essa sua obstinação será informada. O homem é napolitano, seu nome é Spaventa. Ele tem um alvo em Constantinopla.

— Um alvo? O senhor quer dizer que ele é um assassino.

— Ele está atualmente sob nossas ordens.

— Entendo. Suponho que ele possa estar sob as ordens de qualquer um, se a paga for suficiente. E quem é o alvo?

— Eu lhe explico. Corfu caiu diante dos bizantinos, como sabemos todos. Isso só aconteceu por traição. Eles tinham provisões para um ano e muita água fresca. É fato bem conhecido que aquela cidadela é inexpugnável. Para os gregos era como atirar para o céu, eles nunca teriam como tomá-la. Alguém abriu os portões para o inimigo. Na calada da noite, alguém baixou a ponte levadiça, soltou os parafusos e serrou as correntes sobre o portão.

Estava descobrindo em Atenulf um fabulista de primeira. Seus olhos estavam fixos nos meus, ele baixou a voz para maior efeito. Agora eu entendia a razão do seu sucesso: construir a fama do rei também era de certa forma contar histórias. A forma como contou essa traição tão deliberada provocou horror na minha mente. Vi o Demônio agachado ao lado do traidor enquanto este serrava as correntes.

— Ele deve ter cúmplices.

— Não podem ser conhecidos por agora. Mas o capitão da guarnição, onde ele está?

— Como vou saber?

— Pois eu lhe digo. Está em Constantinopla, gozando a proteção de Manuel Comnenus, que lhe deu o posto de Comandante da Guarda Imperial. Não é preciso procurar mais, você não concorda?

— Então, esse Spaventa...

— Será o carrasco desse miserável traidor. Todos saberão que ninguém trai o nosso rei e continua vivo para gozar os frutos da traição.

— Pode-se confiar que ele não falará?

— Um homem que faz do assassinato sua profissão não fala, nem dos seus fracassos, nem dos seus sucessos. Não duraria muito se o fizesse. Você mesmo deve saber, já levou dinheiro para assassinos, não levou? Esse Spaventa é muito experiente e muito cuidadoso. Por isso é tão caro. O dinheiro que você vai levar é apenas a primeira parcela, a segunda será paga quando o serviço estiver completo. Ele é hábil, muito hábil. Faz a morte parecer um acidente ou suicídio, pode fazer dela um espetáculo público ou uma desgraça privada. É um artista, um formador de circunstâncias, capaz de entender a importância de um símbolo.

A dureza da sua expressão havia desaparecido completamente, dissolvida no calor do elogio. Falou como um mestre recomendando outro, um homem fiel ao próprio coração.

— Então — levantei-me —, o espetáculo público vai acontecer em Constantinopla?

— A maneira precisa ficou a cargo dele. Deve ser uma morte notável, memorável. Foram essas as instruções que eu lhe dei; coube a mim definir a fama, a marca que vai deixar nas mentes dos homens. Esse traidor poderá ser encontrado pendurado de cabeça para baixo numa praça pública com os testículos enfiados na boca, talvez vestindo roupas femininas, ou um nariz falso, ou um chapéu de palhaço. Talvez apenas a sua cabeça seja encontrada, enfiada numa lança. Alguma coisa de que os homens sempre se lembrem, que represente um aviso. Conhecerão o poder e alcance do nosso rei, que tem um braço longo para se vingar daqueles que o traíram.

— E o nome do homem a ser assassinado?

— Enrico Gravina.

Despedi-me, satisfeito de ter tirado deles a informação que exigia. Eu mesmo não acreditava que tais ordens tivessem vindo do rei, ele estava num nível acima disso tudo. Pareceu-me que esse Spaventa e quem pensou em contratá-lo, e Atenulf, encarregado da fama do assassinato, e eu, que deveria levar o dinheiro do pagamento, éramos todos iguais ao meu amigo Mohammed, criaturas que se devoram e lutam abaixo da superfície da água sobre a qual desliza o navio de prata do rei envolto em luz. As palavras de Yusuf me voltaram à mente: *Ele é justo, coisas injustas são feitas em seu nome...* Mas dessa vez não havia injustiça, o traidor merecia morrer. Não seria mais digno sequestrá-lo, julgá-lo num tribunal da corte do rei diante das pessoas que traiu? Não seria uma tarefa impossível para homens resolutos. Mas não seria o rei Roger quem o decidiria, ele não tomaria conhecimento, caberia às criaturas abaixo da superfície. Por que eu lutava tanto para afastar do rei o conhecimento dessa morte planejada, para mantê-lo isolado no seu brilho? E por que, para o meu espírito hesitante, essa luta parecia sempre maior?

XIX

No mesmo dia fui a Yusuf e lhe fiz um relato detalhado. Então Wilfred tentou resolver a questão com quatro palavras latinas. É muito típico do clero romano. Para eles, o latim é a fórmula mágica. Não importa o problema, ao expressá-lo em latim você já o resolveu antes de chegar ao verbo. E isso se baseia exatamente no que devia fazê-los parar para pensar, o fato de serem necessárias tão poucas palavras. O latim é excelente para inscrições ou lápides, onde falta espaço. Mas ninguém deve sonhar que tal concisão sirva aos interesses da verdade, pois dá-se o oposto, a verdade se obscurece porque não resta espaço para a dúvida. A língua árabe é muito superior, é mais ampla e insinuante. Não vemos a verdade como uma borboleta morta presa num alfinete, seguimos a sua luz pelos caminhos e florestas onde vive.

Calou-se por um momento, enquanto o prazer causado pela comparação esmaecia no seu rosto.

— Wilfred de Aachen foi durante algum tempo monge no mosteiro de Groze, na Mosella. Da mesma comunidade é Gerbert, que desde então progrediu muito e logo será nomeado representante do papa em Benevento, um posto muito importante, sob o controle da Cúria Romana, geralmente dado a um italiano, nunca a um alemão.

— Talvez haja quem o recomende na sua terra natal.

— Sim, é possível.

Não tinha informado Yusuf do meu encontro com Gerbert e seu companheiro na Capela Real, por não considerá-lo importante, mas lhe contei da conversa reservada de Gerbert e Atenulf no pátio da igreja de San Giovanni, e acho que essa conversa estava agora na sua mente, apesar de ele não fazer menção direta a ela.

— É possível — repetiu. — Vamos tentar saber mais sobre esse prelado. Tenho a sensação de que ele vai recompensar o nosso escrutínio, e também o arquivista. Pode ser apenas acaso, mas se vê aí a forma de um triângulo, e já descobri que essa forma raramente se apresenta por acaso.

— Um triângulo?

— Gerbert e Atenulf, Atenulf e Wilfred, Wilfred e Gerbert.

A mim pareceu mais um círculo, mas não o disse.

— Entendo. Bem, como lhe contei, senhor, eles tomaram todo cuidado para não explicar os seus propósitos.

— É claro, você transformou numa questão de sua própria dignidade, você não declarou que agia sob minhas ordens.

— Como sabe disso, senhor?

— Não o sabia com certeza, mas conheço você, meu bravo rapaz. Bem, não faz diferença. Por uma razão qualquer, eles esperavam que você insistisse. Teriam ficado desapontados se não o fizesse.

Encarei-o.

— Desapontados?

— Sabiam muito bem que Yusuf Ibn Mansur exigiria saber tais coisas antes de liberar o dinheiro através de sua própria tesouraria.

— Mas, se sabiam, por que o jogo?

— Não era exatamente um jogo, ou pelo menos não um jogo que se jogue apenas por prazer. Pense, Thurstan, meu jovem. Terei sempre de lhe ensinar as coisas? Todos esses anos comigo, e você ainda deixa de suspeitar os motivos alheios? Ou a sua mente estava ligada a outras coisas?

Quando olhei para ele em silêncio, sem saber como responder, lembrei-me de que ela de fato estava longe, e que era inútil tentar explicar a Yusuf; ele nunca entenderia, pois sua mente nunca se deixara seduzir pela imaginação. Talvez Atenulf fosse mais esperto do que eu pensava, mais esperto do que gostaria que se soubesse. Um Spaventa competente e versátil, o traidor orientado pelo demônio serrando as correntes, o rei na sua barca de prata...

— Você tem a noção do dever, é zeloso das ordens que recebe, é bravo; mas é aberto demais, claro demais, você deve cultivar a flor da suspeita, uma planta que ama a sombra. Muitas qualidades nos ajudam a servir ao rei: a inteligência da dedução, o instinto dos animais, a sabedoria da experiência. Mas duas coisas são essenciais, acima de todas as outras, a fidelidade e a suspeita, e a abundância de uma não compensa a carência da outra. Por que a demora, por que a relutância? Vamos, saia do sol e pense.

— Claro, ao parecer desvendar um segredo, maior seria a probabilidade de eu acreditar.

— Exatamente. No nosso mundo, a pressa em falar é vista como a marca do mentiroso. Você pagou o preço pedido. Você se afirmou diante da autoridade maior de Atenulf, insistiu diante da contrariedade dele. Sempre damos mais valor àquilo por que pagamos, não é verdade? E a conclusão de tudo isso?

— Se queriam tanto que eu acreditasse...

— Menor a probabilidade de ser verdade. Ótimo, estamos chegando lá. Mas não podemos cair no erro oposto de supor que seja verdade. A história se conforma ao cuidado de Atenulf com a fama do rei. Temos simplesmente de ter em mente que a razão dada pode não ser a verdadeira.

— Então o dinheiro pode se destinar a outro fim?

— É possível. E como o pagamento será feito pelas nossas contas... Entende?

— Entendo, sim. Poderemos ser responsabilizados pelo uso a que for destinado.

— Eram dois. Qual a necessidade de Wilfred? Do que você informou, a participação dele foi pequena. Mas as juras de dois valem mais que as juras de um, quando falamos de juras. Podemos estar certos de que ninguém mais fez menção pública a esse dinheiro ou a essa missão. Portanto, pode-se fazer acreditar que o objetivo sempre foi nosso desde o início. E como não podemos saber com certeza quais são esses objetivos...

Fez uma pausa e estreitou os olhos e ergueu as mãos com as palmas para cima, como se esperasse uma bênção ou orientação do alto.

— Somente Deus vê igualmente o oculto e o revelado. Há os que trabalham contra nós, que gostariam de me ver desacreditado. Somos vigiados por olhos famélicos, Thurstan, os olhos dos lobos. Eles me querem morto, mas não é só isso: querem este Diwan. Querem se lançar sobre ele, desmembrá-lo, arrancar daqui membro de membro, distribuindo os poderes e prerrogativas que pertencem a nós e se fartar com eles. O Diwan Real não é um monumento, não é como um castelo de muralhas fortes, não tem outra defesa que não o favor do rei. Departamentos nascem e morrem, unem-se e se dividem, conforme a vontade do rei — e daqueles próximos a ele. Se os inimigos tiverem sucesso, o *Diwan al-tahqiq al-ma'mur* deixará de existir, mesmo como lembrança. Parece-nos mais seguro dividir esse dinheiro em quantias menores e encontrar lançamentos de natureza inócua para elas. Então tudo será envolto em silêncio. O silêncio é de ouro, como diz o provérbio. Nesse caso, nem mesmo o tilintar do ouro será ouvido.

Sorriu, satisfeito, mas seus olhos continuavam fixos nos meus, e senti que ele procurava o efeito das suas palavras. A minha faculdade da suspeita, que ele considerava lamentavelmente inadequada, estava agora excitada. Não foram os poderes de narrativa de Atenulf que embalaram a minha mente: fora ele, Yusuf, ao demonstrar que levava a sério — até mesmo se irritava com ela — a retenção da informação, somente para me dizer que desde o início não acreditava. Por que antes ele me tinha desarmado? Para poder usar a minha ignorância, o fato de eu ser estúpido demais para ver? Mais uma vez senti que era usado por ele, enganado por ele. Por que me dizia o que pretendia fazer com o dinheiro? Tal confiança era rara nele. Ele não corria riscos — os lançamentos seriam feitos com astúcia, ele saberia bem como. Se pensasse que eu tinha novos senhores, teria confiado em mim? Talvez estivesse me testando, talvez esperasse que eu, por razões que eu ainda desconhecia, repassasse a outros informações sobre suas intenções.

Ainda sorrindo, com ar de total compreensão, a desempenhar o papel de sempre de pupilo querido, as perguntas se enrolavam na minha mente. Mas em meio a todas as perplexidades uma coisa agora estava clara para mim: eu, Thurstan Beauchamp, seria o portador do dinheiro, seria quem correria todos os riscos; não haveria registro desse dinheiro, ninguém admitiria ter conhecimento dele; se qualquer coisa desandasse enquanto eu o portasse, estaria em grave perigo. Naquele momento, ainda enfrentando o olhar fixo de Yusuf com toda firmeza que me era possível, decidi que, se tivesse sucesso na entrega desse dinheiro, a partir do momento em que o tivesse feito eu negaria completamente assunto, não daria o meu nome a nenhuma declaração, feita a quem quer que fosse, inclusive Yusuf. Estaria em Potenza como provedor do rei, e por nenhuma outra razão neste mundo.

Assim, neguei minha colaboração leal a Yusuf antes mesmo que ele a pedisse. E quando me lembro hoje dessa negativa, não posso deixar de pensar que ela teve papel importante no que viria depois. Pouco mais se disse entre nós. Como de hábito, ele foi cordial na despedida, disse que soubera do grande sucesso do meu canto que se seguiu ao grande espetáculo das dançarinas.

— Uma noite de sucessos — disse ele, e havia sutileza no seu tom, mas nenhuma má vontade. — E o *sorcot*. Novo? E a *chainse*?

Mais tarde, quando retirei o dinheiro, conversamos outra vez, e ele me desejou boa sorte, mas não me lembro do seu rosto naquela ocasião, nem do que dissemos. Lembro-me agora de que nos refugiamos no tópico usual das minhas roupas, a sua expressão divertida e dissimulada ao zombar delas, acentuando assim a consciência da mágoa que tínhamos sofrido, não como alguma coisa passada, mas gerada pelo ar que respirávamos todo dia, o ar que sustentava aquela planta voltada à sombra da qual ele falara.

São lembranças que agora voltam a mim. Nos dias que se seguiram, enquanto esperava a ordem de partida, um único acontecimento me ocupou a mente, eclipsando todo o resto. Era Gaspar trazendo uma mensagem, e veio aos meus aposentos guiado pela Signora Caterina, que respirava ainda mais alto sempre que havia um visitante, na esperança de um presente, dele ou meu. Era um bilhete escrito em pergaminho, preso por dois fios e unidos por um selo de cera vermelha onde se via a marca do anel que eu lhe dera, um círculo com um escaravelho no centro. Penso que poucas vezes tão breves palavras deram tamanha alegria a um mortal. Ela iria a Potenza na comitiva do rei, acompanhada por membros da sua família. Anunciaríamos então o nosso noivado diante de todos e diante do rei, e por esse ato nossos votos seriam firmados. *Meu amor, conto as horas.*

Gaspar esperou ali enquanto eu lia. Era apenas um serviçal, ainda que elevado, e lutei para permanecer impassível sob seu olhar, não sei com que sucesso. Minha alegria quase se igualou ao meu espanto. Conseguir ser incluído na comitiva do rei com um prazo tão curto, e numa visita de estado! Mal tinham se passado três dias desde que eu ficara sabendo que ia. Mais uma vez percebi como era grande a influência da sua família na corte, ainda que não devesse ser seu pai quem a exercia, perdido como estava na escuridão da mente...

— Diga à sua senhora que estarei lá.

Ele fez uma cortesia e teria se retirado, mas no último momento ocorreu-me perguntar como ele tinha me encontrado, como soubera onde eu morava. Ele me olhou sem expressão durante um instante, como se ligeiramente perdido, surpreso pela minha simplicidade ao fazer tal pergunta. Então disse:

— Investigamos. Minha senhora considerou melhor entregar a nota em particular.

Com isso ele se despediu novamente, deixando-me, como sempre acontecia quando tratava com ele, bastante espantado com relação à natureza dos seus deveres na casa de Alicia.

Viajamos de navio de Palermo a Salerno, e de lá por terra até Potenza. Éramos oito, sendo todos os outros membros da casa do rei enviados com antecedência para ajudar nos preparativos para a chegada real: uma mulher encarregada dos guarda-roupas, duas serviçais que estavam sempre juntas, dois sargentos normandos que tentavam constantemente separá-las, um siciliano encarregado dos estábulos e um encarregado das adegas enviado por Stephen Fitzherbert a quem eu já conhecia ligeiramente, um grego de nome Christodoulos, muito feminino nos modos e na fala, mas de ombros e braços muito fortes por ter de levantar barris.

Um grupo misto — em circunstâncias normais não teríamos muito a dizer uns aos outros. Mas a chegada do rei Luís às nossas praias havia gerado uma inundação de boatos em Palermo e foi o tópico de nossas conversas durante grande parte da viagem, apesar de eu mesmo falar muito pouco, preferindo geralmente escutar.

Não ouvi nada que fosse novo para mim, mas tomei consciência, mais uma vez, de como os humildes se alegram com a infelicidade dos grandes, e como é fácil um tipo de erro se confundir com outro, já que todos vinham da mesma caixa. Erros de um ou outro tipo eram abundantes desde que o rei Luís partira à frente de um exército franco, atravessando a Baviera na segunda cruzada. Tinha então 26 anos, era famoso pela piedade e por pouca coisa mais — certamente não pela força de caráter nem pela capacidade militar. Viajando com ele ia a sua esposa, Eleonora de Aquitânia, sobrinha de Raymond, príncipe de Antióquia, a maior herdeira da França, e tão decidida — alguém, como alguns participantes do grupo, diria obstinada — quanto era hesitante o seu marido. Já então, de acordo com algumas pessoas da sua comitiva, havia tensão e mau humor entre os dois.

A triste história das vacilações e falhas do rei de França, culminando com a decisão desastrosa de comprometer suas forças num ataque a Damasco, era conhecida de todos, como o eram as terríveis perdas sofridas durante a retirada. O que mais interessava aos meus companheiros de viagem eram os meses anteriores ao fiasco, principalmente o tempo que a bela e espirituosa Eleonora e o lúgubre e devoto Luís tinham passado em Antióquia.

— Temos de lembrar os problemas por que ela passou — disse a dama do guarda-roupa. — Não podemos julgar com muita severidade. — Ela era uma dessas pessoas que, sob a aparência de compreensão e perdão, insinuava uma forte desaprovação do comportamento da rainha. — Quase morreu pelas mãos dos turcos infiéis. Quase naufragou no mar. Não é de admirar que estivesse feliz ao chegar a Antióquia e cair nos braços do tio, o príncipe Raymond.

— E ela não caiu só nos braços dele — disse o homem dos estábulos. — Caiu também na sua cama!

Sobre essa questão o grupo se dividiu, pois não havia evidência de que Eleonora tinha dormido com o tio, mas a maioria considerava provável, já que ela havia procurado a sua companhia e não tinha feito segredo de que a preferia à do marido.

— Incesto é incesto — disse uma das serviçais. — Mas como homens, não há comparação. O príncipe Raymond é um homem de verdade, tem um belo rosto, é forte e bravo na batalha, e sabe falar a uma mulher. Eu mesma gosto mais desse tipo de homem.

Houve concordância geral com relação a essas vantagens de Raymond, ainda que nenhum de nós tivesse jamais posto os olhos no príncipe.

— É um grande comandante no campo de batalha — disse um dos sargentos —, o que não se pode dizer do rei Luís.

— Na minha opinião, foram a sua reza e prostração infindáveis que a colocaram contra ele — comentou o homem dos estábulos. — Ela se cansou.

— Ela deveria ter ficado lá, na Antióquia, com o tio — disse Christodoulos. — Ela não queria mais seguir. Luís a arrastou ao navio à força. Ela não vai perdoá-lo. Eu não iria, se fosse comigo. Bem, e vocês?

Como já disse, participei pouco da discussão, a não ser por uma ou outra palavra para não parecer assumir ares de superioridade — caso contrário eles não falariam diante de mim. Por causa do meu ofício, eu sabia de coisas que eles ainda não sabiam. Que Eleonora queria o divórcio. Sabia que seu tio amado, abandonado por Luís, havia sido morto cerca de três semanas antes, no que muitos consideravam um ataque suicida às hostes turcas — havia atacado com 400 cavaleiros e menos de 1.000 infantes. Eu sabia que sua cabeça tinha sido enviada numa caixa de prata ao califa de Bagdá como prova de que o grande inimigo do Islã estava realmente morto. E eu sabia que Eleonora tinha recentemente tomado conhecimento de tudo isso e culpava o marido, que, por ciúme, negara ao tio dela o apoio dos francos na defesa de Antióquia.

Nada disso constituía um bom presságio para o casamento, e eu estava convencido de que os dois não continuariam juntos por muito tempo mais, embora se ouvissem rumores de que uma última tentativa seria feita: depois de Potenza, eles viajariam a Tusculanum, onde o papa Eugenio residia, para lhe pedir orientação espiritual. O resultado do conselho do Santo Padre me interessava, já que poderia influenciar a perspectiva de uma aliança entre a França e a Sicília, mas achava que não teria influência sobre a minha sorte pessoal, pelo menos não naquela época.

No final, eu estava cansado da viagem e da companhia, e dos uivos incessantes dos lobos nas colinas em torno de Potenza, e fiquei feliz ao ver a torre do castelo construído em terreno alto. A noite começava a cair e ainda havia luz. A sentinela nas ameias viu que nos aproximávamos, a ponte levadiça foi baixada e entramos pelo portão, que havia sido erguido para nossa passagem — era um portão deslizante de invenção recente que podia ser levantado e abaixado por um guincho. Observei que os soldados no portão, além do machado e da lança, portavam bestas de aço, uma arma que tinha sido expressamente proibida pelo Concílio de Latrão dez anos antes por ser muito poderosa e assassina; nas mãos de alguém que soubesse usá-la, essa arma era capaz de matar um homem a 400 passos. Esse era o castelo de Vincent de Faye, Senhor de Potenza, que tinha esse feudo em vassalagem ao rei Roger — somente os barões mais poderosos tinham coragem de assim desobedecer à proibição da Igreja. Mas eu não acreditava que uma arma tão eficaz pudesse ser suprimida durante muito tempo, e achava provável que em mais uma década se veria seu uso generalizado.

Nos separamos no portão, alguns indo para o pátio interior. Fui levado por uma escada pequena a um quarto encravado na própria muralha. Era pequeno, tinha uma abertura estreita na parede do lado que dava para a cidade, e um pequeno banco sob ela, de forma que era possível sentar-se à luz, o que me agradou. Sempre detestei cômodos sem luz direta do sol; uma das coisas que eu mais desejava e mais esperava herdar era a janela de Yusuf.

Sobre a porta havia uma grossa barra de carvalho, sempre uma visão agradável para quem porta dinheiro, e eu a coloquei no lugar antes de dar atenção a qualquer outra coisa. A cama já estava preparada para mim, e vi com aprovação que as grades laterais eram justas, de forma que os lençóis não escorregavam, não importando o quanto eu me mexesse durante o sono; de fato, a um exame mais detalhado, o olho experimentado de Thurstan, o viajante, notou que não havia um, mas vários colchões, e que todos eram macios e o de cima era de penas. Havia uma lamparina a óleo e um candelabro de bronze com uma boa vela de cera, um tapete pequeno junto da parede, uma mesinha com uma bacia e uma jarra, uma toalha pendurada na parede; a água na jarra era limpa e a jarra estava tampada para que ela continuasse fresca; a toalha também estava limpa e perfumada.

Tudo estava em boa ordem. Não passava da atenção usual dedicada a um hóspede, mas pensei em Alicia — talvez fosse obra dela. Tentei imaginar o quarto que lhe fora destinado. Como hóspede importante, ela deveria estar no andar de cima da torre, a alguma distância, um local difícil de ser acessado discretamente. Mas se realmente ela tivesse dado ordens para a preparação do meu quarto, talvez tivesse conseguido que o seu ficasse próximo, a poucos passos de distância... Não havia muito tempo. O rei Roger era esperado a qualquer dia. Eu a tomaria em meus braços, a apertaria ao meu peito, sentiria a sua presença calorosa e ofegante. Parecia tanto tempo, desde que ela se afastara de mim entre as árvores de Favara, deixando uma breve visão contra a luz da fogueira que ficara escondida entre as sombras do atracadouro... Eu sentia necessidade não de reviver ou restaurar nosso amor, mas de mantê-lo firme na nossa vida do presente, em que a minha situação era precária e eu pouco sabia sobre Alicia. A fim de mantê-la perto de mim quando estávamos separados, eu recorria à lembrança de quando éramos crianças, crescendo juntos e nos amando.

Esse castelo de Potenza era maior que o de Richard de Bernalda, a torre tinha três andares e havia outros edifícios externos. Mas tudo era familiar, o brilho da luz sobre a pedra gasta, o cheiro da palha estendida no chão, os sons que vinham de fora, o barulho de homens em cota de malha marchando nas ameias acima, sons do pátio da cozinha, o relinchar distante de cavalos no curral de dentro da muralha. Voltei aos anos da minha infância, quando essas visões e sons foram as primeiras marcas da solidão, longe de casa, e então os sons se tornaram familiares, acompanhando os meus sucessos com o dardo e a lança, a luz do amor que via nos olhos de Alicia. Ali ficara, naqueles anos passados, com o coração batendo, esperando ouvir seus passos. E aqui era um bom lugar para trocarmos os nossos votos, *verba de praesenti e futuro*, que aos olhos da Igreja nos ligaria no sacramento do casamento.

À aproximação da noite, um servo, velho e de movimentos lentos, veio trazendo a ceia numa bandeja para mim, peixe grelhado e legumes cozidos e uma caneca de vinho novo. Meu quarto ficava distante da cozinha, um percurso que o serviçal tinha demorado a percorrer, e por isso a refeição já não estava quente, mas era boa, ou assim me pareceu — não comia nada desde a manhã. O salão de banquetes estava sendo preparado para a visita real, disse-me ele — dizia-se que o rei deveria chegar depois do dia seguinte pela manhã. Ele acendeu a lamparina e me perguntou se precisava de mais alguma coisa, e então se retirou lentamente, e eu o acompanhei até a porta para trancá-la.

A solidão não me deixou triste. Não queria sair estando ainda de posse do dinheiro. E queria aproveitar o tempo lentamente, e manter quentes as minhas esperanças para os próximos dias.

Estava lendo as memórias do abade Guilbert de Nogent, e já havia chegado aos acontecimentos de Laon em 1112, quando os mercadores da cidade tentavam se reunir numa comuna para alterar os impostos devidos aos nobres e ao clero. Subornaram o bispo para lhes dar apoio e libertá-los da sua jurisdição, mas no momento crítico ele renegou a palavra empenhada e decidiu guardar o dinheiro e seus poderes. Mas o povo se levantou contra ele. Cercado no palácio pela populaça enraivecida, ele se vestiu com as roupas de um serviçal e se refugiou no depósito da igreja, escondendo-se dentro de um barril. Mas foi descoberto e arrastado para fora e, apesar de todas as súplicas e promessas, barbaramente assassinado com um golpe de espada que lhe abriu a cabeça e desmantelou o cérebro. Guilbert descreve minuciosamente esse ferimento assustador, e também as mutilações e indignidades impostas ao corpo mais tarde, no entanto o que me mais impressionou na leitura foram as coisas que o texto não explicava. Como descobriram o bispo assustado dentro do barril. Quem tinha cortado o dedo do pobre homem para arrancar o anel episcopal? Ninguém disputou a posse do anel? O nome do assassino está no texto, Bernard de Bruyères. E me pareceu estranho que o nome de um homem ali permanecesse por causa de um único corte de espada, enquanto outros cujas vidas foram cheias de boas ações jazem anônimos e esquecidos embaixo da terra.

Essas perguntas me enchiam a mente quando ouvi alguém bater de leve na minha porta, muito levemente — um som que poderia ser feito passando a unha no painel de madeira. Depois de alguns momentos o ruído se repetiu. Todos os pensamentos sobre o desafortunado bispo me abandonaram. O som abafado, que lembrava tanto seus cuidados e segredos. Ela era cheia de recursos, isso eu já sabia há muito; tinha encontrado a oportunidade de chegar mais cedo para que tivéssemos algum tempo para nós mesmos.

Em dois passos cheguei à porta, soltei a barra de madeira e abri. Um homem de estatura mediana, vestindo elegantes e caras roupas de cor vermelha escura, estava parado à minha frente, e deu um passo para trás diante da minha alacridade. Não fez nenhum outro movimento, mas observei que ele olhou para as minhas mãos antes de olhar para o meu rosto, e então eu soube de quem se tratava, sentindo-me um tolo na minha ansiedade.

— Não o esperava tão cedo — falei, uma frase que não deveria ter dito, mas a primeira que me veio à cabeça.

Durante vários momentos ficamos os dois imóveis. Então ele deu um sorriso leve e disse em italiano:

— Jovem, essa forma apressada de abrir portas ainda há de lhe trazer pesar. Aceite esse conselho de quem já viveu mais. Sempre se mova lentamente enquanto não tiver necessidade de se mover depressa. Venho de Avellino.

— Meu primo mora lá — respondi, abrindo espaço para ele entrar.

— Então somos vizinhos. — Ele parou no meio do quarto, olhando em volta, para as paredes, o teto, o vão da janela, como se para ilustrar o conselho sobre a lentidão. Tinha olhos castanhos muito juntos e uma pele mais escura, mas o mais notável nele era o belo molde da cabeça, de que ele claramente se orgulhava, pois usava o cabelo bem curto, como pele de toupeira.

— Você esperava alguém.

— Pensei que fosse outra pessoa.

— Nunca sou outra pessoa. Sou Spaventa. Quem espera Spaventa não deve esperar outra pessoa.

Havia um tom velado de ameaça nessas palavras, e no modo como seus olhos me fixavam. Procurei uma explicação na minha mente.

— Pensei ser alguém vindo buscar os pratos.

Seus olhos se voltaram para a bandeja sobre a mesa, onde eu a colocara sem jeito ao lado da bacia e jarra.

— Por que bateria tão de leve? É muito cedo para dormir. E tanta pressa para atender um serviçal? — Fez uma pausa. — Talvez não fosse um homem?

Não respondi, julgando mais seguro deixá-lo chegar às suas próprias conclusões — teria mais confiança nelas.

— Você esperava que ela demorasse um pouco. Talvez ela tenha prometido, você é um belo jovem. E ela bateria de leve, é claro. Você abre a porta e à sua frente só vê Spaventa.

— Trouxe o dinheiro para o senhor. Está na minha sacola na cama. — Não fiz nenhum movimento até ele assentir com a cabeça: com um homem assim é aconselhável explicar a intenção antes de qualquer movimento.

A sacola era pesada. Segurei-a com as duas mãos para levá-la a ele. Ele se sentou no tapete com as costas na parede tendo-me bem à sua frente, e esvaziou as moedas no chão à sua esquerda, mantendo-as dentro do círculo do seu braço. Observei-o a contar o dinheiro. Suas mãos eram firmes e precisas ao juntar as moedas em pilhas de dez, cada pilha então voltava para a sacola e a contagem era mantida com riscos feitos no chão com a faca — que ficava bem perto do seu lado direito. Seus dedos eram grossos e pareciam muito fortes. Lembrei-me dos dias de treinamento para me tornar cavaleiro, quando reforçávamos a força das mãos e dos músculos do antebraço apertando duas barras de metal ligadas por uma mola. Pela aparência das suas mãos e punhos, Spaventa tinha passado muito tempo nesse exercício.

Não tive exatamente medo dele, e de qualquer maneira ele não teria interesse em me ferir, eu tinha de voltar a Palermo com a sua prova de recebimento. Mas confesso um sentimento de admiração ao vê-lo colocar as últimas moedas na sacola. A admiração que já tinha sentido antes ao entregar dinheiro a assassinos. Dali, ele iria a uma cidade distante para caçar um homem cujo rosto nunca tinha visto, contra quem não tinha queixas, e tiraria a vida desse homem da maneira que lhe fosse pedida. E não veria no pagamento nada diferente da quantia recebida por qualquer outra atividade bem-executada, como, por exemplo, o trabalho de um pedreiro ou de um adivinho ou de um advogado.

Tirou um pequeno objeto de uma dobra no seu casaco junto do pescoço.

— Leve isto com você, como prova de que eu recebi o dinheiro.

Ainda sentado, ele o estendeu para mim, obrigando-me a percorrer a distância entre nós. Era de esmalte azul, tinha a forma oval e um pino atrás, e correspondia à descrição de Atenulf, com uma espécie de falcão vermelho muito pequeno no centro.

A faca ainda estava ao seu lado, ao alcance da sua mão direita. Seu rosto não demonstrava nada, mas eu sabia que ele não teria mais tanta confiança em mim, agora que eu já tinha a prova. Pensei que ele fosse sair imediatamente, agora que o dinheiro já tinha sido pago, mas não demonstrou nenhuma disposição de ir embora. Era claro que tinha vontade de conversar.

— Bem — disse —, então temos de tentar de novo.

Não entendi bem, embora ele pensasse que estava claro. Pelo que eu sabia, nunca tinha havido qualquer atentado contra a vida do antigo comandante da guarnição de Corfu. Talvez ele se referisse em termos gerais à necessidade de renovar esforços numa batalha sem fim...

— É, determinação e tenacidade de propósito são muito necessárias no serviço do rei.

Ele deu um risinho curto.

— Vejo que você tem humor. No Monte Tabor vamos servir bem a ele.

Com isso, passei da incerteza para a perplexidade. Parecia que ele respondia ao que julgava ser uma pilhéria com sua própria pilhéria. Mas não havia riso no seu rosto. Os conselhos de Yusuf e meus anos passados no Diwan vieram em meu auxílio. *Dê a impressão de saber, balance a cabeça, espere para saber mais*. Foi o que fiz, mas ele não acrescentou nada, apesar de continuar a me olhar. O silêncio se prolongou e eu considerei mais sábio encontrar um novo tópico de conversa.

— É muito dinheiro — disse, e era verdade, era muito mais do que eu jamais tinha pago por um assassinato. — Diga-me, o que poderia evitar que você fugisse com o dinheiro sem executar o que lhe foi encomendado?

Ele deu o mesmo sorriso estreito de antes.

— Fugir? Seria muito perigoso, amigo. Aqueles a quem eu traísse iriam me procurar. Colocariam pessoas competentes nessa busca, bem versados nesses assuntos. Naturalmente, eu poderia enganá-los. Sou Spaventa. Mas depois de tantos anos como caçador, não gostaria de ser caça. Além disso, existe a segunda metade do pagamento. É preciso respeitar os compromissos assumidos, como seria o mundo se não fosse assim? — Tornou a sorrir. — Por que essas perguntas, mestre pagador?

Ele tinha algo que me fazia falar com pressa. Respondi com as primeiras palavras que me ocorreram.

— Está arraigado em nós, o Evangelho nos diz que devemos amar o próximo. Está implícito que devemos primeiro entendê-lo, pois o amor não pode ser exercido na ignorância e ainda ter o mesmo nome.

— Você está enganado, jovem amigo. É apenas na ignorância do próximo que podemos amá-lo. As palavras de Nosso Senhor não contêm condições prévias, nenhuma ordem de que devemos conhecer o próximo para amá-lo, e o que quero dizer é o senso de conhecer ou entender o funcionamento da alma. E para tanto existe uma boa razão. Quanto mais o conhecemos, menos possível se torna amá-lo. Para Spaventa basta saber a direção em que voa o pato.

Nesse argumento vi uma fuga da opressão da sua presença, e continuei.

— Não posso concordar. No sermão da montanha, no Evangelho de São Mateus, Cristo nos diz que devemos amar não somente nossos amigos, mas também os nossos inimigos. Claramente, até mesmo para fazer a distinção, para saber quem são os inimigos, e o que os faz inimigos, temos de ver o próximo na sua diferença, não na semelhança. Na semelhança não existem amigos nem inimigos.

Pela primeira vez desde que entrou no quarto ele perdeu a expressão de meio sorriso. Apertou a boca e seus olhos se estreitaram num desprazer evidente.

— Jovem, cuidado, não gosto de contradições. Amigos, inimigos, são todos a mesma coisa, é como o oceano, todos o mesmo sal. Você procura água doce entre as ondas? Você é jovem, aceite o conselho de Spaventa: não se preocupe com distinções inúteis. Elas enfraquecem os olhos e prejudicam a mira. Conheça o voo do pato e onde esperar a sua passagem.

Eu entendia bem por que ele não queria se preocupar com diferenças. Todos os homens são estranhos para ele. Um estranho poderia ser ou não mais fácil de amar, mas seria certamente mais fácil de matar. Mas com o espírito da discussão que operava em mim, eu não queria ceder.

— É parte da nossa dignidade fazer distinções. Como o é discutir com um homem quando não podemos concordar com ele, principalmente se ele nos acautela contra isso.

— Você fala como um advogado.

— Estudei na Escola de Direito Romano, em Bolonha.

— É mesmo? Muito bem, vou lhe dizer uma coisa sobre Spaventa, e por que ele não gosta que o contradigam em questões de teologia.

Ouça com atenção. Gostei de você e por isso vou confiar em você. Antes de encontrar o verdadeiro caminho da minha vida, estava destinado ao clero. Minha santa mãe, que descanse em paz, desejava-o para mim. Mas o nosso Pai que está no céu quis de outra forma. Certa noite, à ceia, entrei numa discussão com um colega no seminário em Viterbo, onde nos preparávamos para receber as ordens. O tema da nossa discussão era a prova da existência de Deus de acordo com Santo Anselmo, também chamada prova ontológica. Eu mostrava ao meu amigo, que se sentava à minha frente, que era possível conceber um ser que não possa ser concebido como não existente, e que ele seria maior do que aquele que possa ser concebido como não existente e, portanto, se aquele relativamente a quem não se possa conceber nada que seja maior puder ser concebido como não existente, não será aquele em relação ao qual nada maior possa ser concebido. E ele, em vez de reconhecer a verdade dessa afirmação e me cumprimentar pela coerência do meu argumento, me contradisse e zombou da minha lógica. Riu na minha cara. O sangue me subiu à cabeça; havia na mesa uma faca de cozinha e num só movimento eu a agarrei e de um golpe abri a sua jugular.

Fez uma pausa. Um brilho lhe veio aos olhos.

— Foi o fim das minhas esperanças de ordenação, foi quase o meu fim; tive de fugir. Mas o talento já existia, dormia em mim até se manifestar naquela noite. Naquela fração de tempo, de todos os golpes que poderia ter dado, Spaventa escolheu o fatal. E foi melhor assim. Como padre, eu não teria feito grande figura no mundo. Por acaso ainda temos vinho? Se tivermos, podemos beber uma taça juntos e brindar a essa nossa grande empresa.

— Temos um pouco.

Fui até a jarra e enchi o copo para água. O que eu já tinha usado, tornei a encher para mim. Ele tomou o copo e esperou, observando-me, e eu entendi que ele esperava que eu bebesse primeiro como sinal de boa fé. Depois que bebi, ele ergueu seu copo.

— A César.

Pareceu-me um estranho brinde, mas pensei que sua mente ainda estivesse trabalhando os evangelhos.

— E a Deus o que é de Deus.

O movimento que ele fez em seguida foi mínimo: encostou-se na parede, ergueu a cabeça para me olhar melhor, de pé diante dele. Mas com aquele movimento sutil mudou toda a postura do seu corpo, tornou-se mais tenso e encurvado. Seus olhos brilhantes não tinham expressão, ou pelo menos nada que eu pudesse decifrar. Houve algo num primeiro momento, antes da prontidão involuntária do corpo, um salto de surpresa imediatamente disfarçado. Minha resposta ao seu brinde não fora a certa, a que ele esperava.

— Mas, é claro — disse ele mansamente. Pousou o copo, grande parte do vinho ainda dentro dele, cuidadosamente ao seu lado, guardou a faca no cinto, tomou a sacola de dinheiro com a mão esquerda, sem o menor esforço, e se levantou. Eu ainda não tinha me movido, ele deu três passos rápidos até a porta, tirou a barra e saiu.

XX

Não vi mais Spaventa durante a minha estadia em Potenza. Talvez tenha partido na mesma noite. Até hoje não tenho ideia de quem o ajudava a ir e vir com tanta facilidade; na época eu acreditava que havia alguém no castelo para lhe dar assistência por ordem de Atenulf. Uma vez entregue o dinheiro, meu coração ficou mais leve; não havia nada mais a fazer, a não ser esperar a chegada da comitiva do rei e a visão de Alicia.

Na tarde do dia seguinte, nos jardins entre a muralha externa e a interna do castelo, vi, no meio de um grupo de cavaleiros franceses que haviam chegado naquela manhã, antes do seu rei, um homem que me parecia um conhecido dos tempos em que nós dois éramos escudeiros — quando nos encontramos em várias ocasiões portando os escudos e cuidando dos cavalos dos nossos respectivos senhores em torneios. Não tinha certeza, os anos tinham se passado e tínhamos mudado; ademais, ele estava pálido e magro, como se tivesse sofrido alguma doença. Mas quando me aproximei e lhe perguntei se não era William Clermont, ele me reconheceu e me saudou pelo nome, e pareceu feliz em me ver. Afastamo-nos dos outros e caminhamos juntos, descendo por terraços até chegarmos a uma pequena *loggia* com bancos, onde nos sentamos à sombra.

Falamos de nós mesmos, sobre as coisas que nos aconteceram. Sua história era muito diferente da minha. Fora sagrado cavaleiro aos 19 anos pelo avô, o Senhor de Montescaglioso, e tinha voltado recentemente da Terra Santa, onde participara da cruzada. Perguntei a ele por que estava na companhia dos francos, apesar de ser tão ou mais siciliano do que eu, pois tinha nascido na ilha, descendente de uma família que viera com o exército normando invasor sob o comando de Robert Guiscard, tio do nosso rei Roger.

Disse que estava desesperado para participar da cruzada, e seu sorriso se contorceu ao dizer essas palavras, como se nelas houvesse um chiste amargo.

— Mais que tudo, eu queria participar dela.

Nenhum exército cruzado foi reunido na Sicília, pois o rei Roger declinou em participar. Por isso ele e o pai, e mais alguns seguidores de Godfrey de Enna, cruzaram a fronteira da França. Estavam presentes à Assembleia de Vézelay em março de 1146, para ouvir a pregação de Bernard de Clairvaux aos cruzados. Nunca ele tinha ouvido pregação como aquela.

Notei que as mãos de William começaram a tremer levemente, apesar de ele tentar disfarçar apertando-as contra as coxas, e que quando falava seus olhos fixos não tinham expressão, como se estivesse recitando uma lição decorada.

Que pregação, disse, havia tanta força nele! Edessa havia caído, os lugares santos estavam caindo nas mãos do infiel, os francos tinham sido dizimados pelas hostes bárbaras de Imad Ed-Din Zengi, suas mulheres foram vendidas como escravas. A multidão era enorme, grande demais para a catedral, e montaram uma plataforma no campo fora da cidade e foi de lá que Bernard falou, prometendo a remissão dos pecados a todos que participassem.

— Começamos a clamar por cruzes. Cruzes, deem-nos cruzes. O pano que foi trazido foi totalmente usado. Bernard rasgou o próprio hábito para fazer mais cruzes. Os homens lutavam pelos trapos do seu manto. — William ergueu a mão trêmula e tirou do peito um pedaço de tecido escuro e rasgado. — Guardei a minha — disse, e riu baixinho, embora os seus olhos nada tenham perdido da sua fixidez.

Eu começava a me sentir mal por causa da sua expressão, e particularmente pela mudança na sua voz, que era muito viva quando ele me saudou, mas que agora se reduzia a um murmúrio monótono.

— Guardei comigo.

— Para lembrar a cruzada?

— Para lembrar o tempo anterior, quando não sabíamos, quando clamávamos por cruzes. Todo mundo gritava. Eu não sentia a diferença entre os gritos nos meus ouvidos e os da minha garganta. Cruzes, deem-nos cruzes!

Mais uma vez ele apertou a mão sobre as coxas, olhando fixamente para o nada, como se ouvisse aqueles gritos outra vez. Ele não me olhava desde que começara a falar da pregação de Bernard, mas eu agora sentia que tinha sido a causa inocente da sua tristeza, que a surpresa do nosso encontro o havia abalado, fazendo-o falar dessa maneira.

Ele recebeu a cruz na mesma noite, entre a baixa nobreza, depois do rei Luís e de seu irmão Robert, conde de Dreux, e Alfonso Jordan, conde de Toulouse, e Henry, herdeiro do condado de Champagne, e William, conde de Nevers.

— Imediatamente após esses, os vassalos reais — disse ele, e eu notei como, mesmo no meio da sua confusão, ele tinha o cuidado de relacionar esses nomes ilustres, e demonstrava satisfação por ter estado em tal companhia. Everard de Barre, grão-mestre do Templo, também se juntou a eles com um grupo de cavaleiros da sua ordem, e muitas grandes damas acompanharam seus maridos, Eleonora de Aquitânia, as condessas de Flandres e de Toulouse...

A relação de nomes acalmou-o um pouco, e aumentou o tom de sua voz, mas durou pouco. Havia um pesadelo no seu rosto quando ele recomeçou, um pesadelo já de dois anos passados, mas ainda tão fresco na sua mente como se tivesse ocorrido na véspera. O exército alemão, sob o comando do imperador Conrad, havia partido antes, deixando Niceia em outubro.

— Não tínhamos notícias deles. Recebemos a notícia de que haviam tido uma grande vitória sobre os turcos, mas os corpos que encontrávamos eram alemães, não turcos. Quando chegamos a Niceia, descobrimos que foram massacrados em Dorileu pela cavalaria seljúcida, e que Conrad tinha fugido do campo de batalha. Quanto mais avançávamos, mais corpos encontrávamos, cada vez mais corpos, homens e cavalos empilhados, um cheiro fortíssimo de carne putrefata. Não respirávamos ar, respirávamos morte.

Pela primeira vez desde que começara a falar, William virou o rosto para mim, e eu vi o suor orvalhando seu cenho.

— Tantos corpos. Sabíamos que os alemães eram nós mesmos. Estávamos olhando para nossa própria morte, cheirávamos nossa própria putrefação.

Então, a chegada a Jerusalém e a grande Assembleia em Acre. Ele se lançou novamente no recital de nomes e títulos: o rei Balduíno de Jerusalém, o patriarca Fuller, o arcebispo de Cesárea e o de Nazaré, os meios-irmãos de Conrad, Henry Jasomirgott da Áustria e Otto de Freisingen, Frederico da Suábia, Welf da Baviera...

Ele rezava esses nomes como uma lição decorada, o que lhe dava algum conforto, tal como antes, uma litania sempre repetida. Mas suas mãos ainda apertavam as coxas. E o que eles decidiram, ele me perguntou, esses príncipes e prelados? Tentou um riso. Nunca houve ilustração melhor do versículo de Isaías, *reúnam-se e debatam, e tudo há de resultar em nada.*

A loucura da decisão de atacar Damasco já era bem conhecida, bem como a ambição por terras que levou a ela. O que ninguém poderia saber, a menos que tivesse passado por eles, era dos sofrimentos da retirada em direção à Galileia.

— Há um ano, quase exato. Quente como aqui, muito mais quente. Você imagina o deserto como um lugar claro, como a areia das praias sicilianas. Mas aquele deserto é o calor do inferno, cinza-escuro. O calor queimava o rosto como uma chama, quando se olhava para baixo, e o vento o feria quando se olhava para cima. Não havia ordem na retirada, éramos uma multidão, um alvo fácil. Os turcomanos não formam uma cavalaria, como a entendemos os normandos; são arqueiros montados, movem-se depressa. Colavam-se aos nossos flancos, milha após milha, fazendo chover flechas sobre a massa que nós éramos. O caminho ficou juncado de corpos de homens e cavalos. — Ele pegou o meu braço acima do cotovelo. — Você entende? Já o tínhamos visto. Os mesmos corpos, nossos corpos, o mesmo fedor. Sinto o cheiro durante o sono, e acordo.

Eu sentia o tremor da sua mão no meu braço e tive um acesso de pena dele, e ao mesmo tempo estava desapontado por um homem mostrar assim toda a sua fraqueza, ele que tinha sido treinado na arte de escondê-la.

— Tudo isso vai passar — falei.

— Você não poderia saber, era como raios vindo do céu. Você seria perseguido e veria o arremesso da flecha; você ouviria o barulho e sentiria o golpe. Meu pai foi morto, recebeu uma flechada na nuca. Tinha tirado o elmo por causa do calor. Eu estava ao seu lado, ouvi quando a flecha o atingiu. — Fez uma pausa e abriu os lábios e expirou por entre dentes crispados, fazendo um som igual à subida de uma ave forte. — A flecha atravessou seu pescoço, vi a ponta surgir abaixo do seu queixo. Ele continuou a viagem com a garganta perfurada, então o sangue chegou à ponta da flecha e ele caiu do cavalo. Deixei-o lá, para apodrecer, não havia tempo, foi deixado ao tempo, sob o sol, como todos os outros. À noite, sinto o cheiro, o fedor dos homens, dos cavalos e do meu pai putrefatos, e clamo pelo tempo anterior à ganância, rivalidade e todas as mortes, pelo tempo em que clamávamos por cruzes.

Ele parou; sua mão se afastou do meu braço e o silêncio caiu entre nós. Gostaria de ter podido lhe dizer algumas palavras de conforto, mas não as encontrei. Parecia-me muito melhor continuar vivo, ainda que sob o domínio de um pesadelo que não desaparece, do que me tornar banquete de corvos naquele deserto infernal, mas não poderia dizer isso. Perguntei-me se, no lugar de William, não teria sentido no coração, em meio a todo o terror de tudo aquilo, alguma alegria por outro homem ter sido atingido em meu lugar, ainda que fosse meu pai. Mas, naturalmente, também não poderia falar disso. Parecia-me estranho e além de toda compreensão, exceto da de Deus, que William, um homem a quem eu nunca supus faltar coragem, e que entrara na guerra ansioso, estivesse agora tão pálido e trêmulo, quando outros que tinham cavalgado a seu lado não mostravam nenhum sinal na fala ou na atitude. Também estranho, ainda que de uma ordem diferente de estranheza, e muito perturbador para mim, que, enquanto eu sonhava em retomar o meu sonho de cavaleiro, ele clamava durante a noite por um refúgio do pesadelo que fora a sua experiência de cavalaria. Eu queria falar, talvez protestar ou mesmo censurar sua atitude, por ele lançar tal sombra sobre as minhas esperanças, e mencionar o desapontamento em que vivi desde o tempo em que éramos *scudieri*. Mas quando ia falar, vi que a cor voltava ao seu rosto e seus ombros se levantavam e seus olhos perdiam aquela fixidez, e compreendi que contar tudo aquilo a alguém que não estivera lá havia acalmado o demônio, apesar de não expulsá-lo. Por isso a ferida que ele abriu em mim guardei comigo, e nos separamos amistosamente, prometendo passar mais tempo juntos à ceia. Esta foi servida no salão do castelo, onde eu e os cavaleiros francos formamos um grupo suficientemente grande para ocupar toda uma mesa. Mas, nessa ocasião, William sentava-se silenciosa e morosamente, um pouco afastado de nós. Seus companheiros, todos vindos com ele da cruzada, comiam, bebiam e riam, sem lhe dar atenção, o que me fez pensar que já estavam acostumados ao seu comportamento.

    A noite transcorreu entre vinho e conversas. Meu espírito estava alegre, esperando ansioso o dia seguinte, quando o rei Roger e sua comitiva deveriam chegar, Alicia entre eles. Por isso, fui parcimonioso com o vinho, para estar com a cabeça leve e os olhos claros quando nos encontrássemos. Foi uma sorte, porque surgiu uma briga entre nós que, tivesse eu bebido mais, poderia ter tido consequências sangrentas.

    Contarei como aconteceu. A conversa passou ao tema da vida vivida pelos francos de Ultramar, que todos eles tinham visto em Antióquia e Jerusalém. E como tinham visto cidades maravilhosas, e eu não, era muito natural que eles tentassem me impressionar com descrições delas, e por isso disputassem entre si. Eram em sua maioria homens duros; muitos deles eram cavaleiros sem terras que lutavam em troca de pagamento, e estavam acostumados às dificuldades e desconfortos na sua Normandia natal, vestindo-se com lã grosseira junto da pele e lavando-se raramente. Dividiam-se entre o deslumbramento e a censura ao falar do luxo da vida no oriente dos francos, as casas com seus tapetes e tapeçarias, mesas incrustadas de marfim, pisos de mosaico. O jantar era servido em pratos de ouro e havia mesmo pratos de fina porcelana trazidos de Cathay e da Pérsia. Os ricos tinham água conduzida em canos diretamente para dentro das casas, que podia ser aquecida diretamente dentro dos canos. As damas da casa tinham banhos e câmaras elegantes, suas camas tinham dosséis de damasco, a roupa de cama era bem lavada e macia. Se meus companheiros tinham posto os pés nessas câmaras — essa era a impressão que tentavam passar — ou se apenas repetiam o que outros diziam, não era possível saber. Mas foi essa menção às damas que mudou o curso da conversa. Começaram a falar do estilo oriental de vestir dessas damas, seus véus e turbantes, suas joias e sedas, a ausência de anáguas, o langor de seus movimentos, o passo requebrado. Daí a um pequeno passo falou-se até da sua moral elástica, que um homem em particular proclamava em altos brados e com veemência. Coisa corriqueira era terem amantes, que levavam para a cama em suas próprias casas, o que ninguém considerava errado, muito menos o marido, ficando ele assim livre para seus próprios amores.

— Eu lhe digo, uma dama de bom sangue normando, bastam dois anos lá e ela se torna pouco mais que uma puta.

Tinha o rosto vermelho, cabelo louro, um pouco mais velho que eu, os olhos azuis vagos devido ao vinho que tinha bebido.

— Nem dois. As mais virtuosas talvez resistam tanto, mas a maioria se entrega à carne mais cedo.

— Você fala da generalidade — respondi. — O que você diz pode ser verdade em relação a algumas delas, talvez muitas, não sei. Mas não é verdade de todas, disso estou certo.

— Que certeza é essa? Você nunca esteve lá. Pois eu digo que são todas iguais, esposas ou donzelas, estão prontas a abrir as pernas para qualquer homem que goste delas.

Senti o sangue ferver, mas me controlei. Ele agora me encarava com beligerância, pressentindo uma briga. Tal como todos iguais a ele, tinha faro para brigas.

— Um homem deve controlar a língua quando não conhece bem seus companheiros. Eu digo que existem damas que viveram muitos anos na Terra Santa e são tão puras e virtuosas como acredito que seja sua mãe.

Ele deu um soco na mesa.

— Você está falando mal da minha mãe?

Aonde isso iria chegar, eu não sabia. Senti que tinha razão e estava pronto a levar aquilo adiante em defesa da minha Alicia, na contestação às injúrias que esse idiota de língua solta fazia chover sobre ela. Mas antes que eu pudesse responder, um outro interveio, um homem mais velho, sentado mais longe na mesa.

— Ora, senhores, não vamos estragar a ocasião com palavras impensadas. Súditos do rei Roger da Sicília encontram-se hoje aqui, diria mesmo dois súditos — olhou para William. — Brigarmos aqui não será um bom augúrio para o bom entendimento entre nossos senhores amanhã.

Palavras de concordância surgiram pela mesa. Ele se levantou e veio colocar a mão sobre o ombro do companheiro.

— Ninguém quis ofendê-lo — disse, e me olhou do outro lado da mesa, deu um sorriso discreto e acenou com a cabeça, como se dissesse que agora era a minha vez de falar.

— Não era minha intenção desrespeitar a senhora sua mãe.

O homem hesitou um pouco, mas não resistiu ao peso da mão sobre seu ombro e à sensação que recebia dos convidados à mesa. Disse:

— Sempre há exceções, isso é verdade. Não vou contestar a honra de nenhuma dama atestada por você, onde quer que ela viva.

Não fora fácil, mas ditas essas palavras, seu rosto se desanuviou, como se apenas elas fossem necessárias para restaurar seu bom humor. Essa mudança repentina, entre luz e escuridão, eu já tinha visto em seus compatriotas — pelo seu sotaque eu sabia que era bretão — e agora, alegre, estendi minha mão e ele a tomou, e eu me arrependi de tê-lo considerado um idiota, quando estava apenas embriagado.

O homem que interveio para restaurar a harmonia parecia ser mais graduado que os outros, e tinha alguma autoridade sobre eles. Notei que todos prestavam atenção ao que ele dizia e, apesar de as inflexões do seu francês serem diferentes, ele vinha do sul. Tinha as virtudes de um pacificador, como tinha acabado de provar, e provaria novamente em seguida.

— William nos disse que você é um cantor notável. Falou-nos do encontro de vocês depois de tantos anos e disse que se lembrava do seu canto, como alegrava os corações dos homens. Não é verdade, William?

— É verdade — respondeu ele, suas primeiras palavras naquela noite. — Ele era conhecido como cantor.

— O senhor poderia nos oferecer uma canção — pediu o cavaleiro mais velho, e suas palavras foram imediatamente ecoadas pelos outros em volta da mesa, entre eles o homem com quem eu quase brigara.

Eu não precisava de muita insistência. Meu coração estava feliz com os pensamentos do dia seguinte e eu estava alegre por a paz ter sido restaurada entre nós. Primeiro cantei uma canção napolitana muito popular naquela época, em que o cantor compara sua amada a um dia de abril, bela nos seus sorrisos, variável nos seus estados de alma. Era uma ária pequena e alegre, sem grande variação de notas — fácil de cantar. E enquanto cantava, sem que eu notasse, as lembranças de Nesrin e os estados de alma que eu conhecera com ela ocuparam a minha mente, seu rosto irado e brincalhão, risonho e cheio de promessas, e no êxtase do amor. Minha Alicia, minha noiva prometida, tinha apenas um rosto na minha mente, tranquilo e belo. Nosso conhecimento um do outro aumentaria com o tempo...

Depois escolhi uma canção que eu mesmo tinha composto, com palavras que eram simultaneamente tristes e doces, e cantei com a música que conhecia dos meus tempos de estudante.

> Não lamento em alta voz
> Para culpá-la pela minha dor
> Sou firme no meu amor.
> Se sofro, devo querer o seu consentimento?

A canção foi muito aplaudida, e pensei ter visto lágrimas nos olhos de um homem. Assim incentivado, cantei várias outras canções. Quando finalmente nos levantamos da mesa, todos vieram me agradecer e elogiar. Particularmente caloroso nos seus elogios foi o cavaleiro mais velho que tinha me pedido para cantar.

— O seu talento está longe de ser comum. Creia-me, conheço um pouco desses assunto. É interessante ouvir canções de trovador em italiano, uma coisa rara. O senhor é capaz de ser acompanhado por um instrumento, se necessário?

Disse-lhe que tocava a *viele* e a *mandora*; balançou a cabeça, em sinal de aprovação, encarou-me como se pensasse alguma coisa, mas nada disse e pouco depois seguimos nossos caminhos diferentes até o leito.

Os mensageiros chegaram cedo pela manhã para anunciar a chegada iminente do rei e sua comitiva. Subi correndo as escadas que levavam às ameias no alto da muralha. De lá podia ver a estrada por onde chegariam. E ali esperei entre as cestas de pedras, lanças apontadas a fogo e outras armas de defesa contra cercos. E, ao longo de todos os anos da minha vida desde então, quando me lembro daquela espera, vêm à minha mente aqueles instrumentos de morte, as pedras irregulares, as lanças de pontas pretas, os grandes caldeirões com a barra para inclina-los e derramar óleo fervente.

Com a notícia da aproximação da comitiva real, os portões foram abertos, a grade levantada — os gemidos e o ruído das correntes ao serem puxadas soaram aos meus agitados sentidos como uma música para a chegada de Alicia. Parado ali, na companhia de outros que tinham subido as muralhas, senti uma necessidade que quase doía de vê-la. Vê-la era acreditar outra vez na minha própria vida. Ela chegaria e redimiria a minha vida, reconsolidando o passado, agora partido, como um membro fraturado que ela uniria e faria novamente inteiro, osso, músculos e sangue. Só mais tarde entendi que, na ânsia de consertar minha vida, deixei de considerar que a dela também poderia estar em dificuldades, fraturada. Naquele dia, esperando por ela, esses pensamentos passavam ao largo da minha mente. Na época do nosso primeiro amor eu via minha vida e a dela como algo puro, sem mistura. Havia um único objetivo, um único curso de ação, tudo mais em concordância: o filho de um cavaleiro, a filha de outro, a mesma classe, os mesmos pensamentos para o futuro...

Soprou uma leve brisa, agitando os pendões nas muralhas do castelo. Ao olhar para o alto, vi um par de falcões bem distantes no céu, em voo preguiçoso. Alguma coisa agitou as galinhas no pátio da cozinha, pois de lá veio uma gritaria. Quando cessou, ouvi os cascos dos cavalos na estrada e vi a poeira levantada por homens em cota de malha que precediam o rei. Vi-os passar pelo portão e ouvi o barulho dos cascos sobre a madeira da ponte. Em seguida veio o rei, montado num cavalo branco com arreios de prata, como no dia da coroação, vinte anos antes, quando meu pai me levantou para eu vê-lo. Mas eu não vira o seu rosto, e não o vi agora; cavalgava sob um dossel de seda escarlate, invenção de Atenulf, dizia-se. Não vi nada dele, a não ser as pernas apertando os flancos do cavalo quando cobriu o espaço desde a muralha e desapareceu sob o telhado do portão. Meus olhos procuraram ansiosamente entre os que o seguiam. Vi-os aproximarem-se em grupos de dois ou três, vi-os chegarem ao portão e entrarem. Vinham em ordem de importância, o cardeal-bispo de Santa Rafina, Gilbert de Bolvaso, Mestre Condestável Designado, com sua esposa; atrás destes, o notário do rei, Giovanni dei Segni, e o preboste, e João Malaterra, da Vice-Chancelaria, e outros que eu não conhecia. Mas o rosto que eu procurava, este eu não vi, e perdi o fôlego; e senti a pele do meu rosto quente pelo sangue que subia. Ela não estava entre eles. Não tinha vindo.

XXI

O desapontamento foi profundo demais para ser suportado. Agarrei-me a esperanças: ela tinha se atrasado, chegaria mais tarde. Mas as horas se passavam e ela não vinha. À tarde, chegou o rei dos franceses, com a esposa ao lado, escoltado pelos soldados sarracenos da guarnição de Brindisi. Vi o rosto da rainha quando passou embaixo de onde eu estava, e ela era linda, levava a cabeça erguida, muito orgulhosa, mas a visão da famosa Eleonora de Aquitânia pouco significou para mim naquele momento, meu coração estava pesado, morriam as minhas últimas esperanças de ver Alicia. Ninguém da comitiva do rei Roger me procurou com uma mensagem dela, não havia ninguém a quem eu pudesse perguntar. Alguma coisa havia acontecido para impedi-la, alguma coisa repentina e inesperada — tivesse sabido a tempo, ela teria me avisado. Pensei em seu irmão Adhemar e no que ela dissera sobre a hostilidade dele com relação ao nosso casamento. Talvez houvesse outros, agindo em conluio com ele...

Minha infelicidade aumentou com o passar do dia, e, para obscurecer ainda mais a minha disposição sombria, havia o fato de não estar entre os convidados para o banquete real no Grande Salão naquela noite, tendo de me contentar com ceia num salão muito menor, mal iluminado e distante das cozinhas, em companhia dos sargentos das armas com quem viajara de Palermo, vários oficiais inferiores que vieram na comitiva do rei e alguns mercadores de Pisa que nada tinham a ver com a reunião dos monarcas, mas buscavam concessões comerciais do Senhor de Potenza. Tentei me manter tão distante quanto possível, comendo pouco, sem participar da conversa. Com amargura, tinha plena consciência de que se Alicia houvesse chegado e anunciado a intenção de nos casarmos eu não teria sido tratado daquela maneira; naquele mesmo instante eu estaria sentado à luz, entre a nobreza, com minha noiva ao lado.

Da conversa entre nós à mesa não me lembro de quase nada. Como já disse, participei pouco. Um dos homens de Pisa, rude demais para perceber minha tristeza, falou comigo sobre os grandes benefícios comerciais criados pelas cruzadas, benefícios aos quais a recente derrota não traria a menor consequência, pelo contrário, criaria um mercado na Europa para os bens luxuosos do Leste, facilitando as ligações comerciais com Constantinopla e o Império Bizantino.

— E os que se estabeleceram lá, os estados francos da Terra Santa, precisam de armas e suprimentos. Uma necessidade constante, entende? E qual a melhor maneira de transportar essas armas e suprimentos? Eu lhe digo, amigo. O melhor meio de transporte, o mais seguro, é o mar. Nós, de Pisa, estamos bem situados.

Quando me preparava para me levantar, o cavaleiro que havia restaurado a paz entre nós na noite anterior entrou na sala e veio em minha direção. Vendo que eu já tinha terminado de jantar e me preparava para sair, ele me pediu um minuto de atenção. Eu não tinha a menor vontade de conversar, queria me retirar para o meu quarto e embalar a minha infelicidade: estava tão abatido que nem curiosidade quanto às suas intenções eu tinha. Mas seria uma indelicadeza recusar, especialmente depois da sua cortesia para comigo.

Andamos por algum tempo pelo espaço pavimentado de pedras entre a muralha interna o portão dos fundos. Ele vinha da presença real, disse, do salão onde corria o banquete; obtivera permissão do rei para vir me falar.

— Elogiei para ele o seu canto. Para o rei, não para a rainha Eleonora, ela não está informada, e aí existe uma oportunidade que você já vai entender.

A noite estava escura, havia apenas uma lanterna instalada no portão dos fundos, que mal fornecia luz suficiente para que um distinguisse as feições do outro. De algum lugar acima, perto das ameias, veio o pio de uma coruja, um som que me pareceu, na minha infelicidade, zombar de mim e do meu canto.

— Não sabia que o rei tinha o gosto das canções.

— Não tem, a menos que sejam cantos de caráter sacro e que sejam cantados na igreja. Para dizer a verdade, ele não tem gosto para nada que anime o coração e eleve o espírito. Não, é ela a amante da música.

A escuridão me oprimia. O desejo de solidão ficou ainda mais forte.

— Senhor, não estou na melhor das disposições esta noite, e minha compreensão é lenta. Não consigo ver o significado do que o senhor diz.

— Tenha um pouco de paciência e tudo ficará claro. Falo agora com tal segurança, que, tenho certeza, o senhor vai respeitá-la. Sou Robert de Talmont e sou homem da rainha, não do rei; passei a maior parte da vida na corte de Aquitânia. Estava presente quando eles se casaram na catedral de Bordeaux, e estava na sua comitiva quando ela acompanhou Luís a Paris para ser sua rainha. O senhor há de entender que as coisas não vão bem entre eles; houve mesmo conversa de separação. Há quem queira isso, em busca de vantagens privadas. Mas qualquer um que preze a paz e segurança da França quer que esse casamento seja duradouro. Pensei que, ainda que pequena, e sabendo que as pequenas coisas levam às grandes, o senhor poderia oferecer ajuda nessa questão.

Parecia uma ideia tão extraordinária que me distraiu da minha amargura.

— Ajuda? Como, em nome dos céus, eu poderia ajudar?

— A rainha Eleonora adora música. Cresceu na corte do pai, e ainda criança ouviu as canções de Cercamon e Marcabru e de outros trovadores de igual dom. O marido não se interessa por tais coisas, mas deseja agradá-la, quer salvar o casamento. Sugeri a ele fazer do senhor presente à rainha, e ele consentiu graciosamente.

— Fazer de mim presente? Em nome dos céus...

— O senhor faria grande sucesso em Paris. A rainha gostará do senhor, bem como a corte. O senhor tem uma voz de rara qualidade e alcance e sabe como colocar sentimento em palavras, o que não é tão comum. O senhor tem também ótima presença, é alto e belo e tem o ar do norte, o que o torna diferente dos trovadores conhecidos de Poitou e da Aquitânia.

Quase senti vontade de rir, era tão absurdo, vindo naquele momento. Minha cabeça, tronco e membros estavam presos a Palermo; todas as esperanças que ainda tinha, apesar de tudo, em Alicia, sendo reunidas numa caixa amarrada com fitas e enviadas a Paris.

— Sou grato pela sua opinião a respeito do meu canto, e espero maior compreensão entre suas majestades, mas o que o senhor pede é absolutamente impossível. Para ser franco, minha vida está a ponto de mudar, mas não dessa forma. Devo me casar em breve, minha noiva e eu partiremos para o Reino de Jerusalém, onde viveremos nas nossas terras.

Ele ficou em silêncio durante alguns instantes, e balançou a cabeça.

— Deve ser a dama que o senhor defendeu com tanta firmeza ontem. Uma pena, com seus dons o senhor faria fortuna na França. Bem, vejo que a hora não é propícia, o que geralmente se dá com causas que de outra forma são boas. Mas a oferta está de pé. Se, por qualquer razão, o senhor mudar de ideia durante as próximas semanas e decidir ir a Paris, lembre-se do meu nome, Robert de Talmont, pergunte por mim e eu o apresentarei da melhor forma.

Eu lhe agradeci a bondade e prometi não esquecer seu nome; e ele me desejou boa sorte e nos despedimos. O encontro e a proposta inesperada haviam desviado minha mente do desapontamento que sofrera naquela manhã, e de volta ao meu quarto comecei a imaginar o melhor a fazer. Ela não viria mais, disso eu estava certo. Poderia haver uma mensagem dela esperando-me em Palermo. Já tinha entregue o dinheiro para Spaventa e tinha o seu comprovante. Ninguém aqui se importaria se eu partisse ou ficasse. Decidi partir às primeiras horas da manhã, encontrasse ou não companhia, apesar de alguns trechos do caminho serem perigosos para um viajante só. Mas tive sorte: os soldados sarracenos que fizeram a escolta desde Brindisi, terminados os seus deveres, receberam licença e pretendiam gozá-la em Salerno, e foi na companhia deles que saí do castelo.

A viajem de volta não me deixou marcas na memória. Esperava encontrar alguma mensagem, mas não havia nada. Já era noite quando cheguei a Palermo, estava exausto — do tumulto da viagem, dos meus sentimentos. Isso deve ter ficado marcado na minha expressão no dia seguinte, pois Stefanos observou preocupado a minha aparência, ele era a única pessoa, entre todas as que eu conhecia, que se preocuparia realmente comigo. Yusuf talvez notasse, mas nada diria. Meu pai não via o meu rosto, nem o de mais ninguém, com exceção talvez do rosto sofredor do Cristo Crucificado.

Tinha intenção de apresentar imediatamente meu relatório a Yusuf, e relatar em particular as circunstâncias do encontro com Spaventa e as palavras que ele tinha usado; estas eu tinha cuidadosamente guardado na memória para lhe dar um relato preciso. Mas ele não estava no Diwan, Stefanos me informou, nem na sua casa na cidade, onde eu poderia procurá-lo; estava na sua mansão em Conca d'Oro, recebendo uma comitiva de dignitários árabes da Espanha.

Ocupei-me naquele dia com documentos que tinham se acumulado durante a minha ausência. Quando nos preparávamos para sair, Stefanos me perguntou se eu gostaria de acompanhá-lo até sua casa e jantar com ele e sua esposa Maria, algo que eu sempre apreciei por causa do calor da recepção e da atenção que me davam. Maria era uma excelente cozinheira, superando em muito Caterina, a amalfitana que cuidava da casa para mim. Dessa vez eu sabia que o convite não fora planejado: Stefanos me convidou por impulso, observando minha tristeza. Aceitei alegremente e fomos juntos até sua casa na Cala, onde Maria me recebeu com evidente prazer.

Na companhia daquelas pessoas boas, que eu conhecia, e em quem confiava havia muitos anos, meu coração se acalmou e meu caso me pareceu mais esperançoso. Ela não pudera vir, nem enviar mensagem alguma. Um imprevisto teria ocorrido, na certa. Mas ela havia de encontrar um meio de contorná-lo. Eu tinha o seu amor, ela o demonstrou quando ainda era criança e mais tarde, já mulher. E ela era cheia de recursos, já o sabia há muito — como sempre, ao pensar nela, eu encontrava conforto na sua ousadia, provada vezes sem conta nos estratagemas da infância.

— Mas você emagreceu demais, seu rosto está mais fino — comentou Maria. Tinha uma figura corpulenta e o rosto largo, era muito corada e com sobrancelhas luxuriantes e um cabelo preto bastante lustroso, sempre meio desarrumado. Acreditava na alimentação como solução de todos os problemas, fossem eles do coração, da mente ou do espírito. Havia usado esse método com os três filhos, gostava de dizer, e todos tinham crescido e se tornado homens fortes que já corriam seu caminho no mundo. Era extraordinário ouvi-la e olhar para Stefanos, e ver como ele era magro.

Não tivera tempo para preparar muitos pratos, mas o que serviu era abundante e delicioso. Frango no espeto à grega, temperado com cominho e alho, um grande prato de repolho picado e lentilhas e feijão, bolos de trigo temperados com mel e doces que ela aprendera a fazer com as vizinhas árabes — naquela região, ao sul de Cala, árabes e gregos viviam felizes juntos. Acompanhando a refeição, bebemos vinho tinto proveniente das encostas do monte Etna, que estava bom e fresco, recentemente fermentado.

Sob o ataque combinado da comida, do vinho e da amizade calorosa, quase cheguei a contar tudo a eles, a confessar meus sentimentos por lady Alicia e as dificuldades que encontramos no nosso amor. Mas não falei, não sei se por cautela, se por cuidado com o seu nome ou pelo hábito da reticência. Já pensei muitas vezes que devia ter falado naquela noite. A posição de Stefanos no Diwan não era importante, estava no terceiro nível de administração, mas já estava lá havia muitos anos, tinha ouvido muitas coisas, era observador e esperto, e tinha boa memória; ele poderia ter-se lembrado de alguma coisa, mesmo sem importância, que pudesse mudar tudo.

Mas, pelo contrário, perguntei pelas coisas acontecidas durante a minha ausência. Assim, fiquei sabendo que Demetrius e seus bizantinos tinham terminado o trabalho na Capela Real e tinham partido de Palermo. Fiquei triste ao saber disso, ainda que não tanto quanto esperava, e eu o disse a Stefanos, que era grego e também ficou pesaroso. Os substitutos que haviam chegado eram lombardos e italianos do norte. Alguns só falavam alemão. O rei iria à capela para a Festa da Transfiguração dali a dois domingos. Talvez fosse a última vez que ele comparecesse como solteiro para ouvir a liturgia: deveria se casar em breve com Sibylla de Burgundy.

Quando falou da Transfiguração — uma festa antes mais celebrada entre os cristãos do leste, mas que ganhava cada vez mais importância na igreja latina, embora Roma ainda não tivesse estabelecido uma data para ela —, alguma coisa se manifestou na minha mente, alguma coisa ouvida ou testemunhada, alguma coisa recente. Mas me escapou, e a notícia seguinte de Stefanos me desviou a atenção: o velho Glycas tinha morrido, com sua monumental tarefa de provar a existência de reis sicilianos na antiguidade remota ainda incompleta.

— Morreu como viveu. Pena na mão, sentado à mesa de trabalho, entre uma frase e a seguinte.

— Então o trabalho vai ser abandonado. Se um erudito como ele, depois de tantos anos...

— Abandonado? — Ele me examinou do outro lado da mesa, o brilho usual de ironia nos olhos castanhos. — Outro estudioso já foi indicado para continuar o trabalho. É exatamente essa continuação que mais interessa ao rei Roger. Enquanto continuar a busca, pode-se considerar que a coisa procurada existe. Se não existisse, não seria procurada.

Tinha minhas dúvidas quanto à lógica desse plano, exceto pela formulação negativa de que não se poderia afirmar a sua inexistência. Mas achei melhor não discutir com ele; tal como muitos gregos, ele era sutil e tinha uma inteligência rápida, e muito tenaz para um homem tão tranquilo; uma discussão assim poderia durar toda a noite, e eu provavelmente perderia.

— Bem, de qualquer maneira, abandonar a busca é admitir a derrota, portanto o nosso rei Roger está certo em continuá-la.

— Há mais uma coisa que o senhor talvez não saiba, dessa vez uma boa notícia, um adiamento. Na noite do dia em que o senhor partiu para Potenza chegaram notícias ao rei de que os sérvios se levantaram em revolta contra o jugo bizantino. São apoiados por arqueiros montados húngaros, que cruzaram a fronteira, ao que se diz, em grande número. Manuel Comnenus será forçado a agir para abafar o levante, e quando restaurar a ordem — se realmente tiver sucesso nessa empreitada — o inverno terá chegado, os mares estarão revoltos, todos os pensamentos de invasão da Sicília terão de ser abandonados, pelo menos por este ano.

— Ótima notícia, de fato. — Lembrei-me do rosto de Lazar como o vi na última vez, na taverna de Bari, tomado pela raiva diante da recusa do pagamento esperado. Lembrei-me do desprezo que senti por mim mesmo, sentado ali, depois que ele partiu. Se essa rebelião era obra dele, não se podia ter certeza. Mas que ele ia reivindicar o crédito, disso não havia dúvida. E com o crédito, a recompensa. Mais uma viagem para o pagador, mais moedas tilintando. Mas, é claro, se minhas esperanças se realizassem, eu já não seria Thurstan, o pagador ... — Finalmente o nosso trabalho rendeu frutos.

Houve uma pausa, enquanto eu resistia à insistência de Maria para que eu comesse mais doces, a sua terceira ou quarta tentativa;

gostaria de agradar a ela, mas já não havia espaço em mim para nem mais uma migalha.

Stefanos me passou o vinho.

— Não há grandes motivos de animação nos acontecimentos recentes. O fracasso da cruzada trouxe grandes males no seu rastro. Conrad Hohenstaufen, que se proclama o imperador dos romanos e reivindica o direito à Itália, ficou com a imagem manchada ao perder todo o seu exército e só salvar a própria pele, fugindo do campo de batalha. Isso colocou em questão o seu direito divino, como ele o vê, de ser o escudo e a espada da cristandade no Ocidente. E agora aqui está o nosso rei, que não participou da cruzada, a se proclamar o defensor do cristianismo, aliado a Luís da França. Conrad sempre odiou o nosso rei como usurpador de suas terras ancestrais. Vai odiá-lo mais agora como usurpador de suas prerrogativas imperiais. Esse ódio não pode ser bom presságio para nós. E há a situação dos árabes, que o senhor mesmo já deve ter visto.

Pensei por um momento. Yusuf tinha falado desse tema com uma paixão incomum nele, mas falava de um processo gradual de perda e sujeição. Fora isso, o que havia? Estivera ultimamente tão preocupado comigo mesmo — primeiro houve Favara e a troca de promessas, então a apresentação das dançarinas e o turbilhão dos meus sentimentos por Nesrin, depois Potenza, e a espera, o desapontamento...

— Não. Como você sabe, estive por muito tempo fora.

— Talvez também porque o senhor mora numa região melhor. — Sorriu ao dizê-lo, para tirar toda suspeita de queixa das palavras. — Quero dizer, não tão misturada. Vivemos aqui em contato íntimo com os árabes, vemo-los nos mercados, conversamos sentados à porta das nossas casas nas noites quentes, usamos a língua da Cala, que também é uma mistura, tal como o povo. Compramos esta casa com o dote de Maria e vivemos aqui há trinta anos, desde antes de o rei Roger ser rei. Mas agora a amizade está se tornando mais difícil para todos nós.

— Por quê?

— O fracasso da cruzada, a forma como fracassou, foi uma grande humilhação para os francos, o senhor sabe. Não podem vingar a derrota na Síria, lá onde aconteceu, porque lhes falta a força e a vontade, pelo menos pelo momento. Mas podem se vingar de centenas de pequenas maneiras nos muçulmanos que vivem entre nós, que viveram toda a vida ao nosso lado, e que nada sabem da Terra Santa.

— Mas isso é injusto. Todo caso de insulto e violência deve ser relatado aos funcionários do Diwan Real e trazido perante os juízes do rei.

Stefanos sorriu, e naquele sorriso havia muito afeto por mim. Balançou a cabeça.

— Thurstan, vou dizer isto ao senhor, e é uma coisa em que tenho pensado muito, mas nunca me permiti falar porque o senhor tem maior autoridade no Diwan. O senhor é jovem, tem idade para ser meu filho, e não desejo nada mais do que o seu bem, por isso, por favor, o senhor não vá me entender mal. O senhor é um homem muito "reto" para os caminhos tortuosos que é forçado a percorrer. Não que a sua mente seja simples, mas o senhor não é flexível, é muito franco nos seus sentimentos, tem o coração aberto e tem grande necessidade de crer naqueles a quem serve. A necessidade de crer é um sinal de inocência, e os verdadeiramente inocentes serão sempre assim, apesar da experiência. Não seria diferente, mesmo que o senhor permanecesse por mais vinte anos a serviço do palácio, mas o senhor se tornaria a cada dia mais infeliz à medida que se tornasse mais difícil manter a crença.

— E você?

— Eu nunca tive essa necessidade, nem mesmo nos dias da minha infância. — Um vestígio de sorriso ainda continuava no seu rosto, mas os olhos estavam sérios quando me olhou. — O rei não sabe o que está acontecendo nas ruas da Cala. Deveria eu deixar de servi-lo por isso? Deveria perder o meu estipêndio e me reduzir à mendicância porque o rei fecha os olhos? Mesmo que visse, ele não se importaria. Por que o faria? Esses acontecimentos por acaso seriam uma ameaça à paz do reino ou à segurança do trono?

Fez uma pausa e baixou a cabeça, como se falasse aos seus botões. Quando ergueu os olhos, a luz usual da ironia havia voltado ao seu rosto.

— O mundo está mudando, e a justiça do rei precisa manter a paz. Naturalmente, ele é sempre justo, mas a sua justiça é exercida sobre objetos diversos. Agora está dirigida a se apresentar como defensora da cristandade aqui e no exterior, reforçando os laços com a França e buscando a boa vontade do papa Eugênio para que seu governo seja reconhecido em Roma. Não cabe à justiça do rei nesses dias mostrar clemência para com os muçulmanos e defender os seus direitos. Pelo contrário, ela deseja se mostrar severa com eles.

Essas palavras me assustaram, vindo, como vinham, de alguém que passara a vida em serviço fiel ao rei. Nunca antes eu o ouvira falar assim, a imprudência se fazia presente nele, talvez, pensei, liberada pela sua franqueza sobre as minhas qualidades de caráter, o que não me ofendeu, porque sabia que fora levado pelo afeto por mim, embora eu me considerasse mais sinuoso de mente e mais versado nas coisas do mundo do que ele acreditava. Mas ele tinha falado do rei da mesma maneira como poderia falar de um mortal qualquer, seu tom beirava o desrespeito, ele tinha quase negado a constância do rei ...

E agora, enquanto hesitava na minha resposta, ele continuava.

— Quanto a esses reverendos juízes, eles são graves e fecham os lábios, juntam as pontas dos dedos e passam o julgamento que o seu real senhor deseja.

— Conhecemos alguns que são assim — falei depressa, para impedir outras palavras dele —, mas acredito que sejam poucos. Estive pensando nos anatolianos. Suponho que estejam longe, a caminho de casa.

— Bem, é verdade. — Olhava para mim com uma expressão diferente, como se minhas palavras tivessem graça. — Todos menos uma.

— O que você quer dizer?

— O senhor não sabia? Pensei que ela lhe teria dito que pretendia ficar. — Deu um sorriso amplo. — Ela é a sua própria lei, aquela. Não sentiu necessidade de falar, e não falou.

Vários sentimentos lutavam dentro de mim ao ouvir essas palavras, que eram bem-vindas, ao mesmo tempo que não eram. Senti que minha vida já era suficientemente difícil sem o retorno de Nesrin a ela. Mas, a despeito de mim mesmo, uma obscura agitação começou a me subir à garganta. Parou, pelo menos por um momento, pela lembrança do seu rosto quando nos despedimos, a expressão de absoluta compostura. É claro que tinha ficado — nunca tivera a menor intenção de partir! Ao pensar nela, a afronta, obstinação e a autossatisfação, e a alegria oculta, senti a cãibra de minha ansiedade se afrouxar e dissolver, e um riso de puro prazer saiu de mim, o primeiro em muitos dias.

— Como você bem diz, ela é a sua própria lei. Então ela está desde então aqui? Onde está? O que faz? Dança nas ruas?

— Ela mora aqui em Palermo. Alugou um quarto perto da igreja da Ammiraglia, acima da *bottega* do seleiro. Não, não dança mais. Vive da parte do dinheiro recebido. Tem o suficiente para viver um ano, pelo menos foi o que me disse.

— Então você a encontra?

— Quatro vezes por semana.

Olhei para ele.

— Como?

— Vem para ter aulas de grego.

— Bem cedo, de manhã — explicou Maria. — Antes de ele sair para a Douana. Ele queria pedir um preço baixo, mas ela descobriu o quanto se cobra por aí e o obrigou a aceitar. Como ela descobriu eu não sei. Ela vem a pé pelas ruas. Faço uma infusão de menta e mel para ela, e ela come um pouco de pão, ou às vezes um pedaço do bolo com cerejas e nozes que minha mãe me ensinou a fazer.

Come muito pouco, como um passarinho. Digo a ela para comer mais um pedaço, mas ela não aceita.

— Ela me pediu para não lhe contar sobre as aulas — disse Stefanos. — Não sei por quê. Talvez queira lhe fazer uma surpresa. Bem, agora já contei.

— Então ela já vem aqui há bastante tempo?

— Desde que o rei partiu para Salerno e a dança foi adiada.

Lembrei-me então de que tinha notado uma melhora no seu grego na noite em que nos deitamos juntos, quando conversamos antes, mas não registrei por estar tomado pelo desejo.

— Ela aprende depressa — disse Maria. — Stefanos já lhe ensinou o alfabeto, ela já é capaz de reconhecer algumas palavras quando as vê na página. Às vezes ela fica depois que ele vai embora, me ajuda na casa e conversamos. Ela teve uma vida dura, era filha de pais nômades que morreram quando ela ainda era criança. É uma moça linda, o senhor não acha?

— É, acho. — Senti os olhos dos dois fixos em mim e um espírito de rebelião tomou conta de mim. — Uma linda dançarina.

— Quando praticamos a formulação de perguntas, ela faz muitas perguntas sobre o senhor — disse Stefanos. — Também faz muitas perguntas quando não estamos praticando nada. Seus hábitos, o seu trabalho na Douana, sua vida passada. Ela se interessa muito por todas essas coisas.

Palavras difíceis de responder. De fato, nem tentei; depois de um momento, voltei ao assunto das bodas reais. Estava claro para todos que, depois de 14 anos de viuvez, o rei era movido pela necessidade de um herdeiro legítimo, pois agora, de todos os seus filhos, só restava William vivo. Geralmente se considerava que Sibylla, irmã de Otto de Burgundy, era uma escolha acertada: era jovem e de boa família.

Daí passamos a outros assuntos, e a noite terminou sem outra menção a Nesrin, o que considerei bom. Notei o cuidado de Stefanos para me dizer exatamente onde ela morava, mas mesmo antes de me levantar da mesa já tinha decidido evitar encontrá-la. Já tinha traído Alicia uma vez com ela, mas tinha sido um acidente de proximidade e circunstância — pelo menos era o que eu me dizia. Estava embriagado de vinho, do sucesso da dança e do meu canto, e nós estávamos sozinhos e comemoramos juntos. Mas agora, procurá-la, sem lhe dizer nada do meu noivado, seria um erro muito grave, em completo desacordo com a minha fidelidade a Alicia e ao cavaleiro Thurstan que queria ser — ainda queria ser.

XXII

Não sei se seria capaz de manter essa decisão. Prefiro pensar que manteria; era sincera e nela havia respeito por Nesrin, bem como por mim próprio. Mas ela não foi testada — ou pelo menos apenas muito brevemente pelas oito ou nove horas seguintes da minha vida. Na manhã seguinte, ao sair à rua a caminho do Diwan, encontrei Gaspar esperando-me na esquina, segurando o cavalo pelo freio. Seu rosto estava sombrio como eu nunca o tinha visto.

— O senhor deve me seguir imediatamente. Minha senhora está em profundo sofrimento.

Não precisava de mais nada para segui-lo. Desde Potenza, a sombra de uma tragédia cobria o meu espírito e se tornara mais escura à medida que passavam as horas sem notícias dela. Durante a caminhada, tentei arrancar alguma coisa de Gaspar, mas ele não falava, limitou-se a dizer que o nosso destino era o mosteiro de Crocefisso, a cerca de três milhas dos muros da cidade, na falda do monte Pellegrino.

Ali, um monge nos recebeu vestindo o hábito negro dos beneditinos, e fui levado através do claustro até uma sala estreita ao lado da capela. Gaspar não nos acompanhou. Desde então nunca mais o vi.

Esperei um pouco, e então o mesmo monge veio me buscar e me levou através de uma passagem estreita até uma pesada porta de carvalho. Bateu e abriu, e me convidou a entrar, fechando silenciosamente a porta às minhas costas. Era uma sala muito mais ampla, de teto alto, com afrescos em todas as paredes. À minha frente estavam dois homens que eu já conhecia: o abade Alboíno e Bertrand de Bonneval. Mesmo nesse momento de apreensão e incerteza, impressionou-me o contraste entre eles, o abade de expressão triste no seu hábito monástico, o normando enorme, vestindo um longo casaco branco, com os olhos azuis e sobrancelhas hirsutas. De Alicia, nenhum sinal.

— Que bom que você veio com tanta presteza — começou Alboíno. — Sente-se, por favor. Posso lhe oferecer uma taça de vinho? É excelente, posso afirmar, eles o fazem aqui no mosteiro. Muitas coisas são ditas sobre os beneditinos, mas ninguém discute a capacidade deles de fazer um bom vinho.

O que quer que eu esperasse, não era nada daquilo. Ele falava como se eu não tivesse sido levado até ali, como se eu tivesse decidido por cortesia fazer essa visita matinal. Sentei-me na cadeira que ele me indicou e esperei o vinho ser servido. Bertrand também se sentou, mas nada falou. Seu rosto rude e vermelho tinha uma expressão da mais profunda seriedade, lembrando-me estranhamente a sua expressão na tarefa delicada de cortar a língua do veado. Alboíno também ficou em silêncio durante um momento, e esse silêncio aumentou a tensão no meu peito, depois de ter sido trazido até aqui com presságios tão urgentes.

— Lady Alicia envia suas saudações — disse finalmente Alboíno.

— Então ela está bem? Esperava encontrá-la aqui. Seu pajem me deu a entender...

— Infelizmente ela não pôde estar presente.

Fez uma pausa e hesitou, como se pronto a dar alguma explicação, então olhou para Bertrand, que disse:

— Estaríamos todos muito felizes se ela estivesse aqui conosco.
— Ela foi acometida por algum mal?
— Não exatamente. Pelo menos, ainda não. — Alboíno suspirou, um som estranhamente pesado na sala silenciosa. — Vejo-me numa posição de grande dificuldade. Talvez a maior em toda a minha vida. Seria muito mais fácil se os nossos governantes temporais seguissem o exemplo desse grande homem representado aqui. — Fez um gesto quase de bênção para o afresco na parede à sua direita, onde um homem vestido em ricas roupas e usando uma coroa de ouro apresentava um rolo a outro, vestido em hábito episcopal e mitra.
— É Constantino entregando o Império Romano para sempre ao vigário de Roma, subordinando o poder temporal ao espiritual. Ah, se esse legado tivesse sido honrado! Hoje haveria uma única autoridade suprema e inconteste, o Santo Papa, herdeiro da coroa de São Pedro. Mas, pelo contrário, a cristandade está dividida; príncipes que professam a mesma fé lutam entre si, o nosso bem-amado rei Roger contesta o direito de o papa indicar seus bispos e se cerca de sarracenos, povo de uma religião falsa e corrupta.
— Não só isso — Bertrand interveio. — Ele lhes dá posições de influência e poder na terra, em detrimento e prejuízo dos seus pares normandos.
Pareceu-me que havia uma qualidade, não de reprovação, mas pelo menos de admoestação, no olhar que Alboíno lhe deu. Mas eu estava muito preocupado com Alicia para deter meus pensamentos nesse olhar.
— Imploro do senhor notícias de sua sobrinha. O senhor deve ter notado a intimidade da ligação entre nós.
— Certamente, mas outros, assim como eu, também notaram. Alicia é tão sincera, tão aberta e franca, não é dela praticar o engano ou a ocultação. Relatos desse sentimento entre vocês chegaram aos ouvidos da Cúria Romana. Até mesmo o seu amor adolescente já é do conhecimento do conselho.

— Como é possível? Nunca falei dessa questão a ninguém, e tenho certeza de que Alicia também não falaria. Por que o faria? Não interessa a ninguém mais.

— Não sei dizer como chegaram a esse conhecimento. Talvez alguém presente, alguém que os viu e lembrou.

Hugo, o menino dos bolos de mel: talvez, antes que a doença o obrigasse a partir, ele tenha compartilhado seu conhecimento...

— Há sempre alguém — continuou Alboíno, como se lesse meus pensamentos. — Vocês foram vigiados no hospício, viram que vocês conversaram a sós nas horas da noite. Isso chegou à Cúria por um dos hospitalários, bem como a forma como se despediram pela manhã. O tempo que passaram sozinhos em Favara também foi notado, o encontro no caramanchão, e depois, no seu bote no lago. Tudo foi observado e informado a Roma.

— Quem foi o espião, eu não sei — disse Bertand. — Alguém entre os hóspedes ou quem sabe um jardineiro ou um serviçal da casa. Quisera ter o cão entre minhas mãos, seria para ele o dia do arrependimento.

— Ela está retida — explicou Alboíno.

— Contra a vontade? Por minha causa? Mas é absurdo. Eu sabia, é claro, que haveria oposição. Não sou rico. Não tenho título. Mas tenho berço, sou leal e tenho o braço forte. Com a ajuda dela no início, eu poderia me tornar alguém. Além disso, a dama é livre, dispõe da própria vida e fortuna.

— Ainda há mais a lhe contar. Que vale de lágrimas é este mundo! Como é difícil às vezes entender os propósitos de Deus e tentar cumprir a Sua vontade! Três informações estão na posse de meus irmãos na Cúria, cada uma delas sem valor sem as outras. Existe o seu amor por Alicia, há a sua posição na Douana dirigida por um sarraceno poderoso e ambicioso que busca posição ainda mais alta, e há o fato, mais remoto no tempo mas não menos importante, de que o pai de Alicia, Guy de Morcone, foi muito próximo de Rainulf de Alife, duque de Apúlia, e desempenhou importante papel no levante deste último contra o rei Roger em 1137. Você deve se lembrar de que Rainulf morreu antes de ser atingido pela vingança do rei, mas várias pessoas próximas foram executadas quando a rebelião fracassou.

— É verdade. Lembro-me de ter ouvido falar.

A cólera do rei fora terrível. Alguns detalhes que eram contados à época permaneceram vivos na minha mente desde então. Depois de tomar Troia, onde Rainulf estava enterrado, ele forçou o povo da cidade a abrir o túmulo e retirar o corpo putrefato. Uma corda foi amarrada em torno do pescoço do cadáver, que foi arrastado pelas ruas para todos verem, levado para um poço pútrido de águas estagnadas, pesos foram presos ao seu corpo e ali ele foi jogado. Alguns cavaleiros que o seguiram foram forçados a executar esses atos sob pena de cegamento e mutilação...

— Foi naquele ano que Alicia partiu para o Reino de Jerusalém para se casar — comentei.

— Não por acaso, apesar de Alicia não o saber. Seus irmãos, Adhemar e Arnulf, foram com ela. Considerou-se mais seguro colocá-los além do alcance da ira do rei, ou pelo menos das consequências das suas suspeitas. O pai continuou a viver em retiro nas suas terras. As provas do seu envolvimento foram ocultadas e terminaram nos arquivos da Cúria, onde terminam muitos casos semelhantes. São mantidas na esperança de que um dia possam ser úteis.

Fez uma pausa, e a tristeza do seu rosto se aprofundou em horror.

— Vivemos tempos difíceis.

— Melhor seria ter arrancado todos os traidores como um ninho de cobras — afirmou Bertrand. — Era a minha opinião à época e ainda é hoje. Não os jovens, claro. Não tiveram nada a ver com aquilo.

Alboíno o encarou longamente.

— Estamos falando do marido da minha querida irmã, que já morreu há muitos anos. Nosso zelo deve levar em conta as afeições familiares.

Bertrand manteve o olhar fixo e duro, sem parecer afetado pela censura. Mas continuou em silêncio. Havia uma aliança entre os dois; era tensa, e nenhum dos dois a apreciava; ainda assim era uma aliança. Senão, por que Bertand estaria ali? A que propósito servia a sua presença? Um pesadelo não tem hora de começar, somos lançados nele sem saber. Talvez tenha sido nesse momento que tomei conhecimento, não exatamente da dúvida, mas de uma sensação crescente de angústia: as coisas que estava ouvindo e vendo não se ajustavam, não se correspondiam; faltava algum elemento, e havia horror nessa falta.

— Onde ela está detida, e por quem?

Nada mudou em nenhum dos dois rostos que me olhavam.

— Não nos disseram o local — respondeu Bertrand. — Estaria eu aqui se o soubesse?

— Não é necessário que o saibamos — disse Alboíno. — Somos apenas intermediários. Foi-nos prometido que ela não sofrerá mal algum, desde que você concorde com os desejos deles.

Meu sentimento de angústia se aprofundou.

— E quais são esses desejos?

— Já chegaremos a eles, tenha paciência. Quanto aos que a mantêm prisioneira, não são homens do rei, mas são seus amigos, ainda que ele não tenha sabido do ocorrido. Como já disse, a prova foi guardada para uma época em que pudesse ser útil. Essa época chegou. Meus irmãos na Cúria são homens dignos, verdadeiros servos da Santa Igreja. Deus colocou uma espada nas mãos deles para a proteção da fé. Pediram-me para ser o seu porta-voz, apesar de não participar diretamente de nada. Como tio de Alicia, como, espero, seu amigo. É da maior importância aos olhos da Cúria que se evite que mais uma vez Yusuf Ibn Mansur ascenda ao poder. É necessário... fazê-lo parar. Para consegui-lo, eles colocaram em perigo de morte por traição Guy de Morcone e qualquer um da sua família que for preso com ele, e aí se incluem Alicia, minha sobrinha, e o irmão que está aqui, Adhemar.

— Mas eles não têm culpa.

Alboíno concordou com um movimento de cabeça.

— É verdade, no sentido mais estrito da palavra. Mas, aos olhos dos que nos governam, estar em certo local em certa época já constitui culpa. O rei Roger lançaria sua ira contra o pai, deixando aos filhos pensamentos de vingança? Não, com o pai vão os filhos, consumidos no mesmo fogo.

— O pai está no ocaso da vida, perdeu a razão; a cabeça que colocaria no cepo não teria dentro de si nenhuma traição.

— Jovem, entendo a sua tristeza e compartilho dela, mas não podemos deixar que o nosso julgamento seja obscurecido. O rei fará consultas aos médicos antes de passar a sentença? Há doze anos a razão de Guy de Morcone estava suficientemente clara.

— O rei é justo, sua justiça é conhecida de todos. — As palavras foram pronunciadas sem convicção, nascidas apenas da necessidade de atrasar as palavras deles, já ouvidas, já soando no meu coração angustiado, as palavras que me diriam o que se esperava de mim.

— Ele não revive ódios antigos. Passado e presente, diferentes povos e credos, ele mantém o equilíbrio necessário ao nosso estado.

— É aqui que o rei erra, e agradecemos a Deus por ele estar agora chegando a um melhor estado de espírito. — Pela primeira vez havia dureza na voz de Alboíno. — Não precisamos de equilíbrio. Equilíbrio é anátema. Não pode haver contrapesos nem balanças. A Sicília é um reino cristão, pertence à congregação universal a que chamamos cristandade. Você sabe o que é cristandade? O que realmente significa?

Minha mente voltou à obscuridade da escadaria abaixo da capela, à figura encapuzada que me esperava.

— A mesma pergunta me foi feita por Maurice Béroul quando foi enviado para me subornar.

— É verdade? E quem é esse Maurice Béroul?

Antes da segunda pergunta percebi a hesitação de uma fração de segundo. Olhei para os dois sentados à minha frente. Na minha primeira impressão eles me pareceram muito diferentes um do outro. Mas era uma diferença apenas de superfície. O prelado romano e o nobre normando. Um servindo à sua igreja, o outro servindo à sua classe, os dois buscando a expulsão do sarraceno, os dois ansiosos pelo poder e privilégio que emanavam do trono. Talvez alguma coisa tenha transparecido na minha expressão. Vi as narinas de Alboíno se apertarem e a sua boca se contorcer na arrogância do desdém. Foi apenas um instante, o breve movimento de uma máscara. Mas naquele momento eu soube que ele se sentia acima de qualquer julgamento de um ser inferior como eu.

— A vida de Alicia está nas suas mãos. Somente você pode salvá-la. — Tirou das dobras do manto um rolo amarrado com uma linha. — Pediram-me para ser o portador disto.

Bertrand limpou a garganta, um som de notável volume.

— Minha parte é garantir a sua segurança e a proteção de seus pares; eu próprio lhe conferirei a dignidade de cavaleiro, e você assumirá o seu lugar na posição que lhe pertence por direito de nascimento. Sei que esse sempre foi o seu mais caro desejo. Também está em meu poder o direito de lhe oferecer um feudo, que prestará vassalagem a mim. Naturalmente haverá também uma quantia em ouro, suficiente para você se equipar. Se quiser tentar a fortuna na Terra Santa, posso lhe conseguir uma recomendação. O Senhor de Trípoli é meu primo. Assim que tivermos a sua assinatura nesse documento, poderemos obter a libertação de lady Alicia. Você vai esperar por ela no palácio de Favara. Eu lhe darei o meu selo de admissão. Ela o encontrará lá. Dou-lhe minha palavra de cavaleiro de que nem ela nem você sofrerão nenhum mal. Agora você deve ficar só para ponderar.

Vieram comigo, um de cada lado, numa cerimônia de escolta que também pertencia a um pesadelo, até a sala onde eu havia esperado inicialmente. Alguém estivera ali: havia penas e um tinteiro sobre uma mesa pequena diante da janela. Ali eu me sentei e eles se retiraram. Desenrolei e li o documento que tinham me dado. Era uma declaração de que Yusuf Ibn Mansur, Senhor da Douana de Controle, valendo-se de sua posição de autoridade, tinha em várias ocasiões e ao longo de vários meses, locais e datas especificados, tentado por meio de subornos e promessas de promoção converter-me ao Islã, assegurando-me que essa conversão seria mantida em segredo até o dia do acerto de contas, quando os males perpetrados contra os muçulmanos seriam vingados com sangue.

XXIII

O silêncio que senti naquela sala foi o mais terrível da minha vida. De início, a minha mente foi amortecida por ele, tal como por algodão, evitando a consideração clara das palavras à minha frente. Mas os momentos passaram e a nitidez da opção se tornou mais clara, aumentou sobre mim a opressão do silêncio, o chumaço de algodão se transformou em fios de uma teia a que eu estava preso; já um traidor: por ainda estar ali, por ponderar.

Cada instante tornava o anterior mais ofensivo. Ainda assim eu não conseguia me levantar. Fazê-lo seria abandoná-la ao carcereiro e ao carrasco. Talvez não fosse verdade que sua vida estivesse em perigo, ou a vida do seu pai, talvez fosse apenas um subterfúgio, para me fazer trair meu benfeitor. Mas se assim fosse, por que ela não tinha ido a Potenza, por que não tinha me enviado nenhuma mensagem? Não, ela estava presa em algum lugar. Talvez eles tivessem mentido, talvez Alboíno soubesse onde ela estava. Como seu tio, ele poderia ter usado a confiança dela para atraí-la aonde ela pudesse ser mantida sob guarda, pelo menos o tempo suficiente para me convencer a assinar o documento. Nesse caso, ela não estaria em perigo, não havia traição, era apenas o tecido de invenção destinado a me assustar e coagir. Mas, como saber, como ter certeza? Minha mente se arrastava, como uma mosca presa dentro de uma garrafa, buscando uma saída, mas não havia nenhuma à vista. E não havia tempo, tinha de sair desse lugar tendo ou não assinado o documento, teria de aguentar as consequências. Como poderia arriscar? Como poderia jogar com a sorte em relação à vida de Alicia, depois de ela me ter dado o seu amor, prometido dividir comigo a sua vida?

Sua imagem surgiu diante dos meus olhos, lembranças dos encontros na infância, roubados com tanta alegria das supervisões e de todos os deveres que nos comprometiam. Lembrei-me da sua firmeza, da sua confiança em mim, da sua lealdade — tinha arriscado a desgraça por minha causa. A mente agitada escolhe uma única imagem entre muitas a que se agarrar. Havia o vestido que ela vestia, de linho muito simples de um azul pálido, apertado na cintura, com uma gola alta de renda branca. A cor intensificava o azul dos seus olhos... Depois veio o rosto e a forma da mulher que ela agora era, que voltou à minha vida e a encheu de promessas — os momentos maravilhosos do nosso encontro em Bari, a feliz expressão de reconhecimento naquele terreno encantado onde ela viera a cavalo na minha direção, como se viesse dos espaços do mar que se estendia lá em baixo. Teria aquele encontro também sido observado, informado à Cúria Romana, como o foram a sua voz e riso na escuridão do pátio, o toque da sua mão na minha cabeça quando me ajoelhei diante dela, os beijos que trocamos no caramanchão em Favara? Se, ao assinar, eu estaria salvando a sua vida, também poderia estar me colocando em pé de igualdade diante dela: afinal, eu não tinha a promessa de Bertrand de me fazer cavaleiro, um título de terras e ouro para os meus cavalos e minha armadura? Percebi então, com uma amargura que me torceu a boca como um gosto físico, que toda a honra que eu tinha procurado, e da qual tinha me desencantado, a fidelidade a que tinha dedicado toda a minha vida, poderiam ser compradas agora por um pequeno movimento da minha mão direita num ato de traição. *Sei que esse sempre foi o seu dese-*

jo mais caro. Por que meios ele o havia descoberto? Devem ter encontrado e interrogado os meus companheiros de infância; todos falávamos abertamente das nossas esperanças e sonhos.

Vendo agora em retrospecto, a questão estava decidida. É verdade que sofri. Mas os argumentos que eu desfiava para mim mesmo não eram argumentos reais, eram apenas os movimentos de uma mosca presa numa garrafa, incapaz de aceitar o fato de não ter escapatória, mas que não se aquieta para morrer, e morre ainda procurando. Uma tentativa eu fiz para me salvar pelo menos da falsidade. Saí da sala, voltei pelo corredor, bati na porta e entrei. Encontrei Alboíno e Bertrand sentados em silêncio nas mesmas posições em que os deixei, como se apenas com o meu consentimento eles pudessem voltar à vida e ao movimento.

— Ouvi Yusuf se queixar do tratamento dado aos muçulmanos. Ouvi-o denunciar a influência crescente do clero latino e da nobreza normanda. Ouvi-o dizer que a guerra civil seria o resultado caso se negasse aos árabes o direito à propriedade da terra. Para salvar Alicia e sua família, estou pronto a assinar um documento com essa declaração, se o documento puder ser escrito numa nova forma.

Assim, de modo vil, tentei salvar uma aparência de virtude, no momento mesmo em que dispunha-me a fazer papel de traidor. Sabia ser uma ignomínia no momento mesmo em que falava, sabia que aquilo não seria suficiente para eles. Se eles tinham o poder de alterar o documento, não tinha como saber. Mas mesmo que o tivessem, eles nunca teriam concordado com aqueles termos. Yusuf tinha sido imprudente — tinha confiado em mim — mas em nada do que disse havia deslealdade à coroa, e mesmo as suas palavras eram comuns entre os árabes e muito gerais para constituírem um processo viável contra ele.

— Não, não, o que você está pensando?

— Seria suficiente para tirá-lo do cargo.

— Não, você está enganado, não seria suficiente para tanto. Yusuf é esperto e tem a língua ágil, descobriria um meio de torcer as palavras e enganar a justiça do rei. Não. O documento deve afirmar exatamente o que está escrito.

— Enganar a justiça do rei? Não existe aqui questão de justiça, o documento não contém nada além de mentiras.

Nenhum dos dois respondeu, e naquele silêncio veio-me à mente uma terrível suspeita, que eu tentei imediatamente suprimir.

— É um crime capital. A nova lei aprovada pelo Conselho de Juízes define tentativas de conversão ao Islã como equivalente a traição capital.

Foram as palavras que eu disse a Béroul sentado à minha frente na taverna malcheirosa. Mas Stefanos tinha acrescentado depois as suas próprias palavras. *Esses reverendos juízes... passam o julgamento que o seu real senhor deseja.*

Bertrand sorria.

— É só essa a razão das suas dúvidas? Você acredita que o rei, a quem Yusuf serviu por tanto tempo, iria exigir a pena máxima? Ora, use o seu conhecimento do mundo, do nosso grande rei e da sua gratidão e seu favor. Yusuf perderá seus poderes, e terminará a sua carreira no serviço do palácio, mas no caso dele não será uma tragédia tão grande. Ele não é um reles sarraceno do palácio, tem suas próprias terras, vem de uma família antiga.

Foi a minha única tentativa de barganha, se é que se pode dar tal nome a essa oferta vergonhosa. Voltei à minha mesa, ao silêncio e ao reconhecimento da derrota. Mas ainda me demorei. Por que, agora, depois de vinte anos desse governo, o rei queria aprovar tal lei? Existiriam então maiores perigos nas colônias islamitas da Sicília? Qual a justificativa, em se tratando da religião dos vencidos e dos subjugados? Qual o cristão disposto, na Sicília de hoje, a abjurar a religião que a cada dia cresce em poder e influência?

Não vou negar a verdade, ou tentar me vestir no manto da boa justificativa. Na época eu o fiz, hoje não faria mais. Queria acreditar nas palavras de Bertrand, e durante os poucos minutos necessários eu consegui — pelo menos afastar a dúvida. Mas sabia no fundo do coração que Yusuf perderia a vida. E com tal conhecimento no meu próprio coração me veio o sentido do que poderia se ocultar no coração do rei; e tremi diante daquilo a que poderia estar servindo.

Hoje me envergonho ao lembrar como enganei Yusuf nos meus pensamentos para tornar mais fácil enganá-lo nas minhas ações. Ele me traíra, tinha me enviado em missões sem a posse de todas as informações, escondera coisas de mim, não me oferecera a sua confiança. Ainda pior, brincara comigo, parecera acreditar em mim, mesmo não acreditando; tinha me vigiado e seguido, até ao estábulo onde Nesrin e eu nos deitamos. Tinha violado a minha lealdade. Tinha me abandonado, tal como meu pai...

Foi difícil me agarrar à dor e à raiva sob a ameaça de pensamentos mais sensatos. Foi o medo destes que guiou a minha mão quando assinei.

XXIV

Ao apresentar as palavras e o selo de Bertrand, os portões externos de Favara se abriram para mim sem demora. Mais uma vez, fui recebido por um pajem que me acompanhou pela passagem no meio do lago, levando o meu cavalo; mais uma vez aproximei-me dos portões do palácio, vi as barras e arcos dourados e a água do lago se mover e esticar e parar novamente, tal como na ocasião anterior.

Dessa vez, não havia camareiro para me receber no salão, apenas um dos serviçais do palácio para levar minha mala e me conduzir ao quarto, que não era o mesmo no qual ficara antes, mas um menor e mais escuro, com uma janela gradeada bem alta, chegando quase ao teto.

Não me importei muito, ainda que tivesse reparado; tinha chegado a um estado em que essas pequenas comparações e considerações representavam pouco; todo o meu ser estava concentrado na espera por Alicia. Logo ela estará com você, dissera Bertrand ao me dar o passe com o seu selo. Ele o tinha à mão, não havia dúvida no seu espírito quanto ao resultado. Senti-me insultado, senti-me um tolo, mas não o era a ponto de demonstrá-lo.

"Logo" poderia significar hoje ou amanhã. No primeiro caso, ela não estaria com o pai em Apúlia, mas em algum lugar mais próximo. Pouco depois da chegada, eu já apurava os ouvidos à espera dos seus passos. No meu âmago mais profundo, ainda que não inteiramente reconhecido, havia o sentimento de que eu tinha comprado a sua vida e resgatado o nosso amor por um alto preço, e que agora era eu quem precisava de salvação. Somente ao aparecer agora em toda a sua graça poderia ser levantada a carga de mentiras que eu tinha contado por causa dela. Seria ela, no esplendor da sua pessoa, a minha redenção e a minha recompensa. Todo o resto cairia; toda a estrutura anterior da minha vida cairia como uma plataforma de madeira podre, deixando-me um futuro em que não haveria mentiras nem engodos. Quando eu fosse sagrado cavaleiro e tivesse o meu feudo, e tivesse Alicia como consorte, viajaria pelo mundo fazendo o bem, defendendo os pobres, corrigindo injustiças, protegendo os fracos contra os fortes. Iríamos para longe do miasma e da confusão de Palermo. Iríamos à Dourada Jerusalém, a terra prometida, o fim do sofrimento, o bálsamo para o pecado. Ao olhar nos seus olhos, eu não veria gratidão, mas a consciência de que eu tivera de trair Yusuf, por mais horrenda que fosse essa traição...

Esses pensamentos, e outros semelhantes, ocuparam minha mente enquanto passava horas de espera, passeando pelos jardins que circundam o palácio ou pelas margens do plácido lago, onde os peixes caçavam perto das bordas quentes, e as libélulas descreviam trajetórias brilhantes sobre a água. De tempos em tempos — mas nunca deliberadamente — eu chegava à zona dominada pelos espelhos girantes; então, o mundo se tornava estranhamente distorcido e, até recuperar o equilíbrio, não era possível determinar a quantidade e a forma reais das coisas.

Não havia outros convidados, o palácio e jardins estavam desertos. Encontrava jardineiros árabes, que, quando me viam, interrompiam o trabalho e faziam uma reverência. Os guardas do portão às vezes abandonavam o serviço e vinham descansar no meio das árvores à beira do lago, onde estava mais fresco, mas, fora a troca de saudações, não conversamos. O palácio e todas as terras florestadas, os jardins e caramanchões pareciam sofrer com o verão que já estava pelo fim, mas era ainda impiedoso. Era a época do ano em que a putrefação parecia se ocultar sob a pele das coisas, mas não isolada completamente. Sentia-se o odor leve e doce que vinha das margens do lago, os figos abertos em que as vespas se fartavam. Pairava um ar de cansaço, a fadiga do excesso de repouso, como se o mundo desejasse a libertação desse jugo de setembro. Os pêssegos caíam e o ruído da queda tornava-se mais assustador no ar parado, como um presságio da mudança que ainda não tinha chegado.

Revi os lugares onde ela e eu estivéramos juntos: o ancoradouro, o pequeno bosque de azevinhos onde tínhamos trocado os anéis, o lugar onde a mesa fora posta para nós, onde Alboíno tinha me falado do toque do erro e de como dia a dia ele destrói a alma, e onde eu vira Alicia sair do escuro para a luz da fogueira, vestido vermelho e com a rede dourada nos cabelos, e o meu bote atracado a pouca distância e meus planos de tê-la só para mim durante algum tempo. O mundo à minha volta esperava pela mudança, pela libertação do jugo do verão, e eu esperava com ele pela minha própria libertação. Ela viria, traria um novo tempo, uma nova luz.

Não sei quando tive o primeiro espectro de dúvida. Não me surgiu num repente, mas como alguém que caminhasse ao meu lado sem que eu o percebesse. Ao longo das horas daquela primeira tarde e das do dia seguinte, e do próximo, à medida que o sol cruzava o céu e só se ouvia o som das cigarras e só se via a violência repentina dos reflexos quando eu me aventurava na zona dos espelhos, o tempo todo ele permanecera ao meu lado, aquele companheiro. Talvez tenha sido a natureza do lugar, dormente e imóvel, a sensação de vazio em que estava suspenso, o que gerou as primeiras suspeitas. Pensei novamente em Alboíno e em Bertrand, nos seus rostos diferentes, que eram o mesmo rosto. Como poderiam prometer que ela viria, como poderiam levar o documento aos seus captores, se não sabiam onde ela estava? Uma vez assegurado o documento, sem dúvida assinado por eles na qualidade de testemunhas, eles teriam todo o necessário para a prisão imediata de Yusuf. Talvez não fossem intermediários, mas os atores principais. Nesse caso, por que honrariam a promessa de libertação de Alicia? Por que continuariam a esconder a culpa do pai dela? Não tentariam ganhar o favor do rei denunciando a sua traição?

As perguntas giravam na minha mente, acompanhavam o voo errante dos mosquitos sobre a água calma, saltavam, com os peixes que caçam os mosquitos na superfície, repetiam-se e multiplicavam-se nos reflexos que às vezes me assaltavam nos passeios pelos jardins. Na noite do quarto dia, finalmente elas foram respondidas.

Estava me dirigindo ao meu quarto, tendo já perdido toda esperança de que ela chegasse naquele dia. O sol estava baixo no horizonte, fraco demais para lançar sombras. Era a hora do verão em que, com a aproximação da noite, a luz adquire certa palidez, uma qualidade indistinta, quando tudo se destaca com clareza peculiar. Estava parado no jardim mais baixo, havia um arbusto de rosas brancas ao meu lado, e sob essa luz fraca a brancura das flores era incandescente, como se iluminadas de dentro. Lembro-me dessa brancura luminosa e de ter pensado que ela pressagiava a escuridão que se aproximava. A água do lago se estendia além das rosas e havia uma onda brilhante de luz na superfície.

Enquanto olhava, tudo isso vi as formas de homens vestidos em mantos e turbantes brancos surgirem diante de mim, entre as árvores, à beira do lago. Enquanto se aproximavam, eu me mantive imóvel, sem medo, apesar de eles serem estranhos: era como se não se pudesse acreditar plenamente neles, emanações, criaturas da luz indistinta e enganadora. Então reconheci o passo senhorial e a figura imponente do homem que os liderava, o rosto coberto de barba escura, e um estranho mau pressentimento tomou meu coração.

— Ora, meu Thurstan, *salaam*, saudações.

— Mohammed, é o senhor? Mas como o senhor entrou aqui? Como convenceu os guardas a abrir os portões?

— Não me posto diante dos portões das casas cristãs implorando para ser admitido. Muitos dos que trabalham aqui nos jardins são meus irmãos no Islã. Eu os conheço, sei seus nomes, sei os nomes de suas esposas e filhos. Seus lares estão lá fora. Você acredita que eles usam o portão principal para entrar e sair?

Parou a três ou quatro passos de mim. Seu rosto não demonstrava nenhuma expressão particular, mas falava num tom que nunca havia usado comigo antes, frio e desdenhoso. Seus seguidores se reuniram atrás dele em formação cerrada, um de cada lado e um atrás dele. Todos traziam cimitarras nos cintos.

— Primeiro, as boas-novas. Estou aqui para lhe informar que a dama não virá. Pode esperar até criar raízes e folhas, mas ela não virá.

— Por que o senhor fala assim comigo? — Mas eu sabia, no momento mesmo em que perguntei. — Como o senhor ficou sabendo? Por que devo confiar no senhor?

— Vim para lhe dizer que você foi enganado e embaído desde o início, levado como um porco com um anel enfiado no nariz. É com grande prazer que lhe digo isso, meu Thurstan. Um prazer ainda maior que seria o de matá-lo.

Essas palavras foram ditas com alguma paixão, e ele fez uma pausa, como se para recobrar a expressão impassível de antes.

— Esse Yusuf Ibn Mansur, que foi preso com base na sua palavra, eu o conhecia desde que éramos crianças. Nossos pais eram amigos na mesma tribo, ele e eu frequentamos a mesma escola-mesquita, ele deu o nome e a bênção ao meu filho mais velho. Permita que eu lhe diga que essa meretriz o enganou e o levou pelo nariz, e que as suas palavras de amor soavam a ela como os grunhidos de um porquinho.

— O senhor se mostra muito corajoso e disposto a insultar tendo quatro homens atrás de si. Afaste-os e veremos quem grunhe.

— Como você é imbecil. Um traidor e um idiota. Você acredita que é chegada a hora do julgamento por combate, as regras estabelecidas de antemão, como os bons cavaleiros no campo de justas? Você falou mentiras vis sobre um homem cem vezes melhor que você, e agora fala de insultos, lança desafios e se dá ares de cavaleiro. Como você pode se sentir insultado? Foi Mário quem nos enviou, apesar de não o desejar. Você se lembra de Mário?

— Lembro. Ele desertou em Cosenza, quando eu comprava garças para a Falcoaria Real.

— Não, ele não desertou. Yusuf ficou intrigado com aquele desaparecimento, como ficava intrigado com tudo o que carecesse de explicação. Falou comigo. Vivemos em mundos diferentes, mas às vezes trabalhamos juntos. Caminhos se abriam para mim que eram fechados para ele.

— Disso eu não sabia.

— E por que deveria saber? Nada tinha a ver com você. Durante muito tempo não encontramos nenhum rastro de Mário. No final fomos auxiliados pelo mais reles dos acasos. O outro que o acompanhava, Sigismundo, viu-o numa rua de Palermo. Estava bem vestido e tinha barba, mas Sigismundo o reconheceu e o seguiu até uma casa.

— Por que ninguém me informou?

— Yusuf já não confiava completamente em você. Você tinha escondido muita coisa dele. Ele foi obrigado a tomar providências, a mandar vigiarem-no. Sigismundo recebeu ordens de não contar nada, sob pena de punição severa. Uma vez descoberta a casa onde Mário morava, o resto foi fácil. Nós o trouxemos e lhe fizemos algumas perguntas às quais ele não foi capaz de negar resposta, pelo menos não por muito tempo. Mário estava a soldo de Bertrand de Bonneval, sobrinho do conde de Conversano, um cavaleiro poderoso e muito rico, já conhecido de Yusuf como o líder de uma facção da nobreza normanda decidida a destruir a influência sarracena no palácio, substituindo-a por um Conselho de Pares, segundo o modelo feudal dos francos.

Não respondi, mas na minha mente revi o rosto de Yusuf e como ele me falou do convite para Favara. Não chega a surpreender ele suspeitar de mim, sabendo o que já sabia. Perguntei-me se ele sabia dos meus encontros com Alicia. Alboíno estava mancomunado com Bertrand, e Alboíno era tio dela. Poderia ela fazer parte dessa facção normanda? Talvez tivesse de jurar segredo, e fosse essa a razão de ela não ter confiado em mim. O que Mohammed queria dizer ao me informar que tinha sido enganado? Seria apenas isso?

— Mário não desertou em Cosenza. Pelo contrário, ele continuou com você como uma sombra. Seguiu-o a Bari. E lá, ele e um homem chamado Gaspar de Loritello, que se fazia passar por pajem, seguiram-no pelas ruas.

Sorriu pela primeira vez.

— Gaspar já tinha sido visto em visita à sua casa portando mensagens. Um homem de Yusuf o viu. A sua casa já estava sendo então vigiada. Assim, quando pusemos as mãos em Mário, nós o testamos com esse nome, e tudo veio à luz. — Sorriu novamente. — Do jeito que as coisas iam, Mário não tinha mais nada a nos dizer, mas investigamos diligentemente e no devido tempo descobrimos que Loritello era o nome do camareiro de Guy de Morcone, que criou o rapaz, filho bastardo de Alboíno, primo de Alicia e um dos amantes dela em Jerusalém, um entre muitos... É uma dama que dedica um estudo cuidadoso aos seus prazeres e à sua segurança, e sempre encontra meios de servir aos primeiros sem descurar da segunda.

Enquanto falávamos o início da escuridão encheu o ar. A luz no lago era agora mais pálida, mas o manto e turbante brancos de Mohammed ainda tinham aquela brancura luminosa, tornando o seu rosto mais escuro por contraste. Os homens que o acompanhavam continuaram imóveis.

— Não acredito. O senhor está mentindo. Defenderei a sua honra contra qualquer um que não a respeite.

— Espada na mão, não é? Antes era o porco grunhindo, agora é o burro zurrando. Esqueça a honra da dama, nunca esteve sob sua guarda. Use a inteligência. Mas é bom você não acreditar em mim, prefiro que você resista, vai sofrer ainda mais. Você traiu um homem que foi como um pai para você, e dessa traição não lhe restará nenhum ganho, nada. Aqueles dois excelentes homens seguiram todos os seus movimentos em Bari até conseguirem trazê-lo ao encontro da dama, que esperava pacientemente o momento certo.

Nunca tinha duvidado dela. Sua sinceridade estava acima de qualquer suspeita, comprovada desde a infância. Então, por que a dúvida agora saltava tão repentinamente? Desde então tenho pensado que as palavras de Mohammed serviram apenas para confirmar uma perda já sofrida, que foi a própria Favara que destruiu a minha crença, a longa espera, os espelhos enganadores, o ato de traição acontecido antes, a vergonha destruindo o meu senso de dignidade, fazendo de mim um ser vil de quem não se podia esperar nenhum bem. Ela deveria ter-me redimido... A memória me levou novamente ao momento do encontro, a casa em ruínas com o piso quebrado, os fragmentos de mosaico, a paz que desceu sobre mim naquele lugar, quebrada pelo som de cascos e a aproximação do grupo. Alicia montada no cavalo, as costas eretas, sem olhar nem para a direita nem para a esquerda — era mesmo como se ela tivesse recebido instruções, estivesse preparada no momento, naquele momento particular. Como uma atriz que entra no palco — os atores não olham para os espectadores. Se eu não tivesse falado, eles teriam passado em silêncio? Ou ela teria, no último momento, olhado para mim, parado o cavalo, e assumido a mesma expressão de feliz reconhecimento? Mas eu falei, fiz o meu papel. Como pude, logo eu, Thurstan, o provedor de espetáculos, deixar de ver que aquilo também era uma encenação?

Minha resistência se esvaía, eu não conseguia mais me agarrar a ela, as contenções do meu ser não eram fortes o suficiente. Mohammed não poderia ter vindo até ali para mentir para mim, ninguém tem tanto prazer na mentira. Seu prazer era me infligir a verdade.

Ainda assim, eu queria que ele continuasse ali, queria prolongar a nossa conversa, ainda com esperança, quando já não havia esperança, de encontrar alguma falsidade, de provocar uma palavra inesperada que desacreditasse o que ele me dizia. Com toda a inimizade que tinha no coração, ele era a minha única esperança. Meu medo agora era de ele me abandonar ali sozinho, sem mais ninguém além do conhecimento da perfídia de Alicia.

— E Yusuf sabia de tudo isso? Sabia que o encontro tinha sido planejado?

— Contamos a ele o que descobrimos através de Mário.

— Ele sabia e não me disse nada. Todas aquelas semanas, todas as vezes que conversamos.

— Ele não sabia o suficiente. Esperava saber mais. Uma conspiração estava em andamento, isso estava evidente. Mas o uso que pretendiam fazer de você, disso ele não tinha certeza. Ele não imaginava que você pudesse vendê-lo aos inimigos, confiava na sua lealdade, apesar de tudo. Sempre foi um homem de observar e esperar. Dessa vez ele esperou demais.

Fez uma pausa e olhou para o lado, como se para se certificar de que seus seguidores ainda estavam ali.

— Não vou demorar mais. Não vou dignificar você com mais palavras da minha boca. Você foi o bobo enganado por ela, e vai continuar sendo enquanto viver.

Não havia como prendê-lo ali, a não ser convidando a mais insultos, oferecendo mais diversão.

— Mas, por que ela faria isso?

— Ela pertence a um partido normando, que também é apoiado pelo seu tio Alboíno e por mais algumas pessoas da Cúria Romana, como meio de ampliar os poderes do papa na Sicília. Seus irmãos também participam. Não pretendem voltar ao Ultramar, sabem que ali os dias do poder franco estão contados. O seu Reino de Jerusalém vai voltar à posse daqueles a quem realmente pertence, aos meus irmãos muçulmanos. O futuro das famílias como a de lady Alicia está aqui, nos títulos e favores que obtêm em troca dos serviços prestados ao seu rei.

— Mas esse não foi um serviço prestado ao rei. Ele tem estima por Yusuf. Yusuf foi sua primeira escolha para o posto de Chanceler, todo mundo sabe.

Mohammed não respondeu, limitou-se a me olhar fixamente, e aquele silêncio foi mais terrível do que qualquer palavra. Sacrificamos algo que estimamos quando existe outra coisa que nos é ainda mais cara.

— Seu papel foi vil — disse ele, quebrando o silêncio. — Tê-lo traído com uma verdade já teria sido uma vilania inominável. Mas você o traiu com uma mentira, sabendo ser mentira... Você sabia que ele respeitava a religião dos outros. Disso a sua presença no Diwan de Controle era prova. Tal como nos domínios do rei, existem naquele Diwan árabes, gregos e normandos. Por isso ele era odiado. Ele via nessa mistura a única forma de manter o equilíbrio do Estado. Você foi sempre o defensor do equilíbrio, meu Thurstan, não é verdade? É uma palavra que sempre vem aos seus lábios. Pois bem, como você o destruiu no Diwan, você o destruiu em toda a terra. E para quê? Que vaidade estúpida o levou a crer no amor dessa prostituta normanda? Esperava que ela lhe trouxesse vantagens, não é? Esperava assumir o lugar dele no Diwan.

Nos primeiros instantes, o que restava da minha dignidade me impedia de responder. Então percebi que ele não tinha conhecimento do nosso amor de antes. Bertrand sabia, e Alboíno, mas isso porque ela lhes tinha dito — deve ter sido o que gerou a primeira ideia de um meio de me enganar. Mas ela não teria dito a ninguém mais, por que o faria? E se Mohammed não tinha conhecimento, pensava que eu tinha sido levado apenas pela ambição, era quase certo que ele não tinha conhecimento da conspiração em que se envolveu Guy de Morcone, não saberia que eu tinha assinado para salvar a vida dela.

E nunca saberia. Somente nesse momento a decisão me fez levantar a cabeça e enfrentar o seu olhar.

— Vou voltar a Palermo hoje à noite. Vou negar o que declarei, retirar a minha assinatura. Sem ela o caso contra Yusuf desaba.

Ele ficou em silêncio durante um momento. A escuridão aumentava, seu rosto estava indistinto, ele e seus homens não eram mais que formas brancas. Mas eu o vi balançar a cabeça, como se espantado.

— É claro, você não sabe, está afastado aqui. Ele foi executado ontem ao meio-dia, mas eu só tomei conhecimento desse papel hoje. Sua execução foi pública. Por ordens dos juízes do rei, entre os quais não há muçulmanos, Yusuf Ibn Mansur foi amarrado pelos pés e arrastado por um cavalo selvagem até um poço de cal fora dos muros da cidade, e o que sobrou dele foi queimado ali.

Ao ouvir esse relato, senti uma tonteira e fechei os punhos, meu corpo ficou tenso para me ajudar a manter o equilíbrio. As últimas palavras dele soaram muito distantes.

— Eles não iriam permitir que você renegasse, eles o teriam matado se o tentasse. Mantiveram você longe pelo tempo necessário, por isso você foi enviado para cá.

— Três dias — e minha voz também soou distante.

— Como você diz, três dias. Tempo mais que suficiente quando o resultado já está predeterminado. A pressa do julgamento é uma coisa que alivia a sua culpa, ainda que muito pouco. A morte dele estava decidida antes mesmo de você assinar o documento. Diga-me, Thurstan, servidor devotado de seu senhor real, homem cuja vontade determinou a pressa do julgamento, por que não houve apelação da sentença? Por que a execução de um muçulmano de família importante e alta posição se tornou um espetáculo público de tal magnitude?

— Não sei.

— Não, você sabe. Vou deixá-lo agora. Evite cruzar o meu caminho. Aconselho-o a partir de Palermo. Ainda não há perigo, os nomes das testemunhas foram mantidos em segredo. Mais tarde, quando tiver se acostumado à própria vilania, quando tiver começado a se perdoar, então será o momento em que um visitante com uma corda de seda lhe dará a morte merecida pelos traidores.

Ele ainda se manteve ali por um momento ou dois, olhando para mim, depois se virou e, com os acompanhantes atrás de si, afastou-se, voltou para as árvores que margeavam o lago. Durante alguns instantes, enquanto eles se afastavam, vi o brilho dos seus mantos brancos. Depois desapareceram, perdidos na escuridão.

XXV

Mal tinham desaparecido quando a náusea contra a qual eu lutava subiu-me à garganta, eu me dobrei e vomitei. Seguiu-se a desolação. Eu não podia mais suportar o ar livre, agora que já estava escuro. Sentia necessidade das quatro paredes do meu quarto, onde poderia ficar sozinho, fechado, com luz. Voltei cambaleando ao meu quarto, acendi as lâmpadas, tranquei a porta deixando lá fora a noite e as palavras de Mohammed, os jardins e o lago desse palácio de Favara, que haviam me ferido mais do que qualquer outra coisa na vida.

Mas não tive repouso nem alívio das perguntas que me perseguiam. Vezes sem conta chamei à memória as palavras e expressões dela, todos os detalhes mínimos do seu comportamento desde o encontro em Bari, até que memória e imaginação se misturaram em confusão. Ainda esperava encontrar alguma coisa que demonstrasse ser falsa essa horrenda história de mentiras. Ainda esperava acordar daquele pesadelo, daquela nêmese vestida de branco que viera a mim na beira do lago. Acompanhando essa busca atormentada, e ainda sem nenhum sentido de contradição, me vinha o espanto diante da minha própria credulidade. Como pude ter acreditado que alguém como eu poderia ser convidado a este palácio de Favara, para caçar num terreno que compunha a reserva real, baseado na palavra de uma mulher recém-chegada de longos anos na Terra Santa, uma mulher sem consorte e sem grande poder? Era Bertrand quem desfrutava do favor real, não Alicia. E a cortesia que ele tinha demonstrado, o lugar especial que me dera, como eu podia ter imaginado que se reportava aos meus méritos, um obscuro servidor do palácio, pagador e provedor?

Tudo era enjoativo e confuso. Mas o que trouxe horror à minha alma foi a crueldade que ela tinha demonstrado, a crueldade prolongada e constante que propiciou a alguém que tinha amado — pois ela tinha me amado naqueles primeiros dias, disso eu ainda tinha certeza. Ela tinha usado aquele amor para me enganar e me trair; ela assistiu ao meu naufrágio... Agora eu via, qualquer um que não fosse idiota teria visto antes: ela não tinha mudado, ainda eram dela as qualidades que eu tanto admirava — a capacidade de aproveitar a ocasião, de inventar, a prontidão em assumir riscos para chegar aos seus fins.

Meu único alívio para esses pensamentos amargos era me agarrar à crença na conspiração envolvendo o pai dela. Mohammed não sabia de nada, ele sabia apenas pouco mais do que conseguira arrancar do infeliz Mário. Foi um alívio mesquinho, que amorteceu um pouco aquele horror, acreditar ser verdade a história que Alboíno me contara, das provas nas mãos da Cúria, de uma ameaça mortal a Alicia e sua família ou, pelo menos, se não verdadeira, acreditar que ela tinha acreditado. Esta última era a minha versão preferida: ela também tinha sido enganada, contaram-lhe mentiras, ela agira daquela maneira para proteger a família e sua própria vida. Nunca mais queria falar com ela, nem olhar para o seu rosto, nem ouvir menção ao seu nome. Mas me aliviava, durante as horas insones daquela noite, acreditar nessa mitigação da sua crueldade.

Assim transcorreu a noite, a pior da minha vida. Meu quarto, de início um refúgio, tornou-se uma prisão, e com os primeiros sinais da alvorada eu saí e passeei pelos jardins, sem rumo, enquanto a luz aumentava. Queria partir, mas ainda assim estava estranhamente relutante, como se pudesse reencontrar a promessa que estivera ali, nos bosques e nos jardins e no lago. Partir era marcar-me definitivamente como idiota e traidor, e andar por aquela terra de maravilhas e mentiras, onde eu tinha entrado em triunfo — Thurstan de Mescoli, com os lacaios correndo à minha frente e o camareiro todo sorrisos a me esperar no salão. Era um sonho de recompensa, como os têm as crianças, quando o tempo parece uma coisa que se pode reviver. Mas não havia nada ali a recuperar: desde o primeiro instante toda palavra sua foi uma mentira, todo olhar, uma trapaça.

Parei à beira do lago enquanto o sol começava a mostrar o seu halo no horizonte e as cores pálidas de prata e açafrão espalhavam manchas na água. Nuvens envolviam o sol, moviam-se e se esvaíam à medida que ele subia, e a superfície da água parecia tremer em resposta a essas mudanças, mas o reflexo das árvores estava imóvel, nenhuma folha se movia. Lembrei-me então de que tínhamos remado da escuridão da margem até o meio do lago. Também naquele momento não se via o menor movimento do vento entre as árvores. Os reflexos dos espelhos girantes tinham estilhaçado o mundo e o consertado e eu sentira que entrávamos num território inteiramente novo, do qual não voltaríamos inalterados. Minha alma presciente, pensei com amargura — as coisas tinham mudado.

O sol ainda estava baixo quando fui ao pequeno caramanchão onde ela e eu trocamos nosso primeiro beijo. As formas de pássaros e animais continuavam como eu as tinha visto. Um jardineiro trabalhava com tesouras de lâminas longas; ele me saudou e se afastou.

Subi os degraus e parei ali dentro, onde ficáramos juntos, protegidos do sol do meio-dia. De repente me lembrei da onda de gratidão que tinha me inundado, uma gratidão devotada pela sua presença ali, por ela ter voltado à minha vida, pelo futuro dourado que ela me oferecia. Tinha começado a falar da minha gratidão, mas ela colocou um dedo sobre os meus lábios. Ela me pareceu perturbada, apreensiva, e eu não entendi naquele momento. Agora eu entendia. Ela então falava do irmão Adhemar a vigiá-la, numa tentativa de explicar sua agitação e distrair a minha mente com a hostilidade dele. Mas Adhemar não fora a causa. Por um momento ela teve pena, este pobre idiota, a gaguejar palavras de gratidão por ter sido enganado, e abusado. Pobre idiota digno de pena...

Esse sentimento de pena, a única ternura que ela tinha demonstrado, me provocou forte dor. Pior que todo o seu teatro foi esse breve momento de verdade, pior que toda a bondade fingida foi essa bondade real de desprezo. A dor era tão forte que eu quis chorar. Mas acredito que foi nesse momento que percebi o nascimento da minha cura. A humilhação, minha própria baixeza, me era insuportável; tinha de encontrar alguma fuga. Daí veio a perspectiva sombria — e apenas quem nunca sofreu semelhante golpe contra a própria autoestima verá aí um paradoxo — de não jogar a culpa em Alicia, mas censurar a mim mesmo. Se buscasse refúgio no ódio, nunca me livraria dela. Prova de que eu a conhecia muito pouco era o esquecimento a que ficou relegada no âmago do que eu chamava de amor. Ela não poderia ter-me enganado se antes eu não tivesse me enganado; ela não teria mentido se eu não a houvesse ajudado. Eu a imaginava na forma dos meus desejos; no tempo da minha esperança lembrava-me da imagem brilhante da juventude, brilhante como o futuro que ela deveria realizar, eu a pintara como uma criatura da luz. Ela não tinha luz própria...

Parei no alto dos degraus e os raios da manhã bateram nos meus olhos. Nesse momento ouvi outra vez o canto agoniado *wulla-wulla-wulla*, que tinha ouvido quando subia esses mesmos degraus para me encontrar com Alicia, e que me trouxe à memória o rosto de Nesrin. Pensei então que era uma ilusão, um truque do vento, ou vozes humanas distorcidas pela distância. Dessa vez não havia dúvida: era o lamento das garças brancas vindo das gaiolas empilhadas no convés do navio em Paola.

Desci os degraus e tomei a direção do som. Tive de seguir pela outra margem do lago, passei pelo local onde foram acesas as fogueiras para a ceia da primeira noite e cheguei a um trecho que ainda não tinha visitado, entre árvores esparsamente plantadas e um espaço amplo onde o capim era alto e estava seco pelo verão. Os reflexos dos espelhos giratórios confundiram os meus olhos e perturbaram meu senso de direção. Procurava um som que já não ouvia, mas persisti cada vez com mais atenção. Às vezes penso que essa insistência me veio pela bondade de Deus.

Finalmente, depois de muito procurar, cheguei a um portão de vime e a um estreito caminho que levava, em meio às árvores, a uma fileira de gaiolas de bambu, todas vazias, com exceção de uma que continha as aves brancas, seis delas, contei, tudo o que havia sobrado; ao me aproximar, elas bateram as asas e começaram a gemer, e foi como se eu estivesse outra vez em Cosenza, antes do encontro com Alicia, quando ainda tinha a confiança de Yusuf, quando Nesrin me enchia os pensamentos. Apenas uma barra de madeira prendia a porta da gaiola. Levantei a barra e abri a porta. Mas as aves não saíram, com medo; eu estava muito perto. Assim, deixei-a aberta e voltei ao palácio, sentindo o espírito mais leve — pela primeira vez desde a chegada de Mohammed.

Tinha a intenção partir e fui buscar minhas coisas, quando me vi no pátio embaixo do quarto que tinha ocupado na visita anterior, que tinha me deliciado ao abrir as janelas e olhar para baixo. O som de água corrente estava por toda parte, caindo da boca da fonte sobre bacias assentadas umas sobre as outras e daí em canais cobertos até um tanque central, que não se agitava apesar da água que entrava, e me perguntei como aquilo era possível, e me maravilhei diante da arte de quem o tinha construído. O alívio que sentia desde que soltara as aves continuava comigo e era agradável estar ali ao som tranquilo da água caindo e no frescor do ar. O tanque me pareceu fundo e desnudei o braço para verificar, mas a água chegava apenas ao meu cotovelo: a aparência de profundidade vinha do revestimento com pedras azuis. Minha mão e meu braço haviam agitado a superfície, que tremeu em fragmentos de reflexos pálidos das nuvens que ainda acompanhavam o sol da manhã.

Há momentos, após uma emoção turbulenta, em que o espírito se sente vazio, e era o que acontecia comigo. Tinha passado por tanta coisa desde a manhã em que Gaspar viera me buscar. Não tinha dormido, mas não me sentia cansado, sentia apenas esse vazio. Ainda ajoelhado à beira do tanque, sombras parecidas com ondas varreram a superfície da água, e quando olhei para cima vi as seis garças voando juntas bem baixo, pouco acima da minha cabeça. Elas viraram para o oeste e voaram em direção a Palermo e ao mar. Naquele instante, enquanto seguia o seu voo, veio-me à mente a lembrança de outras sombras, uma tarde no interior da Capela Real, raios de luz que entravam, lutando contra a luz das lâmpadas, as duas fazendo uma glória de luz sobre a cabeça de Madalena e sobre a mão do Cristo Pantocrator. Sombras que se moviam por toda parte no interior da capela, os dois operários com suas lamparinas e seus espelhos; os dois olharam para mim ao mesmo tempo, mas não podia ser por causa de qualquer som que eu tivesse produzido, eu estava parado. Também não havia outro som, não naquele momento, ou eu o teria ouvido. Um reflexo rápido passando pelos espelhos que tinham nos dois lados da plataforma? Mas nenhum movimento no chão poderia causar um reflexo como aquele, os homens estavam muito acima do chão. Deve ter sido alguma coisa na altura da árvore do conhecimento, caso contrário eu não teria notado os reflexos. Talvez tivessem visto sombras movendo-se sobre a parede à sua frente, sombras de um tipo incomum, estranhas o bastante para fazê-los desviar a atenção do trabalho... Naquele momento eu encontrei Gerbert e seus companheiros alemães, e vi sombras iguais às lançadas pelas aves na água, sombras rápidas que se moviam no lado sul do transepto, passando pelo mármore do piso como asas ou ondas percorrendo a superfície da água.

Tentei me concentrar na lembrança daqueles instantes. A luz do sol entrava por algum lugar alto no lado sul. Eu estava no centro do santuário admirando os mosaicos, os que o rei veria do seu camarote do lado oposto, as imagens que se ligavam ao seu destino: a cena da Ascensão, com o Cristo levado para o céu, prefigurando a sua própria ascensão como governante terreno; a figura de pé da Virgem e seu Filho, observando e protegendo. Surgiram então as sombras fugazes; Gerbert e seus companheiros não podiam tê-las produzido, o raio de luz passava por cima das suas cabeças, vinha de mais alto, de uma janela ou abertura daquele lado. Alguém tinha se movido lá no alto, um movimento muito breve. Alguém tinha cruzado a luz. O dia seguinte seria o dia da Ascensão de Cristo, um dia muito importante para o rei Roger e o reinado normando que tinha fundado. Sabia-se que ele pretendia assistir à liturgia. Seus planos foram mudados quase no último instante, e no dia seguinte ele partiu para Salerno. Foi Gerbert quem me informou. Gerbert, que eu havia visto no dia anterior, diante do claustro de San Giovanni degli Eremiti, em conversa sigilosa com Atenulf, o lombardo, o estudioso de datas e símbolos, servidor do poder real, fiel construtor da fama do rei.

Durante todo esse tempo eu estivera agachado ao lado do tanque. Esses pensamentos me passaram num instante pela mente, tão rápidos quanto as sombras na água que os tinham gerado, meu braço ainda estava molhado depois de imerso na água. Tornei a ver o reflexo das nuvens na superfície, o tanque raso parecia mais fundo do que poderiam imaginar os sonhos. Levantei-me, olhei para o céu — as nuvens pareciam menos reais do que o seu reflexo. O impulso de partir ressurgiu em mim, deixar esse lugar de imagens traiçoeiras, e dei as costas ao tanque, correndo para o quarto.

O desejo de uma partida rápida ainda estava em mim quando cheguei ao quarto e comecei a juntar minhas coisas, preparando-me para ir embora. Lembrei-me das esperanças que me levaram ali e não consegui evitar a lembrança de Alicia, de como ela tinha me enganado e zombado de mim e da terrível traição que se escondia no seu coração quando ergueu as mãos num gesto que me pareceu ser de oração, tirou o anel do dedo e disse as palavras de promessa. Desde o início estava lá, em todos os seus sorrisos e olhares, esse poço profundo da sua crueldade de onde ela tirava água em segredo, Satã ao seu lado para segurar a caneca, como estivera com a serra o traidor de quem Atenulf me tinha falado, que serrara as correntes da ponte levadiça na escuridão da noite e que em breve deveria morrer pelas mãos de Spaventa.

Esses pensamentos fizeram renascer uma sensação de náusea, que não me abandonou em momento algum durante aqueles dias, e eu parei no meio do quarto, e fiquei imóvel, aspirando o ar em haustos profundos. E nesse momento de imobilidade forçada me veio a noção de que estava de alguma forma enganado: o poço de maldade era realmente muito fundo, mas o seu poder para o mal era limitado, e isso valia também para Alboíno e Bertrand. No meu sofrimento, eu tinha visto conspiração em tudo, mas agora me parecia certo que nem um nem outro participaram do meu envio a Potenza — o tempo de que dispunham era curto demais.

Foi Atenulf quem planejou a minha ida, e Atenulf não estava de forma alguma ligado aos outros dois, nem a nenhuma conspiração contra Yusuf, cujas palavras eu lembrava agora, imóvel no meio do quarto: *mas se vê aí a forma de um triângulo.*

Mecanicamente, ainda com essa ideia na mente, comecei a juntar os meus pertences. A linha que ligava Wilfred e Gerbert era muito nítida: os dois estiveram na mesma comunidade de monges. E a que ligava Gerbert a Atenulf? Estaria ele de alguma forma associado a Atenulf na organização da minha missão a Potenza? O que teria um prelado como ele a ver com a fama do rei? Mas, suponhamos que a razão da missão fosse outra? No dia do nosso encontro na capela, ele vinha com seus companheiros do lado sul do transepto, o lado onde a luz estava obstruída no alto, o lado de onde vinham as sombras. No dia seguinte o rei planejava assistir à liturgia. Era o dia da Ascensão de Cristo...

Fui tomado de súbito por uma indagação: por que Gerbert estava ali naquela hora? Certamente não era para me informar dos planos do rei, nem para informar a Demetrius — ele já sabia. Então havia alguém mais, alguém o esperava ali? Mas eu tinha examinado a parede e não vira nada. Uma plataforma, uma cortina? Não me lembrava. Era possível — muitas obras eram executadas aqui e ali no interior da capela, uma coisa semelhante não seria notada. Era fácil deixar ali uma plataforma estreita, oculta dos olhares para não ofender os olhos do rei quando viesse no dia seguinte para assistir à liturgia.

Atenulf tinha me enviado a Spaventa. Por que eles desejariam esconder a fonte do pagamento, se sua missão fosse apenas matar um traidor do rei? Não haveria risco para o tesoureiro nem para o pagador. Eis uma pergunta que sempre me intrigou. Yusuf também suspeitou, tanto que se deu o trabalho de ocultar a origem do dinheiro. Mas se Atenulf estivesse servindo a outro senhor, se a presa fosse outra, se as consequências do fracasso fossem perigosas para quem enviasse...

Lembrei-me então de que ainda tinha o recibo de Spaventa — não tivera tempo de entregá-lo a Atenulf, e ele não tinha pedido; suponho que não esperasse o meu retorno tão cedo e depois não pensava me encontrar no Diwan. Estava onde eu o havia guardado, na bolsa de pano que usava em torno da cintura; continuava lá, esquecido, durante todo aquele tempo. Peguei-o e examinei, mas a luz era escassa dentro do quarto, não consegui ver. Um senso de urgência cresceu em mim, não queria interromper o exame para mexer na lamparina. Saí do quarto e desci a escada para o lado de fora, para um jardim que dava para o lago. Ali, sob a luz do sol, examinei cuidadosamente o objeto. O pássaro era um falcão, tal como Atenulf o tinha descrito. Somente a cabeça estava representada de perfil; era muito pequena, mas não havia como errar, a curva rapinante do bico, o olho feroz, a cabeça reta: era a águia imperial dos símbolos romanos, símbolo de dominação. O que Spaventa tinha dito? *A César.*

Quem era o César de agora? Spaventa pensou que eu soubesse. De outra maneira, não teria se demorado e se vangloriado, não um homem como ele. Alguma mensagem relativa ao meu papel tinha se perdido ou truncado.

O dia escureceu repentinamente, e eu olhei para cima e vi massas de nuvens, douradas nas extremidades, cobrindo a face do sol. O vento agitou as árvores junto do lago, e senti o ar frio, um sopro de alívio, presságio de chuva. O longo verão chegava finalmente ao fim. O que mais Spaventa tinha dito? Alguma coisa sobre uma nova tentativa. Tinha rido da minha resposta, como se eu tivesse feito uma graça, até então ele não suspeitava. Qual teria sido a primeira tentativa? Mais uma vez pensei naquelas sombras fugazes e evanescentes, num movimento inexplicável, minha sensação vaga de que a luz fora quebrada no alto. Só podia haver uma razão para um homem esperar lá no alto, na véspera da apoteose do Cristo e do rei, no único lugar da capela de onde se tinha uma visão clara da pessoa real.

Eu tinha errado a resposta ao brindar; ele entendeu o erro, em circunstâncias mais favoráveis teria me matado. Disse alguma coisa antes, antes de suas suspeitas serem levantadas, algo que eu não entendi. Vamos encontrá-lo no monte Tabor, não, não encontrar, vamos servir. *No monte Tabor vamos servir bem a ele.* Stefanos também disse alguma coisa que me intrigou, na noite em que ceamos juntos. Mas não foi o significado das suas palavras, foi outra coisa, alguma coisa contida nelas. Ele falava do Dia da Transfiguração de Cristo.

O conhecimento me veio puro, estava lá desde sempre, esperando o toque correto, o toque do mal, o dedo sobre os meus lábios, para fazê-lo vir à tona. *Conduziu-os à parte a uma alta montanha.* Típico de Spaventa, ex-noviço, esconder o seu segredo na religião. A alta montanha a que os discípulos foram conduzidos era o monte Tabor. *E Ele se transfigurou diante deles.* O rei pretendia estar presente à liturgia do Dia da Transfiguração. Seria essa a segunda tentativa? Sentado no seu camarote, na parede norte, ele seria inviolável, envolvido na sua majestade, invisível a todos abaixo. Mas não a alguém no alto da parede oposta, alguém ali posicionado teria visão, veria a parte superior do corpo do rei acima da balaustrada de mármore. Vinte e cinco passos, talvez menos... Uma flecha do alto para derrubar o rei. Àquela pequena distância ele seria transfixado. O símbolo perfeito, a obra prima de Atenulf. Quem usa símbolos para construir, também os usa para demolir... um raio do céu, o julgamento do governo ímpio do rei, destruí-lo sentado no trono com palavras de oração ainda nos seus lábios.

Daqui a dois domingos, dissera Stefanos: pelos meus cálculos apressados, dentro de três dias.

XXVI

A sensação de surpresa continuou durante a viagem de volta a Palermo, mas agora dirigida à minha própria obtusidade. Se estivesse certo nas suspeitas somente agora levantadas, durante todo o tempo eu confundi as partes muito diferentes nos seus objetivos, uma tentando me usar contra Yusuf e assim se aproximar do rei, a outra tentando me usar para feri-lo. Tentei encontrar justificativas. Alboíno e Gerbert eram ambos homens de alta posição na Igreja; era natural, portanto, presumir que ambos servissem ao mesmo interesse de expulsar os sarracenos e aumentar o poder da Igreja Latina. E eu imaginara que Alicia me amava e trabalhava secretamente para facilitar os nossos encontros, e de alguma forma tramara um meio de me fazer levar o dinheiro a Potenza; mas tinha usado seu conhecimento da minha ida apenas para me enganar, apenas para aumentar minhas esperanças e destruí-las mais uma vez.

Meu sofrimento se aprofundou com essas tentativas de autojustificação; entre elas estava a prova — se mais provas eram necessárias — de que eu era um fracasso, indigno do mundo em que vivia. Ao passar pela Ponte do Almirante, lembrei-me das minhas alegres esperanças no dia em que fui pela primeira vez a Favara e de como, ao cruzar aqui o Otero, uma canção de amor e promessa me viera aos lábios. Agora estava longe de qualquer canção.

Ao chegar à cidade, todos os outros sentimentos foram engolidos no medo de ser reconhecido. Mohammed tinha dito que os nomes dos que depuseram contra Yusuf não tinham sido divulgados, mas ele poderia ter mentido por razões que eu não sabia, ou talvez agora os nomes já fossem conhecidos nessa manhã. Pareceu-me ver uma acusação em todo olhar que cruzava o meu, como se houvesse na minha testa uma marca, clara e à vista de todos. E todos pensariam o que Mohammed tinha pensado, que eu tinha traído Yusuf por ambição, com a promessa de assumir seu posto. Não podia ir ao Diwan: a ideia de encontrar Stefanos e enfrentar o seu olhar era insuportável. Não podia levar minhas suspeitas a ninguém. Como ir à polícia do rei com uma história de sombras e reflexos e de palavras vagas? Eu tinha sido o pagador, todos pensariam que eu era um dos conspiradores, tentando trair meus companheiros em troca de favores. Não, eu só podia esperar o domingo.

Fui diretamente para casa e dei ordens que não permitissem a entrada de nenhum visitante. Eles me desobedeceriam, caso o visitante fosse alguém rico ou importante, mas era tudo o que eu podia fazer. Durante todo o dia minha porta só foi aberta duas vezes, por Caterina, para trazer sopa e pão e, na segunda, para alguns doces. Stefanos tinha pensado que eu talvez estivesse doente, e os tinha trazido. Somente nesse momento me ocorreu que Stefanos também estivesse em perigo, pelo longo tempo de trabalho no Diwan de Yusuf. Meus feitos...

Talvez houvesse alguma coisa importante entre os papéis de Yusuf, se eu conseguisse chegar até eles, alguma coisa que desse substância às minhas suspeitas. Decidi tentar. Esperei até depois da hora do jantar, na expectativa de não encontrar ninguém trabalhando. Se notasse algum sinal de presença, eu me retiraria imediatamente. Levei comigo uma das minhas adagas, de lâmina curta e larga, que me pareceu útil caso tivesse de forçar uma porta.

Os guardas estavam no portão pelo qual eu geralmente entrava e me saudaram sem nenhuma diferença aparente de atitude, e abriram imediatamente, supondo que eu tinha esquecido alguma coisa ou pretendesse trabalhar até mais tarde naquela noite, o que eu às vezes fazia depois de uma ausência. Tudo estava calmo quando cruzei o pátio e subi a escadaria. Acendi a lamparina na parede no início do corredor e fui até a minha porta. Estava trancada, mas eu tinha a chave. Tudo estava em ordem na minha sala, os documentos na mesa como os havia deixado. Subi alguns degraus pelo corredor e tentei abrir a porta de Yusuf, que também estava trancada. A sala dos escribas tinha uma porta mais frágil que dava para o escritório de Yusuf, e foi ela que eu resolvi tentar forçar, com a adaga. Mas a porta não estava trancada, abriu ao meu toque. Ainda no vão, entendi a razão, quem viera aqui pela última vez não vira necessidade de trancar a porta, havia pouca coisa a guardar. A sala tinha sido saqueada, gavetas e prateleiras esvaziadas, um monte de pergaminhos espalhados por toda parte.

   Cruzei a sala, chutando livros de contas que tinham caído no chão e foram esquecidos. A porta da sala de Yusuf tinha sido fechada apenas com o trinco, que soltei facilmente. Uma desolação semelhante aqui. Tudo tinha sido revirado e espalhado numa busca cuidadosa de provas que o incriminassem, como eu supunha, ou contra eles próprios. Se encontraram alguma, levaram-na consigo. Deixaram ruínas no seu rastro, documentos arrancados das capas e jogados sobre a mesa e o chão. Passei à sala seguinte, seu santuário, onde ele guardava seu espaço para receber visitantes ou conversas particulares. A pesada porta de carvalho abriu-se e vi a mesma devastação, a mesma confusão de documentos, os armários escancarados e vazios.

   Parado no vão da porta da sua sala particular, seu local privado, senti pela primeira vez a sua perda e soube que a dor e a culpa me acompanhariam para sempre. Sua morte estava aqui, nessa sala. Antes de rasgarem e mutilarem o seu corpo, haviam violado o princípio da ordem pelo qual ele viveu. Ali estava o vão da janela onde havíamos conversado e que eu invejava por causa da luz e do ar que oferecia. Ali ele me havia confiado a missão de levar uma bolsa vazia a Lazar — a missão que fora o início da sua morte. Lembrei-me dos ossos delicados do seu rosto e o nariz adunco, e seus olhos sempre impacientes diante da contestação, sempre prontos a mostrar consideração por mim. O som da sua voz chegou até mim, o sotaque exagerado do seu francês. *Um novo* sorcot *esta manhã?* Sempre ditas da mesma maneira, porque ele era assim, nunca plenamente à vontade quando queria se mostrar íntimo.

Eu nunca mais ouviria outra vez a sua voz, nunca mais procuraria respostas para as suas observações sobre a minha roupa e sobre o meu canto — somente nesse momento isso ficou claro para mim. Até então eu não sentira nada além do horror — da violência praticada contra ele e da minha participação nela. O horror semelhante a um pântano ou areia movediça que não me deixava espaço para dignidade, para sentir a dor. Senti os soluços me subirem à garganta, engasguei e chorei por Yusuf, a quem eu tinha culpado injustamente pela minha infelicidade e eu pensava agora, por meio das lágrimas, como se arruinara o mundo de Yusuf quando o levaram, naquele dia, até o portão do mosteiro.

Aqui eu conhecera Yusuf, e aqui eu pranteei seu fim, no meio do entulho desolado que era tudo o que ele pudera deixar como lembrança. Fiquei ali até passar a tempestade do meu choro, até eu sentir alívio e ser capaz de ver novamente. Preparava-me para sair quando me lembrei, como se recebesse uma mensagem dele, de um dia em que tinha chegado mais cedo e o encontrara finamente vestido, tendo acabado de voltar de uma cavalgada com seus irmãos sarracenos. Lembrei-me das sedas suntuosas, azuis, vermelhas e douradas. Ele falou da exibição de poder e riqueza que causava mais ódio contra os sarracenos, mas que ainda assim era causada por esse ódio, num círculo que somente poderia ser quebrado pela lei de Deus. Mas então ele já havia passado para trás da sua mesa. Quando entrei, ele estava perto da parede, curvado como se tentasse pegar alguma coisa no chão por trás dos painéis de madeira. Mas não havia nada no chão nem nas suas mãos quando ele se afastou...

Como se obedecesse a uma ordem sussurrada por ele, fui até o lugar onde o encontrara e me agachei para examinar. Mas não havia nada ali, apenas uma superfície lisa de nogueira do revestimento. Ainda agachado, passei o dedo pela extremidade inferior do painel, ao longo da linha estreita onde a madeira se fixava. Logo meus dedos encontraram uma irregularidade, um pequeno defeito na madeira, menor que a unha do polegar. Apertei e ouvi um estalido muito leve, e o painel se abriu ao longo da linha de junção. Dentro da abertura havia folhas soltas de pergaminho presas entre capas feitas de um pano duro e amarradas com uma linha fina. Estavam numeradas no verso, apesar de não haver distinção entre elas.

Abri a primeira e vi detalhes de quantias pagas e recebidas e lançamentos em árabe diante deles. Deveriam ser pagamentos irregulares ou ilegais, dinheiro que tinha de ser registrado em separado, sem passar pelos registros oficiais. A segunda que abri tratava da oferta de servos árabes a fundações religiosas cristãs da região de Palermo. Essas ofertas de trabalho, geralmente renováveis depois de alguns anos, eram muito procuradas pelos mosteiros, especialmente os mais ricos, donos de mais terras do que poderiam ou desejavam trabalhar, e tinham de ser pagas de uma forma ou de outra. Aqui não havia registros de pagamentos; a razão, supus, de o documento ser guardado em segredo.

Poderia ter parado por aí, concluindo que não havia nada de interesse, mas abri mais uma ao acaso. Não eram contas, mas relatos de várias fontes em grego e árabe, e algumas em italiano. Um nome logo se destacou: Wilfred de Aachen; depois dele, outro marcado entre parênteses: Rinaldo Gallicanus. Então Wilfred, o arquivista, tinha mais de um nome. Lembrei-me do seu rosto pálido e cabelo ruivo, do uso pedante do latim. Devia estar vigiando a proximidade de outros ouvidos enquanto Atenulf me explicava a minha missão a Potenza... Fechei a porta do compartimento e ouvi um som muito leve quando a porta se trancou. Peguei os documentos, ainda na capa de tecido, e levei-os ao longo do corredor até a minha sala.

O nome de Wilfred atraiu a minha atenção, e comecei por ele. Ao que parece, ele não era alemão, como acreditavam todos, e como ele mesmo tinha informado: era filho de Stephen Gallicanus, cavaleiro vassalo de Rainulf de Alife e um dos seus mais leais seguidores na rebelião contra o rei Roger, 12 anos antes. Alboíno tinha mencionado que Guy de Morcone, pai de Alicia, também tinha participado da rebelião, mas não havia ali menção a ele. Fora esse Stephen Gallicanus quem fora condenado pelo rei a exumar, com as próprias mãos, o corpo putrefato do seu senhor de seu túmulo e amarrar uma corda em volta do seu pescoço para ser arrastado pelas ruas.

O sentimento de horror voltou, junto com a náusea que sempre o acompanhava. A dessacração fora executada por ordem do rei. E o que isso representou para Yusuf? Não poderiam ter se passado mais de algumas semanas desde que ele obtivera tal informação. Sua própria morte já estava decidida, por Bertrand e seus companheiros normandos, por Alboíno e aqueles na Cúria que o tinham enviado, por Alicia e provavelmente por seus irmãos. Arrastar Rainulf na sua mortalha foi um presságio assustador do fim que teria pouco depois.

Rinaldo de Gallicanus não era muito mais velho que eu. Deveria ter pouco mais de vinte anos quando da rebelião de Rainulf. Yusuf havia escrito uma observação: *Teria ele testemunhado o ultraje público perpetrado contra o pai?* Não se sabia, mas era provável, dado o curso subsequente da vida do jovem. Deixou sua casa em Apúlia e foi para a Alemanha, onde, depois de algum tempo, foi aceito no mosteiro de Groze, na Mosella, adotando o nome de Wilfred. Entre os da sua comunidade estava Gerbert, que mais tarde serviu na corte papal e depois seria indicado para ocupar o Enclave de Benevento. Os dois tinham viajado à Sicília com um intervalo de meses, Gerbert para pleitear uma extensão das prerrogativas do papa de nomear bispos. Wilfred se empregou como encarregado dos arquivos do palácio. O relatório sobre Wilfred terminava nesse ponto, mas ainda havia uma nota em outra letra afirmando que o posto de arquivista havia sido obtido por recomendação de Atenulf, o lombardo, do Ofício da Fama do Rei, que considerava ser a compilação e preservação dos arquivos atribuição do seu departamento. Yusuf tinha acrescentado um comentário: *Como também, sem dúvida, a sua alteração e destruição.*

Seguiam-se mais anotações, também do punho de Yusuf, baseadas no material do relatório, especulando em particular sobre o fato de os três homens terem vindo da Alemanha. Havia o desenho de um triângulo equilátero, com os três nomes nos ângulos e palavras de associação escritas em letra muito pequena, e linhas que saíam dos lados do triângulo, também acompanhadas de outras palavras.

Como já disse, a letra era muito pequena, e eu deixei para depois a leitura, preferindo examinar as páginas seguintes. Durante todo aquele tempo, procurei o nome de Alicia, certo de que Yusuf, sabedor de que o encontro em Bari havia sido um engodo, teria colocado pessoas para vigiá-la e descobrir o que pudesse sobre o seu passado. Mas o dela não estava entre aqueles nomes. Yusuf não cometeu o mesmo erro que eu — não havia nada que a ligasse a Atenulf ou Gerbert ou à minha missão em Potenza.

Encontrei-a no relatório sobre Bertrand de Bonneval e mais linhas foram dedicadas a ele do que a ela. A longa história dos seus esforços, públicos e privados, para aumentar o poder normando na corte e fomentar a hostilidade contra os sarracenos a serviço do palácio, tudo apresentado em detalhe cobrindo vários anos. Alicia mereceu menos de uma página. Os que voltavam da Terra Santa, ao serem interrogados, afirmaram o seu comportamento dissoluto, seus amantes, os gastos excessivos, que empobreciam o marido e que foram causa de muitas brigas quando este tentou controlá-los. Houve quem dissesse que a morte dele não tinha ocorrido da forma publicamente apresentada, que a parada do coração podia ter causas várias. Mas eram rumores muito vagos, observou Yusuf, pouco mais que boatos. Algumas linhas foram dedicadas ao pai dela. Longe de ter participado de qualquer revolta, ele sempre foi um seguidor leal e constante do rei Roger, e nenhuma suspeita pairava sobre ele; em várias ocasiões, hospedara seus pares normandos no seu castelo em Apúlia, entre eles Bertrand e sua esposa. Não havia referência ao seu estado de saúde no presente ou no passado.

Minha última defesa foi destruída por essa leitura, minha última tentativa de atenuar a traição dela. Não houve ameaça à sua vida, nem à de qualquer membro da sua família, ela não foi forçada a nada. Voltou a minha amargura, a sensação de ter sido vítima de crueldade. Tal como uma criatura de pele delicada que se perde sob o sol abrasador, só me restava me contorcer e sofrer.

Para evitar esses pensamentos, procurei entre as páginas até encontrar o desenho do triângulo. Yusuf havia desenhado linhas retas partindo do centro exato de cada um dos lados. Vi que as linhas se destinavam a mostrar as ligações entre os três nomes escritos nos vértices. O nome de Gerbert estava no alto, o de Atenulf no da esquerda. Ao longo da linha perpendicular ao lado que ligava os dois nomes havia duas coisas escritas, uma acima e outra abaixo. Aproximei a lâmpada e forcei os olhos para ler. O texto acima da linha se relacionava a Gerbert e dava uma data três meses antes, quando ele tinha visitado a cidade de Augsburgo, onde à época Conrad Hohenstaufen havia instalado a sua corte. Abaixo da linha havia uma nota mais curta: *Tostheim-Augsburgo 6 léguas*. Tostheim era a terra de Atenulf, ali ficavam as terras do seu pai — disso eu sabia. Não havia data, mas era natural que um filho retornasse por vezes à casa dos pais. Não haveria dificuldade, durante uma dessas visitas, em percorrer aquelas léguas. Partida e retorno dificilmente seriam notados. Também era natural que um prelado importante como Gerbert, com o seu conhecimento da língua e sua experiência do país, fosse escolhido para levar missivas de Roma ao rei dos alemães...

Recostei-me, olhando diretamente à minha frente. Os dois acontecimentos poderiam ter coincidido — deve ter sido o que Yusuf quis dizer ao desenhar apenas aquela linha. O que significava que em certo dia, no início do verão do presente ano, Atenulf e Gerbert estiveram em Augsburgo em presença do rei. *A César*. Eu me perguntava: quem era o atual César? Agora havia uma resposta. Aquele que odiava de morte o rei Roger como usurpador das suas terras e poderes. Aquele que se tinha feito coroar rei da Itália em Monza na época em que não possuía nada mais que um ducado alemão. Pelo menos aos seus próprios olhos, ele era César, herdeiro do todos os Césares, neto e sobrinho de imperadores, apoiado no título imperial e nas terras da Itália conquistadas e subjugadas por Carlos Magno. *Conrad de Hohenstaufen*. Fora em nome dele que eu entregara aquele dinheiro?

XXVII

Nada restava além de esperar. Não podia ir com aquela história perante os juízes ou a Cúria Regia. Não havia prova definitiva de uma conspiração, nenhuma prova de que Atenulf tivesse feito a viagem a Augsburgo, ou de que Gerbert tenha sido recebido em audiência por Conrad, ou que as datas fossem coincidentes. Se fizesse acusações agora, minha própria participação como portador do dinheiro seria questionada. Além de tudo, o plano, se realmente houve um, seria abandonado; outros meios, em outro dia, seriam encontrados.

Ainda não passava de suspeita, mas sempre esteve comigo enquanto media o tempo de espera. Era uma perspectiva de ação, pelo menos ajudava a me refugiar do sofrimento de lembrar o passado. À noite era diferente; dormia mal e acordava banhado em suor de sonhos de águas cintilantes e formas distorcidas, e voltava a sentir náuseas. Caterina me trazia comida, mas eu não tinha apetite. À medida que o dia se aproximava, crescia em mim um sentimento emocionado, de que eu estava certo, que pudesse recuperar um mínimo da autoestima perdida, como alguém que não tivesse sido completamente enganado, pudesse até merecer algum perdão de

Yusuf, já que aquelas eram também suspeitas dele. Pensei, nas febres do meu sono, que ele e eu estávamos novamente unidos no mesmo entendimento; e senti uma breve felicidade, apesar de já não estarmos unidos na amizade, mas na suspeita, o sentimento comum no Diwan.

Quando amanheceu o dia, levantei-me às primeiras luzes e me vesti apressadamente. A caminho da Capela Real, a convocação para a oração da manhã já soava nos minaretes da cidade, seguida logo depois pelos sinos das igrejas anunciando o raiar do dia. Grupos de trabalhadores com as suas ferramentas presas às costas se reuniam nas esquinas, esperando serem contratados para alguma construção. Sons e visões familiares — a familiaridade me perturbava com dúvidas. Poderia haver algum elemento de diferença tão assustadora nesse lugar tão conhecido, sob essa luz perolada do verão tantas vezes vista?

As portas da capela estavam escancaradas. Mulheres entravam com braçadas de flores para espalhá-las pelos corredores e no transepto, lírios brancos, lembrando as vestes luminosas do Cristo na manhã do dia da transfiguração.

Haviam sido colhidos bem cedo — ainda vi orvalho sobre elas quando as mulheres passaram por mim. As flores eram uma homenagem à presença do rei na liturgia, e me ocorreu que teriam sido enviadas por ordem do palácio. Isso foi confirmado quando entrei e vi um subcamareiro que conhecia vagamente organizando a disposição dos arranjos, um homem de nome Lupinus, empregado da casa real.

As flores emanavam um perfume de grande doçura, que enchia todo o espaço da igreja. De todos os momentos passados desde as sombras das asas das garças na superfície do tanque em Favara e o nascimento vago das minhas suspeitas, esse foi o instante em que a noção de uma conspiração contra a vida do rei me pareceu mais estranha. A agitação das mulheres, o ar de importância de Lupinus ao comandá-las, o perfume doce das flores espalhadas, a luz do sol entrando pelas portas abertas e enchendo o corpo da igreja, era tudo tão normal num dia como esse, uma ocasião de felicidade, a véspera do dia da Sua morte, quando Cristo imbuiu-se da luz divina e mostrou sua natureza divina, quando Deus declarou a Sua satisfação no Filho muito amado. Hoje o rei estaria presente para se banhar nessa luz, para se fundir a ela como o representante de Deus na terra.

Andei ao longo da nave em direção ao altar. Não via nada, a parede da nave me impedia a visão. Só quase chegando ao transepto, próximo ao lugar onde tinha encontrado Gerbert, olhei para a parede sul do transepto. Havia uma plataforma, mas não se via suporte algum nem tábuas unidas por causa da tapeçaria escura que a cobria totalmente e estava amarrada embaixo. Mas consegui ver as cordas que prendiam seus quatro cantos; elas subiam pelo dossel e estavam fixadas mais acima, perto do teto. A cobertura parecia ser de seda púrpura. Estava arranjada de tal maneira que permitiria uma abertura no meio, embora estivesse fechada e eu não visse meio de abri-la do chão. Havia uma janela imediatamente atrás, invisível na forma, mas de onde emanava uma luz tênue à área fechada pela cortina. Não vi sinal de vida ou de movimento, nem a menor sombra de presença humana no interior do dossel. Estava ali, diretamente em frente do camarote do rei na parede oposta, um pouco mais alto.

Muito tempo passei olhando para cima: veio-me uma tonteira, e por alguns instantes tive medo de cair. Passou, mas o meu equilíbrio ainda estava incerto quando fui até Lupinus, sentindo o chão irregular por causa das flores espalhadas. Eu já estava então tranquilo com relação à afirmação de Mohammed de que o meu nome não tinha sido dado a público, por isso atribuí a frieza de Lupinus a uma suspeita de que eu estivesse ali para interferir no seu trabalho. Para tranquilizá-lo, cumprimentei-o pela linda decoração da igreja, com flores espalhadas por toda parte, mas nesse exato momento me lembrei da sala revirada de Yusuf e da dor e mal-estar que senti parado no meio de toda aquela confusão.

— Aquela plataforma e a cortina que a envolve não podem ofender a visão do rei? — perguntei.

Ele me deu uma resposta breve, mencionando trabalhos em andamento e a permissão concedida para que ela ficasse lá. Havia outra plataforma, também envolta em cortina na parede oeste, perto da entrada.

Era verdade, mas não era importante, pois naquela parede não havia de onde ver o camarote do rei. Mas eu nada disse a Lupinus, porque entendi de repente que tinha encontrado a verdade, ainda que essas adivinhações fossem minha única lógica. Tinha descoberto uma conspiração de que também ele, já que também estava na igreja, poderia ser cúmplice, e eu levantaria suspeitas se demonstrasse interesse excessivo na sua plataforma bem escondida.

Mas, talvez com algum ressentimento contra a crítica implícita na minha pergunta, ou talvez apenas para aumentar a própria importância, ele disse algumas palavras que afastariam qualquer suspeita aos meus olhos. A ordem de colocar as cortinas, disse ele, tinha partido do Escritório da Fama do Rei. Isso ele tinha ouvido de pessoas em posição de autoridade, tinha amigos em altos cargos. Não disse nenhum nome, e nem precisava: todos sabiam que Atenulf era o dono dessa Douana; somente os inocentes fariam referência a ele sem necessidade.

A ostentação afastou dele as desconfianças.

— Lírios frescos. Brancos, tinham de ser brancos. As cortinas foram tecidas em seda e vêm do altar de San Salvatore, na basílica da catedral. O bispo Leôncio, que fundou a Catedral de Gerace, presidirá a liturgia. O chanceler do rei, Robert de Selby, estará presente, além de Maio de Bari e do senhor de Lecce...

Teria continuado ali, mas fui tomado por um sentimento de urgência. O sol não demoraria a raiar. O rei tinha por hábito assistir cedo à missa, saindo com seus acompanhantes dos aposentos reais, passando pela passagem coberta até o seu camarote. Logo as mulheres teriam terminado de espalhar os lírios.

Despedi-me de Lupinus sem muita cerimônia e voltei ao longo da nave para a entrada oeste, que ainda estava aberta. Ao sair da capela e seguir a parede sul, os primeiros raios de sol bateram no meu rosto. Havia ali um mendigo, aleijado, com as costas voltadas para a parede e uma tigela à sua frente, esperando os que viessem pela praça até a capela. Passei por ele sem lhe dar atenção, parando abaixo da janela do transepto. Tinha um parapeito largo; seria fácil para um homem ágil esconder-se ali e entrar. Não vi nenhum meio de subir, mas qualquer um que tivesse subido poderia puxar a corda depois da escalada. Devia ter entrado cedo, antes de aparecerem as pessoas, provavelmente durante a noite. O momento mais perigoso seria a hora da saída, depois do assassinato. Ele teria então de se valer da velocidade e da surpresa. Uma vez no labirinto de ruas do lado leste da praça — e poucos passos o levariam até lá — não seria difícil fugir dos perseguidores. Já devia ter examinado as ruas e planejado o caminho que tomaria...

Veio-me uma impressão de que havia alguém dentro de mim que vivia esses momentos de indecisão enquanto eu ficava ali parado embaixo da janela; alguém que não eu, que morava dentro do meu corpo mas não se ajustava à vida que o cercava: as vozes e o barulho da cidade que acordava, as pessoas que cruzavam a praça, pessoas que estavam ocupadas mesmo nesse dia de festa, mulheres com cestas e escovas a caminho da cerimônia de lavagem das lápides da via del Bastone, um vendedor de sorvete com uma jarra e potes numa bandeja presa ao ombro, um grupo de soldados sarracenos conversando no outro lado, quem sabe esperando um companheiro ou alguém que assumisse o comando.

Ainda hesitei mais alguns instantes. Então continuei andando ao lado da parede, agora mais depressa. Contornei a abside e cheguei à oficina adjacente à capela onde havia encontrado Demetrius na última ocasião. Por sorte a porta não estava trancada. Lá dentro estava um homem que, mais tarde vim a saber, era assistente de Lupinus. Vi duas escadas, uma deitada no chão, a outra, mais comprida, apoiada à parede. Se o homem ficou intimidado pela minha aparência, ou se já me conhecia de vista, nunca vou saber. Mas não fez nenhuma objeção quando agarrei a escada mais comprida e a levei.

O estranho dentro da minha pele agora exigia muita cautela. Coloquei a escada ao lado da janela, tentando não fazer nenhum barulho ao apoiá-la na parede. Então subi, degrau a degrau. O vão da janela era suficientemente largo, como eu imaginara, para eu deixar a escada e me acomodar sobre os joelhos, ainda em completo silêncio. Mas a profundidade do vão não me permitiu ver imediatamente o interior do cortinado, que não estava diretamente em frente da janela, como eu supusera, mas um pouco de lado. Tive de me arrastar para a frente e enfiar a cabeça e ombros na abertura para ver lá dentro.

Ele estava sentado de costas para a janela e havia um arco e flecha ao seu lado na plataforma. Pareceu-me que ele olhava pela junção da cortina, mas ele me ouviu, sentiu minha presença, ou talvez meu corpo tenha bloqueado a luz, porque ele já se virava com a mão ao cinto. Antes mesmo de ver seu rosto eu o reconheci, a forma estranha da cabeça, o cabelo curto e preto, como a pele de um mamífero. Ele deu uma demonstração assustadora da sua prontidão; a adaga estava na sua mão sem que eu tivesse percebido o movimento que a fizera aparecer lá. Ele se virou, puxando-a no mesmo movimento, ainda agachado, e o deslocamento do seu peso fez a plataforma balançar, e ele teve de parar para se equilibrar antes de se lançar contra mim.

Essa pausa foi o que salvou minha vida, pelo menos é o que penso hoje. Parte do meu corpo estava no vão da janela, o restante fora. Meus braços estavam presos — eu não consegui pegar minha faca. Se tentasse puxá-la, ele me teria cortado a garganta antes que eu pudesse voltar à escada. Só havia uma coisa a fazer, e o terror que me dominava me obrigou a fazê-la rapidamente. Gritei com toda a força dos meus pulmões e lancei-me sobre ele, agitando os braços, esperando agarrá-lo antes que ele pudesse usar a adaga, uma esperança vã, eu sabia, já que ele estava pronto para atacar quando eu avancei. Mas a queda pesada do meu corpo soltou a corda que prendia um dos cantos da plataforma, e ela oscilou violentamente. Spaventa, ainda agachado, adaga na mão, precipitou-se para trás pelo vão da cortina e desapareceu da minha vista. Senti que escorregava atrás dele e me agarrei na cortina de seda, que me suportou, e eu fiquei balançando, lá no alto, meio enrolado na cortina — uma visão ridícula, sem dúvida, mas no momento eu não estava considerando o efeito sobre os espectadores.

Lupinus estava lá embaixo, os olhos arregalados, olhando para o alto: tinha ouvido o meu grito, visto um homem sair voando da cortina e outro pendurado nela. Um homem trouxe a escada e eu desci tremendo. Spaventa tinha caído sobre os lírios, que não foram suficientes para amortecer a sua queda. Estava deitado de costas, olhando para o teto. O pé direito estava virado para fora numa posição antinatural, e ele respirava ruidosamente, como se tivesse os pulmões obstruídos. Ele tinha se arrastado para recuperar a adaga, agora frouxamente presa na sua mão e parecendo um estranho crucifixo que ele segurava para se confortar.

Parei ao lado dele, não muito perto, e ele transferiu o olhar do teto para o meu rosto.

— O pagador. Você me trouxe má sorte. Devia tê-lo matado em Potenza, quando a ideia me ocorreu.

— Seus dias de assassino estão terminados.

Mesmo agora, havia na maneira como fixava os olhos em mim e agarrava a faca algo que me assustava e me dominava o espírito, e eu me afastei dele sem dizer mais nada.

O que se seguiu já é presumível. Outros se juntaram, como geralmente ocorre depressa quando há um acidente ou alguém se fere. Contei em breves palavras o papel que desempenhei: minhas suspeitas com relação à plataforma coberta, colocada como estava, diretamente diante do camarote do rei, a decisão de investigar, a descoberta do assassino. Lupinus confirmou grande parte do que eu disse e considerei uma bênção ter conversado com ele.

Como o fato estava relacionado à segurança do rei, os guardas do palácio foram chamados e chegaram quatro, comandados por um capitão. O arco e a única flecha — tudo que Spaventa considerou necessário — foram encontrados nas dobras da seda. O próprio Spaventa, branco até os lábios, mas em completo silêncio, foi colocado numa maca, e todos nós, inclusive Lupinus, o homem que me viu pegar a escada e as mulheres que espalhavam flores, fomos escoltados, primeiro até o chantre da capela e, em seguida, tendo este acompanhado o grupo, perante o Juiz Presidente da Vice-Chancelaria, Robert de Cellaro.

Aqui a história se repetiu, mais uma vez fui corroborado pelas testemunhas. Solicitei uma audiência privada, e ela me foi concedida. O próprio juiz ouviu as minhas palavras e elas foram anotadas por um notário. Contei das minhas suspeitas iniciais, o pedido feito pela Cúria Régia ao nosso Diwan para que fornecêssemos o dinheiro, a história falsa que me fora contada por Atenulf e Wilfred, meu encontro com Spaventa em Potenza e a entrega do dinheiro, as palavras imprudentes do assassino, que depois eu deduzi referirem-se a uma conspiração para assassinar o rei naquele domingo, dia da Transfiguração.

Nada disse sobre Yusuf Ibn Mansur nem sobre as nossas conversas sobre a minha missão a Potenza. Não pronunciei seu nome. Também não falei da descoberta do compartimento secreto e da leitura dos documentos ali guardados, nem da forte sugestão de que Conrad Hohenstaufen era o inspirador da conspiração e talvez também fosse a origem do dinheiro. Mesmo que verdadeiramente minha traição a Yusuf não fosse do conhecimento geral, eu não tinha dúvidas de que esse homem corpulento e de rosto pálido, o Juiz Presidente, que me ouvia impassivelmente, sabia desse caso que me envolvia. Ele certamente estava no tribunal durante o julgamento de Yusuf, se é que aquilo podia ser chamado de julgamento; foi ele o homem que ditou a sentença, indicou a punição e providenciou sua execução. Mas havia uma autoridade maior que a dele na Sicília, alguém que sabia fazer uso da voz e dos olhos, que exigiria ser informado de tudo...

Quanto ao resto, fui tão sincero e franco quanto me foi possível, calculando ser este o melhor caminho. Spaventa seria interrogado e daria nomes, o meu inclusive. Tentar esconder o fato de eu ter levado a ele o dinheiro teria sido muito mais perigoso do que admiti-lo francamente. Insisti que tinha agido de boa-fé. E, afinal, fora eu quem frustrara esse ato maligno.

Fui mantido ali, sob vigilância, por bastante tempo, embora não soubesse a razão de tanta demora — talvez tivessem encontrado outras pessoas a serem interrogadas. Durante esse período de espera, o rei Roger, do seu ponto de observação na extremidade norte do transepto, celebrou o dia da Transfiguração de Cristo, e não havia na parede oposta nada que pudesse ofender a sua vista.

XXVIII

Nunca mais vi Spaventa. Morreu nas mãos dos interrogadores, mas não antes de dar alguns nomes. Atenulf e Wilfred foram presos e torturados, como também o foi o mosaicista lombardo que montou a plataforma. Gerbert conseguiu fugir para a Suábia, onde foi bem recebido e depois tornou-se confessor do príncipe Otto. Só mais tarde fiquei sabendo desses acontecimentos. Saía pouco do meu quarto. Não queria ver ninguém, as sensações de fraqueza e doença aumentavam.

Dois dias depois chegou uma convocação real, trazida a mim por Stephen Fitzherbert em pessoa, mordomo do rei — já um sinal de que eu era bem visto, o que foi confirmado pela extrema afabilidade de Fitzherbert com relação a mim. Ele era um cata-vento humano, sempre voltado na direção das brisas do favor do rei. Tivesse sido outra a ocasião, ele teria sem dúvida menosprezado a pobreza da minha casa.

Ele esperou no andar de baixo enquanto eu me vestia. Eu tinha negligenciado a barba durante muitos dias e agora a tinha curta e decidi mantê-la assim, por me cair bem — a vaidade persistia em mim apesar da minha infelicidade. Faltava apenas escolher roupas que não parecessem presunçosas em refinamento, mas que fossem sóbrias e de boa qualidade, uma tarefa que não era difícil, mas que me pareceu dura naquele dia. A perda de equilíbrio que tinha sentido ao saber das circunstâncias da morte de Yusuf, bem como a sensação de náusea, vinham me visitando de tempos em tempos. Ataques de calafrios me faziam tremer, e meus olhos me causavam problemas, tinha uma sensação de que alguma coisa ocultava as margens da minha visão, às vezes uma estranha distorção, as coisas se esticavam ou contraíam ligeiramente, mudando de forma.

Mas não era apenas por isso que relutava. Havia roupas no meu baú que eu não suportava mais olhar, muito menos vestir, as que tinha usado na minha primeira visita a Favara, por exemplo. E tudo que eu outrora apreciava agora trazia nas suas dobras o som da voz de Yusuf e a expressão do seu rosto quando me cumprimentava pela aparência. Finalmente escolhi um conjunto de veludo marrom-escuro, sem adornos drapeados nem brocados, que eu possuía há algum tempo e já estava fora de moda, com enchimentos nos ombros e cintura apertada.

Fitzherbert foi comigo, falando o tempo todo na sua voz aguda, misturando frases sicilianas ao seu francês — agora era hábito da corte o uso do siciliano dessa forma, para efeito coloquial. Era todo elogios a mim. Parecia que o ataque a Spaventa não fora a experiência desajeitada e assustadora de que eu me lembrava, mas um ato intrépido e heroico, extraordinariamente decidido e imediato.

— Ver a ameaça que ninguém mais viu, juntar dois mais dois, foi brilhante, é o que todos dizem. E depois, enfrentá-lo daquela maneira, sozinho, lutar com ele e jogá-lo no chão, tamanha coragem e disposição, é o que todos dizem.

Mas, por "todos" ele queria dizer as pessoas da corte que ficaram sabendo do episódio. Mas eu não me incomodei de ele falar tanto nesse mesmo assunto, pois assim evitava menções a Yusuf. Pouco falei, mas ele também não parecia se incomodar por estar feliz demais com a própria voz. Ao chegarmos ao palácio, fui entregue a uma escolta de Guardas Palacianos, que me conduziram a uma antessala dos aposentos reais, e ali esperei durante algum tempo. Foi Giovanni dei Segni, notário e conselheiro do rei, quem veio me chamar, e ele também sorriu para mim; mas o seu sorriso me pareceu deformado, como se visto de dentro da água, pois nele estava incluída a morte de Yusuf. Fui conduzido, ainda com os soldados aos meus flancos, por portais da sala de audiências, e vi a figura sentada no trono alto numa plataforma, no fundo da sala, vi o brilho da coroa em torno da sua cabeça, o vermelho e dourado do seu manto.

Parei no vão da porta e fiz uma reverência que levou minha cabeça até pouco acima do piso de mármore. E ouvi a voz do rei, forte e áspera:

— Que ele venha sozinho.

Falava francês, mas não era a linguagem dos meus pais, tinha o sotaque do sul. Os guardas recuaram, mas eu continuei onde estava, o corpo inclinado e os olhos baixos.

— Avance, Thurstan Beauchamp — a voz agora era mais suave. — Venha até mim.

Avancei, e digo que poucas vezes me senti tão só como ao percorrer aquela curta distância, como se estivesse num lugar deserto, sob um céu vasto e vazio. Parei diante dos degraus, ainda não olhava para ele, mas via as pessoas ao seu lado, Gilbert de Bolsavo, Condestável Designado, que eu tinha visto cavalgando atrás do rei ao entrar no castelo de Potenza. Com ele estavam mais dois, esplêndidos na libré de seus senhores, e um deles tinha uma espada embainhada nas mãos enluvadas.

— Mais perto.

Não era medo ou respeito o que me fazia evitar seu olhar, embora ele talvez entendesse assim. Acho que era uma espécie de medo, não da sua pessoa ou do seu poder, mas da confirmação das suspeitas que se ocultavam no meu coração. Os planos feitos para me enganar e coagir à traição, destes ele não teria conhecimento — eram obra das aranhas. Mas a morte de Yusuf, a maneira e a pressa, dessas coisas ele devia ter total conhecimento, assim como devia reconhecer os longos anos de serviço leal que Yusuf lhe prestara. Tudo tinha sido feito com seu pleno conhecimento e consentimento. Durante um breve momento, parado abaixo dele, minha alma foi colocada em perigo pelo Tentador, fui tentado a atribuir tudo ao mistério do poder do rei, para restaurá-lo em serena majestade ao seu navio prateado, deslizando sobre a água escura em que as criaturas se devoravam e lutavam. Talvez para me salvar dessa rendição da razão eu olhei para o seu rosto, vi-o apenas por um instante, o rosto gordo de olhos atilados abaixo da coroa, apenas um momento, mas tempo suficiente para ver as marcas deixadas pela angústia do medo e do orgulho; tempo suficiente para eu saber, finalmente e para sempre, que nunca houve um navio de prata para mantê-lo sobre a superfície; que esse meu rei, a quem eu tinha jurado meu serviço, era um homem de rosto igual a tantos outros, o rosto de alguém que sempre viveu também dentro da água escura, entre todas as outras criaturas, devorando e lutando como elas. E naquele momento mesmo, quando essa noção caiu sobre mim, meus olhos falharam, o rosto de Roger de Hauteville se distendeu, perdendo a forma, e eu baixei os olhos para o luminoso rubi preso ao seu peito.

— Amado súdito, venha até mim — disse ele, e me fez uma aceno com a mão erguida.

Subi os degraus até ficar imediatamente abaixo dele. Ajoelhei-me — estava perto demais para continuar de pé. Quantas vezes eu tinha sonhado me ajoelhar assim diante dele, ouvir finalmente o elogio da minha devoção e sentir minha alma absolvida pelo seu elogio de tudo o que eu tinha dito e feito a seu serviço.

— Agradecemos de coração. Soubemos da sua coragem e prontidão de pensamento. Se todos os súditos tivessem a sua têmpera, o rei nada teria a temer de seus inimigos. — Sua voz se quebrou levemente nessas palavras, e quando tornou a falar, foi com uma voz mais quente e amistosa. — Você mereceu a gratidão do rei, e ele não esquecerá.

Ainda não tinha erguido os olhos para o seu rosto depois da distorção. Olhava para suas mãos, que eram largas nas palmas e tinham pelos pretos nos dedos. Vi-o erguer os braços num movimento repentino para o alto, levar as mãos até a nuca e soltar a corrente que prendia o rubi ao seu peito. Ele então se inclinou e colocou o pendente no meu pescoço e eu senti o toque das suas mãos quando ele o prendeu. Seu rosto estava próximo do meu, e seu hálito era doce como o de alguém que tenha confeitos na boca.

— Saberá o que significa a gratidão do rei — disse ele, agora num tom mais sonoro e solene. — O que acabo de colocar no seu peito é apenas um sinal.

Eu teria me levantado, mas ele fez um gesto.

— Soubemos que há muito tempo aspira a ser cavaleiro, a se juntar à ordem que pertence a você por nascimento. Pelo poder em mim investido, eu o sagro cavaleiro.

No momento seguinte senti a pancada da *colée* ao lado da minha cabeça, uma pancada leve que enviou uma onda de dor pelo meu corpo.

— Levante-se, sir Thurstan Beauchamp. Seja bravo e fiel a meu serviço e que o amor de Deus o abençoe.

Senti uma onda de calor. Senti sangue me subir ao rosto e ouvi minha voz respondendo com as palavras que tinha dito tantas vezes nos dias em que ainda sonhava em ser cavaleiro.

— Assim o farei, com a ajuda de Deus.

Gilbert veio até mim trazendo a espada, ainda embainhada, e um cinturão. Parou aos pés dos degraus. Desci até ele, que desembainhou e me entregou a espada, oferecendo-me o punho. Eu a peguei e beijei-lhe o punho e ele a retornou à bainha. O rei se levantou do trono e desceu até o meu nível e vestiu em mim o cinturão e a espada.

— Que Deus o siga, cavaleiro — disse ele. — Concedo-lhe a ti um feudo na Calábria com florestas e terra de arar.

Seu rosto se alterou ao meu olhar, a boca e o queixo se contraíram estranhamente e tudo o que eu tinha na mente era o medo e a angústia de uma pergunta: Como ele soubera que ser cavaleiro era o meu maior sonho? Era a mesma pergunta que tinha me perturbado, quase as mesmas palavras da boca de Bertrand de Bonneval. Enterrei fundo meu desencanto. Nunca falei dele a ninguém, não durante muitos anos. Apenas ela sabia, Alicia. Naquela noite, no pátio dos Hospitalários tudo tinha saído de mim sob o calor e simpatia — era o que parecia — da sua presença. Ao contar a ela o meu desencanto, eu pensava estar retomando minhas esperanças...

Esse homem que tinha acabado de me abençoar e me dar a espada soube dessas esperanças. Por gratidão, ele teria procurado se informar sobre o provedor de espetáculos que lhe salvara a vida... Os que me traíram foram os mesmos que responderam às suas perguntas. Só pode ter sido assim; eles possuíam aquele conhecimento. Ele não devia saber dessa traição. Estava abaixo das suas preocupações, voltadas para as ameaças de invasão, a perda das colônias no norte da África, a redução das rendas da venda do trigo, a contínua recusa do papa em reconhecer o seu direito ao reino. Eu estava muito baixo para ele tomar conhecimento. Mas o caso de Yusuf era diferente, Yusuf tinha sido escolhido. A vítima perfeita, alta condição social, rico, figura importante entre os muçulmanos. O crime tinha sido planejado, o modo de execução, cuidadosamente estudado...

Essa certeza me atingiu na forma de um acesso de mal-estar, tive um calafrio. Como, e em que ordem, eu me retirei, eu não sei. Lembro-me de recuar fazendo reverências, lembro-me de ter sido novamente flanqueado pelos guardas. A volta à minha casa é uma página que não deixou marcas na minha memória. Ao desmontar, eu mal podia caminhar em linha reta.

XXIX

Só tive forças para dizer a Pietro que cuidasse do meu cavalo, subisse a escada, colocasse o rubi no cofre e tirasse as roupas externas. A espada, eu a deixei cair no chão. Minha cabeça latejava, e quando me deitei e olhei para cima o teto parecia dançar, como se eu tivesse bebido em excesso. Quase no mesmo instante, caí num estado que ficava entre o sono e a vigília. Tive sonhos vagos, vagos demais para o sono, que nunca duravam muito tempo nem eram distinguíveis, às vezes dissolvendo-se na bruma, às vezes simplesmente desaparecendo. Yusuf veio, e brilhava como o Cristo no dia da Transfiguração, e tentava me explicar alguma coisa, mas quando o interrompi para pedir perdão, seu rosto se esvaneceu e vi que seu manto estava coberto de sangue. Mohammed também veio, também vestido de branco. Não tinha rosto, mas eu sabia que era ele por causa da corda de forca que trazia nas mãos, mãos enluvadas. Ele a oferecia como uma espada. Era Alboíno estendendo um papel para mim, vi seu rosto triste ao falar do mal de todo dia, e vi o de Bertrand, feliz e cheio de cuidados, como estava quando cortou a língua do veado.

Não sei durante quanto tempo fiquei assim. A escuridão me cercou, e depois, a luz de um novo dia. Alguém me deu algo para beber, e tinha o rosto de Stefanos. Então o quarto escureceu novamente e eu acordei na escuridão, sentindo um perfume doce que enchia o quarto e que de início eu pensava vir de lírios espalhados no chão, mas que vinha de alguma coisa doce dissolvida na boca e, apesar da escuridão, eu soube que o rei estava ali, fazia um sinal para eu me levantar, subir até onde ele estava; havia água que se acumulava embaixo de onde eu estava, lambendo-me as pernas, mas eu não via meios de subir os degraus, e a água subia à minha volta, e eu lutava dentro dela, junto com outros; vi suas formas sombrias se contorcendo na água, olhei para cima e vi a prata do barco muito acima de mim, e eu nadei, mas quando minha cabeça chegou à superfície não havia nada lá, apenas os reflexos de luz que se estendiam e encolhiam, e uma fogueira acesa à distância. Depois tudo ficou em silêncio e eu passeava campos conhecidos e que agora estavam sob uma pesada cobertura de neve, fresca, brilhante e sem marcas, como eu a via na minha infância no norte da Inglaterra.

A neve era fria, eu a sentia na testa e no peito. Entreabri os olhos e vi a luz do sol no quarto, o rosto de Nesrin logo acima do meu — era o seu rosto real, e não fugiu. Segurava uma tigela e um pano e por um instante meus olhos viram o seu rosto sem ela perceber, pois seus olhos fixavam o meu peito onde colocava o pano. E o fato de ela não ter percebido dava ao seu rosto uma expressão de calma, no propósito de assistir, que era uma expressão nova para mim, fazendo-a parecer, naquele meu estado de fraqueza, ainda febril, uma pessoa a um só tempo familiar e completamente estranha. Levarei sempre comigo essa sua lembrança de presença quando acordei, o cuidado com que segurava a tigela, a boca, que às vezes parecia amarga, suavizada pela atenção. Então ela viu meu olhar no seu rosto e a expressão mudou, os olhos se fecharam um pouco, alguma coisa parecida com um sorriso surgiu no seu rosto.

— Se abrir os olhos, você acha que eu vai voar? Toda a noite você fala com fantasmas, mas eu não sou um.

Mas, pelo contrário, eu fechei os olhos, talvez sem acreditar, querendo guardar bem guardado esse rosto.

— Como você chegou aqui?

— Subi a escada como qualquer pessoa.

— Não, quero dizer... — o que eu queria dizer eu não sabia. Sua presença ali era para mim um milagre.

— Ele tentou me segurar, lá embaixo. Ele guarda porta.

— Pietro.

— Ele diz você doente, não quer ver ninguém. Eu diz que sei melhor o que você quer e diz para ele sair da frente.

A frase produziu um riso em mim, ou talvez apenas a perspectiva de um riso, tal como na primeira noite em que nos vimos, as graças dos outros e ela séria sob a luz do fogo. Eu estava nu sob o lençol, percebi então.

— Você me tirou a roupa.

— Tirei tudo. Você queima de febre, como um fogo dentro. Você sua muito, fala com espíritos. Eu dá banho em você, fazer a febre diminuir. Como eu vai fazer isso se você está de roupa? Você briga comigo, você pensa que eu quer roubar.

Ela me encontrara feio e confuso, no meio dos lençóis desarranjados, o suor da doença sobre todo o meu corpo.

— Você vai ficar? — Sabia que se ela prometesse, eu poderia voltar a dormir.

— Que homem estranho. Você pensa que Nesrin desaparece quando você está doente?

— A água está boa. E perfumada. Perfuma o quarto. O que você pôs nela?

Ela começou a responder, mas eu caí no sono antes de entender as palavras. Dormi a tarde toda, sem sonho algum para me acordar. Quando abri os olhos, a lâmpada estava acesa e ela estava sentada em almofadas no chão ao lado da cama, e imaginei que Caterina que lhe tinha dado, pois antes não estavam no quarto. Tinha a cabeça baixada sobre algum trabalho — tecia fios de lã com uma agulha de madeira terminada em gancho, e os movimentos da sua mão eram rápidos e seguros.

Sentia-me fraco, mas minha cabeça estava clara e nada atrapalhava a minha visão. Olhei para Nesrin, sentada ali, concentrada no trabalho, o longo cabelo preso na nuca com uma única fita para não cair nos olhos. Usava pantalonas folgadas, do tipo que as mulheres árabes às vezes usavam, e estava sentada com as pernas cruzadas. Gostaria de ter ficado ali a observá-la, sua presença calma me dava tal disposição, mas tive medo de que ela me surpreendesse vendo-a e pensasse que eu a espionava; por isso disse uma palavra de saudação, e ela levantou a cabeça e sorriu, mas de um modo que me pareceu meio assustado, como se eu tivesse interrompido algum pensamento secreto.

— Então você está acordado. Eu desce para buscar uma sopa para você. Eu faz, eu *fiz*, enquanto você dormia. É um caldo de carneiro com lentilhas.

— Será muito bem-vindo. — De fato, eu tinha fome pela primeira vez em muitos dias. Uma Caterina dividida entre o ressentimento e a admiração depois me contou que Nesrin assumira o comando da cozinha durante a minha doença e não admitia nenhuma oposição aos seus planos para me alimentar.

E era uma sopa muito boa, mas eu estava completamente sem forças, não conseguia segurar a tigela e a colher sem derramar. Ela veio e se sentou ao meu lado e me deu de comer como se eu fosse uma criança, mas fez graça, e eu não senti perda alguma de dignidade. Depois conversamos algum tempo, então eu dormi, um sono mais tranquilo, com apenas pequenos surtos de febre. Ela estava ali quando abri os olhos — uma lamparina fraca estava acesa. Senti o toque das suas mãos e ouvi algumas vezes o murmúrio da sua voz — falava na própria língua enquanto me banhava a testa. O que havia na água para lhe dar um cheiro tão bom? Perguntei a ela outra vez. Nada, respondeu. Era água fresca do poço na rua.

No dia seguinte, eu me sentia bem mais forte e disposto a conversar por mais tempo. Nesrin não soubera da minha doença até vir um dia à minha casa, mas soubera da minha ausência do Diwan: Stefanos contou a ela durante as aulas de grego. Soube também da morte de Yusuf — também por Stefanos — e temeu pela minha segurança. Havia nisso uma ironia que não tive coragem de explicar a ela. Ocorreu-me somente agora, nas horas calmas da minha recuperação, que as minhas mentiras contra Yusuf tinham sido mantidas em segredo porque essa era a melhor forma de assegurar o meu silêncio. É claro, esse silêncio poderia também ser assegurado pelo meu assassinato, caso se tornasse necessário. Mas na Calábria eu estaria muito longe. Se ninguém me denunciasse, era pouco provável que eu próprio me traísse, improvável que se tornassem públicas as circunstâncias da minha traição, minha participação no assassinato de Yusuf. Porque eu gastara tanto tempo para entender algo tão simples? Os anos passados no Diwan não me tinham ensinado nada. Meu espírito sofreu a vergonha, o medo do reconhecimento, o medo de ser conhecido. Agora a aparência de justiça estava preservada e o conhecimento das minhas mentiras ficaria em posse daqueles que me coagiram, dando-lhes os meios de me coagir ao silêncio se surgisse a necessidade. Esses foram alguns dos primeiros pensamentos claros da minha recuperação, e foram os mais desoladores, porque eu sabia que, se por qualquer acaso eu estivesse também na mente do rei, esses seriam os seus pensamentos.

Como já disse, não tive coragem de falar desses pensamentos com Nesrin, tinha medo do seu julgamento. Como poderia não pensar mal de mim quando eu próprio pensava? Mas falamos de outras coisas durante esse tempo em que eu recuperava as forças, ainda que preso ao leito. Perguntei a ela o que quisera perguntar na noite seguinte à dança, quando ficamos sozinhos pela primeira vez e eu procurara um assunto para mantê-la ao meu lado — a respeito dos yazidis e das coisas em que acreditavam. Seu grego agora estava bem melhor, e ela me explicou quase sem errar. Havia muitos yazidis, disse ela, entre os povos que viviam no Oriente, perto das terras dos sírios e armênios e em torno do lago a que davam o nome de Van. O povo do monte Ararat também? perguntei, ainda intrigado pelo fato — ou fábula — de ela ter suas origens no lugar onde a raça humana havia encontrado novamente a terra firme. É verdade, explicou, muitos dos que vivem nas encostas do monte Ararat são yazidis, mas ela mesma não acreditava na história da arca.

— Por que não? — queria prolongar aquela conversa na minha posição de descanso, com almofadas às costas, absorvido em observar os movimentos rápidos dos seus olhos, as pequenas rugas que marcavam o seu cenho quando não encontrava as palavras, os movimentos da sua boca ao falar.

— Bem, não é possível, o tempo não era suficiente para construir um barco tão grande. — Quando encontrava o termo que considerava correto, ela o enfatizava com um ar de triunfo. — É preciso *lembrar*, era apenas uma família.

— E quem é o deus dos yazidis?

— Quem governa é *Malak Tavus*. O nome tem duas partes. *Malak* é anjo. *Tavus* é pássaro. Ele é o pássaro que abre a cauda atrás e é muito orgulhoso. — Nesse ponto, ainda sentada na beira da cama, movendo as ancas de um lado para o outro, ela dançou para mim, os ombros recuados e os braços estendidos, voltando a cabeça para olhar orgulhosa para trás. — Uma cauda muito linda.

Também a dança foi muito linda. E, não sei se de propósito ou não, muito sedutora, seus seios ficaram proeminentes. Ao olhar para mim novamente, ela deve ter notado alguma coisa nos meus olhos, pois balançou a cabeça e disse:

— Sua saúde está melhorando, estou *notando*, Thurstan Bey.

— Você quer dizer um pavão — comentei, meio confuso.

— Sim, *tavus*.

— Então o deus dos yazidis é um pavão.

Ela fez um ar de pena e paciência.

— Não deus. *Malak Tavus* é anjo-pássaro, não é pavão, mas tem *forma* de pavão. É tão difícil de entender?

— Não, não.

— Ele tem seis anjos para ajudar, eles vão daqui para ali, têm muitas tarefas. Mas ele não é deus, deus está acima dele, não conhecemos a forma de deus, como uma pessoa pode conhecer a forma de quem fez o mundo e o sol e as estrelas? — Fez um gesto de quem espanta uma mosca. — Ele fez à toa, como um jogo. Gostou de fazer, mas depois não liga, deixou tudo para o anjo-pavão. Ele nunca julga, nunca *pune* ninguém. Ele perdoou Shaitan e o recebeu para ser de novo o chefe dos anjos. Então não há nada errado. Bem, tem coisa errada, mas não tem nada a ver com Shaitan, como vocês cristãos acreditam, porque ele não é Shaitan, agora é o chefe dos anjos. Não sei a palavra para esse tipo de erro.

— Você quer dizer que não há pecado?

— É. Quero dizer isso. Existe erro, mas não existe *pecado*.

Ela não tinha dúvidas quanto a essa diferença, estava convencida, eu via claramente no seu rosto. Era difícil para mim pensar num deus que não julga, difícil imaginar uma religião sem a promessa da recompensa e a ameaça de punição, apesar de perceber a liberdade que haveria sob tal visão. Mas não disse nada. Ela estava me confiando as suas crenças, e eu sentia que isso nos unia mais na compreensão.

— Quem faz muito erro, será menos na próxima vida.

Ela saiu pouco depois, dizendo que voltaria mais tarde. Lembro-me de ter ficado ali sentado, ainda apoiado na cama e olhando em volta do quarto que ela deixara. Durante algum tempo sua voz e movimentos pareciam ainda pairar no ar. Depois foi como se o quarto escurecesse.

XXX

Mesmo quando eu já não estava mais preso ao leito ela não deixou de vir. Durante três dias, enquanto voltavam as minhas forças, tentei ver o meu quarto à sua própria luz e de forma alguma na penumbra. A luz do dia que entrava pela janela — a janela que eu mais prezava, que me tinha feito querer o quarto — estava longe da glória desejada. E cresceu em mim a ideia de que essa falta continuaria enquanto eu estivesse só dentro dele: a luz que me faltava só voltaria com ela, com o seu jeito de dar de ombros, o movimento da cabeça, a postura orgulhosa do corpo.

Durante aqueles três dias eu considerei as minhas perspectivas e posses; estas foram logo contadas, mas as primeiras adquiriram brilho quando pensei em dividi-las com Nesrin. Tinha agora o título de cavaleiro, que me fora concedido, ainda que em circunstâncias muito distantes das que eu sonhava. Eu pertencia à vassalagem real e podia contar com a boa vontade do rei enquanto não representasse perigo para ele. Meu feudo estava do outro lado do mar, na Calábria, suficientemente longe da ilha da Sicília que me tinha trazido ignomínia e vergonha.

No quarto dia fui a pé procurá-la. Stefanos me informara onde ela morava e a indicação estava presente em todos os detalhes na minha memória. Já me aproximava da loja do seleiro quando ela saiu para a rua e veio na minha direção. Vi no seu rosto quando me reconheceu, vi seu sorriso, e fui tomado de felicidade diante desse encontro do acaso, uma alegria que me veio como uma revelação: eu a queria no meu quarto para trazer de volta a luz, como se somente ali a luz pudesse morar, mas aqui, sob o céu, ela vinha vestida de luz. E entendi, ao caminhar na sua direção, que esperava outros encontros que a vida nos propiciaria, esperava também poder ser o portador da luz para ela.

Senti, ao me aproximar dela, que um pouco de tudo isso deveria ser dito, alguma coisa que marcasse o acaso feliz desse encontro, que dependia tanto da hora dos nossos passeios. Mas nenhuma palavra me ocorreu; só conseguia olhar para ela. Ela, por sua vez, tinha alguma coisa a me dizer imediatamente, vi no seu rosto — com o tempo eu aprenderia que ela sempre dava voz, no momento do encontro, ao que lhe ocupava a mente.

— Esqueci de lhe dizer. Nós, yazidis, não descendemos da semente de Adão.

— É mesmo?

— É. Deus se afastou de Adão para fazer os yazidis. Ele nos fez separados.

Olhei para ela em silêncio. A ansiedade com que tinha falado ainda aparecia no seu rosto. Vestia uma roupa muito leve no estilo árabe, e nada por baixo — o *bliau* de algodão era cortado dos lados e oferecia a visão da sua pele escura. Tinha pintado de preto as pálpebras e usava pequenos anéis de cobre nas orelhas.

— Eu acredito — e o fervor da minha voz a fez sorrir. — Por que você não voltou?

— Achei que você não precisava mais de mim.

— Não precisava?

— Quando você está doente, sim. Mas quando você não está doente, você é o grande senhor do Diwan.

Guiada por mim, sem falar muito, fomos juntos à igreja de San Giovanni degli Eremiti e nos sentamos ali num banco de mármore, perto de onde, em outra vida — assim me pareceu — eu tinha visto Atenulf e Gerbert conversando.

— Eu não era um grande senhor. E não sou senhor de coisa alguma. Tudo acabou.

Contei a ela que era agora cavaleiro, sem mencionar as verdadeiras razões, apenas que tinha merecido a gratidão do rei. Na verdade, não fui capaz de lhe contar a história confusa que me levara a enfrentar Spaventa na Capela Real, toda a minha história censurável de fraqueza e loucura, o papel de traidor que desempenhara, o mundo arruinado que eu tinha chorado, de Yusuf, do meu pai e meu próprio mundo. Tudo havia ficado para trás, ou pelo menos assim eu preferia acreditar, removido pela doença e delírio e visão corrompida, em outra terra, lá onde o rei tinha um rosto mutante e mãos hesitantes.

— Não posso continuar vivendo na Sicília. Não posso continuar no Diwan, depois do que aconteceu. Não seria justo no meu caso, agora que sou cavaleiro. Mas o rei também governa na Calábria e me deu o título de uma terra de que eu seria o senhor. Poderíamos viver longe da corte.

— Nós?

— Quero que você venha comigo. Não quero ir para lugar algum sem você. A vida sem você é igual ao meu quarto, sem luz depois que você foi embora.

Teria dito mais, mas ela me interrompeu, levantando a mão com grande ternura e colocando-a na minha face. Ficou em silêncio durante algum tempo, olhando à sua frente. E esse silêncio me desconcertou, pois eu oferecia a ela a minha vida.

— Eu quero ir com você para qualquer parte do mundo. É o que meu coração diz. Mas já estive na Calábria.

— E daí? — Olhei para ela de queixo caído diante dessa resposta.

— Eu gosto de ir para frente, não para trás. Sei que você é o homem para mim, desde a primeira noite que eu vi você, tão esplêndido. Sei disso quando vejo os seus olhos, quando ouço a sua voz, danço para você, você não é um estranho, eu *reconheço* você.

Desejoso de me igualar — ou de pelo menos não ser superado — eu disse:

— Eu senti a mesma coisa naquela noite quando a vi à luz do fogo.

— Não. Não é verdade. Você não me viu. É claro que você olhou para mim, como muitos outros homens olham. Você não me viu, viu a forma errada.

— O que você quer dizer?

Ela fez um gesto impaciente no ar à sua frente, usando as duas mãos para criar a forma de um globo.

— Você viu a forma de nós, cinco pessoas, não uma; nós vamos dançar para o rei, ganhar dinheiro, muitos elogios. Eu tento fazer você me ver, tento fazer graça, danço para você quando elas estão fazendo vestido... — Fez outro gesto, dessa vez juntando os dedos finos e afastando-os rapidamente numa linha reta.

— A dança das medidas — a lembrança me veio vividamente à memória.

— Medidas? É esse o nome? Eu dança para você e você começa a me ver, não é? Deus me deu este corpo de dançarina. Dançar é a minha vida. Quem é Nesrin na Calábria? Sempre no mesmo lugar, todo dia igual. Você me chama depois da ceia para dançar para os normandos de pescoço vermelho?

Estava completamente desorientado por esse discurso e ferido por ele. Estava lhe oferecendo toda a minha vida e ela rejeitava. Talvez tivesse medo de ser maltratada ...

— Não fique triste — e mais uma vez ela colocou a mão no meu rosto. — Eu não falo do seu pescoço. Ele é lindo.

— Eles vão aceitar você. Eu os farei aceitarem você. A vida será difícil para qualquer um que ofenda você.

— Você não entende. Não são eles que não aceitam. É Nesrin quem não aceita. Você está fazendo a mesma coisa de novo. Você vê uma forma que não é de verdade e agarra essa forma e não vê que ela é errada. Você manda nós curvar e contar antes de dançar. É a forma errada, você sabe que é errada, você sabe na hora que manda curvar, mas continua, nada muda você. Então veio a dança e quebrou a forma. Você não vê? Se nós não quebramos a forma, ela nos quebra.

Minha desorientação desapareceu enquanto a ouvia. Olhando para o seu rosto, que estava ligeiramente desviado do meu quando ela falou, para os cílios longos sobre os olhos baixos, a forma do canto da boca — características que agora me eram caras, que representavam tudo que eu considerava belo numa mulher — eu soube que ela estava certa, embora não soubesse, e talvez nunca viesse a saber, da forma mais errada que eu criara e à qual tinha me agarrado obstinadamente, até se quebrar a minha verdade e fidelidade, e meu mundo ser reduzido a ruínas.

— Eu amo a estrada. Essa é outra forma errada que você faz: pensa que sou uma moça pobre de um lugar distante, que precisa de abrigo, de ser cuidada no mesmo lugar. Mas não é disso que eu preciso. Nunca tive um lar desde que era menina pequena. Gosto de ver lugares novos, de estar sempre viajando. Você também, é a mesma coisa com você, você não tem lar. Você canta muito bem, nunca ouvi outro igual. Vi quando você cantou, você entrou na música, e a música não tem lar. Você cantou para mim, e você me viu, e eu soube que estava no seu coração. Por que você pensa que eu vai com você depois? Porque você é o grande senhor do Diwan?

— Aquela foi a noite mais linda da minha vida. — Pensei em falar mais, em dizer do fogo e da lua, mas vi no seu rosto que aquela não era a hora, que tudo se perderia, pois ela estava muito concentrada no que tinha a dizer.

— Você toca a *viele*?

— Claro. E também a *mandora*. Bem o suficiente para acompanhar o meu canto, se for preciso.

— Eu danço ao som da *viele*. E você canta, faz as palavras, e talvez faz a música que vai com as palavras. Juntos, nós somos uma coisa nunca vista. Nunca vi cantor igual nem dançarina igual nem duas pessoas tão lindas. Nós ganhamos dinheiro. Eles atiram mais do que podemos juntar nas mãos. E vemos lugares novos o tempo todo.

Seus olhos brilhavam. Neles havia amor por mim e amor pela ideia de viajar. Ela era tão linda que eu mal conseguia suportar aquela luz. Se ela tinha razão, vendo esse futuro para nós, eu não sabia. Só sabia que queria estar com ela. Meu título de cavaleiro não tinha nenhum valor, agora eu o sabia. Ao recusá-lo, ela tinha retirado o último resquício de valor que eu dava a ele. Lembrei-me da noite escura no castelo de Potenza e do cavaleiro francês que elogiou o meu canto, numa hora em que eu estava muito infeliz para ouvir com atenção o que ele disse. Nunca me vi como alguém que tivesse na música o seu meio de vida ou a sua forma de viver. Mas eu me lembrei do nome do cavaleiro. Talvez fosse essa, finalmente, a forma certa.

— Podemos ir para Paris. Haveria um lugar para nós. Seríamos bem recebidos lá, tenho certeza. Você dança e eu canto. Não na rua, mas na corte.

Não olhei para ela ao falar. Estava abrindo o fecho, na minha nuca, que prendia a corrente e o rubi — o mesmo gesto feito pelo rei.

— Paris — ela disse no tom calmo de alguém que sente grande prazer. — É uma cidade que eu quero muito ver.

— Quero dar isto a você. — Inclinei-me e prendi a corrente e o rubi no seu pescoço, e arrumei de forma que o rubi ficasse entre os seus seios. — Não é para ser usado assim. É para a dança. Não sei se a corrente é muito pequena ou muito grande para os seus quadris, seus lindos quadris. Quero que você use o rubi no umbigo quando dançar, e eu vou fazer uma canção sobre ele, e todo mundo em Paris cantará essa canção sobre o rubi que está dentro do lindo umbigo de Nesrin, a dançarina.

Ela pegou a pedra na palma da mão e a examinou durante um instante.

— Quando eu dançar será sempre para você. Vamos para casa ver se ele fica bem em mim. — Sorriu e seus olhos olharam os meus. — Você toca a *viele* para mim, e veremos se a pedra vermelha fica no lugar certo. Vamos dançar a dança das *medidas*.

Este livro foi composto na tipologia Stone Serif,
em corpo 10/16, e impresso em papel
off-white 80g/m² no Sistema Cameron da
Divisão Gráfica da Distribuidora Record.

Seja um Leitor Preferencial Record
e receba informações sobre nossos lançamentos.
Escreva para
RP Record
Caixa Postal 23.052
Rio de Janeiro, RJ – CEP 20922-970
dando seu nome e endereço
e tenha acesso a nossas ofertas especiais.

Válido somente no Brasil.

Ou visite a nossa home page:
http://www.record.com.br